LABYRINTHES

Jean d'Aillon est né en 1948. Docteur d'État en sciences économiques, il a fait une grande partie de sa carrière à l'Université en tant qu'enseignant en histoire économique et en macroéconomie, puis dans l'administration des finances. Il a été responsable durant plusieurs années de projets de recherche en économie, en statistique et en intelligence artificielle au sein de la Commission européenne.

Il travaille actuellement au développement de sites internet au sein de l'administration des Finances.

Il vit à Aix-en-Provence et écrit depuis plusieurs années des romans policiers autour de l'histoire de France.

JEAN D'AILLON

LE DERNIER SECRET DE RICHELIEU

ÉDITIONS DU MASQUE
17, rue Jacob 75006 Paris

ISBN : 978-2-7024-9771-5
© Jean-Louis Roos 1998 et Éditions du Masque,
département des éditions Jean-Claude Lattès, 2005

Remerciements

Je dois remercier ici Chantal Brevier, Michèle Demaria et Jean-Philippe Présent pour avoir accepté si volontiers d'effectuer le travail ingrat de relecture de mon manuscrit.

Je dois aussi exprimer ma profonde reconnaissance à tous les libraires qui distribuent mes ouvrages et à toutes mes lectrices et mes lecteurs si fidèles.

L'aide considérable que m'apporte M. Ferrand, conservateur à la bibliothèque Méjanes (mais en réalité tout le personnel de cette si riche bibliothèque), me permet d'éviter de trop graves erreurs historiques. S'il en reste, je suis le seul responsable.

Enfin, je dois remercier ceux qui m'apportent des renseignements toujours précieux sur les lieux et l'histoire de la Provence. Quant à mon épouse, ma mère et ma fille cadette, toujours premières lectrices, elles restent les plus sévères juges des premières versions de mes ouvrages.

LES PRINCIPAUX PERSONNAGES

Charles de Baatz de Castelmore d'Artagnan, *capitaine de la première compagnie des mousquetaires noirs*

Bauer, *reître au service de* Louis Fronsac

Margot Belleville, *intendante à Mercy*

Louis de Bourbon, *prince de Condé*

Armande de Brie, *ancienne comédienne de l'Illustre Théâtre, épouse de* Gaston de Tilly

Claire-Clémence de Brézé, *épouse du prince de Condé, nièce de* Richelieu

De Busque, *officier des galères*

Jean-Baptiste Colbert, *contrôleur général des finances*

Louis Dauger de Cavoye, *l'ami du roi*

Jacques de l'Épée, *reître au service de* Cavoye

Honora Fossati, *dit Cougourde, marin corse*

Lucrèce de Forbin-Soliès, *épouse d'Henry de Rascas, dite « la Belle du Canet »*

Louis Fouquet, *le jeune fils du surintendant* Fouquet

Mme Fouquet, *épouse du surintendant*

Paul Fourmiguier, *officier d'écriture à l'Arsenal*

Louis Fronsac, *chevalier de Mercy et marquis de Vivonne*

Pierre Fronsac, *son fils*

Germain Gaultier et sa sœur Marie, *domestiques*

Pierre et François Grosdaille, *bergers*

Michel Hardouin, *époux de Margot Belleville*

Aurore La Forêt, *au service de la famille du surintendant* Fouquet

Louis XIV, *roi de France*

Angélique Lamoignon, *cousine de* Philippe de Sérigneau

François Michel Le Tellier, *marquis de Louvois, fils de Michel Le Tellier*

Henry de Massuez, *marquis de Ruvigny et beau-frère de* Tallemant des Réaux

Gédéon Mery de Monfuron, *homme de main de* Colbert

Charles de Montauzier, *gouverneur des enfants royaux, époux de* Julie d'Angennes, *fille de* Mme de Rambouillet

François de Montmorency, *duc de Luxembourg, capitaine du prince de Condé*

Nicolas, *secrétaire et cocher de* Louis Fronsac

Pierre, *vieux domestique d'*Aurore La Forêt

Palamède Pescarie, *dit Aragna, marin corse*

Pierre de Raffelis, *seigneur de Roquesante, magistrat*

Philippe de Sérigneau et son épouse Marie Fronsac

Gédéon Tallemant, *seigneur des Réaux, écrivain*

Gaston de Tilly, *ancien commissaire et procureur du roi*

Pasquale Verrazzano, *Corse génois, ancien chef de nage de l'amiral de Beaufort*

Julie de Vivonne, *nièce de la marquise de Rambouillet, épouse de* Louis Fronsac.

JANVIER 1638

Le Palais-Cardinal, dans le vaste bureau du Grand Satrape[1]

Richelieu était assis à sa grande table de travail. À cinquante-trois ans, amaigri par la maladie et le travail qu'il s'imposait, il ressemblait déjà à un cadavre avec ses cheveux blancs et clairsemés et ses os saillant sous la peau parcheminée du visage. L'Homme Rouge regardait les deux documents manuscrits posés sur son bureau.

— Enfin ! murmura-t-il avec une grimace de joie. Je les tiens désormais tous dans ma main. Il me reste ce mariage, mais j'y mettrai le prix. Il se fera. Et même après ma mort, je les tiendrai encore.

Il ajouta un dernier paragraphe sur les deux lettres, les cacheta et les rangea soigneusement dans un tiroir secret.

JUIN 1669

Extrait d'une lettre du marquis de Louvois

… Vous ferez saisir cette personne et l'emmènerez jusqu'à Pignerol où M. de Saint-Mars la placera dans le cachot le plus reculé.

---

1. Surnom du cardinal de Richelieu dans le salon de Mme de Rambouillet.

Durant le voyage vous veillerez à ce que le prisonnier ne s'adresse à personne et ne soit vu par personne. Par mesure de sécurité vous le couvrirez d'un masque avec une fermeture de fer dont vous seul aurez la clef.

1

Lundi 23 septembre 1669, le soir

— Je suis un homme d'une autre époque et j'ai parfois l'impression de revivre le passé, lâcha, désabusé, Tallemant en posant son verre de vin de Beaune sur la table.

Louis le considéra un instant et approuva de la tête. Le silence se fit dans la grande salle du château de Mercy. Un silence reposant, à peine troublé par le crépitement du feu dans la vaste cheminée et le mugissement du vent à l'extérieur.

Ce silence n'était pas ce mutisme contraint, lourd et gênant, dont chacun attend qu'il soit brisé par son voisin de table ; non, c'était un silence de compréhension, d'accord, et disons-le simplement, d'amitié.

Il y avait là ce soir, autour de la table, Gédéon Tallemant, tardif seigneur des Réaux – une terre acquise durant la Fronde. Gédéon était écrivain (ou plus précisément anecdotier) à ses heures, membre de la religion réformée et, accessoirement, rentier en faillite. L'homme de lettres, proche ami de la duchesse de Rambouillet et âgé maintenant de cinquante ans avait le visage fatigué et marqué de celui qui a connu trop d'échecs. À sa droite se tenait la toujours piquante Armande de Tilly, ancienne comédienne de la troupe de *l'Illustre Théâtre* et épouse de

Gaston de Tilly, l'ami d'enfance du maître de maison : le chevalier Louis Fronsac, marquis de Vivonne. Julie de Vivonne, son épouse, était placée en face de Gaston.

Jeunes gens, ils avaient tous souffert sous la dictature sanglante de Richelieu. Puis était venue l'heureuse période de liberté de la Régence, sous le gouvernement souvent chaotique et contesté de Mazarin. Ensuite, ils avaient connu la Fronde, cette effroyable guère civile, mais, maintenant, au soir de leur vie, l'oppression et la peur qu'ils avaient ressenties dans leur jeunesse revenaient, même si ce n'étaient pas encore l'épouvante et la violence qu'ils avaient connues, trente ans plus tôt, sous le joug oppressant de l'évêque de Luçon.

Mazarin était mort depuis huit ans déjà et le jeune roi s'affermissait chaque jour un peu plus. Il dirigeait maintenant le pays d'une main de fer, n'autorisant ni débat ni contestation. Plus grave, il intervenait aussi dans les croyances, dans les idées, dans le comportement même de ses sujets.

Et chacun avait découvert que le roi était aussi un homme vindicatif quand Louis le Quatorzième avait usé de son droit de *grâce* pour aggraver la peine du surintendant des finances Nicolas Fouquet, ce qui ne s'était jamais vu auparavant.

Le jeune roi avait montré qu'il avait l'irrémission tenace et durable : la famille, les avocats, et même les juges de Fouquet, que Louis XIV avait trouvé trop indulgents, pouvaient en témoigner. Bannis, leurs biens confisqués, ils étaient désormais des parias indésirables dans tout le royaume.

Nicolas Fouquet avait été arrêté huit ans plus tôt, au faîte de sa gloire. Il avait alors quarante-six ans. Fils de magistrat, magistrat lui-même, il devait sa carrière à deux heureuses résolutions : la première était d'avoir choisi le parti du roi et de Mazarin durant la

Fronde alors que la plupart des magistrats faisaient le choix inverse ; la seconde était son mariage avec la fille d'un président au parlement qui lui apportait deux millions de livres à la mort de ses parents. Riche de sa fidélité au roi et de la dot de sa femme, Mazarin l'avait désigné, en 1653, pour la surintendance des finances.

Dans l'état de banqueroute de la France qui avait suivi la Fronde, Fouquet avait restauré la confiance en prêtant au roi son argent personnel, en risquant sa propre fortune auprès des traitants, et surtout en respectant sa signature.

Ensuite, tout avait été facile. Fouquet avait créé et vendu de nouveaux offices, émis des rentes, aliéné des droits domaniaux, réorganisé – il est vrai à son profit et moyennant de fabuleux *donatifs*[1] – les adjudications d'impôts. Moins de dix ans après sa nomination à la surintendance, la situation financière du royaume était redevenue vertueuse.

Mécène ambitieux et séducteur trop confiant, le surintendant s'était aussi comporté durant ces dix années en grand féodal, transformant et fortifiant ses domaines, s'entourant dans un train de vie flamboyant d'une cohorte d'alliés, de clients, et de féaux qu'il croyait loyaux.

Pourtant la splendeur de sa propriété de Vaux et l'étalage de sa fortune – qui n'était qu'apparente car, lors de son arrestation, son actif de quinze millions de livres couvrait à peine son passif ! – suscitaient bien des jalousies. En particulier celles de l'homme qui lui était le plus proche : Jean-Baptiste Colbert.

Colbert, qui devait pourtant tout à Fouquet, désirait la place de son maître. Pour y parvenir, il l'avait trahi. C'est lui qui avait détaillé au souverain les méthodes obscures – et scandaleuses à ses yeux – du financier ; c'est lui qui avait dénoncé les pots-de-vin

---

1. On dirait de nos jours des pots-de-vin !

qu'il touchait ; et surtout, c'est lui qui avait dévoilé – grâce à son cousin Colbert de Terron, intendant du gouvernement de la Rochelle – la fortification de Belle-Isle, une place forte privée du surintendant.

En 1661, Fouquet avait donc été arrêté, ses biens saisis et sa famille ruinée. Depuis, il végétait dans la prison tombeau de Pignerol, de l'autre côté des Alpes.

L'arrestation, le procès, la condamnation du surintendant avaient profondément marqué ceux qui l'avaient connu, mais c'est surtout la méthode du jeune roi, un mélange de revanche, de cupidité et d'animosité, qui avait épouvanté chacun.

Que serait le comportement futur d'un tel souverain ?

C'est que les cinq convives, autour de cette table, avaient tous des raisons de craindre l'avenir.

Tallemant était issu d'une vieille famille de réformés qui avait fui les persécutions de Flandre au siècle précédent. Son père et ses deux oncles avaient trouvé en France un asile qui leur avait laissé le droit de pratiquer leur religion.

Les trois frères Tallemant avaient bâti ce qui devait devenir une des plus grandes banques du royaume : la banque Tallemant. Celle-ci avait été durant vingt ans de toutes les opérations d'adjudication et de concession des grandes Fermes, cette méthode fiscale qui permettait à l'État d'encaisser immédiatement le montant d'un impôt en laissant les adjudicataires se rembourser sur les contribuables.

Malheureusement, les opérations frauduleuses d'un commis avaient entraîné une quasi-faillite de l'établissement. Un malheur n'arrivant jamais seul, la Chambre de Justice, créée par édit royal pour rechercher les malversations de Fouquet, avait accusé une soixantaine de partisans, de fermiers, de traitants et de banquiers de s'être enrichis au détriment de l'État. Tous ces financiers avaient participé aux opérations d'adjudication des impôts : le Trésor leur ayant cédé le recouvrement des taxes, pour une somme fixée à l'avance, à charge pour eux de récupérer leur mise – avec bénéfice – sur les redevables. Et parmi les banques incriminées se trouvait la banque Tallemant.

Au bout de quatre ans de procédure, tous les accusés avaient été taxés forfaitairement. La banque Tallemant avait été contrainte pour quatre cent mille livres ! La débâcle financière de l'établissement avait alors été complète.

Tallemant des Réaux n'était qu'actionnaire dans cette banque, pourtant le Parlement l'avait condamné à participer au paiement de la faillite. Il était maintenant ruiné. Sa jeune épouse Élisabeth, réformée comme lui, avait choisi ce moment difficile pour se tourner vers la religion catholique comme l'incitaient les ordres du roi. Ayant quitté le foyer conjugal pour un couvent, elle pouvait ainsi être légalement épargnée de la déroute du ménage ! Cela avait été un coup de poignard pour ce réformé intègre qu'était des Réaux et qui, ayant épousé la jeune femme alors qu'elle avait quatorze ans, avait toujours cru à son amour sincère.

Depuis quelques mois, Élisabeth était cependant revenue dans leur maison de la rue des Fossés-Montmartre, mais Tallemant sentait que cela ne pouvait durer – elle ne l'avait d'ailleurs pas accompagné chez les Fronsac –, l'étreinte sur les réformés était trop forte. La répression se faisait déjà brutale et l'écrivain avait deviné qu'elle serait prochainement violente.

Depuis le début de l'année, peu après l'abjuration de Turenne – le dernier descendant d'un compagnon d'Henry IV encore de la Religion –, les mesures contre les réformés s'étaient amplifiées. Déjà, en 1665, les enfants de réformés avaient été encouragés à se convertir sans l'accord de leurs parents. En janvier, la suppression de la chambre de l'Édit avait fait disparaître le droit des huguenots à être jugés par leurs pairs.

Depuis quelques mois, les conversions forcées s'intensifiaient alors même que l'émigration des religionnaires venait d'être interdite.

Louis et son épouse n'avaient pas ces inquiétudes car ils étaient bons catholiques ; cependant ils penchaient pour le jansénisme.

Vingt ans plus tôt, Louis, poursuivi par les séides du duc de Beaufort et de la marquise de Chevreuse, avait trouvé refuge à l'hôtel de Condé. Là, Claire-Clémence de Brézé, épouse de celui qui n'était que le duc d'Enghien, lui avait fait lire *De la fréquente Communion*[1]. Plus tard, ses entretiens avec Pierre Pashal[2] avaient raffermi sa croyance. Las, depuis quatre ans, les persécutions contre les jansénistes s'étaient multipliées. Avec l'intervention de la duchesse de Longueville, la sœur du prince de Condé, ces brimades venaient de cesser, mais Louis sentait bien que cette accalmie ne durerait pas[3].

Quant à Gaston et Armande, peu portés sur la religion, ils n'avaient guère été affectés par le comportement autoritaire du roi à ce sujet. Pourtant, tous deux se sentaient concernés par les récentes persécutions bien que ce soit pour des motifs différents. Gaston avait été commissaire de police de Saint-Germain-l'Auxerrois, sous les ordres de Laffemas – *le bourreau de Richelieu* –, puis procureur du roi proche du Chancelier Séguier. Plus tard, il avait même été, durant quelque temps, un proche de Nicolas de La Reynie, le nouveau lieutenant général de la police parisienne. Il avait cependant préféré se retirer d'une fonction où il n'avait plus à assumer l'ordre et la justice mais à exécuter des commandements qu'il désapprouvait. Envoyer des protes-

---

1. *La Conjuration des Importants*, paru dans la collection Labyrinthes.
2. Pascal.
3. Elle dura onze ans.

tants *insolents* aux galères ou, pire, sévir contre ceux qui les aidaient à quitter la France, n'était pas, selon lui, la tâche d'un officier du roi.

En ce qui concernait Armande, c'était plus la situation faite à ses amis, les comédiens de l'*Illustre Théâtre*, qui l'inquiétait. Elle savait que les derniers écrits de Poquelin avaient déplu, et que s'il n'avait pas eu le soutien du prince de Condé, sa pièce *Tartuffe* aurait été interdite[1].

Autour de cette table, tous partageaient les mêmes idéaux : ils avaient connu la tolérance et en avaient apprécié les bénéfices et ils se refusaient à voir revenir l'arbitraire, le dogmatisme, l'injustice et la contrainte.

Bien sûr, aucun d'eux ne fréquentait la Cour et le babylonien chantier où le roi avait décidé d'installer l'administration du pays : Versailles. Comme beaucoup qui se refusaient à jouer les hypocrites, ils restaient chez eux, entre eux, s'informant et se protégeant mutuellement.

— Et quand penses-tu obtenir le privilège royal ? demanda finalement le marquis de Vivonne à des Réaux.

— Je ne sais pas, répondit ce dernier d'un ton découragé. Je ne sais vraiment pas !

Tallemant s'était, depuis quelques mois, lancé dans une aventure éditoriale particulièrement difficile : publier les œuvres complètes du poète Vincent Voiture, celui qui faisait vivre la Chambre Bleue de la marquise de Rambouillet, l'ami fidèle de Tallemant et de Louis. Mais il devait pour cela obtenir un privilège royal et, parce qu'il était protestant, on lui différait cette autorisation.

Tallemant avait raconté ses ennuis pour illustrer

---

1. Le *Tartuffe* fut interdit en 1664, ensuite ce fut le tour de *Don Juan* en 1665. En 1669, après l'intervention du prince de Condé, *Tartuffe* fut enfin autorisé.

la situation mesquine faite désormais à ses coreligion-
naires.

— Et tes nouvelles écuries ? demanda Gaston.
Nous sommes arrivés ce soir trop tard pour les voir,
j'espère bien que nous les visiterons demain !

Louis faisait en effet construire de nouveaux bâtiments, à deux cents toises en arrière du château. Non
seulement des écuries pour les chevaux et les voitures,
mais aussi des abris pour les charrettes ainsi que des
granges pour entreposer la production de la riche terre
de Mercy.

Il venait d'acheter une vingtaine d'holsteins et
d'oldenbourgs, de magnifiques chevaux de guerre bais
et noirs, et il désirait commencer un élevage comme
son illustre voisin, Louis de Bourbon, le prince de
Condé.

— Les travaux avancent, répondit Louis en souriant, heureux de cette question qui allait peut-être
mettre fin à la morosité de leurs échanges. Mais pas
aussi vite que je le voudrais. Tout cela coûte fort cher
comme tu t'en doutes.

Tallemant ne s'intéressait pas à ces problèmes
domestiques, il s'adressa à Gaston, sachant que son
intervention allait intéresser l'ancien commissaire :

— J'ai vu mon beau-frère cette semaine. Il rentrait de Londres d'où il m'a rapporté quelques anecdotes édifiantes…

Henry de Massuez, marquis de Ruvigny, député
général des Églises Réformées était le beau-frère de
Tallemant. Ruvigny était un homme dur – il avait tué
son premier adversaire à seize ans – fidèle parmi les
fidèles, autant à la royauté qu'à l'Église réformée. Tallemant et Louis Fronsac ne l'aimaient guère, même
s'ils savaient que c'était un homme d'honneur sinon
un homme honorable. Seulement, en vérité, Massuez
représentait plus que ses titres : il était *au plus proche
du roi*, dont il avait l'oreille, et les entreprises les plus

secrètes, les plus délicates, et quelquefois les plus ignobles, de la diplomatie royale étaient de son ressort.

Tallemant poursuivait, alors que des roulements de voiture et des martèlements de sabots retentissaient dans la cour du château en se superposant au hurlement du vent.

— Par deux fois, cet été, notre bon roi a montré à quel point il pouvait être vindicatif : vous souvenez-vous de Roux de Marcilly ?

Gaston hocha la tête affirmativement, mais Julie et Louis froncèrent légèrement les sourcils. Ce nom ne leur disait rien. Tallemant avait remarqué leur attitude et avide de conter une nouvelle anecdote, il reprit :

— Roux de Marcilly était le chef du *Comité des Dix*, un groupe de conspirateurs dont le seul point commun était leur haine envers notre souverain. Ce groupe travaillait principalement pour le gouvernement anglais à un projet d'invasion de la France. Mon beau-frère était chargé de les surveiller à Londres et, alors que Roux se rendait en Suisse pour rencontrer des complices, il prévint les hommes de main du marquis de Louvois, notre ministre de la police. Ceux-ci s'assurèrent de la personne du comploteur et l'expédièrent en France comme un vulgaire colis.

— Mais la Suisse est un pays souverain, s'offusqua Julie.

Tallemant eut un sourire cynique, assorti d'un vague geste de la main, mesurant ainsi à quel point une telle objection avait dû gêner le roi. Il poursuivit :

— *Déplaire au roi ou avoir tort, c'est la même chose*, a fort bien déclaré M. de Bussy. Roux fut rapidement jugé, promptement condamné et finalement roué vif, il y a trois mois.

Le silence se fit de nouveau. Cette sauvage méthode rappelait atrocement celle d'un autre bourreau que tous voulaient oublier : l'évêque de Luçon, le Grand Satrape ! Tout allait donc recommencer ?

En bon conteur, Tallemant appréciait son effet, il considéra longuement ses amis à tour de rôle. Gaston, à l'expression si fatiguée depuis quelques mois, lissait ses cheveux roux mêlés de gris sans dissimuler son dégoût pour de telles pratiques. Armande, à l'apparence toujours jeune malgré ses cinquante ans, avait le regard affolé d'un animal pris au piège. Louis, le visage fermé, ne cachait pas sa tristesse, ses regrets peut-être – après tout, n'avait-il pas sauvé la vie du roi neuf ans auparavant[1] ? – et son attitude était étrangement soutenue par ses cheveux complètement gris et son justaucorps noir. Machinalement, il rajustait les galans noirs – on appelait ainsi ces petits rubans – qui serraient ses poignets de chemise. Julie, les yeux mi-clos, paraissait à la fois oppressée et écœurée.

Satisfait, des Réaux poursuivit :

— Quelques semaines plus tard, c'était à Dunkerque qu'un autre pauvre diable était saisi, garrotté, et mis au secret ; en réalité, il arrivait probablement d'Angleterre et faisait certainement partie des Dix ; il a aussitôt été transféré à Pignerol.

— Sait-on son nom ? demanda Gaston que ces histoires intéressaient toujours, même s'il n'était plus policier.

— Officiellement, non. Par mon beau-frère, j'ai appris toutefois qu'il s'appellerait Eustache et serait coupable de terribles crimes…

Tous se tournèrent alors vers la porte qui venait de s'ouvrir. Une femme sans âge, au visage ingrat et sec, pénétrait dans la pièce : c'était Margot Belleville, l'intendante de Mercy.

Le père de Margot, libraire à Paris, était mort en 1641, un peu à cause de Louis et beaucoup par le fait du duc de Vendôme, le fils naturel de Gabrielle

---

1. *L'enlèvement de Louis XIV*, à paraître dans la collection Labyrinthes.

d'Estrée et d'Henry IV. Le duc avait fait assassiner le libraire qui avait dérobé un livre précieux dans sa bibliothèque d'Anet. Un livre que Louis recherchait à cette époque où il n'était que notaire et chargé de l'inventaire des biens du duc, confisqués pour cause de complot contre le roi[1].

Devenu seigneur de Mercy, Louis l'avait prise à son service pour apaiser ses remords. Il n'avait pas eu à le regretter : elle et son époux Michel Hardouin, un ancien menuisier, géraient le domaine avec une efficacité hors du commun.

— Une dame vient d'arriver, monsieur le marquis, expliqua Margot. Elle demande à vous voir et assure venir directement d'Aix.

— D'Aix ? s'étonnèrent ensemble Gaston et Louis. De Provence ? A-t-elle donné son nom ?

— Oui. Elle s'appelle Mme de Forbin-Soliès.

— Mme du Canet ? s'étonna Louis ébahi. Faites-la entrer sur l'heure, ajouta-t-il en se levant et se dirigeant vers l'entrée pour recevoir sa visiteuse.

Tous se levèrent à sa suite alors qu'une imposante et resplendissante femme pénétrait dans la pièce.

Elle était vêtue d'une robe de velours incarnat recouverte d'un immense manteau de voyage qu'elle écarta – la pièce était fort bien chauffée –, en dégageant un décolleté en bateau orné de rubans – une mode passée depuis quelques années –, faisant apparaître une poitrine si opulente que Tallemant songea aussitôt à celle de la duchesse de Montbazon dont il avait dit durant la querelle des Importants qu'elle *avait moitié plus de tétons qu'il n'en faut* !

Lucrèce de Forbin-Soliès n'avait pas changé. Vingt-deux ans plus tôt, Louis et Gaston s'étaient rendus dans la capitale de la Provence à la demande de

---

1. *Le Mystère de la Chambre Bleue*, à paraître dans la collection Labyrinthes.

Mazarin pour enquêter sur une affaire de fausses lettres de provision qui aurait pu être fatale au ministre. Ils avaient rencontré Lucrèce au bal de la Fête-Dieu donné dans le Palais Comtal de la ville par Louis de Valois, comte d'Alais, alors gouverneur de Provence.

Elle était à cette époque la plus belle femme de la province. Louis avait appris plus tard qu'elle s'était mariée à un petit gentilhomme provençal, le seigneur du Canet, Louis de Rascas, et que l'homme était mort peu de temps après son mariage, non pas épuisé par la belle mais d'une balle de mousquet, alors qu'il s'opposait au gouverneur de Provence.

Durant la Fronde, en effet, de graves troubles avaient aussi éclaté en Provence. Le comte d'Alais, dernier descendant bâtard des Valois, avait tenté de les réprimer dans le sang. Mazarin s'y était opposé et l'avait fait remplacer par un autre descendant de bâtard royal, Louis de Vendôme, le petit-fils d'Henry IV et de Gabrielle d'Estrée.

Louis de Vendôme, duc de Mercœur, fils du duc qui avait fait assassiner le père de Margot Belleville, était aussi le frère du pire ennemi de Mazarin : le duc de Beaufort, surnommé le roi des Halles par la plèbe parisienne qui admirait son comportement de truand et de soudard. Mais Louis de Vendôme, lui, avait pris parti dès le début de la Fronde pour le camp du Sicilien *Colmardiccio* – c'était l'amical surnom que la marquise de Rambouillet donnait au ministre.

Ce choix s'expliquait surtout par une affaire de cœur. Le duc de Mercœur était amoureux fou de Laure Mancini, la plus belle des nièces de Mazarin. Il devait d'ailleurs finalement l'épouser malgré la brutale opposition de Condé devant une telle mésalliance. Plus tard, ayant reconnu les belles qualités du ministre, Louis de Vendôme lui était resté fidèle.

Le duc de Mercœur, gouverneur de Provence, était devenu veuf en 1657 et Louis avait appris lors de son séjour à Aix en 1660 que Lucrèce de Forbin, veuve aussi, s'était rapprochée de lui[1]. Ils envisageaient même de se marier quand, devant les inquiétudes d'une telle alliance – les Vendôme étaient l'une des plus riches familles de France – le roi avait finalement obtenu un chapeau de cardinal pour le fils de France. Ce qui n'avait nullement empêché ensuite Lucrèce et Louis de vivre ensemble dans un petit pavillon à l'entrée de la ville d'Aix[2].

Julie s'avança vers Lucrèce avec une petite révérence alors que Louis s'adressait à celle que l'on nommait en Provence la *Belle du Canet*, avec quelque gaucherie. La surprise ne s'était pas effacée !

— Madame… je ne m'attendais pas… ce qui vous amène chez moi… voulez-vous boire quelque chose ? Tenez…

Il se tourna vers un des valets qui servait à table :

— Philippe, servez donc un peu de Sauternes à madame.

— Vous êtes trop bon, monsieur le marquis, je suis confuse, j'aurais dû vous faire prévenir… j'avais préparé à l'avance mon discours, ma demande, ma prière plutôt et je ne sais plus comment l'aborder…

— Avez-vous soupé, madame ? s'inquiéta Julie.

— Euh… à vrai dire, non… Je…

Déjà, et comme par enchantement, une servante installait un couvert, Gaston avançait un siège ; en quelques secondes, Lucrèce se trouva placée entre Armande et Tallemant, donc face à Louis Fronsac, l'homme aux rubans noirs.

Le domestique attendait des ordres pour savoir s'il devait débarrasser la table.

— Louis, nous te laissons avec madame, pro-

---

1. Voir : *Deux récits mystérieux*, à paraître dans la collection Labyrinthes.
2. Le pavillon Vendôme.

posa Gaston qui, piqué par la curiosité, pensait exactement l'inverse de ce qu'il proposait.

— Madame, expliqua le marquis de Vivonne en
montrant l'assistance d'un geste, je n'ai ici de secret
pour personne. Vous connaissez déjà Gaston, il a
vieilli, comme moi, mais il n'a pas changé. Madame
est son épouse et Julie – il lui prit la main –, est la
mienne. Considérez-la comme une sœur. Quant à ce
monsieur triste, à l'écart, c'est un de mes plus chers
compagnons : Gédéon Tallemant, seigneur des Réaux.
À moins que ce ne soit contraire à vos désirs, restau-
rez-vous, reposez-vous et quand vous le jugerez bon,
vous nous narrerez les raisons de votre venue…

Il hésita, et ajouta :

— Vous m'avez parlé de prière, j'avoue être très
troublé…

La *Belle du Canet* parut embarrassée un bref instant, puis hocha la tête en souriant.

Le repas reprit son cours de façon un peu chaotique et entrecoupé de quelques silences embarrassants.

— Votre voyage s'est-il bien passé ? s'inquiéta
brusquement Armande qui avait traversé la France
avec *l'Illustre Théâtre* et gardait un souvenir épouvantable des routes défoncées par des ornières aussi profondes que les voitures, des brigands qui tuaient les
voyageurs avant de violer leurs compagnes, des
auberges glaciales, sales et pleines de vermine.

— Ce fut terrible, répondit simplement Lucrèce
avec un accent chantant. Des pluies incessantes nous
ont poursuivis jusqu'à Paris. Heureusement j'étais
accompagnée et protégée par une troupe d'hommes
vigoureux et infatigables…

En songeant à ses robustes valets, elle porta sa
main à sa bouche :

— Mon Dieu ! Je les ai oubliés ! Ils doivent
mourir de faim…

— Ne craignez rien, j'ai donné des ordres, la rassura Julie. Ils sont en train de se restaurer. On leur montrera ensuite où loger. Le château n'est pas très grand mais il possède un certain confort et de nombreuses pièces sont disponibles pour nos hôtes.

Lucrèce jeta machinalement les yeux autour d'elle. La salle où ils se trouvaient était généreuse et entièrement lambrissée de chêne avec de nombreux panneaux couverts de miroirs. La grande cheminée aurait pu être insuffisante si elle n'avait été complétée par deux gros poêles de faïence hollandaise. Ces poêles encore si rares en Provence. Quelques riches tapisseries des Flandres étaient pendues aux murs ainsi que plusieurs tableaux de Sébastien Bourdon, dont l'un représentait Louis en chemise avec ses rubans noirs aux poignets. Tout l'aménagement des lieux affichait sinon la fortune, du moins l'opulence du maître de maison.

Et puis, elle avait remarqué la nombreuse domesticité, les cinq ou six valets qui l'avaient reçue dans la cour, les servantes innombrables et les laquais en livrée, présents et attentifs.

— Merci, madame, mais je pense qu'il est temps pour moi de vous expliquer les raisons de mon voyage.

Elle eut un charmant raclement de gorge.

— Vous connaissiez peut-être mes relations avec Louis de Vendôme ?

Louis hocha discrètement du chef et Lucrèce poursuivit :

— Le duc de Mercœur est mort, il y a un mois. Dans mes bras…

— Nous l'ignorions, fit Tallemant avec un visible dépit tant il se targuait de tout savoir !

Elle eut un triste sourire :

— Laissez-moi vous relater les circonstances de ce brusque décès. Vous avez connu son frère François, je crois ? demanda-t-elle à Louis.

— Hélas oui, acquiesça Fronsac assez froidement. Il a essayé plusieurs fois de me faire assassiner, encore qu'il avait une excuse car il était sous les ordres de Mme de Chevreuse. J'avais cependant une piètre opinion de lui.

— La duchesse de Chevreuse était une mauvaise femme, c'est vrai, approuva Lucrèce. Mais il avait changé, je puis vous l'assurer, et il regrettait son comportement passé. Aviez-vous appris qu'il était devenu amiral de la flotte ?

Réconcilié avec le jeune roi après la Fronde, le duc de Beaufort était effectivement devenu amiral de la flotte en Méditerranée et s'était attaqué avec succès aux Turcs et aux barbaresques. Lui si brouillon, si excessif, si furieux, avait montré là un tel talent que le roi en avait pris ombrage ; de nouveau le souverain s'était méfié du bâtard de France. C'est que Louis XIV n'oubliait pas que si, un jour, la preuve du mariage de son grand-père avec Gabrielle d'Estrée était apportée, la guerre civile pouvait reprendre. Car quoi qu'il ait fait dans le passé, Beaufort était toujours adoré du peuple de Paris, et en tout cas plus que le roi si hautain et distant.

Il est courtois, il est accort,
Le brave monsieur de Beaufort !

fredonnaient les Parisiens et, justement, au début de cette année 1669, une occasion de se distinguer était apparue à l'amiral : la ville de Candie[1], propriété de la Sérénissime, avait demandé l'aide de la France contre l'invasion turque. Après de longues hésitations le roi avait finalement envoyé une flotte sous le double commandement français de Navailles et du duc de Beaufort. La flotte avait été rejointe par d'autres éléments génois, vénitiens et romains. L'ensemble du

---

1. Actuellement Héraklion en Crète. Le siège de Candie, ville vénitienne, dura vingt ans. Les Turcs emportèrent finalement la ville.

commandement était assuré par le général des galères de Rome : Rospigliosi.

Hélas, avec autant de commandements, la discorde s'était vite installée entre les trop nombreux généraux. Le 25 juin, funeste jour pour la Chrétienté, les Français avaient livré bataille contre les Turcs dans la plus complète anarchie et alors même que la totalité de la flotte de guerre n'était pas arrivée.

Devant le très grand nombre d'Ottomans, les troupes de Navailles s'étaient débandées de la plus déshonorante façon. Seul Beaufort était resté héroïquement sur le champ de bataille.

Mais on ne l'avait jamais revu et ses troupes avaient été décimées.

La victoire obtenue, le vizir Kupruli Pacha avait donné l'ordre de couper toutes les têtes des chrétiens morts ou prisonniers. Il avait d'ailleurs accordé une prime de soixante et dix piastres par tête ! Le corps de Beaufort n'avait pas été retrouvé, même si certains avaient cru reconnaître sa tête sur une pique en haut d'un rempart turc.

Ceci était ce que chacun savait.

— Le 6 août, poursuivit Lucrèce, nous étions ensemble quand on annonça à Louis qu'un ancien marin de son frère voulait le voir. Je restai avec lui. L'homme s'appelait Pasquale Verrazzano, c'était un Corse d'origine génoise et il naviguait avec le duc. Il nous affirma avoir appris que Beaufort n'avait pas été tué à Candie, mais fait prisonnier par les Turcs.

La foudre tombée sur la table n'aurait fait plus d'effet. Beaufort, le roi des Halles, le roi de Paris, serait donc vivant ? Une nouvelle extraordinaire, inimaginable, invraisemblable ! Beaufort était resté l'idole des Parisiens et son retour de chez les morts allait entraîner un mouvement de ferveur inconcevable dès qu'il serait connu. Et un tel mouvement ne plairait pas au roi.

— Mais ce n'est pas tout, poursuivit Lucrèce d'une

voix maintenant entrecoupée de sanglots, Verrazzano nous informa aussi que le bruit courait chez les anciens compagnons du duc que le roi de France aurait racheté directement la liberté de l'amiral. Et que celui-ci, masqué, aurait été ramené en France et enfermé en secret.

— Si cette histoire est vraie, murmura Gaston épouvanté, le trône de Louis va chanceler…

— *Ce prince magnanime, ce grand cœur de Beaufort*

Les Parisiens estiment qu'il sera leur support, chantonna Tallemant en ricanant avec méchanceté.

C'était une chansonnette qui avait été à la mode durant la Fronde.

— Voilà la raison de ma venue, ajouta Lucrèce dans un murmure. En apprenant toutes ces mauvaises nouvelles, Louis de Vendôme s'est senti mal, son cœur a lâché, et il est mort dans mes bras une heure plus tard… Mais il m'a fait jurer…

— Jurer ? demanda Louis qui avait compris ce que la belle Aixoise allait lui demander.

— Jurer de retrouver son frère. Et de le libérer.

— Je vois…

— Et je viens vous demander votre aide. À qui d'autre pourrais-je m'adresser ? fit-elle d'un air de fausse naïveté.

— Mais pourquoi moi ? ironisa Louis avec quelque mauvaise grâce.

Le regard de la *Belle du Canet* se posa sur Louis avec un mélange d'adoration et d'appétence qui ne plut guère à Julie.

— Je vous ai vu à l'œuvre, à Aix, monsieur. Je sais que rien ne peut vous arrêter. Je sais aussi que dans le passé vous vous êtes chargé d'enquêtes difficiles, souvent dangereuses et toujours délicates. Je sais que vous êtes capable de saisir une solution là où personne ne la distingue.

Louis avait en effet cet esprit de géométrie dont

Pashal lui parlait si souvent. Cette capacité de raisonnement et d'analyse des informations qui lui permettait par inférence de distinguer la vérité au milieu d'une broussaille de faits contradictoires ou secondaires.

— Vous exagérez, plaisanta Louis, et je ne suis plus très jeune. En outre, j'ai toujours agi pour la Couronne. Ce que vous me demandez est peut-être une action contraire…

— Mais si le roi s'est comporté ainsi, s'emporta Lucrèce, il ne mérite plus de l'être !

Et de nouveau le silence se fit. Un silence lourd, sinon désapprobateur. L'accusation était tellement grave !

— Acceptez, Louis, jeta négligemment Tallemant en écartant les mains. Elle a raison. Le roi n'est roi que parce qu'il est juste. Rappelez-vous ce qui disait Mazarin : *Dieu a établi les rois pour veiller au bien et au repos de leurs sujets et non pour sacrifier ce bien-là à leurs passions.*

Louis le dévisagea avec autant de surprise que d'hésitation.

— Je ne sais pas. J'aurais aimé en savoir plus…

— J'ai amené avec moi Verrazzano, insista la *Belle du Canet*, vous pouvez l'interroger, il vous dira…

Louis hésitait encore à répondre. Mais Lucrèce le poussait, après tout, pourquoi ne pas interroger Verrazzano avant de se décider ?

— Soit ! Je veux bien en savoir un peu plus, mais dans tous les cas je ne peux rien promettre car si cette histoire est vraie, et si le roi est derrière une telle ignominie, vous ne pouvez conserver aucun espoir. Aucun ! *Déplaire au roi ou avoir tort, c'est la même chose !*

On fit venir Verrazzano qui mangeait dans les cuisines.

Le Corse entra dans la pièce, accompagné par Bauer.

Bauer était tout à la fois le garde du corps de la famille, l'ami de Fronsac et le responsable de la sécurité du château. Vingt-cinq ans plus tôt, c'était le compagnon d'armes et l'aide de camp du marquis de Pisany, le fils chéri de la marquise de Rambouillet. À la mort de celui-ci, Bauer avait quitté le métier des armes pour rester avec Louis, le meilleur ami de son défunt maître.

Bauer était un géant bavarois et, bien qu'il eût fait la guerre de Trente Ans presque du début jusqu'à la fin, il n'accusait pas son âge, sinon par sa lourde crinière de cheveux blancs. Pourtant, malgré sa taille extravagante, son costume de reître en cuir rouge, ses bottes démodées à larges revers qui lui montaient aux cuisses, sa barbe grise tressée en deux parties sur chaque côté de son visage, ce ne fut pas lui qui attira l'attention de nos amis.

Bauer était en effet précédé d'un homme filiforme de petite taille, sec comme un olivier, le visage noirci et tanné par le soleil et le vent. Son nez cassé était bizarrement tordu, ses cheveux, très longs et légèrement frisés, étaient tressés en une dizaine de nattes graisseuses. Il était vêtu d'une sorte de pantalon lavande avec des chaussures sans boucle et portait un gilet noir, sans manche, sur une chemise douteuse. Un large baudrier de cuir marron, rayé et déchiré lui barrait la poitrine. Un baudrier bien déformé, nota Gaston, et qui devait porter, habituellement, de lourdes armes.

Le nouveau venu, bien qu'il tînt son grand chapeau noir à la main, considérait les convives sans aucune expression de déférence, d'allégeance ou seulement de courtoisie.

— Monsieur Verrazzano, lui demanda Louis, vous connaissiez bien M. de Beaufort ?

Le Corse hocha la tête en croisant les bras.

Nullement découragé par l'attitude insolente du marin, Louis poursuivit :

— Après sa mort, à Candie, vous auriez eu de ses nouvelles. Pouvez-vous nous dire dans quelles conditions ?

L'homme ne répondit pas sur-le-champ. Son regard passa sur les personnes présentes autour de la table. Puis ses épaules s'affaissèrent légèrement et il se mit à parler avec un curieux accent chantant dans lesquels les « r » étaient transformés en « l ».

— J'étais le chef de nage de la chaloupe de monsieur l'amiral. Lorsque nous avons débarqué, je dirigeais une troupe de soldats et de marins. Mais nous n'étions pas assez nombreux, nous avons dû nous replier devant les Turcs. M. de Beaufort est resté en avant avec quelques hommes. On ne les a jamais revus. J'ai moi-même été coupé de nos troupes et je n'ai pu regagner nos lignes. *Par Diu* ! Durant plusieurs jours je me suis caché, les Turcs occupaient toute l'île. Finalement, j'ai été secouru par des pêcheurs qui m'ont ramené en Sicile, d'où j'ai regagné Gênes, puis Marseille.

» À Gênes, j'ai retrouvé des compagnons qui m'ont appris la mort de monsieur le duc. D'autres avaient entendu dire qu'il était prisonnier des Turcs. Plusieurs de mes camarades étaient retournés à Marseille, je m'y suis donc rendu et, à l'Arsenal, j'ai retrouvé un compagnon de combat qui m'a juré avoir vu le duc saisi vivant par un groupe de Turcs.

Verrazzano s'arrêta un instant. Il paraissait plongé dans ses pensées. Mais comme le silence durait, il poursuivit :

— Cependant, une autre rumeur circulait aussi : quelques jours après mon retour à Marseille, un bateau aurait débarqué de nuit un homme à l'Arsenal, en présence de l'intendant Arnoud et de quelques officiers triés sur le volet. Cet homme était masqué, garrotté et bâillonné. Il serait monté dans une voiture fermée par des grilles et aurait été emmené pour une destination inconnue.

— Mais si cette opération était si secrète, comment fut-elle connue ? ironisa Gaston.

— À Marseille, monsieur, on ne peut conserver de secrets longtemps. Des marins ont parlé, le bateau venait de Constantinople. Et très vite, le bruit a couru que le prisonnier était Beaufort. Notre amiral.

Verrazzano s'arrêta encore. Il avait un air accablé.

— Qu'avez-vous fait ? demanda Gaston maintenant passionné par l'étrange récit.

— Par la Madonna ! jura le marin. Je devais le retrouver ! J'ai essayé de suivre la piste de la voiture. Je suis monté jusqu'à Sisteron. Et là, j'ai interrogé un aubergiste qui semblait se souvenir du véhicule : il y avait à l'intérieur un prisonnier que l'on amenait à Pignerol.

— Pignerol ? La prison du surintendant ?

C'était le marquis de Vivonne qui venait de l'interrompre. Par deux fois, le nom de la sinistre prison venait d'être évoqué au cours de cette soirée ! Et Pignerol était surtout connue pour être la prison de Fouquet.

Louis, comme beaucoup de ses contemporains, avait suivi avec passion, puis avec crainte, et enfin avec dégoût, le procès du surintendant des finances. Un procès inique mené sur de fausses accusations et étayé par des documents fabriqués pour la circonstance. Chacun savait que la machination avait été orchestrée par Colbert, qui désirait rapiner la place de son maître. Et Louis avait déjà eu affaire à Colbert alors que l'actuel contrôleur général des finances n'était qu'un commis de Mazarin. Il n'avait pas gardé de bons souvenirs de cette rencontre[1].

---

1. *La conjecture de Fermat*, à paraître dans la collection Labyrinthes.

Verrazzano poursuivit :

— Oui. Je ne savais plus trop que faire. Aller jusqu'à la forteresse ? Et après ? Je n'avais pas d'argent : j'avais tout perdu à Candie. Alors je me suis souvenu que monsieur le duc avait un frère à Aix. Je me suis décidé à aller le trouver, lui raconter cette histoire et lui demander son aide.

— Et moi, il m'a convaincue, conclut Mme du Canet en gonflant le torse ce qui eut pour effet d'exposer plus encore son opulente poitrine.

— Une bien étrange histoire, murmura Tallemant. Étrange, et pourtant pas totalement invraisemblable. Le retour de Beaufort – véritable miracle ! – aurait bien obscurci la gloire de notre Roi-Soleil.

— Que voulez-vous exactement de moi ? répéta Louis en se tournant vers Lucrèce.

— La vérité. Seulement la vérité. Savoir si celui qui aurait pu devenir mon beau-frère est emprisonné. Et si c'est le cas, si c'est par ordre du roi.

— À Pignerol, il pourrait difficilement en être autrement, assura Tallemant dans un mauvais rictus.

Louis se tourna vers Julie. Il se sentait tenté. Résoudre une telle affaire serait pour lui une grande satisfaction. La plus grande de sa vie, certainement, mais les risques étaient prodigieux.

— Louis, tu as toujours cherché à connaître la vérité, lui dit doucement son épouse. Pourrais-tu continuer à vivre sans être obsédé par ce problème ? Rien ne t'empêche au moins d'essayer de savoir. Pourquoi n'irais-tu pas voir M. de Roquesante que tu as connu à Aix ? il était l'avocat de Fouquet et il dispose peut-être d'informations sur les occupants de Pignerol.

— Mme Fouquet est aussi à Paris, lui assura Tallemant. J'ai appris qu'elle attend une audience du roi pour demander de nouveau la grâce de son époux.

— Elle n'aura ni l'une ni l'autre, précisa Gaston. Je sais de bonne source que Sa Majesté lui refusera audience et va lui faire parvenir un ordre de rentrer en province.

Louis écarta les mains avec un accablement simulé.

— Dans ces conditions, puisque tout le monde m'y pousse, j'irai à Paris dès demain les interroger tous deux.

— Mon beau-frère n'est pas encore reparti pour Londres, je t'obtiendrai une entrevue, lui assura Tallemant. Il n'est pas impossible qu'il te lâche quelques informations.

— C'est donc décidé, je logerai chez Pierre.

Pierre était le fils du marquis et de Julie.

— Je serai de retour d'ici deux ou trois jours, expliqua-t-il à son épouse. Nous demanderons à Nicolas de porter une lettre de Tallemant à Ruvigny dès demain.

Nicolas était le fils de Guillaume Bouvier, un ancien soldat devenu gardien et concierge de l'étude des Fronsac, située rue des Quatre-Fils. Très jeune, il était entré au service de Louis, à la fois comme domestique et comme cocher car il avait ce don extraordinaire de pouvoir conduire n'importe quelle voiture. La mère de Louis lui avait appris à lire et à écrire et, quand Fronsac était devenu marquis, il l'avait suivi avec le titre de secrétaire. Depuis, il était toujours resté avec son maître, il avait épousé une paysanne de Mercy et ses deux fils aînés étaient partis à Paris prendre la place de leur grand-père. Seul son dernier fils était resté à Mercy où il s'occupait des nouvelles écuries. Louis savait qu'en confiant une lettre à Nicolas à l'aube, celle-ci serait dans les mains de son destinataire avant midi.

— Merci, monsieur le marquis, soupira Lucrèce. Merci.

Son regard accrocha alors celui de Verrazzano, toujours debout devant eux.

— Merci aussi à vous, monsieur, et elle le grati-
fia d'un sourire.

Le marin ne bougea pas et tous les regards se
tournèrent vers lui.

Il croisa les bras et reprit la parole :

— *Sangu lu Cristu* ! J'aimais et j'admirais monsieur le duc…

Il affirme bien curieusement son amour et son
admiration, songea Louis.

— … J'ai le droit et le devoir de savoir moi aussi.
Si quelqu'un doit chercher la vérité, je serai avec lui. Je
vous le dis à tous, cette affaire me concerne.

— Cela signifie-t-il que vous désirez m'accompagner à Paris ?

— À Paris, et partout où vous chercherez la
vérité sur monsieur le duc.

Louis le considéra en fronçant les sourcils, puis il
regarda Gaston qui avait l'air d'approuver et Lucrèce
qui lui sourit. Enfin, il chercha les yeux de Bauer qui
hocha lentement la tête de haut en bas.

— Soit, accepta-t-il sèchement. Je vous emmène
avec moi. Soyez donc prêt à partir demain matin très
tôt. Bauer vous montrera où loger.

Le repas se terminait et la conversation devint
plus légère. Lucrèce raconta quelques anecdotes sur la
vie en province, que Tallemant appréciait avec gourmandise, surtout s'il s'agissait de ragots scandaleux,
scabreux ou grivois. Ses historiettes allaient terriblement s'enrichir et il se promit d'interroger plus longuement la *Belle du Canet* à la fin de la soirée.

Finalement, les convives quittèrent la table ; Tallemant, Gaston et Armande passèrent dans un petit
salon attenant pour une partie de cartes, à laquelle
Julie devait se joindre. Mais dans l'immédiat, la maîtresse de maison devait préparer le logement de la
Belle du Canet et de sa suite. Elle s'éloigna et Louis
resta seul avec Lucrèce.

— Monsieur le marquis, lui susurra-t-elle lorsque la pièce fut vide, il y a autre chose dont je ne vous ai pas parlé… Je ne sais comment vous le dire…

Louis renoua machinalement ses rubans noirs, puis considéra un instant Lucrèce en lui faisant signe qu'elle pouvait continuer.

— Avant de mourir, je vous ai dit que Louis de Vendôme m'a fait jurer de retrouver son frère. Il m'en a aussi donné les moyens. Il m'a signé un bon de caisse de cent mille livres. Je ne veux pas de cet argent. Il est à vous, quels que soient les résultats de votre enquête.

Louis ne répondit rien. Lucrèce crut l'avoir vexé.

— Je suis désolée. Mais réellement, je ne peux conserver cet argent par-devers moi.

Si Louis ne disait rien, c'est qu'il était aussi terriblement confus. Il savait qu'il aurait besoin de beaucoup d'or pour une telle enquête, mais pour rien au monde il n'en aurait demandé ; et voici que Lucrèce avait pensé à tout !

Cent mille livres ! La somme était prodigieuse ! Même s'il est vrai que les Vendôme étaient l'une des plus riches familles de France. Avec autant d'argent, les bouches s'ouvriraient et ses chances de réussite augmenteraient sensiblement !

Il considéra un instant la *Belle du Canet* qui le regardait avec inquiétude. Puis il lui sourit :

— J'accepte votre offre avec reconnaissance. Je trouverai usage de cet argent. D'autant qu'il y aura des frais énormes pour obtenir des informations : sur un tel sujet, beaucoup seront muets et seul l'argent pourra les décider à parler. Savoir que je peux dépenser sans compter sera pour moi un soulagement.

Au même moment, à une lieue de Mercy, le prince de Condé recevait deux étranges personnages dans son château de Chantilly.

On était dans son cabinet de travail. La pièce était merveilleusement éclairée par une profusion de bougies. Le prince, vêtu d'un justaucorps à brandebourgs, sans cravate arpentait la pièce. Son regard noir et son nez crochu le faisaient ressembler à un mortel oiseau de proie.

— Vous êtes certain de vos dires ?

— Oui, monseigneur, nous étions convenus avec lui à Londres que nous gagnerions la France séparément. Nous devions le suivre discrètement jusqu'à son arrivée ici. Les hommes de Ruvigny l'ont saisi aussitôt à terre à Dunkerque. Nous ne pouvions intervenir. Maintenant, il doit être dans quelque sombre cachot de Pignerol. Nous avons suivi sa voiture jusque là-bas en espérant pouvoir le faire échapper. Mais ce fut impossible.

Celui qui parlait avait tout de l'aventurier de haut vol et son acolyte ressemblait parfaitement à un bandit de grand chemin. Le premier était couvert d'un justaucorps bleu à volant plissé sur le côté, avec des manches à larges parements retournés. Il tenait à la main un de ces nouveaux chapeaux à la mode : le tricorne. À son flanc battait une épée de parade tenue par un baudrier de soie. Son visage était barré d'une élégante moustache.

Son compère était fort différent : la casaque de buffle éraillée, le paletot boutonné et fendu, les hauts de chausse en toile épaisse et larges, les bottes et surtout la lourde épée à coquille signifiaient clairement qu'il s'agissait d'un *bravo*, d'un soldat de fortune. Ses cheveux étaient répandus sur son dos, sa bouche était masquée par une moustache longue et touffue qui lui tombait jusqu'aux épaules.

— Que proposez-vous donc ? demanda le prince.

Le spadassin hésita.

— Il faudrait pouvoir entrer dans la forteresse, mais comment ?

— Je crains qu'il n'y ait que mon cousin qui puisse ouvrir de telles portes, ricana Condé. Et alors, malheureusement, il n'est plus possible de les rouvrir pour sortir.

Il se remit à arpenter la pièce en silence, puis se retourna vers eux.

— Je vais réfléchir à ce que vous venez de me dire. Mais si cet homme détient bien le secret de Richelieu que je cherche depuis vingt-cinq ans, il faut que je le fasse parler. Disparaissez ! Je vous ferai appeler quand j'aurai besoin de vous.

Claire-Clémence, la princesse de Condé, s'éloigna de la porte d'où elle avait tout entendu. Elle était livide.

— Trente-cinq ans ont passé et l'effroyable secret resurgit. Pourquoi m'avoir choisie ? Pourquoi me l'avoir confié ? Le prince poursuit sa chimère et je roule vers la folie, murmura-t-elle. Qui peut m'aider ?

2

Mardi 24 septembre 1669

Aurore La Forêt était arrivée la veille à Sestrière avec ses quatre compagnons : le jeune fils du surintendant Louis Nicolas, Pierre son vieux domestique qui l'accompagnait partout, et deux solides montagnards.

De la fenêtre de la ferme crasseuse, empuantie par l'odeur du fumier et du fromage en fermentation, elle distinguait, plus bas, à travers la brume matinale, le donjon central du fort de Pignerol qui s'élevait au-dessus des massives murailles. Elle resta un moment à considérer la petite ville formée d'un étagement de maisons de briques d'où dépassaient quelques clochers d'églises ou de couvent avec, au centre, la massive citadelle moyenâgeuse aux grosses tours d'angle et au pont-levis. Le surintendant Fouquet était enfermé dans l'une des tours.

Elle frissonna : un simple volet de bois était la seule protection contre le froid de la nuit. Pour atténuer la puanteur des lieux, elle l'avait ouvert et l'air glacial pénétrait dans la soupente. Elle repoussa le volet en songeant à cet éprouvant voyage de cinq semaines qui lui avait fait traverser la France de Paris jusqu'aux Alpes.

De Lyon à Chambéry – la capitale savoyarde – la route n'avait pas été trop dure et les hôtelleries, telle celle d'Aiguebelette, étaient confortables. Dans le dédale de ruelles qui couraient au pied du château, ils avaient retrouvé un obligé du surintendant qui leur avait présenté les frères Grosdaille : deux robustes bergers capables d'escalader les murailles de Pignerol et surtout de les guider dans la montagne.

C'est le cheminement le long de la sauvage vallée de l'Arc qui avait été le plus éprouvant. Dans la Maurienne, ils avaient échangé leurs chevaux pour des mules puis, à La Ramasse, des montagnards les avaient menés en traîneau de branches jusqu'au Mont-Cenis.

Là, une tempête de neige les avait surpris et ils s'étaient réfugiés dans l'abbaye de Novalèse, où ils s'étaient retrouvés bloqués durant deux jours avec un groupe de banquiers lombards qui se rendaient de Milan à Lyon.

Ensuite, il y avait eu cette interminable descente en mule jusqu'à Suse, puis ce lent cheminement dans des sentiers enneigés jusqu'à Sestrière.

Ils étaient donc cinq, en tout, pour ce rude voyage. C'était suffisant pour que les petites bandes de brigands qui sévissaient dans la montagne, surtout sur ce versant italien, n'osent pas s'attaquer à eux. Et puis, ils étaient bien montés et solidement armés.

Maintenant, Aurore devait attendre le retour de ses compagnons. Ils étaient convenus de s'approcher séparément de la forteresse pour attirer le moins possible l'attention et de faire des repérages le plus discrètement possible. Elle savait qu'ils risquaient tous leur vie et même plus encore : la torture, l'oubli du monde au fond d'un cachot. Les guides étaient payés pour cela ; c'étaient eux qui devraient escalader les murailles et ils avaient été informés des dangers. Des dangers et des gains aussi. Le jeune Fouquet leur avait promis deux mille livres à chacun et, pour ce prix, ils acceptaient de risquer les galères.

Elle et Pierre, par contre, n'étaient là que par fidélité. Fidélité envers le surintendant mais surtout envers M. La Forêt. Pour le fils de Fouquet, la fidélité filiale était au moins aussi forte que sa haine envers le roi, envers Colbert, envers Louvois et envers tous ceux qui étaient responsables de la condamnation inique de son père et de la ruine de sa famille.

Aurore revint vers la paillasse qu'elle s'était préparée avec quelques bottes de foin. Elle était seule. Attendre ! Attendre encore ! C'est tout ce qu'elle pouvait faire. Elle n'avait pu les accompagner ; une femme aurait trop attiré l'attention. Pierre aurait pu rester avec elle, mais elle l'avait envoyé au hameau acheter un peu de nourriture pour le voyage du retour. Quand il reviendrait, il lui raconterait s'il avait vu les autres qui surveillaient la muraille et les tours où étaient enfermés les prisonniers. Elle ouvrit l'une des vastes sacoches en cuir qu'ils avaient amenées avec eux et entreprit d'en vérifier le contenu. Sa pensée s'orienta vers leur hôte.

Le fermier qui les hébergeait croyait qu'ils n'étaient que de passage, qu'ils se rendaient à Turin pour une affaire de famille et que, malade, Aurore devait se reposer quelques jours. C'est ce qu'avait expliqué le jeune Fouquet la veille, lorsqu'ils étaient arrivés par un sentier venant du col jusqu'au petit bâtiment qui servait à la fois d'étable et d'habitation. La ferme était sale et minuscule. Le propriétaire, aussi gros qu'une vache et plus répugnant qu'un cochon, avait pour compagnon un maigre berger, noueux et buriné, complètement édenté. Sa face de crétin ne s'était allumée d'un regard vif qu'à deux instants : devant la pièce d'or que lui avait donnée Fouquet et en découvrant le corps plantureux d'Aurore.

La chambre qu'il leur avait laissée n'était qu'une mansarde, au-dessus de l'étable. Une cloison de planches en mélèze grossièrement découpées séparait le haut du bâtiment en deux parties : la moitié de la surface libre était occupée par de la paille pour les bêtes ; eux logeaient dans la seconde partie.

Une sorte de balcon courait le long de la façade. Là étaient entreposées des bouses séchées, empilées jusqu'au toit, et qui servaient à chauffer médiocrement la pièce d'en bas, elle aussi séparée de l'étable par une simple cloison de sapines.

C'est en bas qu'ils avaient mangé un morceau de mouton gras et mal cuit, accompagné de fromage fait sur place. Le fromage était rangé dans une sorte de renfoncement en pierre, à l'arrière du bâtiment, creusé à même la paroi de la montagne.

Une heure plus tôt, elle et Pierre étaient allés trouver le fermier, qu'ils avaient aperçu sur un pâturage proche, entouré de ses brebis. Non, il ne pouvait leur vendre du fromage. Il en aurait juste assez pour l'hiver. C'est pourquoi Pierre était parti au village.

Elle s'immobilisa : quelqu'un marchait sur le balcon. Une porte en deux parties ouvrait sur celui-ci. Elle se raidit quand les gonds grincèrent. Le fermier apparut dans l'huis. Il poussa le battant et grogna un ricanement en entrant ; elle ne comprit que ce mot : *Solo* ?

Derrière lui se tenait le berger, une fourche à la main. Lui aussi avait un sourire infâme sur ses lèvres baveuses.

Ils s'avancèrent dans la pièce.

Le fermier s'écarta et chuchota quelques mots ignobles à l'autre.

— N'approchez pas, les prévint Aurore impavide.

Le berger édenté avança la fourche vers sa gorge en ricanant.

Aurore avait toujours la main droite dans le sac de cuir. Elle la sortit et tira. Sa main tenait le long pistolet à rouet dont elle venait de vérifier le chargement.

La balle atteignit l'homme dans un œil et le crâne éclata, aspergeant la pièce de matière cervicale. Stupidement, Aurore songea qu'il y en avait beaucoup trop pour un homme qui paraissait totalement dégénéré.

Le fermier, lui, se figea, foudroyé par le bruit du coup de feu, le visage marqué autant par l'incompréhension que la confusion.

Aurore avait conservé tout son sang-froid. Monsieur La Forêt l'avait dressée au combat depuis tant d'années. Elle se leva, ayant saisi de sa main gauche une longue dague de chasse dans le sac de cuir.

Le visage du fermier était maintenant marqué d'horreur. Aurore s'approcha et, sans hésitation, lui enfonça la courte épée dans l'abdomen, de bas en haut comme on le lui avait appris, lui ouvrant le ventre. Il s'effondra et ses entrailles se vidèrent.

Alors, seulement, elle se mit à crier.

Dans sa prime jeunesse, et avant d'avoir été anobli par Louis le Juste, Louis Fronsac avait été notaire ; il travaillait alors pour son père dont l'étude se trouvait rue des Quatre-Fils. L'étude avait depuis été reprise par son frère cadet à la mort de leurs parents.

Mais déjà à cette époque, Louis ne vivait plus dans la maison familiale, une ancienne et immense ferme fortifiée sombre et lugubre. Il louait un petit logement de deux pièces rue des Blancs-Manteaux au premier étage d'une maison.

Un jour, l'immeuble fut mis en vente lors d'une succession et Louis le racheta. Il le fit aménager par Simon Gillain, un sculpteur et architecte qu'il avait rencontré lors d'une de ses enquêtes et qui fortuitement lui avait sauvé la vie. Gillain circulait dans Paris toujours armé d'une énorme chaîne. Une nuit, sa route croisa celle de Louis alors jeté à terre par des hommes de main qui allaient l'achever. Le sculpteur avait assommé et estropié les assaillants avec les maillons de bronze de son original outil de défense[1].

Ayant lié une solide amitié avec le brutal artiste, Louis engagea Gillain pour transformer sa maison. L'architecte fit refaire les façades et réaménagea les deux étages : il décida que le plus haut niveau devait être réservé à deux ou trois domestiques et que le premier servirait d'habitation au maître de maison. Quant à la boutique qui se situait auparavant au niveau de la rue, et qui ouvrait sur une petite impasse transversale, elle devait être transformée en écurie.

Durant plusieurs années, Louis et Julie utilisèrent cette maison des Blancs-Manteaux lorsqu'ils quittaient Mercy pour se rendre à Paris. À présent, le second étage était occupé par un couple de domestiques très dévoués venant du hameau proche du château : Germain Gaultier et sa sœur Marie, une jolie fille qui ne s'était pourtant jamais mariée.

Le premier étage était devenu l'habitation principale de Pierre, le fils de Louis. Les relations entre le marquis de Vivonne et son fils étaient fort distendues : Pierre avait vingt-quatre ans et, après ses études au collège de Clermont, il avait quelque peu travaillé sur des dossiers juridiques avec le conseiller Philippe Boutier, un vieil ami des Fronsac, ancien procureur du roi et bras droit du chancelier Séguier. Mais Pierre était d'un tempérament indolent et ne s'entendait qu'avec les chiffres. Finalement, sur les conseils du magistrat, Louis lui avait acheté une charge de conseiller à la Cour des aides, cette juridiction qui réglait les litiges sur les impôts. Son désir secret avait longtemps été que son fils le rejoigne à Mercy et s'occupe du domaine avec lui, mais Pierre préférait la ville. Finalement, il avait été convenu entre eux que Pierre resterait quelques

---

1. *L'Exécuteur de la haute justice*, à paraître dans la collection Labyrinthes.

années à Paris avant de retourner à la campagne où il apprendrait à gérer la seigneurie, en attendant de devenir à son tour marquis de Vivonne, ce qu'il n'espérait nullement car malgré leurs conflits sur son avenir et son manque d'énergie, le fils éprouvait pour son père autant d'admiration que d'affection.

Louis, Bauer et Verrazzano arrivèrent vers midi rue des Blancs-Manteaux. Ils étaient partis tôt le matin mais, comme toujours, la descente de la rue du Temple avait été particulièrement pénible et fatigante, encombrée qu'elle était par des charrettes, des cavaliers, des carrosses, des chaises, des voitures de fourrage et même des troupeaux de cochons et de moutons que l'on amenait rue de la Boucherie, près du Grand-Châtelet.

Gaston et Armande étaient restés à Mercy ; leur séjour était prévu de longue date et, malgré l'envie qu'avait Gaston d'accompagner son ami, il se devait de respecter la promesse faite à son épouse de passer quelques jours à la campagne avec Julie. Tallemant était aussi resté, trop heureux de trouver dans la *Belle du Canet* une source d'informations nouvelles pour son recueil d'anecdotes sur les mœurs scandaleuses et singulières du règne précédent[1].

Sur son cheval, Louis se sentait bien vieux et il songeait qu'il aurait finalement mieux fait de venir en voiture. Décidément, ces voyages n'étaient plus de son âge.

Ils entrèrent dans l'impasse qui conduisait à la maison de Pierre. Alors qu'ils descendaient de leur monture, Germain Gaultier apparut, surpris, embarrassé et surtout essoufflé car il venait de dévaler les deux étages en courant.

— Monsieur le marquis ! J'ignorais que vous alliez venir… Monsieur votre fils n'est pas là… Atten-

---

1. Les fameuses *Historiettes*.

dez, laissez-moi vous aider... Si j'avais su... Il est midi, vous devez avoir faim... Je vais demander à ma sœur de vous préparer un repas...

— Inutile, mon bon Germain, nous allons aller à pied à *La Grande Nonnain qui Ferre l'oie*, plus bas dans la rue, nous mangerons moins bien mais nous ne voulons pas vous déranger. Nous vous laissons seulement nos chevaux à soigner, ils doivent être fatigués. Je vois qu'il y a un cheval dans l'écurie, je le prendrai cet après-midi pour aller voir un ami. Préviens mon fils que je dormirai là ce soir avec Bauer et notre compagnon : Verrazzano, c'est un marin génois qui est à mon service.

Verrazzano salua d'un bref signe de tête. C'était sa première visite dans Paris et, même s'il ne voulait pas avoir l'air étonné, tout le surprenait : l'immensité de la ville, les vêtements des nobles cavaliers, les carrosses transportant parfois des beautés lascives, éblouissantes et couvertes de bijoux, les chaises à porteurs si nombreuses, les somptueuses façades d'immeubles ouvrant sur des jardins enchanteurs.

Cependant, il remarquait aussi la crasse épaisse et immuable, la misère effroyable, la promiscuité insupportable, les odeurs immondes, et le vacarme perpétuel. Comme à Gênes !

Ils laissèrent Germain et se dirigèrent à pied vers l'auberge.

Comme toujours à la mauvaise saison, l'hôtellerie donnait l'impression d'être une antichambre de l'enfer tant la chaleur qui y régnait était insupportable. La taverne était fréquentée par la bourgeoisie cossue et la noblesse du quartier et, depuis quelques années, elle avait gagné une certaine réputation grâce à sa cuisine originale. Le sol carrelé n'était plus couvert de paille et hanté par des chiens faméliques chargés de nettoyer les déchets tombés à terre ; Louis nota aussi les nappes sur les tables. Cela faisait beaucoup de nouveautés !

Dans les deux grandes cheminées brûlaient lentement des bûches grosses comme des troncs d'arbres. Devant l'un des âtres, de noirs tréteaux métalliques et des crémaillères grinçantes supportaient d'immenses broches sur lesquelles étaient placés des perdreaux, des pintades et des faisans. Dans la seconde cheminée étaient accrochés des marmites de cuivre rouge et des chaudrons. Le délicieux fumet qui régnait dans les lieux provoquait instantanément un profond sentiment de bien-être, surtout après avoir respiré les miasmes écœurants des déjections répandues dans la rue.

Entre les foyers se dressaient quelques grandes tables où l'on pouvait tenir à vingt, mais Louis savait qu'au fond, dans une petite pièce attenante, quelques tables isolées autorisaient une certaine intimité. Là, ils pourraient parler sans crainte.

Une servante fort délurée, en corps de cotte lacé révélant ses appas, vint insolemment prendre leur commande. Bauer et Louis choisirent comme d'habitude du vin de Touraine – l'auberge proposait en effet de nombreux crus, contrairement à la plupart des cabarets –, et comme nourriture un pâté en croûte et quelques perdrix. Verrazzano fit sagement comme eux ; sans le dire, il essayait d'imiter, en tout, ses compagnons.

Le repas fut dévoré de bon appétit, Bauer avait gardé l'habitude de jeter les os et les déchets par terre, ce qu'il fit malgré la réprobation de l'aubergiste qui l'observait de loin. Lorsque les assiettes furent presque vides et les mains essuyées à la nappe, Louis, repu, reposé et réchauffé, autant par le vin que par les cheminées, expliqua ce qu'il avait projeté :

— Je vais me rendre à l'adresse que m'a donnée Tallemant. J'espère y trouver le seigneur de Roquesante, j'emmènerai avec moi Verrazzano. Toi, Bauer, pourrais-tu te rendre chez Mme de Senac, rue des Gravillers où loge Mme Fouquet et lui demander une audience pour moi, demain à l'heure qui lui convient ?

C'est aussi Tallemant qui m'a confié cette adresse. Ensuite, essaye de prévenir Pierre, tu sais où l'on peut le trouver à la cour des Aides, dis-lui que je suis à Paris pour deux jours, ensuite, passe chez M. de Sérigneau, tâche d'y voir ma fille et fais-lui la même commission. Je pense que nous souperons chez elle et nous nous retrouverons ce soir avant de nous y rendre.

Bauer hocha la tête, sans plus, mais il était rarement en désaccord avec son maître. Verrazzano avait encore moins à dire. Ils retournèrent donc à l'écurie chercher leurs montures et se séparèrent.

En ce temps-là, Pierre de Raffelis, seigneur de Roquesante, habitait chez un ami magistrat rue des Petits-Champs.

M. de Raffelis, parlementaire aixois respecté pour son intégrité, sa science et sa rigueur morale, avait été choisi en 1661 pour être membre de la Chambre de Justice chargée de juger le surintendant Fouquet. Avec éloquence, et contre la position du jeune roi (et surtout celle de Colbert), il n'avait pas jugé que le ministre méritait la mort. C'est lui qui avait demandé le bannissement du royaume pour Fouquet, sanction que Louis XIV avait, nous l'avons dit, aggravée en prison à vie.

Après le procès, le vindicatif souverain s'était vengé du trop vertueux magistrat. Ce dernier avait été exilé, suspendu de sa charge, ruiné de ses biens. Mais même dans la misère, Raffelis avait refusé toute aide, y compris de la famille de Fouquet dont il était resté proche. Devant tant de probité, le roi avait finalement assoupli sa position : Pierre de Raffelis pouvait venir à Paris et servir de conseil pour quelques affaires de peu d'importance qui lui permettaient de survivre.

À peine prévenu, le magistrat aixois reçut Louis

dans la petite chambre sombre qui lui servait de logement de passage. En avançant un tabouret pour son
hôte (Verrazzano dut rester debout), il s'excusa :

— Monsieur de Vivonne, je suis tellement
désolé de vous recevoir ainsi. Mais vous savez que je
suis tout juste toléré à Paris, je ne peux y rester plus
d'une semaine et c'est un miracle que vous m'y ayez
trouvé. Mon ami me laisse cette chambre, mais il n'est
pas riche…

Pendant qu'il parlait, Louis remarqua avec afflic-
tion les vêtements de drap usés de son interlocuteur,
ses souliers fatigués et sans boucle ainsi que ses cheveux non frisés. Raffelis qu'il avait connu dans l'opulence à Aix[1], était maintenant presque dans la misère.

— Il n'y a pas de miracle, monsieur, mon ami
Tallemant des Réaux, qui sait tout, avait appris que
vous étiez à Paris.

Il s'interrompit un instant, hésitant à poursuivre.

— Je suis un peu confus, je viens vous déranger
justement parce que je désire de vous un service…

Le seigneur de Roquesante l'interrompit avec
bienveillance :

— Vous n'avez pas à l'être, mon ami. Je suis
prêt à vous aider. Si je n'étais pas si pauvre, je vous
offrirais ma bourse, mais je ne pense pas que ce soit
cela que vous désirez.

Il fit un geste d'impuissance accompagné d'un
rictus ironique.

Louis savait que Raffelis avait refusé tout soutien
de la famille de Fouquet. Il avait été un des rares
magistrats à ne jamais accepter d'épices et il refuserait
toute gratification de la part de Louis. D'où ses scru-
pules à quémander.

— Vous savez que je me suis parfois occupé

1. *L'Énigme du clos Mazarin*, à paraître dans la collection Labyrinthes.

d'enquêtes, disons un peu exceptionnelles, et c'est le cas aujourd'hui. Pour le sujet qui m'intéresse, j'aurais besoin d'approcher M. Fouquet, ou un de ses proches, à Pignerol. Croyez-vous que ce soit possible ?

M. de Raffelis le dévisagea longuement ; tout son visage exprimait la surprise et la perplexité. Puis, il s'exprima lentement avec un geste de la main :

— Chacun peut avoir une opinion sur M. Fouquet mais je vais vous dire ce dont je suis certain : monsieur le surintendant était innocent des faits qu'on lui a reprochés. Qu'il ait été imprudent, brouillon, arrogant, inconscient, fanfaron, cela est certain. Qu'il ait emmêlé ses biens et ceux de l'État, c'est aussi probable. Mais il a toujours plus perdu que gagné à ces errements. La confusion de la richesse publique et de la sienne s'est toujours faite à son détriment.

» Pourtant, il a été condamné. Des témoignages fabriqués, de faux documents et des manœuvres frauduleuses ont eu raison des discours de gens honorables et garants, comme M. La Fontaine ou Mme de Sévigné, des interventions des plus hauts comme monsieur le Prince ou des décisions des magistrats intègres tels Talon, Lamoignon et d'Ormesson. Tous soutenaient et admiraient le surintendant, tous se sont mobilisés, mais les ennemis de M. Fouquet étaient trop obstinés et surtout trop puissants.

Il s'arrêta un instant dans sa plaidoirie, regarda longuement Louis puis martela ces mots :

— Maintenant, croyez-vous que ceux qui ont organisé, manœuvré et décidé une telle ruine vous laisseront lui parler, alors qu'il n'a le droit ni de lire, ni d'écrire, ni de rencontrer un être humain extérieur ?

Louis hocha la tête. Il comprenait l'avertissement.

— Et autour de lui, qui pourrais-je approcher ?

— Il n'y a qu'un gentilhomme qui a accepté

de l'accompagner : M. La Forêt, ainsi qu'un domestique : Pecquet…

De Raffelis s'arrêta soudain comme si une idée lui avait traversé l'esprit. Il murmura :

— L'organisation de Fouquet…

— Que voulez-vous dire ?

— Le surintendant avait le comportement de ces grands barons féodaux que la France a déjà connus. Avec ses places fortes comme Belle-Isle, il envisageait de pouvoir se mettre à l'abri en cas de crise grave avec le roi. C'était une espérance vaine mais il avait un comportement d'écureuil, c'est l'origine de son patronyme, vous le savez[1]. Il avait aussi autour de lui toute une organisation d'obligés ainsi qu'une garde prétorienne dirigée par M. La Forêt qui l'a accompagné à Pignerol. Vous ne pourrez donc pas le rencontrer lui non plus, cependant…

Il hésitait à poursuivre.

— Cependant ?

— … Il existe une Mme La Forêt. Beaucoup plus jeune que lui. J'ai entendu dire qu'après la chute du surintendant, elle s'est consacrée à protéger sa famille et à sauver ce qui pouvait l'être. Essayez d'approcher Mme Fouquet, je sais qu'elle est à Paris, elle vous dira certainement comment joindre Mme La Forêt. Je ne garantis pas qu'elle vous aidera, mais je ne vois pas d'autre proposition à vous faire.

Louis médita un instant cette suggestion et lui répondit :

— J'ai demandé à Mme Fouquet à pouvoir la rencontrer demain. Je ne savais trop que lui dire mais, après votre conseil, j'ai maintenant une demande précise à formuler et je vous en remercie. Si, à mon tour, je peux faire…

Pierre de Raffelis l'arrêta d'un geste.

---

1. Le foucquet est un petit écureuil.

— N'en dites pas plus, mon ami. Je ne vous ai pas beaucoup aidé et il est normal de rendre service à un ami.

Il s'arrêta une seconde et reprit :

— Cependant, faites attention. La haine contre Fouquet est encore bien vive et fort tenace. Gardez-vous.

Louis le quitta sur ce conseil qu'il jugea pourtant un peu exagéré.

Ils revinrent lentement à la rue des Blancs-Manteaux. La circulation était toujours aussi impossible entre les carrosses, les chaises à porteurs, les vinai-grettes[1], les chevaux, les mules et les passants. Et toutes ces créatures et ces véhicules faisaient évidemment un vacarme infernal de martèlement, de roulement, de grincements, de meuglements et de hurlements. Louis ne les entendait pourtant pas, il se demandait quel genre de personne pouvait être Mme La Forêt.

Rue des Blancs-Manteaux, le marquis de Vivonne proposa à Verrazzano de rester dehors un moment à musarder. Le Génois accepta et Louis entra seul dans le logement de son fils. Celui-ci venait d'arriver.

Le père et le fils s'étreignirent longuement. Ensuite, Louis lui expliqua rapidement les raisons de sa visite à Paris.

— Je veux bien me rendre à Pignerol, proposa Pierre, si cela peut t'aider. Je n'ai encore fait aucun voyage en France et je dois t'avouer que je commence à être assommé par mon travail à la cour des Aides.

Louis fut agréablement surpris. C'était bien la première fois que son fils lui faisait une telle proposition.

---

1. Petite voiture à deux roues analogue à la chaise à porteurs.

— J'y ai bien pensé, lui répondit-il. Tu pourrais peut-être y aller avec Bauer, mais ce voyage serait-il bien utile ? Je dois t'avouer que je n'ai guère d'espoir quant à trouver des réponses aux questions de Mme du Canet. Enfin, demain, mes visites m'apporteront peut-être du nouveau…

À cet instant, Bauer et Verrazzano entrèrent à leur tour. Alors que le Génois flânait et tentait de se repaître de l'atmosphère de la capitale, Bauer l'avait aperçu en revenant de sa visite chez Marie de Sérigneau, la sœur de Pierre.

— Nous zommes attendus à sept heures chez Bozieu de Zerignan, expliqua gravement le Bavarois en posant son épée et son baudrier dans un grand vacarme de ferraille.

— Nous avons juste le temps de nous préparer. Verrazzano, je vais te montrer où tu dormiras.

L'immeuble, nous l'avons dit, avait trois niveaux : le rez-de-chaussée formait les écuries, le premier étage était l'appartement de Pierre et le second niveau celui du frère et de la sœur Gaultier. On accédait aux étages par un étroit escalier donnant directement dans l'impasse.

L'organisation des étages était la même pour chaque niveau. Chez Pierre, la pièce d'entrée servait tout à la fois de salon, de cabinet de travail, de cuisine et de salle à manger. Elle était meublée d'une table, de quelques chaises et d'un fauteuil, avec sur l'un des murs une tapisserie à verdures des Flandres qui était là pour couper le froid du mur. Une cheminée et un bûcher se dressaient sur le même côté que la porte d'entrée. Le linge était placé dans une grande armoire en noyer à deux battants surmontée de tiroirs et un coffre contenait des dossiers de travail et quelques armes.

C'était dans cette pièce qu'ils se tenaient tous.

En face de la porte d'entrée s'ouvrait une porte

donnant dans une chambre exiguë meublée d'un lit à rideaux, d'une petite table supportant quelques boîtes à peignes, d'un coffre et de deux escabeaux. Les murs étaient blanchis et seul un miroir de Venise à deux bougeoirs habillait l'ensemble.

Attenant à la cheminée s'ouvrait une seconde porte qui donnait sur un médiocre cabinet sans lumière. C'est vers cette pièce que se dirigea Louis. Elle ne contenait qu'une paillasse, mais à cette époque on était déjà heureux d'avoir un lieu au sec pour dormir. Et un homme comme Verrazzano n'était pas difficile.

Louis et son fils partageraient comme d'habitude le même lit de la chambre. Restait le cas de Bauer. Un cas un peu délicat que Louis n'aborda pas.

Nous l'avons dit Germain vivait avec sa sœur Marie. Tous deux avaient la cinquantaine, Marie un peu moins. Elle ne s'était jamais mariée, préférant une vie libre à celle d'épouse. La sœur de Germain entretenait une liaison épisodique avec Bauer et Louis savait que le Bavarois dormait avec elle quand ils descendaient rue des Blancs-Manteaux. Mais chacun faisait comme s'il ignorait la chose.

Il restait un dernier point à régler. Louis était dans le cabinet, seul avec Verrazzano ; il en profita pour s'expliquer avec le Génois.

— Lorsque nous sommes invités chez ma fille, lui dit-t-il, je demande toujours à ce que Bauer reste à table avec nous. C'est un vieux compagnon et j'entends faire de même avec toi.

Le Génois regarda Louis avec un air mi-sérieux mi-surpris.

— Je dois t'en dire un peu plus. Ma fille a épousé un brave garçon dont le père est financier, traiteur exactement. Tu sais sans doute ce que cela signifie : il prête ou donne de l'argent au roi et en contrepartie obtient les privilèges d'un affermissement d'impôts. C'est un moyen de s'enrichir fort vite si on est capable et surtout impitoyable envers les contribuables. Philippe de Sérigneau n'est pas noble, simplement son père lui a acheté une terre et il espère être anobli si ses qualités sont reconnues dans la ferme ; il a toutefois beaucoup d'argent et lorsque lui et ma fille reçoivent, ils cherchent à le montrer. On ne mange pas exactement chez eux comme chez nous…

Louis soupira.

— … D'abord, nous irons en chaise, pour ne pas être couverts de boue ou sentir les écuries. Encore que, tu t'en rendras vite compte, les chaises puent aussi. Ensuite il nous faut nous vêtir le mieux possible ; pour ma part, j'ai toujours ici un habit, mon fils te prêtera une chemise et un pourpoint. Bauer tient aussi je crois quelques vêtements sur place. Enfin, il y a certaines règles à respecter : il nous faudra garder nos chapeaux à table et ne se découvrir que lorsque l'hôtesse nous présentera les plats. Il nous faudra aussi garder nos manteaux et nos épées durant le repas. Enfin, tu devras faire un signe au valet pour boire et ne jamais te servir. Et bien sûr, tu ne devras ni te moucher ni t'essuyer à la nappe.

Quelque peu abasourdi, Verrazzano opina du chef. Un instant plus tard, Pierre lui apportait, un sourire ironique aux lèvres, une chemise et un justaucorps bleu. Lesquels devaient s'avérer un peu trop grands pour lui !

M. de Sérigneau père avait un splendide hôtel rue des Vieux-Augustins, son fils Philippe se contentait d'une maison rue aux Ours. Le bâtiment n'était pas très grand avec cependant une petite cour à voitures, une salle de réception pouvant accueillir une vingtaine de personnes et quelques chambres d'hôtes. On accédait à ce niveau du bâtiment par un joli escalier à double volute. L'étage était réservé à une domesticité nombreuse entassée dans un grand nombre de minuscules chambrettes et cabinets.

Ils arrivèrent dans quatre chaises que Germain avait fait venir par un garçon de salle de *La Grande Nonain*. Les pauvres porteurs qui avaient transporté Bauer lâchèrent leur caisse avec un bruyant soupir de soulagement – ou d'épuisement – et s'effondrèrent aussitôt sur le sol en haletant. Le Bavarois sortit à grand peine de la boîte puante et crasseuse puis s'essuya avec dégoût ; les chaises n'étaient pas réputées pour leur propreté et la sienne était à la fois infecte et habitée par une vermine affamée.

Un majordome très élégant les accueillit. Il était sept heures sonnantes et ils se rendirent dans la pièce de réception où la table était prête. Marie embrassa tendrement son père et son frère – qu'elle voyait heureusement souvent – et Louis présenta Verrazzano à Philippe.

Philippe de Sérigneau était grand, déjà un peu trop gras, avec une mine confiante, ouverte et même, disons-le franchement, un peu simple. Il admirait Louis qui avait été anobli par Louis le Juste, et non par achat de charge ou par tractations comme essayait de le faire son père pour lui. En outre, son épouse lui avait raconté quelques-uns des exploits du marquis, comme son rôle à Rocroy ou la façon dont il avait découvert un réseau d'espionnage dans l'entourage de Colbert avec l'aide de Pierre de Fermat, un obscur magistrat toulousain[1].

Pour les recevoir et leur faire honneur, il s'était vêtu à la dernière mode : justaucorps de satin vert avec de larges rabats aux manches, chemise de soie vert clair assortie d'une cravate en dentelle, culotte collante avec jarretière à boucles dorées aux genoux. Et

---

1. *La Conjecture de Fermat*, à paraître dans la collection labyrinthes.

évidemment des souliers à talons rouges comme l'exigeait le bon goût, cette année-là.

Quant à Marie, elle portait une robe en taffetas ornée de ramages qui couvrait partiellement sa *friponne* et sa *secrète*, ces bas de jupe qui apparaissaient entre les plis de la robe. Ses cheveux étaient roulés en boucles serrées qui retombaient jusqu'aux épaules comme la mode le voulait, une coiffure lancée par Françoise de Mortemart, Mme de Montespan, la nouvelle favorite du roi.

Louis, comme d'habitude, se sentait un peu ridicule avec son habit de drap noir et ses galans assortis.

Marie les plaça avec beaucoup de soin. Elle avait invité Angélique Lamoignon, une cousine de son époux que Pierre ne connaissait pas en espérant ainsi arriver à le marier. C'était une ravissante jeune fille d'environ seize ans, somptueusement vêtue de velours et de soie turquoise. Sa robe, parfaitement ajustée, était ornée et découpée de broderies, de guipures, de passements et de dentelles tissées d'or.

Le repas commença par le *bénédicité* suivi d'un silence un peu guindé, les hommes avaient gardé leur chapeau, leur épée et leur manteau. Chaque plat était apporté par un valet précédé d'un maître d'hôtel avec épée et serviette blanche sur l'épaule. Il était présenté à Louis qui levait son chapeau, suivi aussitôt par les autres hommes.

Les verres étaient sur une desserte et un valet les apportait pleins sur demande de chacun. Chaque verre étant vidé d'un seul coup pour être rapporté solennellement par le valet.

Les plats furent nombreux et variés : brochets et autres poissons de rivière, potages, perdrix rouges (la perdrix rouge était quatre fois plus chère que la perdrix grise comme chacun sait), mouton bouilli et enfin rôtis aux oranges.

Chaque convive ne prenait qu'une petite quantité

de chaque plat, même Verrazzano qui, quoi qu'en pensait Louis, connaissait les usages civilisés ; seul Bauer avalait tout sans regarder et avec de bruyants grognements de satisfaction.

Après les poissons, Louis expliqua qu'il venait à Paris rencontrer quelques personnes pour une recherche qu'on lui avait demandé de faire.

Angélique Lamoignon en fut surprise et même offusquée.

— Pourquoi n'envoyez-vous pas quelque domestique pour ce travail ? demanda-t-elle avec naïveté.

Louis lui sourit gentiment, ne voulant pas vexer une éventuelle future belle-fille.

— Il s'agit d'abord d'une recherche confidentielle, et ensuite je préfère interroger moi-même les personnes susceptibles de me renseigner…

— Mon père est trop discret, l'interrompit Marie avec vivacité. Il ne veut pas vous parler de son *talent* !

— Son talent ?

— Oui, mon père possède ce que son ami Pashal avait identifié comme l'esprit de géométrie. Il interroge, rassemble des faits et déduit des solutions claires là où chacun de nous ne voit qu'obscurité et embrouillamini.

Angélique roulait maintenant de gros yeux idiots.

— Père, montre-lui, supplia Marie.

Louis hocha la tête comme s'il hésitait.

— Soit, mais ma fille exagère. Voulez-vous savoir ce que je sais de vous, mademoiselle ?

— Vous ne savez rien, monsieur, répliqua la jeune fille en riant béatement, vous ne m'avez jamais rencontrée !

Louis sourit alors que son regard se posait sur elle.

— Je sais que vous venez de Lyon. Que votre père est sans doute financier… Qu'il est fort riche… Que vous sortez juste de la congrégation des Visitandines où vous avez sans doute fait vos études…

Angélique était paralysée par la stupéfaction.

— Mais… comment pouvez-vous… c'est mon cousin, n'est-ce pas… il vous a dit qui j'étais ?

Louis renoua machinalement un ruban au poignet de sa chemise et lui répliqua avec un soupçon d'ennui :

— Non, c'est très simple. À votre voix, j'ai reconnu que vous veniez de Lyon. Il y a en ce moment une grande adjudication de fermes du lyonnais, c'est mon ami Tallemant qui m'en a parlé, et à cette occasion, des financiers de cette ville sont venus nombreux à Paris. Votre robe coûte au bas mot quarante livres, donc vos parents sont fort riches. Enfin, le médaillon des Visitandines à votre cou est significatif.

Il y eut un silence assez long. Verrazzano regardait étrangement Louis en se mordillant les lèvres. Alors, Pierre intervint :

— Mon père ne vous a pas encore tout dit, il fait effectivement des enquêtes discrètes, souvent pour des personnes très haut placées, et ses enquêtes sont quelquefois dangereuses. Il ne peut donc les confier à des tiers. Même à moi, il n'en parle pas aisément.

— Vous voulez dire qu'il peut être attaqué, blessé même ? s'étonna la jeune fille.

— Plus parfois, répliqua sombrement Philippe de Sérigneau, qui désapprouvait l'activité de son beau-père.

— Plus ? la jeune fille souriait gauchement, feignant de ne pas comprendre.

— Bozieu le barquis a dû souvent ze battre bour zauver za beau, expliqua Bauer qui ne parlait pourtant jamais.

— Vous voulez dire… blesser… tuer… parfois ?

Louis hocha lentement la tête.

Angélique ne connaissait que les Visitandines et – un peu moins – son père et ses amis. Tous des financiers et des agioteurs. Jamais elle n'avait approché un autre monde. Elle dévisagea les convives : Verrazzano, Bauer, M. de Vivonne, qui avaient tous à cet instant-là un regard sombre. Celui de ceux qui se sont approchés d'un monde obscur où la vie n'est rien. Elle prit conscience qu'il existait un autre univers dont elle ignorait tout.

Le silence se fit de nouveau, chacun s'était remis à manger. Angélique n'avait plus faim. Discrètement elle continuait à regarder les convives. Qui était vraiment ce Fronsac vêtu sinistrement de noir ? Et ces deux hommes avec lui ? Elle avait remarqué leurs armes lors de leur arrivée. Son père aussi portait parfois une épée. Mais, bien que simplette, elle avait remarqué le genre d'épée que traînait l'Allemand : une arme d'acier, massive, large et fort lourde, soutenue par un épais baudrier de cuir usé. Une arme qui servait souvent, certainement. Une arme qui n'avait rien à voir avec la jolie épée de parade de son père accrochée à un baudrier tissé d'or. Angélique avait aussi remarqué la crosse de pistolet dans le manteau de l'autre, le marin génois. Qui étaient vraiment ces gens ?

Elle frissonna. Elle n'était plus sûre d'avoir envie de faire partie d'une telle famille.

Marie remarqua son attitude inquiète et brisa le silence.

— Il y a de cela vingt-cinq ans, mon père travaillait pour Mgr Mazarin. Ce qu'il fit exactement, nul ne le sait sauf lui et ma mère. Mais un jour, il dut se présenter devant le roi, le père de notre roi actuel. Et, seul avec lui, Sa Majesté l'a anobli et il est devenu marquis de Vivonne. C'est Louis le Juste qui, en récompense de ses services, lui a donné notre domaine de Mercy qui appartenait à la Couronne.

Maintenant, Angélique ne mangeait plus. Elle aurait tellement de choses à raconter demain quand elle retrouverait sa famille ! Mais la croirait-on ? Un peu désorientée, elle avait complètement oublié Pierre. Lequel ne s'intéressait nullement à elle.

Le reste de la soirée fut plus terne. On ne parla plus des activités du marquis. Pierre raconta deux ou trois anecdotes sans intérêt de la cour des Aides, Marie traita de la mode qui courait et seul Verrazzano suscita quelque attention en contant une histoire épouvantable de pirates barbaresques qui avaient pillé un couvent de Méditerranée et forcé toutes les nonnes. Le récit ne fit bien rire que Bauer.

La soirée terminée, Louis, Bauer, Verrazzano et Pierre rentrèrent rue des Blancs-Manteaux. Philippe leur avait proposé une escorte, mais Louis avait désigné avec flegme ses deux compagnons.

— Pierre et moi n'avons que des épées de parade, c'est vrai, mais crois-tu que quelque truand s'attaquerait à nous ?

Bauer portait cette épée espagnole à large lame qu'il appelait son épée de ville, car son arme habituelle était un gigantesque espadon. Verrazzano était armé d'un long sabre d'abordage. Et tous deux avaient un pistolet chargé glissé à la ceinture.

Philippe les regarda et secoua négativement la tête.

Ils rentrèrent.

En route, Louis demanda à Pierre comment il avait trouvé Angélique. Son fils distrait lui répondit :

— Qui ça ?

Le lendemain matin Louis se rendit avec Bauer et Verrazzano à l'hôtel de Senac, où il savait que Mme Fouquet et sa fille étaient descendues dans l'attente d'une audience royale. Audience qui n'arriverait jamais.

En utilisant le nom de Raffelis, et après la visite de Bauer la veille, ils furent reçus sur-le-champ. Louis fut admis seul dans un petit boudoir sombre où se trouvait Mme Fouquet, tout habillée de noir.

Le visage de l'ancienne surintendante était marqué par les soucis, la fatigue, la détresse et surtout la peur.

Louis lui expliqua qu'il aurait voulu rencontrer le surintendant : était-ce possible ?

— Monsieur, lui répondit-elle d'une voix éteinte, depuis quatre ans je suis sans nouvelle de mon époux. Il ne m'est possible ni de le voir, ni de lui écrire, ni de recevoir des lettres. Il en est de même pour toute notre famille. Comment pouvez-vous croire que je pourrais vous aider ?

— Je sais tout cela, madame, et sachez bien que ce qui a été fait à votre époux, à vous-même et à votre famille me répugne. M. de Raffelis m'a cependant parlé de M. La Forêt et de madame son épouse. M. La Forêt serait avec votre époux, mais non comme prisonnier…

Alors qu'il parlait, et malgré l'obscurité de la pièce, Louis constata que le visage de Mme Fouquet se fermait et passait du désespoir à la rigidité.

Subitement, elle le coupa d'une voix maintenant glaciale.

— M. La Forêt a suivi mon époux. C'est exact, mais je ne sais rien de plus. Je ne pense pas que vous pourrez l'approcher.

— Et Mme La Forêt ?

— Elle m'a quittée. J'ignore où elle se trouve en ce moment… Je me sens maintenant très fatiguée, monsieur, si vous voulez bien m'excuser.

Louis s'inclina. Il en avait cependant plus appris qu'il ne l'espérait.

Après avoir rapidement mangé avec ses deux compagnons dans une auberge de la rue du Pet, Louis se rendit seul chez Henry de Massuez, marquis de Ruvigny et beau-frère de son ami Tallemant.

Louis savait que le marquis était chez lui et qu'il le recevrait immédiatement. Les deux hommes ne s'aimaient pas mais se respectaient mutuellement. Ils s'étaient combattus quelques années plus tôt, alors que le marquis, ancien amant de Marguerite de Rohan, défendait la jeune femme contre le jeune Tancrède qui voulait la spolier de son héritage. Louis avait démêlé l'affaire, non sans avoir acculé le marquis à lui présenter des excuses[1].

Depuis, ils ne s'étaient que rarement revus. Mais le marquis savait que Louis avait été d'une grande honnêteté tant envers lui qu'envers la famille de Rohan. Et qu'il avait été près de perdre la vie pour cela. Aussi le député général de la R.P.R. (Religion Prétendue Réformée) qu'il était devenu, l'estimait malgré tout.

Et puis, Ruvigny avait en charge tellement d'affaires qui se tramaient dans l'ombre, qu'il était curieux de connaître les véritables raisons de la venue du marquis de Vivonne.

— Monsieur Fronsac, je ne pensais plus vous revoir jamais…

Ruvigny était assis à sa table de travail dans une grande pièce plutôt obscure. Un valet venait de faire entrer Louis et de se retirer. Le marquis avait un visage carré avec une fossette au menton. Les yeux chaussés de lunettes, il annotait avec une grande plume d'oie des dossiers épars devant lui. Il ne se leva pas, mais proposa pourtant à son visiteur, en lui montrant le fauteuil près de la fenêtre :

— Assoyez-vous donc.

Louis acquiesça, s'installa et, fixant le député

---

1. *L'Exécuteur de la haute justice* à paraître dans la collection Labyrinthes.

général des Églises Réformées à la chevelure toujours aussi rousse, lui déclara abruptement :

— Vous n'avez pas changé, marquis.

Ruvigny eut un sourire chafouin pour répliquer :

— Je suppose que vous non plus. Vous venez me soutirer de l'information, n'est-ce pas ?

Louis écarta les mains en signe de bonne volonté.

— Pourquoi mentir ? De toute façon, vous le saurez tôt ou tard. Je suis venu apprendre de vous tout ce que vous pourrez me dire de Pignerol.

— La prison d'État ? Ne vous en approchez pas trop, monsieur, vous pourriez y finir vos jours.

Il souriait toujours mais son sourire était plaqué sur son visage. Il posait maintenant sur Louis un regard menaçant.

— Je ne pense pas, fit le marquis de Vivonne en rajustant pensivement un de ses rubans de chemise. Je ne suis pas assez important, n'est-il pas vrai ?

— Exact. Vous n'êtes pas Fouquet.

— Combien de prisonniers compte la forteresse ?

— Deux, trois, quatre peut-être. Que sais-je ? Il faut le demander au marquis de Louvois.

Il haussa les épaules.

— Pourquoi n'y a-t-on pas enfermé Roux de Marcilly ?

— Roux de Marcilly était un traître. Il devait mourir. On l'a roué.

— Je suppose que ce sera le cas de tous les membres du *Comité des Dix*.

Ruvigny ôta ses lunettes et dévisagea le marquis en joignant l'extrémité des doigts de ses deux mains.

— Vous connaissez ce comité ? C'est vrai, j'en ai parlé à Tallemant et il ne sait pas fermer sa bouche. Mais vous avez raison. Les Dix périront. Le roi l'a décidé.

— J'ai même entendu dire que la chasse avait commencé et qu'un des membres des Dix avait été arrêté à Dunkerque et conduit à Pignerol. Pourquoi ne l'a-t-on pas exécuté comme Roux ?

Ruvigny se leva brusquement. Livide, tellement terrifié que Louis en fut abasourdi.

— Sortez, monsieur ! Quittez cette maison ! Je n'ai rien à vous dire de plus.

Massuez, se sentant ridicule, fit un effort et parvint à se contenir. Pourtant, il ne put s'empêcher de bredouiller :

— Un conseil… cependant. Ne… ne… parlez plus de ce sujet à personne. C'est votre vie qui est en jeu, sachez-le.

Louis, interloqué par cette réaction, se leva aussi. Henry de Massuez le raccompagna en tremblant un peu. À la porte, Louis ajouta, perfide :

— Et ce prisonnier arrivé à Marseille le mois précédent ? A-t-il été aussi conduit à Pignerol ?

Ruvigny ne répondit pas sur-le-champ. Il prit le bras de Louis et le serra avec une violence inouïe.

— Monsieur de Fronsac. Je ne vous aime pas bien que je vous estime. Je vous l'affirme ici solennellement : vous vous engagez sur un terrain dangereux… interdit… mortel. Je serai obligé de faire part au roi de cette conversation.

Louis sortit, malgré tout inquiet. Quels liens y avait-il entre tous ces personnages : le mystérieux Marseillais, Beaufort, le prisonnier de Dunkerque et les Dix. Il avait lancé ces noms un peu au hasard, sachant que Ruvigny ne dirait rien, mais sa réaction avait été bien trop violente.

Y aurait-il du vrai dans l'histoire de Verrazzano ? Et où était Mme La Forêt ?

Ils étaient tous les cinq dans la petite bergerie ; au-dessus d'eux se dressait le sombre donjon de Pignerol avec ses cinq tours qui se découpaient dans la nuit claire. Il pleuvait.

Louis Nicolas Fouquet, le jeune fils du surintendant, prit la parole en dépliant un papier. Il l'étala contre un mur. Les deux chandelles allumées permettaient à peine de distinguer le dessin.

— Voici un plan sommaire. Mon père est dans la grande tour sud-est. La tour sud est occupée par le lieutenant du roi et la troisième est réservée aux prisonniers placés au secret.

Le tonnerre l'interrompit. Ce fut un fracas épouvantable. Un orage terrible venait d'éclater et la pluie crépitait avec une force inouïe sur les tuiles au-dessus d'eux.

Louis Nicolas secoua les épaules et poursuivit :

— Pierre et François Grosdaille escaladeront la façade aussitôt après que La Forêt nous aura fait signe avec un fanal. Arrivés en haut, ils tireront deux cordes. L'une servira à assurer la descente, avec l'autre ils descendront successivement mon père, La Forêt et Péquet Nous avons huit chevaux. En partant avant l'aube nous serons ce soir à Turin, où mon oncle nous attend. De là nous partirons pour Gênes, où un cotre a été affrété. Une fois à bord, il mettra la voile vers Londres et enfin nous serons réunis et en sécurité.

Il leva les yeux du plan et regarda Aurore en serrant la mâchoire, dans une expression velléitaire.

— Je sais que le temps est exécrable, mais songez-y, c'est aussi un avantage, il n'y aura aucune garde à l'extérieur…

Il voulait donner l'impression d'être sûr de lui, pourtant lorsqu'il se tourna vers les deux montagnards, ce fut d'une voix blanche qu'il demanda :

— Êtes-vous certains de réussir ?

C'étaient des bergers, massifs, peu loquaces, habitués aux alpages et aux grands sommets. Pierre, le plus grand, hocha finalement la tête, puis regarda son frère qui paraissait moins convaincu.

Cette fois la foudre tomba tout près. La vieille baraque en fut toute secouée. Les roulements durèrent plus d'une minute. Dès que le tonnerre eut cessé, Pierre Grosdaille se précipita à l'extérieur. Ils le suivirent tous, le cœur étreint d'angoisse.

Le berger se retourna brusquement et déclara d'une voix blanche :

— La foudre est tombée sur la tour sud-est. Regardez…

Des flammes partaient du toit du bâtiment.

Tous ressentirent la catastrophe. Aurore murmura :

— Ils doivent être déjà hors de leurs chambres. Ils ne pourront plus rentrer. Ils vont être pris…

Une formidable explosion retentit dans la forteresse, le feu avait dû atteindre une réserve de poudre.

Ils restèrent un moment paralysés par la catastrophe, la pluie les trempait mais ils ne songeaient même pas à se mettre à l'abri. Là-bas, les flammes gigantesques montaient vers le ciel, éclairant le château comme en plein jour. On distinguait parfaitement une grande agitation sur les remparts. Puis il y eut, sembla-t-il, des coups de mousquets, des cris, des appels. Ils ne bougeaient toujours pas.

— Nous sommes perdus, murmura finalement le jeune Fouquet.

3

Lundi 24 et mardi 25 mars 1670

Louis Fronsac, Verrazzano et le reître Bauer traversaient les jardins de Chantilly toujours en travaux. Le prince de Condé, qui ne vivait pas à la Cour, avait décidé après sa campagne victorieuse de 1668 de faire de sa propriété un domaine plus beau que celui que le roi aménageait à Versailles.

À perte de vue des pelouses, des massifs et des arbres majestueux s'épanouissaient, de splendides haies parfaitement taillées s'alignaient, des vasques florentines emplies de fleurs rivalisaient en prestance avec les statues antiques qui parsemaient les jardins. À Chantilly, le printemps semblait même être en avance sur le reste du royaume. Au loin, dans de profondes écuries, des palefreniers choyaient des centaines de chevaux de race et, à leur gauche, un petit voilier voguait tranquillement sur le Grand Canal que Louis de Bourbon avait fait creuser !

Dans ce lieu parfait, chaque bâtiment trouvait une place où l'équilibre le disputait à l'élégance. Ici, on aurait vainement cherché ces puantes ornières de fange, ces désolants tas de gravats, ces crasseux ouvriers, ces terrassiers boueux et ces échafaudages branlants qui défiguraient Versailles. Au contraire, d'innombrables jardiniers, revêtus d'impeccables tabliers de toile, arpentaient les allées où circulaient, à pied ou à cheval, des gentilshommes, des clients, ou simplement des relations plus ou moins proches du prince.

Louis embrassa tout cela du regard en remarquant aussi les pelotons de gardes françaises cantonnés un peu partout à l'entrée du domaine. C'étaient les troupes personnelles du prince, celles qui l'avaient suivi fidèlement dans toutes ses campagnes.

En admirant les lieux, Louis songeait au courrier qu'il avait reçu deux jours plus tôt.

C'était une longue lettre de Raffelis, qui provenait de Bretagne où vivait chichement le magistrat en exil. Ce message était une réponse à la missive que Louis lui avait écrite à l'automne, quelque temps après son dernier voyage à Paris. Le marquis de Vivonne lui avait alors raconté – à mots couverts car il savait que la lettre pouvait être lue par des indiscrets – que Mme Fouquet n'avait pas pu – ou pas voulu – l'aider.

Après cette entrevue, et celle qui avait suivi avec Ruvigny, Louis s'était senti bien découragé. La mission que lui avait confiée la *Belle du Canet* lui était apparue impossible à réaliser. Pourtant, avant de lui écrire qu'il renonçait, il avait demandé à Bauer s'il n'avait pas envie de revoir ses Alpes natales. Le Bavarois avait acquiescé avec joie et, à la fin du mois de septembre, il était parti pour Pignerol flanqué de Verrazzano. Finalement, Pierre n'avait pas pu les accompagner, il avait prétexté trop de travail à la Cour des aides. Mais cette fois, Louis n'en avait pas été fâché car l'avertissement de Henry de Massuez l'avait ébranlé plus qu'il ne voulait le reconnaître. Il avait donc demandé au Bavarois et au Génois de se renseigner sur place, le plus discrètement possible, en se faisant passer pour des Piémontais, ce qui n'était pas trop difficile, tous deux parlant couramment la langue.

Un peu plus de six semaines plus tard, ils étaient

de retour. Et ils rapportaient une extraordinaire nouvelle : Fouquet avait tenté une évasion !

Selon Verrazzano, l'affaire s'était produite justement au moment de la venue de la *Belle du Canet*, ce qui était d'ailleurs une étrange coïncidence ! La foudre, tombée sur la tour où se trouvait le surintendant, avait déjoué l'opération. Des proches de Fouquet, compromis dans le projet, avaient été arrêtés et condamnés à mort. L'exécution n'attendait plus que l'ordre ultime du marquis de Louvois.

Mais en ce qui concernait d'autres prisonniers présents dans la forteresse, aucune information n'avait pu être obtenue. Depuis l'échec de la tentative d'évasion, la garde et l'isolement de la prison avaient été renforcés ; quant au personnel, il restait muet et terrorisé par les prochaines exécutions.

Décidément, cette enquête n'aboutirait jamais, s'était dit Louis. Aussi, ce jour-là, il avait écrit une longue lettre à Lucrèce de Forbin-Soliès, lui relatant ses vaines tentatives et lui expliquant qu'il n'avait pas d'espoir de découvrir quelque chose de plus. Il avait ajouté qu'il tenait l'argent, qu'elle lui avait laissé, à sa disposition et qu'elle pourrait le retirer auprès de maître Borrilli, notaire à Aix.

En janvier, Lucrèce lui avait répondu : elle comprenait ses difficultés, mais désirait qu'il poursuive, même si les recherches devaient durer des années. Et elle refusait de reprendre son argent, lequel était selon elle celui du duc de Mercœur.

Louis avait alors placé la somme dans l'étude familiale et décidé de ne pas y toucher.

Puis, le temps avait passé et la demande de la *Belle du Canet* était tombée progressivement dans l'oubli.

L'hiver avait été difficile ; dès le mois de décembre de fortes chutes de neige avaient paralysé toute vie à la campagne. Les nouvelles écuries n'étaient pas terminées et il avait fallu, dans l'urgence, construire des baraques de bois pour abriter les chevaux. La rivière avait gelé, occasionnant de gros dégâts au moulin. Il avait fallu continuellement déneiger, rentrer du bois, aider les habitants de Mercy qui souffraient cruellement du froid.

Au château, Verrazzano avait été adopté par tous. L'ancien marin était devenu paysan. Non seulement il secondait Michel Hardouin pour les gros travaux, mais il avait des talents extraordinaires pour les petites réparations et les aménagements indispensables sur le domaine quand il fallait faire face au mauvais temps. Nul n'était plus adroit que lui quand il s'agissait de grimper dans la toiture réparer des tuiles, personne n'était aussi endurant pour rassembler les chevaux lorsqu'on les emmenait promener ensemble, pas un ne le valait s'il fallait remettre en état un charroi ou une délicate pièce de serrurerie.

Bref, il était devenu indispensable, il se plaisait chez les Fronsac, et il avait été tacitement convenu qu'il resterait dans la place. Jamais Louis et lui n'avaient abordé ce sujet et jamais ils n'avaient reparlé de Beaufort. Simplement, Louis lui versait les mêmes gages qu'à Bauer, gages que Verrazzano acceptait en silence.

Mais revenons à la lettre de M. de Roquesante. Dans celle-ci, le magistrat avait ajouté à la fin de l'épître :

J'ai beaucoup réfléchi à votre demande. J'ai appris aussi qu'une tentative d'évasion de M. Fouquet avait échoué. J'en ai parlé à madame la surintendante et j'ai été surpris par sa réponse, ou tout au moins par son absence de réponse. Elle cache un secret. Je n'ai eu non plus aucune nouvelle de Mme La Forêt dont je vous avais parlé. A-t-elle quitté le service de la

*famille ? A-t-elle simplement disparu ? Je ne sais.
Mais j'ai pensé que je pouvais peut-être vous aider
malgré tout : monsieur le Prince était fort obligé de
M. Fouquet. Sa haute position pourrait peut-être vous
permette d'approcher le prisonnier. N'y a-t-il pas là
une dernière requête à tenter puisque vous êtes un de
ses proches et son voisin ?*

Ce courrier avait ravivé l'insatisfaction de Louis.
Après une longue réflexion, il avait pris la plume à son
tour et envoyé Bauer porter sa missive au prince de
Condé : dans celle-ci, il lui demandait une entrevue.

Bauer et le prince de Condé se connaissaient bien.
À la mort du marquis de Pisany, en août 1645, à la
bataille de Nordlinghen, Condé avait demandé au
géant allemand, alors aide de camp de Pisany, le fils de
la marquise de Rambouillet, de rentrer à son service.
Le Bavarois avait décliné la proposition, lassé de la
guerre et préférant rester avec Fronsac. À ce moment,
Louis avait même pensé que Bauer, inconsciemment,
en voulait au prince, qui avait certes vaincu à Nordlinghen mais au prix de la vie de son maître Pisany.

Malgré ce refus, Condé n'avait jamais tenu ran-
cune au Bavarois et il le recevait toujours avec plaisir.

Louis savait que le prince ne fréquentait plus la
Cour. L'ancien frondeur s'était certes réconcilié avec
son royal cousin, mais celui-ci lui faisait perpétuellement sentir qu'il était son maître. Lorsqu'il était près
du roi, le prince de Condé était chargé de verser les
rafraîchissements de Sa Majesté et de lui tendre son
verre. Lui, le petit-fils de Saint-Louis ; lui qui aurait pu
devenir roi si Louis XIII n'avait pas eu cet enfant du
miracle après vingt ans de mariage ; lui, qui aurait pu
ravir le trône durant la Fronde, mais qui s'y était
refusé, arguant qu'un Bourbon n'avait pas à *ébranler
la couronne.*

Lui, Louis de Bourbon était désormais traité à la Cour comme un valet !

C'est le prince lui-même qui, quelque deux années auparavant, avait fait cette terrible confidence au marquis. Et puis, l'arrestation de Fouquet – un ami de Condé –, et les conditions de son procès inique, avaient encore plus incité l'orgueilleux prince à rester éloigné d'un roi qu'il jalousait et craignait à la fois.

La réponse de Louis de Bourbon était finalement parvenue ce matin du lundi 24 mars et Louis s'était aussitôt mis en route pour Chantilly.

Quel accueil allait lui faire le prince de Condé ? Fronsac ne l'avait plus vu depuis ce jour où il lui avait avoué ne plus pouvoir accepter d'être un valet, même un royal valet. Peut-être que le Bourbon regrettait maintenant cette confidence ? Pourtant, les relations entre lui et le prince étaient anciennes et solides.

Quand il n'était encore que notaire dans l'étude de son père, près de trente ans plus tôt, Louis s'était lié d'amitié avec Vincent Voiture, venu à l'étude pour une vente. Le poète avait introduit le jeune notaire, passionné de poésie, dans le salon de la marquise de Rambouillet que l'on surnommait Arthénice. Une affaire mettant en jeu la position de la marquise, sa liberté peut-être, et même sa vie (avec Richelieu tout était possible !), avait permis à Louis de rencontrer Julie, la nièce d'Arthénice, et d'assurer sa position auprès de Mazarin. À cette occasion, il avait sauvé certainement madame de Vivonne-Savelli du déshonneur[1]. Elle lui en avait été reconnaissante à l'extrême et l'avait dès lors souvent invité.

C'est le marquis de Pisany, son fils, qui avait présenté Louis au jeune duc d'Enghien, lui aussi un fameux habitué du salon et à cette époque le meilleur

---

1. *Le Mystère de la Chambre Bleue*, à paraître dans la collection Labyrinthes.

ami du marquis. Les deux hommes, que tout séparait : goût, richesse, position, mœurs, avaient pourtant sympathisé et Enghien avait plusieurs fois porté assistance à Louis. Il lui avait même sauvé la vie en le cachant alors que les tueurs de la duchesse de Chevreuse étaient à ses trousses !

Et un lundi de 1643, Louis avait rejoint le prince près du petit village de Rocroy pour le prévenir de la mort inattendue de Louis le Treizième. Enghien n'avait depuis jamais oublié le courage de Fronsac durant la bataille et la façon dont il avait su arrêter la déroute de ses propres troupes[1].

Depuis, Fronsac et Condé ne s'étaient que rarement revus ; il y avait bien eu cette curieuse aventure, lorsque Condé lui avait demandé d'établir que la succession du duc de Rohan ne pouvait revenir au jeune Tancrède, alors que Fronsac avait justement prouvé l'inverse. Le prince s'en souvenait certainement, même si son ami Chabot, devenu finalement duc de Rohan, était mort depuis[2].

Ensuite, il y avait eu la Fronde et ils s'étaient trouvés dans des camps opposés mais, quoi qu'il ait fait et quoi qu'il fasse, Louis savait qu'il ne romprait jamais le tacite serment de fidélité qui le liait au prince. Et que celui-ci serait toujours à ses côtés comme doit l'être un seigneur avec son féal.

Cependant, à chacune des visites de courtoisie du marquis à son illustre voisin, le prince s'était toujours montré distant, désagréable et dédaigneux. Il est vrai que c'était le comportement habituel de Louis de Bourbon, lequel expliquait d'ailleurs pourquoi personne ne pouvait le souffrir à la Cour.

---

1. *La Conjuration des Importants*, dans la même collection.
2. *L'Exécuteur de la haute justice*, à paraître dans la collection Labyrinthes.

Louis espérait pourtant qu'envers lui, ce n'avait été qu'un masque.

Ils laissèrent leurs chevaux en bas des jardins où un valet vint les prendre. Après avoir monté l'escalier qui menait à la vaste terrasse bordée de balustres et de grandes jarres fleuries, ils suivirent un majordome qui les avait repérés au milieu de la foule des courtisans du prince et qui savait qu'ils étaient attendus.

Ils traversèrent une grande entrée et plusieurs salons en enfilade, tous plus richement meublés et décorés les uns que les autres. Tallemant des Réaux l'avait dit à Louis : ce que les artistes faisaient de plus beau en France, c'est à Condé qu'ils le proposaient, et seulement ensuite au roi. Car seul le prince les admirait et reconnaissait leur talent.

Le dernier salon était le bureau de Louis de Bourbon.

Louis comprit qu'il allait être reçu sans attendre, ce qui était exceptionnel chez le prince, qui oubliait habituellement ses visiteurs dans une antichambre pendant des heures et qui parfois même les renvoyait sans les avoir vus !

Louis de Bourbon les avait en effet aperçus, dans le jardin, et il les attendait, debout, devant un tableau de Nanteuil représentant son cousin, Louis le Quatorzième. En les entendant entrer, il se retourna.

À son côté se tenait François de Montmorency-Bouteville, le fils posthume du comte de Montmorency-Bouteville qui était mort à vingt-sept ans sur la place de Grève pour avoir osé braver Richelieu en se battant en duel place Royale. François de Montmorency venait d'épouser l'héritière du duché de Luxembourg et était désormais le premier capitaine de Condé. C'est lui qui avait accompagné le duc l'année précédente, durant la victorieuse campagne des Flandres.

Isabelle Angélique, la sœur de François, avait été l'épisodique maîtresse du jeune duc d'Enghien, puis elle avait épousé le duc de Nevers, un des favoris de Condé, tué plus tard en duel par le duc de Beaufort. C'est dire les relations étroites qu'entretenaient les deux hommes.

Le duc de Luxembourg exhibait une élégante redingote de soie, nouée un peu partout par des centaines de galans : ces rubans fantaisie souvent tissés en entrelaçant des fils d'or ou d'argent. Ses jambes, hélas trop courtes, étaient couvertes de bas, cachés – en partie – par des galans. L'ensemble formait une sorte de robe un peu ridicule. Il portait une grande perruque bouclée qui tombait sur sa chemise d'où jaillissaient de la passementerie, des tresses et des broderies d'argent.

Rarement, Louis avait vu un tel costume. Pourtant, ce n'était rien en comparaison de celui de Condé. Le prince arborait un de ces fameux costumes bleus à brocart enrichis de passements d'or. Un jour, Tallemant avait décrit au marquis de Vivonne de tels vêtements : ils étaient si luxueux que le roi n'autorisait à les porter que ceux qui détenaient des brevets signés de sa main ! On les nommait d'ailleurs des justaucorps *à brevet* et le nombre d'autorisations avait été fixé de façon définitive à soixante !

Hélas, ce luxe ne cachait rien de la laideur du prince. Car Louis II de Bourbon avait toujours été effroyablement hideux et l'âge n'avait rien arrangé. En le voyant, on se demandait ce qui était le plus laid dans son visage : son monstrueux nez de vautour, anormalement crochu, ses dents plantées apparemment dans le désordre le plus total, ou simplement ce menton aplati et minuscule dans cette longue face trop étroite.

— Fronsac ! l'interpella Condé d'un ton inamical et moqueur, vous venez nous parler de vos activités ? Je croyais que vous aviez arrêté de faire des enquêtes !

Le génie militaire fixait le marquis de son regard de braise. Louis ne baissa pourtant pas les yeux.

— Allons marquis, reprit Condé avec ce terrifiant rictus qu'il voulait bienveillant, je vois que vous n'avez pas changé : toujours aussi insolent ! Mais vous ne me battrez pas à ce jeu-là !

Luxembourg éclata d'un rire tout aussi effrayant. Louis lui jeta un bref coup d'œil inquiet. Jeune, il faisait partie de la *Cornette Blanche* du duc d'Enghien, ces gentilshommes volontaires, toujours premiers sur les champs de bataille où ils combattaient avec rage et férocité, mais qui redevenaient coquets, délicats, parfumés et élégants aussitôt de retour à Paris. Louis considérait François de Montmorency comme un homme aussi dangereux et imprévisible que l'avait été son fantasque père, à qui Richelieu avait dû couper la tête pour le calmer. Malgré une apparence fragile, Luxembourg était presque infirme, Louis savait qu'il ne fallait ni le sous-estimer ni le contrarier. Ou alors les conséquences pouvaient être mortelles.

Il s'inclina humblement.

— Monseigneur, je venais vous demander une faveur.

— Elle est accordée, Fronsac, comme toujours, déclara le prince piqué par la curiosité. Parlez !

Louis hésitait. Il n'avait pas prévu la présence de Luxembourg. Le prince de Bourbon comprit son hésitation et fit un signe de tête vers son compagnon.

— Parlez, vous dis-je ! Luxembourg est un autre moi-même.

Louis n'avait plus le choix. Il se lança :

— Je désirais vous parler de M. Fouquet, monseigneur.

Le prince fut visiblement dérouté et le silence se fit.

Fouquet avait prêté des millions à Condé et celui-ci était resté son obligé. Mais les princes sont souvent ingrats. Pourtant, Louis savait que si Condé était insolent, coléreux, cassant, arrogant, brutal, cruel, et complètement immoral, il était aussi fidèle en amitié.

Le Bourbon fit quelques pas, semblant hésiter. En vérité, il cherchait ses mots.

— Monsieur le surintendant était mon ami, expliqua-t-il finalement fort doucement. Je l'ai toujours soutenu dans l'adversité. Même si je n'ai pu le sauver. Que désirez-vous exactement de lui et de moi ?

— Pouvez-vous m'aider à le rencontrer ? J'envisage d'aller à Pignerol.

Condé s'arrêta et dévisagea Louis longuement. Il songeait : pourquoi le marquis de Vivonne voulait-il se rendre à Pignerol ? Justement au moment où lui-même aurait bien besoin d'envoyer quelqu'un là-bas… Et quel rapport y avait-il entre son affaire et Fouquet ?

Le Bourbon hésitait, pouvait-il parler franchement au marquis de Vivonne et lui expliquer ce qu'il cherchait ? Non ! Ce serait trop dangereux. Fronsac était un logicien trop redoutable et il l'aurait vite percé à jour. Il se força finalement à rire.

— Personne ! Vous m'entendez, personne, même moi, ne pourrait rencontrer M. Fouquet. Le surintendant est mort, ou tout comme, là-bas. Et d'ailleurs, pourquoi voulez-vous le voir ?

Louis avait préparé sa réponse.

— Un ami m'a demandé d'enquêter sur une affaire de famille. Un décès, et donc une succession. Et M. Fouquet aurait pu m'apporter une réponse. Mais c'est sans importance, monseigneur. Je trouverai une autre solution sans chercher à interroger directement monsieur le surintendant.

Condé se rapprocha de lui et Louis sentit son haleine.

— Vous ferez mieux, Fronsac, gronda-t-il sourdement. Vous ferez mieux… Et ne demandez plus à personne ce service. Sinon, vous pourrez vous retrouver vous aussi à Pignerol.

Il ajouta ensuite, plus amicalement :

— Je n'aimerais pas vous perdre, Fronsac…

Lui et Luxembourg éclatèrent de rire.

Louis comprit que l'entretien était terminé. Décidément, cette visite n'aurait servi à rien.

De sa fenêtre du premier étage, Claire-Clémence de Brézé, la chétive épouse du prince, regardait Louis et ses deux compagnons remonter sur leurs chevaux.

— Louis Fronsac, murmura-t-elle en le reconnaissant.

Claire-Clémence avait rencontré Louis pour la première fois dans la bibliothèque de l'hôtel de Condé. C'était durant cette cabale que La Rochefoucauld avait appelée *des Importants* et qui, bien plus qu'une cabale, était une vraie conjuration contre Mazarin ; une machination sinistre que Louis avait finalement déjouée. À cette époque il avait à ses trousses les tueurs du duc de Beaufort et de la duchesse de Chevreuse [1] et il avait pu trouver refuge dans l'hôtel de Condé grâce à Henry de la Rochefoucauld.

Claire-Clémence, princesse de Condé, avait épousé le jeune duc d'Enghien sur ordre de son oncle, le cardinal de Richelieu. Le duc, lui, considérait qu'il avait été vendu : son père n'avait-il pas touché un demi-million de livres pour que son fils épouse la petite fille d'un avocaillon ?

Les relations entre Claire-Clémence et le prince s'étaient donc d'abord limitées à la fabrication de la descendance. Pourtant, durant la Fronde, Claire-Clé-

---

1. *La Conjuration des Importants*, dans la même collection.

mence avait soutenu la lutte de son époux les armes à la main alors qu'il était enfermé à Vincennes. *Qui eût dit que ma femme ferait la guerre pendant que je cultiverais mon jardin*, avait-il déclaré avec admiration en apprenant qu'elle avait levé des troupes pour l'aider.

Puis, la santé de la princesse s'était dégradée. Ses moments d'absence étaient devenus des crises et chacun savait qu'elle évoluerait comme sa mère : vers la folie. Cette dernière avait longtemps été persuadée d'être en verre. À la fin de sa vie, ne refusait-elle pas d'aller à la selle de peur que son cul se casse !

Durant la Conjuration des Importants, caché dans l'hôtel de Condé, Louis avait donc rencontré deux ou trois fois la princesse. Il l'avait trouvée intelligente, cultivée, perspicace et sensible. C'est elle qui lui avait donné à lire *De la fréquente communion*. Et il n'avait jamais cessé de conserver son estime à la nièce de Richelieu, ni d'en vouloir intérieurement à Condé pour son mépris envers cette épouse à qui il ne reprochait que sa basse extraction.

— Louis Fronsac, répéta-t-elle les yeux vagues, lui pourrait m'aider…

Le soir tombait et Louis lisait dans la grande bibliothèque de Mercy quand un bruyant tumulte le tira de son ouvrage. Il se leva à l'instant où son épouse, suivie de Margot Belleville, pénétrait dans la pièce.

— Louis, un de nos paysans de Mercy vient de trouver un homme blessé sur le chemin du château. Bauer, Verrazzano et quelques-uns de nos gens sont partis lui porter secours. Vous devriez aller voir.

— Je les rejoins.

Louis se dirigea vers la porte. La bibliothèque était à gauche de la grande salle de réception. Il la traversa rapidement pour passer dans l'aile droite. Il ouvrit la petite porte de l'armurerie et saisit son pistolet de Marin Le Bourgeois, toujours chargé, ainsi qu'une épée de voyage attachée à un baudrier.

En nouant rapidement l'ensemble, il descendit l'escalier qui menait à la cour. Là, plusieurs serviteurs étaient rassemblés avec des torches et des lanternes à suif. Michel Hardouin et Nicolas l'attendaient déjà, à cheval.

— Ce n'est pas loin, monsieur le marquis, expliqua Nicolas.

Louis monta sur sa bête et, guidés par un jeune palefrenier porteur d'une lampe, ils se dirigèrent vers le lieu où l'on avait trouvé le blessé.

Le château d'origine avait été construit sur un petit plateau dominant l'Ysieux. La première fois que Louis avait visité les lieux, la vieille bâtisse était en ruine et envahie d'une végétation sauvage épaisse et luxuriante. Mais trente ans avaient passé. Le plateau, entièrement dégagé, était maintenant couvert de pelouses et deux nouvelles ailes en brique rouge et en pierre enserraient l'ancien bâtiment.

Après avoir passé la grille qui fermait la cour intérieure, ils prirent le large chemin descendant vers la rivière. Déjà, malgré l'obscurité, Louis distinguait le pont qu'il avait fait reconstruire sur l'Ysieux.

Autour d'eux, d'immenses et sombres futaies cachaient toute une population d'animaux des bois qui devaient les épier dans la nuit. Au pont, ils tournèrent à droite, prenant le chemin sablé qui conduisait à la grand route, vers l'abbaye de Royaumont. Et brusquement, ils distinguèrent des lumières devant eux. Ils pressèrent leurs montures.

Quatre hommes étaient là, entourant un corps. Louis sauta à terre en remarquant curieusement les haies toujours dépouillées de leur feuillage. De loin en loin, des peupliers levaient tristement leurs branches sombres. Un triste décor pour une fin misérable, songea-t-il.

L'homme était étendu sur le dos, son corps en partie couvert d'un manteau trempé de sang. Le marquis de Vivonne regarda Bauer, l'interrogeant des yeux.

— Il est mort, monsieur, fit le Bavarois simplement.

Mais cela, Louis l'avait déjà remarqué.

— Que s'est-il passé ? Qui est cet homme ?

Un paysan de Mercy s'avança, tenant son chapeau à la main. Louis le connaissait un peu : il s'appelait Jacques Petit.

— C'est moi qui l'ai trouvé, monsieur le marquis. Je rentrais à pied de l'abbaye où j'avais porté des fromages de mes vaches. Il faisait déjà sombre, j'ai entendu des bruits de chevaux, des cris, des coups de mousquet. J'ai eu peur et je me suis dissimulé sous les branches, et puis brusquement une troupe à cheval est passée ; ils étaient cinq ou six, je ne sais pas... Je suis resté caché un moment et finalement, je suis allé voir. Cet homme était là, par terre. J'ai vu qu'il était blessé, mais pas mort. Il a dit quelques mots, et puis plus rien. J'ai couru au château et je suis revenu avec M. Bauer.

— Quelqu'un connaît-il cet homme ? demanda Louis à la cantonade.

Personne ne répondit.

— Je l'ai fouillé, expliqua Verrazzano. Rien ! Pas d'arme, pas de documents. Il était plutôt bien vêtu. Les autres ont dû lui prendre son cheval.

— Nous allons le ramener à Mercy, décida Louis. Et demain, j'aviserai.

Bauer s'exprima alors de nouveau, ce qui n'était pas fréquent :

— Bé, il a barlé, Bozieu. Doi, rébède au marquis.

Il s'adressait à Jacques et l'homme bredouilla :

— Je ne suis pas sûr d'avoir bien compris, monsieur le marquis. Il me semble qu'il a dit : *Condé, danger* !

— Condé, danger ? répéta Louis, machinalement.

Il murmura à voix basse :

— La victime pourrait-elle être au prince ? Ou alors, se pourrait-il que ce soit Condé qui ait envoyé ces agresseurs ? Bon… nous essayerons demain d'y voir plus clair, installons le corps sur un cheval…

Ils rentrèrent ensemble. Louis ne cessait de penser aux derniers mots du mourant. Le plus probable était que quelqu'un l'avait vu chez Condé et avait voulu l'avertir. Mais de quoi ? Et plus grave : qui étaient les agresseurs ?

Le lendemain, Louis fit charger le corps enveloppé d'un drap dans une voiture et, accompagné de Bauer et de Verrazzano, se rendit à Chantilly. Ils chevauchaient tous les trois et la voiture était conduite par Nicolas.

Il n'était pas neuf heures lorsque le véhicule s'arrêta au pied de la grande terrasse. Un majordome suivi de plusieurs laquais et de quelques gentilshommes de garde descendirent l'escalier pour s'approcher de la voiture.

Louis était à cheval et sauta à terre. Il reconnut M. de Gensac, un des aides de camp du duc et il s'approcha de lui.

— Pouvons-nous parler un peu à l'écart ?

L'autre acquiesça assez froidement car il n'approuvait pas ces visites impromptues. Ils s'éloignèrent de quelques pas.

— Il y a un corps dans ma voiture. Un homme qui s'est fait assassiner hier soir, près de chez moi.

Gensac haussa un sourcil.

— Avant de mourir, il aurait prononcé le mot : Condé. J'ai pensé qu'il était peut-être au service du prince.

Gensac se retourna sans rien dire et s'approcha du véhicule. Il ouvrit la porte et souleva le drap pour le rabaisser aussitôt.

— Suivez-moi, ordonna-t-il le visage de marbre. Et se retournant vers le majordome, il ajouta : Faites partir tout le monde, il n'y a rien à voir.

Bauer et Verrazzano étaient restés à cheval et observaient la scène.

Louis suivit Gensac de pièce en pièce. Ils s'arrêtèrent devant une porte où se tenait un laquais.

— Ouvre ! ordonna-t-il.

Ils pénétrèrent dans une sorte d'antichambre, Gensac frappa à une porte et, alors qu'on le lui ordonnait, il l'ouvrit.

Ils entrèrent dans un vaste salon. Condé était là avec quelques gentilshommes, étudiant des cartes étalées sur une table.

— J'avais demandé à ne pas être dérangé, remarqua le prince d'un ton glacial. Puis il reconnut son visiteur et ajouta tout aussi sèchement : Tiens ! Encore vous Fronsac ?

Il s'avança pourtant vers eux et Gensac lui murmura :

— M. Fronsac a trouvé un homme mourant sur son domaine, monseigneur. L'homme aurait prononcé le mot *Condé*. Il est en bas. Peut-être devriez-vous le voir ?

Louis nota l'usage du mot *devriez*. Il était clair que Gensac conseillait vivement au prince de se déplacer.

Le duc aussi avait compris, il regarda fixement Fronsac sans expression apparente. Ensuite, il se retourna pour déclarer à son assistance :

— Messieurs, je reviens dans quelques minutes.

Ils firent le chemin en sens inverse. Condé restait muet. Gensac le guida jusqu'à la voiture où le prince examina la tête de l'homme. Un très long moment.

Puis il se retourna vers Louis et lui dit d'une voix glaciale :

— Je ne connais pas cet homme, Fronsac. Vous pouvez le faire ensevelir.

Il fit demi-tour et rentra sans un mot de plus.

Ils restèrent tous devant la voiture : Gensac, Louis, ainsi que quelques domestiques, à l'écart. Deux ou trois gentilshommes avaient observé la scène du jardin mais ne s'étaient pas rapprochés.

Louis considéra un moment les galants de son poignet gauche et entreprit machinalement de les renouer.

— Je le ferai enterrer à Mercy, proposa-t-il finalement à Gensac.

L'autre hocha la tête, jeta un dernier regard au corps, et tourna à son tour les talons.

— Rentrons ! ordonna Louis à Nicolas. Il monta sur son cheval que Bauer tenait en longe.

Le convoi sortit de Chantilly en silence. Une fois qu'ils furent sur le grand chemin. Verrazzano se rapprocha de Louis et lui dit :

— Monsieur le Prince vous a menti, monsieur, il connaissait l'homme mort.

— J'ai eu aussi cette impression, répliqua Louis, sans le regarder. Mais ce cadavre reste inconnu, et je ne suis pas plus avancé.

— Vous l'êtes, monsieur ! Durant votre absence, je me suis approché des domestiques qui examinaient la victime. Il y avait là une femme fort effrayée. Dès qu'elle a vu le corps, elle a fait demi-tour et s'est enfuie, bouleversée. Je l'ai suivie jusqu'au château et rattrapé alors qu'elle se dirigeait vers le petit escalier de service.

"Qui est cet homme ?" lui ai-je demandé ?

"Je ne sais pas", m'a-t-elle répondu.

"Très bien, savez-vous que s'il n'est reconnu par personne, il ne sera pas enterré en terre consacrée ?"

» Elle s'est signée et m'a dévisagé avec terreur. J'ai ajouté :

"Dites-moi qui il est et je veillerai à ce qu'il ait un enterrement chrétien."

— Et alors ?

— L'homme était le majordome de la princesse de Condé.

— Claire-Clémence de Brézé ?

Verrazzano haussa les épaules. Il ignorait qui elle était.

Louis était abasourdi. Il ajouta, pour lui-même, à voix basse :

— Mais que vient-elle faire dans cette histoire ?

Ils continuèrent leur route en silence. Louis restait plongé dans ses réflexions. En arrivant à Mercy, à peine avait-il mis pied à terre qu'il lâcha sa décision à Bauer et Verrazzano :

— Demain, je retournerai à Paris.

Et plus bas, il poursuivit entre ses dents :

— Il y a là-bas quelqu'un capable de comprendre ce qui se passe.

4

Les 26 et 27 mars 1670

Charles de Baatz avait épousé en 1659 la sœur du gouverneur de Chalons, Anne Charlotte de Chanlecy, baronne de Sainte-Croix, une riche veuve qui avait dix ans de moins que lui. Louis avait d'ailleurs assisté au mariage en l'église Saint-André-des-Arts et il savait que le contrat avait été signé par Louis XIV et Mazarin tant l'officier était apprécié.

Ils avaient eu deux enfants, mais la vie d'un capitaine des mousquetaires n'était pas celle dont avait rêvé son épouse et ils s'étaient rapidement séparés. Depuis lors, l'auberge du *Lyon d'or*, rue Saint-Honoré, était redevenue le domicile de M. d'Artagnan quand il n'était ni en campagne ni à Versailles pour assurer son service auprès du roi.

Louis et lui se retrouvaient irrégulièrement mais, depuis leur première rencontre, un beau jour de l'année 1642 où Louis se rendait au Palais-Royal porter un pli au Grand Satrape, ils étaient restés très proches. Louis appréciait la loyauté, certes un peu brusque, du Gascon, et ce dernier estimait le courage et la probité de l'ancien notaire.

Sous-lieutenant aux mousquetaires en 1657, désormais capitaine de la première compagnie – la seconde était commandée par Colbert de Maulévrier, cousin du ministre –, Baatz avait beau avoir été l'homme de confiance de feu le cardinal Mazarin, puis successivement l'obligé et le geôlier de Fouquet, enfin être devenu le capitaine préféré du roi, il n'avait jamais changé. Sa présence à la Cour n'avait nullement adouci le bravache matamore et même si ses amis Porthau, d'Aramitz et de Sillègue[1], n'étaient plus avec lui pour faire les quatre cents coups, les Grands, qu'il côtoyait, ne l'avaient pas dressé.

Il était midi passé et Louis savait que, s'il n'était pas de service auprès de Sa Majesté, il le trouverait attablé devant une demi-douzaine de bouteilles et quelques assiettes de pâté ou de venaison.

— Fronsac ! hurla, la bouche pleine, le Gascon dès qu'il vit Louis entrer dans la salle où il se trouvait.

En même temps l'officier se dressa dans un effroyable vacarme de ferraille car sa rapière, posée à côté de lui, était tombée sur le sol en pierre.

Baatz se précipita vers Louis, qu'il serra aussitôt contre lui comme pour l'étouffer. Au bout d'une longue minute, le marquis de Vivonne put enfin le repousser, respirer, puis essuyer sa joue couverte de pâté : la moustache en croc du capitaine, souillée de nourriture, ayant déposé sur sa figure quelques reliefs de son repas.

Aussitôt terminée cette exubérante manifestation de joie, le Gascon se rassit, faisant gémir le tabouret sous son poids. D'un geste, il invita Louis à prendre place en face de lui pendant que, de son autre main, il balayait la table et dégageait sa lourde épée *à l'espagnole* que l'aubergiste, attiré par le vacarme et croyant bien faire, venait juste de ramasser.

Ceci fait, il cria à la jolie serveuse – qui était aussi de temps à autre sa maîtresse – de servir son ami.

---

1. Armand de Sillègue se nomme Athos chez Alexandre Dumas et Isaac de Porthau est Porthos.

— Cela fait bien quelques mois que je ne vous ai vu, Fronsac. J'aurais pu croire que vous étiez mort. Ou, pire, que vous m'aviez oublié…

Louis ressentit la pique et regretta sa négligence. Mais il est vrai qu'il venait de plus en plus rarement à Paris. Il répliqua par une pirouette :

— Vous savez bien que je ne cherche à vous voir que si j'ai des ennuis et si j'ai besoin de vous.

— C'est une vérité indiscutable ! Alors, cette fois de quoi s'agit-il ? Un prince de sang a-t-il empoisonné son épouse ? Ou l'inverse ? Un président de chambre a-t-il détourné trop d'argent ou un complot d'empoisonneuses s'ourdit-il contre Sa Majesté ?

Louis avança ses paumes en avant avec un petit rire forcé.

— Rassurez-vous, rien de tout cela, tout au moins je l'espère. Je venais simplement vous entendre me parler de M. Fouquet.

Le regard de Baatz se posa sur Louis avec une sorte d'inquiétude. Puis il plaisanta :

— Le surintendant ? Ah, un bien brave homme ! Mais ne répétez pas ce que je vous dis ! J'ai longtemps été son obligé, pour devenir finalement son geôlier. Savez-vous que c'est à moi que le roi avait donné l'ordre de le saisir ? À la sortie du conseil royal ! Un bien triste jour…

Une ombre passa dans son regard carnassier. Il lissa sa moustache et plissa ses yeux.

— Qu'attendez-vous de moi, Fronsac ?

Louis eut une grimace.

— Je ne sais pas… Franchement, je ne sais pas. J'avais pensé que certains mots, certaines informations pourraient me mettre sur une piste… L'avez-vous conduit vous-même à Pignerol ?

— Oui, avec M. de Saint-Mars qui est resté là-bas comme gouverneur. C'était un ordre de M. Colbert. Je le désapprouvais et je m'en suis plaint au roi.

J'étais alors lieutenant aux mousquetaires, pas gardien ou geôlier.

— Quelle peut être sa vie en prison ?

— Affreuse ! Abominable ! Il ne peut rencontrer personne, même pas sa famille. Il n'a le droit ni d'écrire ni de lire. Il est enterré vivant et ne sortira de là-bas que mort. Et Pignerol ! *Pignerolo*, comme disent les Italiens, quel endroit ! Une forteresse de l'autre côté des Alpes, isolée, glaciale et abandonnée du monde. Un tombeau, vous dis-je !

— Mais n'y a-t-il pas d'autres prisonniers pour lui tenir compagnie ?

— Très peu, et tous sont isolés dans des cachots ou dans des chambres avec de minuscules fenêtres. Cette prison est une tombe, je vous le répète.

— Avez-vous entendu parler de nouveaux prisonniers arrivés récemment ?

Baatz s'arrêta un instant de se goinfrer et considéra Louis avec une attention nouvelle, tout en faisant une moue dubitative.

— Ce n'est pas pour Fouquet que vous êtes venu me voir, Fronsac, n'est-ce pas ?

Louis soupira.

— Franchement, non ! Vous devinez toujours tout ! Je m'intéresse à quelqu'un qui pourrait avoir été envoyé là-bas récemment.

Baatz gronda étrangement :

— Alors cessez de vous y intéresser, monsieur le marquis. Pignerol, c'est le domaine du roi. Un domaine réservé. La Bastille autorise l'espérance : au bout de vingt, trente ou quarante ans, vous pouvez prétendre à en sortir et commencer une nouvelle existence. Et qu'est-ce que vingt, trente ou même quarante ans dans la vie d'un honnête homme ? Mais pas Pignerol. Et je n'aimerais pas avoir à vous y mener. Si M. Louvois apprend que vous furetez autour de ses victimes, vous êtes tout simplement perdu.

Il reprit son repas avec un air mauvais et Louis se
tut, vexé. Au bout d'une longue minute, le Gascon servit un verre de vin à son ami.

— Allons, ne m'en veuillez pas, j'ai parlé ainsi
parce que je vous aime. Vous savez bien que votre
santé m'intéresse. La preuve en est que je vais vous
demander comment vous êtes arrivé ici avec ce déluge
(il pleuvait en effet à flot). Vous ne paraissez pas trop
mouillé et, en tout cas, nullement couvert de boue et de
crotte comme quelqu'un qui se promène sans bottes.

Le Gascon, lui, portait toujours des bottes à revers
qui lui montaient jusqu'au haut des cuisses, des chaussures complètement passées de mode à une époque où,
même dans l'armée, les officiers avaient des souliers à
boucle.

— J'ai pris une chaise, expliqua Louis en vidant
son verre. Je suis venu seul à Paris et j'ai laissé mon
cheval chez mon fils. Bauer et un nouveau serviteur à
mon service, un marin génois, ont préféré rester à
Mercy. J'ignore pourquoi d'ailleurs.

— Tiens ! Une chaise ? Vous cherchez donc à
enrichir M. de Cavoye ?

— Qui est cet homme ? demanda Louis avec
indifférence.

— Vous ne connaissez pas Cavoye ? gloussa
Baatz.

— Non, je le devrais ? En fait, précisa-t-il après
un instant de réflexion, c'est un nom que j'ai déjà
entendu, mais je ne me souviens plus en quelle circonstance.

— C'est certainement moi qui vous l'ai cité. Je
croyais vous avoir raconté cette histoire une dizaine de
fois, grommela le mousquetaire sur un ton renfrogné.

— J'ai dû encore l'oublier, racontez-la-moi donc
une onzième fois, fit Louis qui cherchait un moyen de
quitter son ami sans le fâcher. Il n'espérait plus guère
obtenir de lui quelque indiscrétion utile.

— Je vais donc le faire ! sourit l'autre avec satisfaction. Vous savez que lorsque je suis arrivé à Paris,
j'étais un va-nu-pieds et que je cherchais à entrer
dans la compagnie de M. de Tréville ? (Louis
acquiesça d'un air fatigué.) Le jour même où je ren-
contrai Tréville, je fus pris dans une querelle avec
mes futurs amis, Athos de Sillègue, Porthau et d'Aramitz.

— Je m'en souviens maintenant. Je me remé-
more aussi Porthau, le géant, n'est-ce pas ?

— Oui. Une rencontre s'ensuivit, aux Carmes. Et
là, en pleine explication, ne voyons-nous pas surgir une
compagnie de gardes du Grand Satrape !

— Disons... de monsieur le cardinal de Richelieu...

— Si vous voulez. Aussitôt, notre querelle est
oubliée et nous nous précipitons vers eux.

Baatz fit un moulinet avec sa fourchette garnie
d'un morceau de pâté qui prit son envol pour s'écraser
sur la face de l'aubergiste, lequel essayait de suivre le
combat avec attention.

— Les gardes étaient deux fois plus nombreux
que nous, pourtant, en quelques secondes, ils s'enfui-
rent laissant deux blessés, dont leur capitaine...

— Et alors ?

— Hé bien, leur capitaine, c'était M. de Cavoye !

— Celui des chaises ? conclut Louis.

— Oui... non... enfin, c'est son fils.

Fronsac hocha la tête d'un air entendu, Baatz se
faisait vieux.

— Votre histoire n'est pas très claire, mon ami.
Le vin peut-être ?

— Vous ne me laissez pas m'expliquer, grommela encore le vieux soldat. M. de Cavoye, que nous
avions blessé, était le capitaine préféré du Cardinal.
Après cette... écorchure, Richelieu l'a placé à un
poste moins dangereux, près de la reine. Son épouse

s'occupait aussi des enfants royaux. Et durant la Régence, la fortune du capitaine fut faite : la reine lui accorda le privilège des chaises à porteurs dans Paris. Désormais, chaque fois que quelqu'un prend une chaise, il enrichit M. de Cavoye !

— Mais que vient faire son fils ici ? demanda Louis qui, en vérité, s'en moquait totalement.

— M. de Cavoye est mort, quelque peu mystérieusement, en 1642. Il laissait plusieurs fils…

— Je comprends, lui assura Louis d'un ton accablé. Ce sont eux qui s'occupent des chaises… Ce ne sont pas les porteurs, tout de même ?

Dans un sourire, il fit mine de se lever, mais Baatz l'empêcha de la main avec une autorité qui surprit Fronsac. Où voulait en venir le Gascon ?

— Non, pas eux ! Lui ! Tous sont morts, sauf l'aîné : Louis Dauger de Cavoye. (Il martela ces mots.) L'*ami du roi*, comme on le surnomme. Un honnête homme, cracha-t-il, qui est aussi le portrait du roi.

— Vous ne semblez pas le porter dans votre cœur ? s'enquit Louis en étouffant un bâillement.

Baatz plaça sa main droite sur sa poitrine en accompagnant son mouvement d'un recul et d'une expression offusquée.

— Pas du tout ! Je l'estime fort, lâcha-t-il avec la grimace de celui qui vient d'avaler un verre de vinaigre.

Il but d'ailleurs un verre de vin pour faire passer le mauvais goût (du vinaigre ou de Cavoye).

— Et ses frères ? demanda Louis, que cette histoire cocasse amusait en fin de compte.

— Je vous l'ai dit. Morts ! Tous morts ! Dont l'un à côté de moi, au siège de Lille. C'était un duelliste acharné, pire que moi. Un boulet lui a emporté la tête ! Triste histoire. D'autant que le boulet venait de nos lignes ! Le dernier de ses frères, Eustache, est sans doute mort lui aussi. Plus exactement, on a perdu sa trace. Une sombre histoire de famille, je crois.

— Bien ! J'ai tout compris. Je vais cependant tâcher de retrouver une chaise pour rentrer chez mon fils.

Louis se leva, puis se rassit au bout de quelques secondes.

— Encore une question, mon ami. Quels liens pourrait-il y avoir entre M. Fouquet, Pignerol, le prince de Condé et son épouse ?

Baatz fronça le front et lissa sa moustache.

— Son épouse ? Claire-Clémence de Brézé ? Je n'en vois pas en ce qui la concerne. Mais Fouquet et le prince étaient proches, c'est certain. Dites-m'en plus Fronsac ? Vous avez des difficultés avec Condé ?

Louis raconta le meurtre du majordome de Claire-Clémence sur ses terres ainsi que ses derniers mots : *Danger, Condé.*

Brusquement, d'Artagnan devint plus froid, plus distant.

— Rentrez chez vous, Louis. Et surtout, gardez-vous bien. Laissez tomber cette histoire. Tout cela est bien trop dangereux et ce n'est plus de votre âge. D'autant que vous n'écoutez pas ce que l'on vous dit.

Il se leva pour le raccompagner. La pluie s'était arrêtée. Louis glissa une pièce d'un sol au garçon de salle pour qu'il lui trouve une chaise.

— Ah ! j'avais oublié ! s'exclama soudain Fronsac. Vous n'étiez pas à Candie, n'est-ce pas ?

— Non, mais Colbert y était.

— Colbert ?

— Colbert de Maulévrier, il commande la seconde compagnie de mousquetaires. C'est le cousin du contrôleur général des finances. Il était là-bas comme maréchal de camp de Beaufort.

— Savez-vous où je peux le trouver ?

— Hum… en général, lorsqu'il est à Paris, il descend souvent *À la Fosse aux Lyons*, rue du Pas-de-la-Mule, près de la place Royale. Sa maîtresse habite sur la place. Peut-être pourrez-vous le trouver aujourd'hui, il n'était pas de service cette semaine.

— Je vais essayer, j'aimerais en savoir plus sur cette bataille. Et n'oubliez pas, si vous avez des informations sur les prisonniers de Pignerol, pensez à moi !

— Je vois que vous ne voulez pas abandonner, soupira le capitaine.

Il donna une bourrade à Louis.

— Alors, songez au moins à tout ce que je vous ai dit, ajouta curieusement le mousquetaire en reprenant sa position avantageuse de matamore.

La chaise à porteurs arrivait.

— Au fait, j'ai oublié de vous le préciser, l'ami du roi… Louis Dauger de Cavoye… Il vient juste de sortir de prison.

— Drôle d'ami !

— N'est-ce pas ? Il a été emprisonné par Louvois pour avoir voulu se battre en duel, mais le duel n'a pas eu lieu et le Parlement l'a fait libérer. Le roi est alors intervenu personnellement pour que M. de Cavoye reste malgré tout en prison et il n'a été élargi qu'il y a une semaine !

La chaise était là et Louis monta, faisant un dernier signe au capitaine.

Ce n'est qu'une fois en route que Louis comprit que Baatz avait voulu lui faire passer un avertissement. Il eut un moment le désir de retourner, de l'interroger, puis il renonça. D'Artagnan n'en dirait certainement pas plus. Il devrait comprendre seul le message.

Le lendemain, Louis était de retour à Mercy. Tout au long du trajet, il s'était interrogé sur ce que Baatz avait raconté et surtout avait omis. Il y avait un message. Mais où ? Dans l'histoire des Cavoye ?

En arrivant chez lui, Louis y trouva une étrange

atmosphère. Bauer paraissait particulièrement soucieux et le quitta après avoir juste grommelé deux ou trois mots. Verrazzano ne se montrait pas et Julie, à qui il raconta son entrevue avec Baatz, semblait, elle aussi, préoccupée.

Il s'isola donc dans sa bibliothèque, rassemblant dans quelques notes écrites toutes les informations qu'il avait récoltées. Somme toute, il n'avait rien sinon des avertissements équivoques et des allusions menaçantes. Le seul fait tangible était la mort de l'intendant de Claire-Clémence, mais y avait-il réellement un rapport entre ce meurtre et la disparition du duc de Beaufort ?

Irrité contre lui-même, Louis sortit finalement de la pièce et décida d'aller voir où en étaient les travaux des nouvelles écuries. Le bâtiment en construction se trouvait en arrière du château, à environ deux cents toises et en bordure du bois. Quelques stalles étaient terminées et deux palefreniers s'activaient à rentrer du fourrage. Sur la partie en travaux, couverte d'échafaudages, des charpentiers montaient des poutres sous les ordres de Michel Hardouin.

— Nous allons essayer de couvrir avant l'arrivée des fortes pluies, expliqua ce dernier, mais nous manquons de bras ! Au fait, Bauer s'est dirigé vers le petit bois, là-bas. Je ne sais pas ce qu'il a en ce moment mais il paraissait sombre et bien inquiet.

Hardouin semblait, lui aussi, être mal à l'aise.

— Je vais aller à sa rencontre, décida Louis qui se dirigea dans la direction indiquée, se maudissant intérieurement d'avoir conservé ses souliers de ville qui étaient en train de s'enrober de boue et de purin.

Derrière les bâtiments en construction, il aperçut Bauer, pied à terre, son cheval à quelque distance de lui. Bauer examinait le sol avec attention. Louis s'approcha. En l'entendant, le Bavarois se releva.

— Que regardais-tu, ami ? lança Louis avec jovialité.

Bauer attendit que Louis fût plus près de lui, puis il indiqua des traces sur le sol.

— Voyez vous-même ! grimaça-t-il.

De nombreuses marques de fers ressortaient dans la boue. Plusieurs chevaux étaient passés là.

Louis interrogea le reître du regard.

— Ils étaient trois, *bozieu*, probablement ; ils sont restés sur place à surveiller. Cette nuit, sans doute, ou tôt ce matin. Je suis certain que ces empreintes n'étaient pas là hier.

— As-tu vu d'autres traces ?

— Oui, *bozieu* le marquis. Rentrons, il *vaut* voir Verrazzano. Il vous dira…

Ils retournèrent en silence au château. Un silence lourd de sous-entendus. Qui étaient ces gens ? Que lui voulaient-ils ? Pourquoi l'espionnait-on ? songeait Fronsac.

Au château, Louis suivit Bauer jusque dans la pièce de réception, et là, le Bavarois lâcha, en montrant l'escalier qui grimpait vers les étages :

— Verrazzano est en haut.

Ils passèrent le premier étage, puis le second réservé aux domestiques. Sur ce dernier palier, on avait dressé une échelle qui permettait d'accéder aux combles. Bauer grimpa le premier, suivi de Louis. Fronsac se souvenait être monté là une seule fois, alors qu'une tempête avait abîmé la toiture.

Dans les combles, et près d'un des vasistas habituellement clos, Verrazzano était penché, une lunette de marin à l'œil gauche. Il se retourna en les entendant.

— Bonjour, monsieur le marquis. Vous arrivez à point nommé, regardez !

Il lui tendit la lunette et lui montra la direction du pont de l'Ysieux. Une légère butte se dessinait de l'autre côté. Louis prit la lunette et mit un certain temps à trouver la bonne direction, mais finalement, avec l'aide du Génois, il centra l'objectif sur deux cavaliers. Tous deux semblaient surveiller le château. Louis remarqua les pistolets dans leurs fontes. Un des hommes tenait un mousquet et était enroulé dans son manteau. De l'autre, qui était armé d'une *shiavone* à poignée en coquille de fer, il distingua le bufletin de cuir cousu sur un corselet et surtout son casque à bourguignotte. C'étaient des spadassins. Des déserteurs peut-être.

Fronsac reposa la lunette et jeta un regard interrogateur au marin.

— Ils sont là depuis quelques minutes. Je les ai déjà vus hier, plus loin. Ils ne restent jamais longtemps au même endroit. Il y a deux autres groupes qu'on surprend parfois. Vos gens ont vu aussi des cavaliers en armes traîner un peu partout autour de Mercy.

Louis, qui commençait à être inquiet, se tourna vers Bauer.

— À ton avis, que veulent-ils ?

— Il y a trente ans, *bozieu*, j'aurais dit qu'ils veulent prendre la place.

Louis haussa les épaules.

— La Fronde est terminée. Plutôt pensent-ils intercepter certaines personnes. Ce pourrait être eux qui ont tué l'intendant de Claire-Clémence…

Il réfléchit quelques secondes pour demander ensuite :

— Combien d'hommes avons-nous qui savent se battre ?

Bauer eut une grimace.

— Sept, peut-être huit. Et encore, ils ne savent pas grand-chose. Ces gens, là-bas, sont des mercenaires, des reîtres. S'ils arrivent ici, nous ne les arrêterons pas.

— Demandez à Nicolas de partir immédiatement

à Paris. Que mon fils nous rejoigne avec quelques hommes de l'étude de mon frère. Peut-être pourrait-il recruter aussi des soldats sans solde à Paris ?

Bauer haussa les épaules.

— Il ne saura pas s'y prendre.

— Tant pis, essayez d'entraîner nos hommes, vérifiez les armes. Et tous les soirs, je veux que la grille soit close avec des chaînes.

Louis alla informer son épouse, qu'il trouva avec son intendante à travailler sur les comptes du domaine. Les ventes de fourrage, de blé et d'orge avaient été bonnes et la satisfaction se lisait sur leurs visages. Mais à l'annonce de cette étrange surveillance, leur euphorie se transforma en une inquiétude d'autant plus forte qu'elles avaient déjà appris la présence de cavaliers armés sur leur domaine.

Le reste de l'après-midi passa en préparatifs et en travaux pour améliorer la défense de Mercy. Bauer avait disparu et Louis en était contrarié. Heureusement, Verrazzano veillait à tout, contrôlait les armes et distribuait les postes de garde.

À six heures, Bauer n'avait toujours pas donné signe de vie et Louis en était à se demander s'il n'était pas tombé sous les coups des mystérieux rôdeurs. C'est alors qu'il entendit une cavalcade dans la cour. Il se précipita avec Julie.

Bauer rentrait, accompagné d'une troupe d'une dizaine de gardes françaises en uniforme bleu à parements rouges, les jambes couvertes de bas rouge enveloppés de guêtres noires. Ils étaient coiffés d'un chapeau à parement en argent et Louis reconnut l'uniforme des troupes du prince de Condé. Sans savoir pourquoi, il en fut profondément contrarié.

Bauer sauta à terre et s'expliqua :

— Je zuis allé foir le brinze, *bozieu*. Il m'a donné zez hommes. Ils peuvent rester ici aussi longtemps que nous le foulons.

Louis resta de marbre. Pourquoi Bauer avait-il agi ainsi sans lui demander l'autorisation ? Julie remarqua le mécontentement de son époux et son silence désapprobateur ; elle le prit à l'écart.

— Bauer t'a menti pour ne pas me gêner. C'est moi qui ai écrit à Louis de Bourbon. En souvenir de l'hôtel de Rambouillet, je lui ai demandé de l'aide. C'est moi qui serai endettée envers lui, pas toi.

Que pouvait faire Louis devant cet aveu ? Il lui sourit et approuva. Il revint vers la troupe et l'examina alors que les hommes descendaient de cheval et rassemblaient leur armement. Chacun avait un fusil et deux pistolets en plus d'un sabre. C'était une bonne troupe.

Il hocha la tête et demanda à Bauer d'organiser leur logement. Puis il rentra.

Julie croyait qu'il était contrarié de devoir un service au prince alors que ce n'en était pas la raison. Il devait déjà tant à Louis de Bourbon ! Sa véritable crainte était la suivante : et si ces gens qui le surveillaient étaient aux ordres de Condé ? Dans ce cas, cette troupe de gardes françaises ne serait qu'un cheval de Troie.

Le lendemain, Pierre arriva avec le concierge et un gardien de l'étude des Fronsac. Louis les connaissait, c'étaient des hommes rudes qui avaient remplacé les frères Bouvier, ces anciens routiers des guerres de Bohême devenus portiers de l'étude dans la jeunesse de Louis (Nicolas était le fils de Jacques Bouvier). Pierre expliqua que son oncle avait préféré lui donner ces deux anciens soldats plutôt que les fils de Nicolas car ils étaient des combattants expérimentés.

Un cinquième cavalier accompagnait Nicolas : c'était Gaston de Tilly, entièrement armé en guerre avec morion et corselet.

— Nicolas m'a raconté que des rôdeurs vous espionnaient. J'ai abandonné Armande et je viens m'installer chez toi le temps qu'il faudra. J'ai apporté toutes les armes que j'avais.

Il montra le cheval de bât lourdement chargé qui suivait.

Quelques minutes plus tard, ils se retrouvaient dans la bibliothèque pendant que les domestiques dressaient la table.

— Nous avons maintenant une vingtaine d'hommes disponibles, il nous suffit d'être vigilants. Personne ne s'attaquera à Mercy, expliqua Louis, et si cette surveillance ne cesse pas, c'est nous qui prendrons l'initiative.

Il y avait là Pierre, Bauer, Gaston, Verrazzano, Nicolas, Julie et Michel Hardouin. Tous approuvèrent gravement.

Ce même jour et à cette même heure, Aurore La Forêt se tenait devant le prince de Condé. Le prince lisait à haute voix la lettre qu'il tenait à la main.

… je vous supplie, monseigneur, de traiter Mme La Forêt comme ma fille. Ce qu'elle a fait pour moi et pour mes enfants ne pourra jamais lui être remboursé…

Condé leva la tête en haussant un sourcil interrogateur.

— Mme Fouquet semble vous tenir en haute estime, madame.

Aurore soutint son regard. Le prince fut le premier à baisser les yeux et il termina sa lecture ; alors seulement il reprit :

— Mme Fouquet oublie seulement de me dire ce qui vous envoie et ce que vous désirez de moi…

— C'est par prudence, monseigneur. Je suis aussi le messager. Et elle sait que personne n'aurait pu me faire parler, même sous la torture…

Le prince fit un petit geste de la main et sourit

avec miséricorde en dévoilant sa denture difforme. Il lui indiqua deux fauteuils bas.

— Asseyons-nous, et parlez sans crainte. Fouquet était mon ami, il l'est toujours.

— Je sais que je peux avoir confiance en vous, monseigneur. J'irai droit au but. Il y a quelques mois, j'étais à Pignerol…

Malgré tout son sang-froid, Condé frémit légèrement. Il joignit l'extrémité des doigts de ses mains et se pencha légèrement en avant.

— À la prison ?

— Oui et non, j'avais préparé l'évasion de M. Fouquet. Elle a échoué. Je suis sans doute maintenant recherchée par les hommes de monsieur le marquis de Louvois.

Et Aurore raconta les circonstances de la tentative d'évasion. Lorsqu'elle eut terminé, le silence se fit. Il dura plusieurs minutes. Condé regardait l'extrémité de ses mains jointes, comme s'il priait. Mais le libertin mécréant ne pensait nullement à Dieu. Il songeait à ce qui lui arriverait si son cousin apprenait qu'il recevait, et qu'il avait écouté avec attention, cette jeune femme. Peut-être devrait-il la livrer tout de suite. Ou la faire disparaître. Il en avait les moyens ici, à Chantilly, avec ces travaux. On ne retrouverait rien d'elle. Il la considéra un long instant. Elle était jeune, plutôt belle… dommage, songeait le libertin. Mais d'un autre côté, elle venait de Pignerol, et il y avait cette autre affaire. L'enjeu n'était-il pas simplement le trône de France ? Après tout, peut-être pourrait-il l'utiliser d'abord. Mais comment ?

— Vous ne m'avez pas dit ce qui s'est passé après que l'évasion fut découverte.

— Nous avons fui, monseigneur. Lâchement. Des chevaux nous attendaient comme je vous l'ai dit et nous avons galopé jusqu'à Turin, comme si nous avions le diable à nos trousses. Elle eut un petit rire cristallin et fort séduisant. Là-bas, nous sommes restés quelques jours, les frères Grosdaille, nos guides, avaient un cousin qu'ils ont envoyé aux nouvelles. C'est par lui que nous avons su ce qui s'était passé : la foudre était tombée sur la poudrière du château, détruisant en partie la chambre de Fouquet. Pequet et La Forêt avaient été pris alors qu'ils étaient dehors, à moitié assommés par des pierres. Le gouverneur Saint-Mars avait aussitôt fait pendre Pequet devant Fouquet. Il voulait en faire autant avec M. La Forêt mais celui-ci étant gentilhomme, il a dû attendre un ordre du ministre. Et finalement Louvois l'a condamné aux galères perpétuelles[1]. À Marseille.

— Je vous répète ma question, insista le prince après un bref silence, que voulez-vous de moi ?

— M. La Forêt était au service de monsieur le surintendant. C'est lui qui avait préparé l'évasion. Je dois le sauver.

Condé écarta les bras en signe d'impuissance.

— Je ne peux intervenir. Voulez-vous de l'argent ? Je suppose que vos biens ont été confisqués.

— Non, merci monseigneur, j'ai ce qu'il me faut. Simplement – elle hésita un instant –, je ne sais comment opérer. J'ai besoin d'aide pour libérer M. La Forêt. Quelqu'un qui m'accompagnerait à Marseille. Qui saurait comment agir, qui ait de l'expérience. Un soldat, peut-être ? En outre, à Marseille, peu de gens parlent le français, il me faudra de l'aide, localement. Mme Fouquet a pensé que vous pourriez connaître un tel homme.

— Un soldat ? ironisa Condé. Un spadassin, plutôt ! Et vous espériez que je pouvais vous trouver cet homme ? Je ne suis pas certain d'avoir dans mes

---

1. L'ordonnance en matière criminelle prévoyait ainsi l'ordre décroissant des peines : la mort, la question avec réserve de preuve, les galères perpétuelles.

proches un tel individu, et puis ces genres de *bravi* ne sont efficaces qu'au combat. Votre demande est beaucoup plus difficile à satisfaire.

Il se tut de nouveau et resta un long moment plongé dans ses pensées.

Quel intérêt aurait-il à se lancer dans cette mauvaise affaire ? Le mieux restait de la livrer à son cousin. Il passerait pour encore plus fidèle et pourrait ainsi mener à bien, dans la discrétion, l'autre dessein qu'il avait à cœur.

Il dévisagea Mme La Forêt. C'est vrai qu'elle était bougrement jolie et bien faite, la drôlesse, malgré son air de garçon et ses cheveux mal coupés, bouclés à la hâte. Quant à ses vêtements et son teint hâlé ! Quelle horreur ! Dommage… Seulement le bourreau la ferait parler, personne ne résistait à la question. Ne risquait-il pas alors d'être compromis ? Il fallait aussi y songer.

Mais d'un autre côté, ce La Forêt était à Pignerol. Peut-être savait-il quelque chose sur le nouveau prisonnier, peut-être l'avait-il vu, lui avait-il parlé… Si c'était le cas, il ne pouvait laisser passer cette opportunité.

Il interrogea brusquement la jeune femme :

— M. La Forêt était-il aussi détenu ?

— Non… enfin, pas tout à fait. Dans l'enceinte, il était à peu près libre. Il était au service de monsieur le surintendant mais avait une grande liberté de mouvement.

— Pouvait-il approcher les autres prisonniers ?

— Les approcher, je ne sais pas ; les voir certainement. Il m'a écrit quelquefois qu'il en avait vu certains.

— Si un nouveau prisonnier était arrivé, en aurait-il eu connaissance ?

— Indubitablement, monseigneur.

Aurore était surprise par cette question. Que voulait le prince ?

Condé replongea dans son silence. Il y avait quelqu'un capable de faire évader La Forêt et de le lui amener... Ce diable d'homme de Fronsac... Mais comment le convaincre ?

Aurore attendait, les yeux baissés mais en alerte. Elle n'était pas très rassurée. Cette visite était pour elle celle de la dernière chance. Elle savait que Condé avait été l'obligé de Fouquet, mais aussi qu'il n'avait aucune envie de revenir aux complots de sa jeunesse. Il pouvait très bien la livrer à Louvois. Ou la faire disparaître. Personne ne savait qu'elle était là sinon Mme Fouquet. Mais que pourrait-elle faire contre le cousin du roi ? Elle sentait la dague rassurante qu'elle avait solidement attachée contre sa cuisse.

Condé, lui, songeait à Fronsac. Que cherchait l'ancien notaire ? Il avait fait une enquête, lui aussi, et ce qu'il avait appris l'avait contrarié. Fronsac s'intéressait trop à Pignerol, se pourrait-il qu'il soit sur la même piste que lui ? Et puis, il y avait l'intendant de Claire-Clémence. Qui l'avait envoyé vers Mercy ? Et surtout qui l'avait tué ?

Il eut une grimace nerveuse qui l'enlaidit encore plus. Mais sa décision était prise.

— Je vais vous aider, madame. Je connais effectivement quelqu'un qui est bien capable d'obtenir la libération de M. La Forêt. Seulement, en contrepartie, je veux que vous me le rameniez ici et que vous vous engagiez sur l'honneur à ce que M. La Forêt me raconte tout ce qu'il aura vu ou entendu à Pignerol.

— Je peux vous le promettre, monseigneur, déclara-t-elle avec un éclatant sourire.

5

Vendredi 28 mars 1670

Je serais très honoré si le marquis de Vivonne accepterait de me rendre visite.

La lettre était simplement signée Louis de Bourbon, Prince de Condé.

Louis, songeur, retourna plusieurs fois le papier dans ses doigts. La lettre était brève, polie, aimable. Il savait cependant que c'était un ordre. Monsieur le Prince allait lui demander un service. Un service qu'il ne pourrait refuser. Lequel ? Et pourquoi maintenant ? Cela avait-il un rapport avec les dernières paroles du mourant : *Danger, Condé* !

Était-ce Claire-Clémence qui avait envoyé cet homme ? Louis de Bourbon en avait-il eu connaissance ?

Toutes ces pensées agitaient Louis le long de la route de Mercy à Chantilly. Il avait pris un carrosse léger et était seul dans la voiture conduite par Nicolas ; les yeux fermés, et pour passer le temps, il échafaudait des hypothèses et essayait de découvrir comment les faits qu'il connaissait permettaient de les étayer. C'était un jeu assez futile. Il manquait de bien trop d'informations ! Évidemment, deux ou trois possibilités se faisaient jour, mais elles étaient tellement invraisemblables !

Le grondement des roues, le grincement des ressorts de suspension, le galop des chevaux le berçaient
agréablement. Que d'événements depuis le passage de
la *Belle du Canet*! Cette histoire sur Beaufort était-
elle plausible, et surtout, avait-elle un rapport avec
Condé? Le prince avait été longtemps l'ennemi mortel du duc de Beaufort. Louis se souvenait de cette
affaire de la lettre perdue – déjà vingt-cinq ans! – à
l'issue de laquelle la mère du prince avait exigé des
excuses publiques de la part de la duchesse de Montbazon, la monstrueuse maîtresse de François de Beaufort, qui avait accusé la duchesse de Longueville, la
sœur de Condé, d'avoir un amant. Un affront qui avait
marqué le début de la cabale des Importants[1].

Mais tout cela était le passé; Condé avait rejoint
Beaufort durant la fronde des Princes. Et tous deux
s'étaient finalement réconciliés avec leur souverain.

Mais si cette harmonie n'était finalement qu'une
façade, une convergence d'intérêts? *La conduite des
princes ne doit pas être dictée par la haine ou l'amour
mais par leur bénéfice*, répétait souvent Mazarin.
Après tout, Condé pouvait aussi avoir besoin du retour
de Beaufort.

Il entendait Bauer et Verrazzano échanger quelques
mots derrière la voiture; tous deux suivaient à cheval.
C'était surtout le Génois qui parlait. Verrazzano était
entré dans le quotidien de Mercy et ne le quittait plus.
Que voulait-il vraiment? Aimait-il tant Beaufort pour
s'attacher ainsi à lui? Désirait-il vraiment le délivrer
comme il le jurait? La rencontre que Louis avait eue
avec Colbert de Maulévrier avait semé plus que des
doutes dans son esprit. Mais alors, pourquoi le Corse
restait-il à Mercy? Et étrangement le taciturne et fidèle
Bavarois s'entendait bien avec ce volubile et mystérieux Génois.

---

1. *La Conjuration des Importants*, dans la même collection.

Après avoir passé le corps de garde et traversé les immenses jardins de Chantilly, la voiture s'arrêta devant le perron du château. Nicolas dit quelques mots aux domestiques présents et Louis descendit alors qu'on lui ouvrait la porte.

On l'attendait. Le majordome lui fit signe de le suivre. Il passa la terrasse, pénétra dans le château, et suivit le maître d'hôtel à travers plusieurs salles, croisant de nombreux gentilshommes et saluant ceux qu'il connaissait. Sa simple tenue noire en surprenait plus d'un. Ses simples galans noirs aux poignets détonnaient avec les centaines de rubans multicolores qu'eux portaient à la taille, aux chausses et même au bas de leur justaucorps. Quant aux perruques lourdes de ces courtisans, elles faisaient un étrange contraste avec ses cheveux gris à peine bouclés.

Il pénétra finalement dans un dernier salon. Condé était debout, face à une fenêtre donnant sur la terrasse. Une fois de plus, le Bourbon avait décidé de ne pas faire attendre Louis et il avait observé son arrivée.

Louis devina qu'il avait vraiment besoin de lui.

Le prince se retourna et considéra son visiteur sans manifester aucun sentiment. Ses monstrueuses dents en avant lui donnaient un irrésistible air de rat et son nez faisait penser à un horrible museau. Mais son regard était toujours celui d'un oiseau de proie.

— Merci, Fronsac. Merci d'être venu si vite, dit-il en s'avançant.

Louis avait rarement entendu le prince remercier quelqu'un. Il s'inclina en silence.

— C'est moi qui dois vous remercier, monseigneur. Votre troupe…

— Ah, oui ! Au fait, que sont devenus ces rôdeurs ?

— Ils semblent avoir disparu, monseigneur. Ou alors, ils sont simplement devenus plus discrets.

Condé haussa les épaules, fit quelques pas et poursuivit, d'un ton préoccupé :

— Je vous dois quelques explications, Fronsac…

Louis secoua la tête.

— Non, monseigneur. Vous ne me devez rien. C'est moi qui serai toujours votre débiteur.

Louis n'oublierait jamais qu'un jour le prince lui avait sauvé tout simplement la vie[1]. Condé le dévisagea de nouveau un long moment, vaguement troublé. Il avait du mal à admettre cette fidélité insolite. La vie à la Cour l'avait rendu cynique : là-bas, on le craignait et on le haïssait. Pourtant, lui, était fidèle bien qu'il ne crût plus en la fidélité des autres. Il inspira profondément et poursuivit :

— Cherchez-vous toujours à vous rendre à Pignerol ?

— Je ne sais plus, monseigneur. Une amie m'a demandé, il y a quelque temps, de rechercher une personne qui lui est chère et M. Fouquet aurait pu me renseigner. Mais après avoir rencontré et interrogé beaucoup de monde, il semble qu'une visite soit impossible.

— Qui donc était cette personne que vous cherchez ?

— Vous n'ignorez pas, monseigneur, que je me dois d'être discret.

Le prince parut brusquement excédé, il s'emporta :

— Je le sais, je le sais… Mais moi aussi, j'ai des agents qui me renseignent.

Il se retourna vers la fenêtre et regarda un long moment dans le parc, puis poursuivit :

— Ainsi, cet homme qui est avec vous depuis quelque temps, ce Génois… n'était-il pas auparavant au service de l'amiral duc de Beaufort ?

Il attendit un instant la réponse et devant le silence de Louis, il reprit :

---

1. *La Conjuration des Importants*, dans la même collection.

— Pauvre duc ! Savez-vous que des rumeurs courent sur le fait qu'il ne serait pas mort ?

Il se retourna brusquement et eut son rictus de prédateur. En même temps, il explosait avec colère :

— Me prenez-vous pour un imbécile, Fronsac ? Croyez-vous que j'ignore que la maîtresse de l'ancien gouverneur de Provence est venue vous voir ? Qu'elle recherche Beaufort, le frère de son amant ? Et que vous travaillez pour elle ?

Il cracha :

» Vous êtes en quête de François de Beaufort, n'est-ce pas ? Et vous pensez le trouver à Pignerol ?

— Monsieur le prince est bien perspicace, répliqua Louis glacial.

L'entretien ne se déroulait pas comme il l'avait pensé, pourtant, brusquement, le prince se radoucit :

— Fronsac, sachez que j'apprécie votre discrétion… et votre courage. Il faut être fou pour s'être lancé, comme vous le faites, à la recherche du duc. Et plus encore pour parler ainsi de Fouquet. Vous ne vous attirerez que des ennuis. Pire, peut-être.

Il se rapprocha du marquis pour lui prendre affectueusement l'épaule.

— Voyez-vous, moi aussi j'aimerais bien retrouver Beaufort. Je recherche… non… À vous, je peux dire le fond de ma pensée : j'ai longtemps vu dans mon cousin Louis un usurpateur… et cela a guidé mes décisions.

Louis eut un recul de saisissement, de frayeur même. Le prince le foudroya du regard.

— Écoutez-moi, plutôt ! Ceci restera toujours entre nous. Je sais ce que j'affirme. Notre souverain ne ressemble guère à son père, reconnaissez-le ?

Il tendit le bras et désigna les deux grands portraits dans la pièce. L'un représentait Louis Le Juste et l'autre son fils, Louis le Quatorzième.

Condé ajouta plus bas, presque en chuchotant :

— Et s'il n'était pas le fils de la reine… mais d'une autre ?

Le marquis haussa imperceptiblement les épaules.

— C'est une fable absurde, monseigneur. L'accouchement a eu lieu devant des témoins…

Le prince eut une grimace, mélange de dégoût et de scepticisme.

— Tout s'achète, Fronsac. Et les témoins sont morts ! Au lieu de prendre cette expression épouvantée, laissez-moi donc vous rappeler des faits…

» La reine a été grosse la première fois en 1624. Elle a perdu son fruit. Plus tard, elle fit trois ou quatre autres fausses-couches. À partir de 1628, le roi ne l'a plus touchée, il ne l'a même plus approchée. Tous les médecins disaient qu'elle était devenue stérile.

Il se mit à marcher de long en large, les mains dans son dos…

— Mon oncle aurait pu la répudier, mais il était trop croyant, il a dû hésiter… Et si le roi, sachant la reine définitivement inféconde, avait demandé à une autre de porter son fils ? Un tel péché a dû lui apparaître moindre que la répudier. Alors qui ? Une de ses amies proches ? Mme de Hautefort ? Mme de Lafayette ? Pourquoi pas ? Lafayette était dans un couvent et cela pouvait apparaître pour le roi comme un secours céleste. Engrosser une nonne !

Condé eut un sourire effrayant : le libertin apparaissait sous son vrai jour. Il poursuivit :

— Je penche cependant plutôt pour une inconnue. Ce devait être plus facile pour notre roi si réservé avec les femmes. La reine était-elle dans la confidence ? Certainement. D'ailleurs, avait-elle le choix ? Chacun a été frappé de surprise à la cour lorsqu'on a appris qu'elle était grosse. Souvenez-vous, on a fait circuler cette fable sur la visite surprise du roi à la reine, alors qu'il avait été pris dans un orage, sous une pluie diluvienne et qu'il avait dû chercher refuge au Louvre ! Une reine qu'il n'avait plus visitée depuis près de dix ans ! Et cette rencontre n'a jamais été notée par les médecins du roi qui en avaient pourtant l'obligation !

— Mais l'accouchement ? objecta Louis.

— Parlons-en ! Le roi avait demandé au chancelier Séguier, à Bouteiller et au premier président du Parlement d'assister avec lui à la naissance du dauphin. Or, inopinément, trois jours avant, Sa Majesté tombe malade. Dès lors, toute la Cour reste près de lui au château-neuf de Saint-Germain pendant que la reine est abandonnée, seule, dans l'autre château ! Alors, de façon inattendue, imprévisible, invraisemblable, elle a des douleurs : on avertit le roi trop tard et, quand il arrive avec les témoins, l'enfant est déjà né ! Miracle !

Il frappa dans ses mains pour souligner sa démonstration.

— Ce sont des faits, Fronsac ! martela-t-il. L'enfant a été mis dans les bras de la reine au dernier moment par une sage-femme complice.

Louis était ébranlé et déconcerté.

— Pourriez-vous prouver une histoire aussi extravagante ?

— Oui, je le pouvais, affirma le prince d'un ton désabusé. Seulement, je ne le peux plus. Heureusement, quelqu'un peut le faire pour moi.

— Qui donc ?

Il le désigna du doigt, moqueur.

— Vous !

— Moi ? Mais j'ignore tout de cette histoire, que pourrais-je faire ?

— Vous rendre à Marseille, lâcha froidement le prince.

— À Marseille ? Rien d'autre ? ironisa Louis. Et là-bas que ferai-je ?

— Vous chercherez un galérien et vous me le ramènerez.

La discussion devenait insensée et amenait Louis dans une position où il ne maîtrisait plus rien. Il était trop abasourdi pour réfléchir.

— Mais comment ? Qui ? bredouilla-t-il.

— Comment ? Je l'ignore ! (Il haussa les épaules.) Mais vous y parviendrez, j'en suis certain. Qui ? Vous allez le savoir…

Le prince se dirigea vers une petite porte, au fond du salon, l'ouvrit et ordonna :

— Mme La Forêt, voulez-vous nous rejoindre…

Aurore La Forêt entra et salua Louis.

Qui était cette femme ? s'interrogea-t-il. Elle était bien vêtue, avec une robe de velours bleu toute droite, propre bien qu'un peu fanée, ses boucles de cheveux étaient à la mode, quoique trop courtes. Pourtant, son teint halé n'était pas celui d'une femme de la Cour. Habillée ainsi, elle faisait plus l'effet d'une bourgeoise de province que d'une parisienne courant les salons. Et puis, ce visage volontaire, sérieux… Et surtout ce nom : La Forêt, se pourrait-il qu'elle soit la personne dont Raffelis lui avait parlé ?

Condé interrompit les réflexions du marquis.

— Mme La Forêt vient de tenter l'évasion de monsieur le surintendant Fouquet. Elle arrive juste de Pignerol, annonça Condé, satisfait de l'expression ahurie de Louis.

Pour une fois, c'est lui qui dirigeait la discussion avec ce diabolique notaire !

Il poursuivit sans lui laisser le temps de se ressaisir :

— M. La Forêt était au service du surintendant. Il a organisé une tentative d'évasion, il y a quelques mois avec l'aide de madame. La tentative a échoué et M. La Forêt a été condamné aux galères.

— Mais, quel rapport avec ce dont vous venez de me parler ?

— J'y viens. M. La Forêt était libre de ses mouvements à Pignerol. Il a forcément vu arriver les nouveaux prisonniers. Il a pu leur parler. Il faut qu'il vous raconte ce qu'il sait, ou mieux, qu'il me parle. Ramenez-le-moi. Il est la clé qui ouvrira toutes les portes.

— Pourquoi ne pas demander sa grâce, ou le racheter ? J'ai entendu dire qu'il suffisait d'acheter deux Turcs pour libérer un galérien…

— Louvois ne le libérera jamais. Il voulait le faire pendre. Mais La Forêt est gentilhomme et ce n'était pas possible. Si le roi, Louvois ou Colbert apprennent ce que nous tentons, ils le feront étrangler au fond d'un cachot.

Louis mit les mains en avant en signe de bonne volonté.

— Très bien, j'arrive à Marseille ; mais comment croyez-vous que je puisse libérer un galérien ? Ou même lui parler ? Je ne sais même pas à quoi ressemble une galère !

Condé eut un geste de la main, mi-insouciant, mi-agacé.

— Vous vous débrouillerez bien. Je vous fais confiance.

— Monseigneur est bien trop bon, ricana Louis.

— Monsieur, je vous en prie…

C'était la jeune femme qui intervenait ainsi de sa voix claire. Son visage exprimait toute la tristesse du monde et Louis eut l'impression qu'elle allait fondre en larmes.

— Acceptez, monsieur ! Je vous en prie. Je vous accompagnerai et je vous aiderai. Ensemble, nous pouvons réussir. J'en suis certaine.

Louis se tourna vers le prince et lui reprocha :

— Vous ne m'aviez pas dit, monseigneur, qu'elle viendrait avec moi.

Condé eut un geste de contrariété. Cette discussion avec ce notaire le fatiguait.

— Elle en a le droit, vous pouvez compter sur elle. Si vous saviez ce qu'elle a déjà fait pour sauver Fouquet ! Maintenant, elle en fera autant pour la personne qu'elle aime. Au fait, voici vingt mille livres, pour vos frais, pour corrompre des geôliers, que sais-je ?

Il montra un gros sac de cuir sur une console dorée.

— Comptez plutôt cinquante mille, monseigneur, décida Fronsac avec insolence. Si je dois me charger de ce travail, je ne tiens pas à me conduire en pingre. À votre service, je ne marchanderai rien.

Condé posa sur lui un sourire hypocrite. Il avait gagné !

— Soit ! D'ailleurs, il y a déjà cinquante mille livres dans ce sac ! Je suis heureux que vous acceptiez. Quand partez-vous ?

— Demain, répliqua Fronsac, vexé. Ce soir, je donnerai des ordres et mon fils s'occupera du domaine. Puis-je toujours compter sur vos hommes pour veiller sur Mercy ?

Condé eut un vague geste.

— Bien sûr !

Louis comprit qu'il lui donnait congé. Il insista :

— Je dois vous parler d'autre chose, monseigneur.

Condé l'examina cette fois avec animosité, il n'avait pas pour habitude d'accepter l'insolence. Il avait donné congé. Mais Fronsac ne cilla pas. Aurore La Forêt devina la tension entre les deux hommes. Elle s'inclina et demanda à quitter la pièce.

Après sa sortie, Condé siffla d'un ton désagréable :

— Nous sommes seuls, Fronsac. Allez-y, videz votre sac...

— Votre épouse, monseigneur, quel est son rôle dans la pièce ?

Le Bourbon ricana, vaguement menaçant.

— Vous savez donc ? C'est vrai qu'on ne peut rien vous cacher. L'homme que vous avez trouvé était son intendant. J'ai eu tort de ne pas vous le dire. Mais pour parler franc, ce qu'il vous voulait – si c'était chez vous qu'il allait –, je l'ignore. L'a-t-elle envoyé ? Est-ce une initiative isolée ? Je ne sais pas. Et je sais encore moins qui l'a tué. En tout cas, vous avez ma parole : ce n'est pas moi.

— Pourrais-je la voir ? Lui demander ?

Condé montra les dents (qu'il avait fort en avant) et grogna :

— Claire-Clémence est folle, monsieur Fronsac ! Folle à lier comme sa mère.

Il changea brusquement de ton.

— Je n'ai pas choisi de l'épouser, vous le savez. Mais elle s'est montrée hardie durant la Fronde. Elle s'est comportée comme une princesse de Condé et je lui en saurai toujours gré. Mais elle est folle. Je ne peux en tirer un mot cohérent. Et vous n'y arriverez pas plus que moi.

Le ton était sec, cassant, furieux et désespéré[1]. Fronsac comprit que le prince ne voulait pas qu'il voit sa femme ainsi diminuée. C'était une fin de non recevoir : il s'inclina.

— Verrazzano, pouvez-vous monter avec moi dans la voiture ? demanda Louis en sortant du château.

Le Corse, un peu surpris, obéit et s'assit à côté de Louis et en face d'Aurore La Forêt qui les avait rejoints.

---

1. On sait, hélas, que la folie de l'épouse du Grand Condé fut transmise à ses enfants. Voir : *Récit des aventures de Trois-Sœurs*, à paraître dans la même collection.

Juste avant, la jeune femme avait fait charger quelques maigres bagages dans le véhicule. Elle n'avait conservé qu'un long sac de cuir à lanières avec elle. Il avait été convenu, un peu auparavant, qu'Aurore irait passer la nuit à Mercy, d'où ils partiraient tous dans la matinée du lendemain pour Marseille : un voyage d'une quinzaine de jours si le temps était clément.

— Madame et moi devons partir demain pour Marseille, lui expliqua Louis. Je vous serais très reconnaissant si vous pouviez nous accompagner. Vous connaissez la ville et les habitants : sans vous, nous irons de difficulté en difficulté. Nous ignorons leur langue, leurs coutumes et la géographie de la ville.

— Monsieur le marquis, je suis maintenant sans attache, et si vous me prenez à votre service, je serai satisfait. Mais que devons-nous faire à Marseille ? – et permettez-moi de vous le demander –, ce voyage a-t-il un rapport avec celui que je cherche ?

— Un rapport ?

Louis fit une courte pause avant de préciser :

— Je pense que oui, cependant je ne peux rien affirmer. Voici le véritable motif de notre voyage : nous devons retrouver un galérien, le rencontrer, lui parler et, si cela est possible, le libérer et le ramener ici.

Verrazzano ne parut pas autrement surpris en apprenant qu'il aurait à participer à la libération d'un condamné. Il se passa la main sur les tresses de ses cheveux.

— Rude tâche, monsieur le marquis ! Mais, pourquoi ne pas le racheter tout simplement ?

— Je vais vous mettre dans la confidence. Cet homme est proche de madame – il montra la jeune femme –, et il vient de tenter l'évasion du surintendant Fouquet. Il ne sera jamais libéré.

— Je comprends, il était donc à Pignerol, avec Fouquet ?

— Oui. Là-bas, il a pu rencontrer les nouveaux prisonniers. C'est le seul qui puisse nous donner des informations sur ce qui se passe dans cette prison.

Verrazzano secoua lentement la tête et médita un instant avant de répondre :

— Savez-vous bien ce qu'est la chiourme ? Lorsque les galères ne sont pas en mer, il y a deux sortes de galériens : ceux qui peuvent aller en ville, qui travaillent chez des habitants, ou même qui tiennent une échoppe. Ceux-là sont toujours enchaînés, au moins par deux, et sous la surveillance d'un argousin. En cas d'évasion, leur surveillant doit payer mille livres ou être envoyé aux galères à leur place.

— Nous pourrons le payer bien plus.

Il montra le lourd sac que lui avait remis le prince : il contenait deux mille cinq cents louis d'or de vingt livres et pesait environ dix-huit de nos kilogrammes !

Verrazzano secoua la tête.

— Je m'en doute, mais il y a aussi les autres : les galériens dangereux ou ceux dont on ne veut pas prendre le risque qu'ils s'évadent. Ceux-ci sont enchaînés jusqu'à leur mort sur leur galère. À de rares exceptions, ils ne sont jamais mis hors des fers ; ils dorment, mangent, défèquent sur leur banc ! Et il est impossible de monter à bord de ces bateaux-là et de leur parler en privé. Dans ce cas, une évasion est impossible.

— J'ai un plan. J'y arriverai mais j'ai besoin de votre aide : vous connaissez du monde là-bas, il est certainement possible de soudoyer quelqu'un ou même de tenter un coup de force. L'argent ne sera pas un problème.

Verrazzano resta songeur encore un moment.

— Possible, en effet. À Marseille, tout est possible. Mais connaissez-vous les risques ?

Il dévisagea le beau visage d'Aurore.

— Trois ans de galère et le nez coupé pour ceux

qui aident les galériens à s'évader. Ils coupent aussi le nez des femmes.

Pierre et Gaston attendaient Louis dans la cour du château. Ils se jetèrent quasiment sur lui lorsqu'il descendit de voiture.

Louis s'écarta d'eux et aida Aurore à descendre.

— Pierre, je te présente Mme La Forêt. Madame, voici mon fils, et avec lui, mon meilleur ami : Gaston de Tilly.

» Mes amis, je dois emmener Aurore à Marseille dès demain. Ce soir, elle restera ici. Pierre, peux-tu la présenter à ta mère ? Je pense qu'elle lui donnera le petit appartement de l'aile ouest. Une fois qu'elle sera installée, et si elle le désire, tu pourras lui faire visiter le château en attendant le souper.

Aurore La Forêt n'était pas une de ces beautés que l'on voyait à la Cour mais il se dégageait d'elle un tel équilibre, une telle harmonie, tant dans son port de tête qu'à travers la finesse et la régularité de ses traits ou la clarté de son regard, qu'on ne pouvait que rester troublé en la découvrant pour la première fois. Ses vêtements de voyage, simples et nets, n'atténuaient pas, mais au contraire rehaussaient, cette impression superbe. Pierre resta muet et comme captif en la considérant.

Louis, qui n'avait rien remarqué, se tourna vers Gaston resté près de lui.

— Tu te doutes que je compte sur toi pour cette expédition. Nous allons avoir beaucoup à faire avant la nuit. Il nous faut préparer une voiture, choisir des chevaux robustes pour ce long voyage, des armes, et surtout des vêtements. En cette saison, nous aurons froid. Il se retourna vers Verrazzano.

— Bauer et vous, allez à l'armurerie. Nous nous y retrouverons tous d'ici une heure. Nous choisirons ensemble de quoi nous équiper. En attendant, je vais m'occuper des chevaux. Nicolas préparera la grande voiture et la sellerie.

Cette grande voiture était un carrosse à six chevaux, plutôt confortable et particulièrement solide pour les longs voyages.

En même temps, il faisait signe à un domestique de prendre les bagages d'Aurore, pourtant il nota curieusement qu'elle avait conservé avec elle son long sac de cuir, malgré le désir de Pierre de le porter.

Quand Gaston et Louis entrèrent dans l'armurerie qui avait été le domaine de Gaufredi, le vieux reître longtemps au service de Louis et qui était resté à Aix vingt ans plus tôt[1], Verrazzano s'y trouvait déjà et montrait un fusil à Bauer. Celui-ci se retourna en les entendant entrer.

— *Bozieu* le marquis, regardez ce que possède ce Génois…

Il tendit l'arme à Louis. C'était une splendide carabine à double canon tournant. Verrazzano expliqua à Gaston qui l'avait saisie avec gourmandise :

— Elle vient des ateliers de Torre Annunziata à Naples et se charge par la culasse. Regardez…

Il ouvrit la culasse qui ressemblait à une sorte de tabatière pour indiquer :

— On glisse ici la poudre et les balles dans chaque canon.

L'arme passa de main en main.

— Il est donc possible de recharger très rapidement ? demanda Louis qui était un fin tireur.

— En effet, assura le Génois. Mais non sans danger : l'arme est trop lourde et manque de précision

---

1. *L'Énigme du Clos Mazarin*, à paraître dans la même collection.

car les gaz s'échappent de la culasse. Le risque est grand d'être gravement brûlé si on n'y prend garde.

— J'ai moi aussi une arme à canons tournant, expliqua Gaston en montrant le pistolet génois à quatre canons que Louis lui avait offert en 1645[1]. Elle est assez précise car, comme vous le remarquerez, les mécanismes sont à silex et donc plus efficaces que ces antiques rouets.

Il passa l'arme au Génois.

— Examinez donc comme c'est astucieux : il y a en fait deux fois deux canons superposés avec seulement deux bassinets et deux détentes. Les canons s'inversent par cette bascule.

— Moi, je préfère les rouets, grommela Bauer rassemblant quelques pistolets et surtout son antique canon à feu qui ne le quittait jamais en voyage.

C'était une arquebuse à quadruple rouet avec un mécanisme inventé par Léonard de Vinci lui-même. L'arme tirait à grenaille et faisait des dégâts prodigieux.

Gaston montra ensuite ce qu'il avait apporté : une paire de pistolets à silex *à la romaine* fabriquée à Brescia et qu'il venait d'acheter douze livres, une paire de pistolets espagnols à miquelet, et trois larges rapières de combat. Louis prit l'un des deux fusils à silex qu'il possédait, laissant l'autre pour la défense éventuelle du château. Ces fusils nouveaux n'étaient pas encore en usage dans l'armée, qui conservait l'arquebuse et le mousquet. Seuls les officiers en étaient munis.

Ils préparèrent une bonne provision de poudre de Berne et de balles. Les pistolets d'arçon furent mis dans leurs sacoches et rejoignirent les sacs de cuir de voyage. Les épées furent placées dans leurs fourreaux et portées à Nicolas qui les rangea dans la voiture.

---

1. *L'Exécuteur de la haute justice*, à paraître dans la même collection.

Louis garda pour ses propres bagages le pistolet de Marin le Bourgeois que son père lui avait offert dans sa prime jeunesse.

Ils venaient juste de terminer ces préparatifs et expliquaient à Nicolas ce qu'ils attendaient quand Margot Belleville vint leur annoncer de passer à table.

Le repas du soir se tint dans la grande salle de Mercy. Il y avait là les maîtres de maison et leur fils, Aurore, Gaston, Bauer et Verrazzano. Mais Louis avait aussi invité son intendante et son époux. C'était le dernier grand repas familial avant le départ, songeait Louis. Il n'arrêtait pas de donner des conseils à son fils sur ce qu'il devrait faire en son absence.

— Tu seras le maître de maison, lui rappela Louis.

Mais Pierre n'avait d'yeux que pour Aurore La Forêt et il n'écoutait guère. Sa mère remarqua l'attitude de son fils et intervint :

— Mon époux ne nous a pas beaucoup parlé de vous, madame, lui dit-elle.

Les autres conversations s'interrompirent car tous étaient curieux de savoir qui était cette jeune femme mystérieuse.

— Il a une excuse, madame, je pense qu'il ne sait rien de moi, répondit-elle d'un ton réservé.

— Vous étiez chez monsieur le surintendant, m'a dit mon époux.

— J'y suis toujours, madame. Je l'ai rejoint, il y a neuf ans à la mort de mes parents. J'avais à peine quinze ans. Monsieur le surintendant a été très bon pour moi, il connaissait un peu mes parents et souhaitait que je sois la dame de compagnie de Mme Fouquet. Quelques mois après mon arrivée chez lui, il a été arrêté.

— Cela a dû être très dur ?

— Surtout pour Mme Fouquet et sa famille. J'ai tout de suite voulu l'aider. J'ai toujours une dette envers lui.

— Vous êtes donc restée dame de compagnie ? demanda Gaston en vidant son verre. Cette histoire de bonne femme ne l'intéressait absolument pas, même s'il avait observé que Pierre buvait les paroles d'Aurore.

— Non, j'étais jeune, mais au bout de deux ans, j'avais compris que la ruine de Fouquet était définitive et totale. Son épouse n'avait plus d'énergie. Leurs biens étaient confisqués et ils se faisaient voler le peu qu'il leur restait par leurs intendants et leurs débiteurs, quand ce n'était pas par leurs amis ! J'ai alors proposé à Mme Fouquet d'intervenir.

— Comment donc ? demanda doucement Louis, qui trouvait l'histoire curieuse.

Aurore eut un joli geste évasif.

— Je me déplaçais, j'allais voir les obligés du surintendant, ses fermiers, ses débiteurs. Quand c'était nécessaire et possible, je vérifiais leurs comptes, parfois avec l'aide d'un notaire proche de la famille qui m'accompagnait. Ceci a duré jusqu'à l'année dernière. J'ai pu ainsi faire revenir à la famille d'importantes sommes qui ont malheureusement été largement englouties dans le procès. Mais si le roi n'avait pas aggravé sa peine, M. Fouquet pourrait vivre à l'étranger largement à son aise.

Cette activité ressemblait curieusement à celle qu'il avait exercée à l'étude de son père, trente ans plus tôt, songeait Louis.

— Mais ce n'était pas le travail d'une femme ! s'insurgea Gaston en découpant sa volaille avec férocité. Et vous me paraissez bien jeune.

— Ah ! Et pourquoi donc ? l'interrogea Aurore avec un doux sourire.

Gaston leva la tête et eut une expression surprise, un peu gênée ou simplement déroutée.

— Eh bien ! Je dirais que ce devait être dangereux. Vous êtes jeune et belle... vous deviez vous déplacer... Les routes sont périlleuses pour les femmes...

— Vous avez raison, monsieur ! le coupa-t-elle sèchement. C'était parfois hasardeux, risqué même.

Elle s'arrêta un instant, serrant les lèvres, puis reprit d'une voix qui ne tremblait pas :

— Je n'étais pas seule, quelques anciens hommes d'armes du surintendant m'accompagnaient. En outre, j'étais toujours armée et je sais me défendre.

— Vraiment ? demanda Louis, d'un ton un peu condescendant.

Il regretta aussitôt ses paroles en remarquant qu'elle était gauchère. Bizarrement, il lui revint à l'idée ce que lui avait expliqué un jour Gaufredi, le vieux reître à son service jadis : *les gauchers sont les plus redoutables à l'épée*.

— Je loge une balle de pistolet dans une pomme à deux cents toises, lui répliqua Aurore toujours souriante, mais son regard était froid. Et j'ai eu les meilleurs maîtres d'armes de M. Fouquet.

Il y eut un silence assez pénible. Même les domestiques qui servaient semblaient indisposés d'apprendre qu'une femme pouvait savoir se battre. Alors, Julie de Vivonne éclata d'un rire cristallin.

— Gaston, vous l'avez bien mérité. À l'avenir, vous éviterez de douter des femmes. Vous devriez demander à Armande de vous emmener voir *L'École des femmes* ! En tout cas, voilà qui aurait plu à ma tante, la marquise de Rambouillet !

Gaston grommela en se replongeant dans son assiette pour terminer ce qu'il avait entrepris sur la pauvre volaille.

— Et qu'allez-vous faire à Marseille ? demanda encore Julie de Vivonne.

Ce fut Louis qui lui répondit :

— Ma très chère, Aurore part à la recherche de son époux emprisonné. Monsieur le Prince m'a désigné pour l'aider et la protéger.

Pierre baissa le nez dans son assiette et seule sa mère comprit sa douleur.

6

Samedi 29 mars 1669

Abandonnons Louis Fronsac un moment pour pénétrer dans le bureau de Jean-Baptiste Colbert, contrôleur général des finances[1].

À cinquante ans, l'ancien petit commis de Mazarin était parvenu presque au sommet du pouvoir en éliminant patiemment aussi bien ses ennemis que ses amis quand ceux-ci se trouvaient au travers de sa route. Colbert était maintenant installé dans le Louvre. L'ancien palais des rois de France était sa maison, il venait d'y faire construire la colonnade extérieure, en style palladien ; une architecture simple et proche de sa façon de vivre.

Il venait aussi d'être nommé secrétaire d'État de la marine et de la maison du roi. Son cousin était capitaine des mousquetaires gris et sa famille disposait des meilleures places à la Cour. Il se prenait même, parfois, pour le Premier ministre du royaume de France tant il avait de pouvoir.

Jean-Baptiste Colbert était né en 1619, d'une riche famille de marchands. Après de solides études, il était entré dans une banque faire ses classes puis, de

---

1. Ce nouveau titre remplace celui de surintendant, c'est-à-dire de ministre, dont Louis XIV ne voulait plus.

là, il était devenu commis au secrétariat à la guerre, dans l'ombre de Le Tellier, un fidèle de Mazarin.

Efficace, il avait été rapidement nommé commissaire des guerres, c'est-à-dire chargé des approvisionnements. À ce poste, il avait côtoyé le milieu des affairistes, ces gens qui prêtaient leur argent au roi pour le récupérer en triplant la mise par des ventes de fournitures achetées à bas prix. Son expérience et ses compétences de banquier lui avaient permis de leur faire rendre gorge et c'est ainsi que le cardinal ministre l'avait remarqué.

Le Tellier avait donc cédé son commissaire à Mazarin en 1651. Nommé intendant du *Sicilien*, Jean-Baptiste Colbert était aussi rapidement devenu indispensable au surintendant des finances, Nicolas Fouquet, qui gérait tout à la fois les finances du royaume, celles du ministre et les siennes propres, en les mélangeant quelquefois.

Mais si Colbert était adroit et compétent, il était aussi cynique, cupide et envieux. À la mort de Mazarin, il s'était choisi un nouveau maître : Louis le Quatorzième.

Pour prendre la place du surintendant des finances, il avait lui-même porté au roi les pièces dénonciatrices prouvant les irrégularités de Fouquet ; il avait aussi révélé au souverain l'existence des fortifications de Belle-Isle et avait fait miroiter à Sa Majesté l'intérêt de la confiscation des biens du surintendant : une somme vertigineuse pouvant ainsi entrer dans ses caisses.

Pour arriver à ses fins machiavéliques, le félon avait eu besoin d'alliés. Il était riche, il pouvait donc choisir ce qu'il y avait de meilleur à cette époque dans l'intrigue et la forfaiture. Il avait opté pour la duchesse de Chevreuse, la redoutable intrigante qui voulait compromettre la reine avec Buckingham, la comploteuse des Importants, la manœuvrière de la Fronde, celle que Louis XIII appelait avec terreur : le *diable*.

C'est ainsi que les enfants de Colbert avaient épousé les petites-filles de la duchesse et que l'ensorceleuse était entrée dans la famille du financier.

En 1661, Fouquet était cependant un homme très puissant. Une dénonciation était insuffisante. Pour abattre un tel géant, il fallait fournir des preuves décisives, irréfutables et terribles. Or celles-ci n'existaient pas.

Colbert les avait donc fabriquées et, comme il était minutieux, il en avait fait beaucoup. Il avait falsifié des inventaires, détourné des documents à décharge, établi des faux témoignages et, enfin, suborné des témoins.

Alors le surintendant Fouquet, malgré tous ses amis, sa richesse et sa puissance, avait finalement été arrêté et condamné.

Hélas ! Il n'avait été condamné qu'au bannissement ! C'était insuffisant ! Colbert avait donc intrigué auprès du roi pour le convaincre de commuer cette peine d'exil en emprisonnement à vie, à Pignerol, au bout du monde.

La couleuvre – c'était son animal favori – avait finalement avalé l'écureuil de Fouquet. Et maintenant, elle était au sommet de l'État. Seul un homme le dérangeait encore : le fils de Le Tellier – le ministre de la guerre –, ce jeune, brutal et ambitieux marquis de Louvois qui, lui aussi, avait la confiance du roi.

Mais Colbert savait que sa position restait fragile. En effet, la couleuvre avait une épine dans le corps, une épine qui pouvait infecter sa position, voire entraîner sa mort. Cette épine avait un nom : Fouquet.

Oui, le petit homme, au visage lisse et glacial comme un serpent, savait qu'il ne trouverait jamais la tranquillité tant que Fouquet, son ancien maître, son protecteur, celui qu'il avait abattu et ruiné, serait vivant.

Certes, l'ancien surintendant était emprisonné au bout du monde, là-bas dans les Alpes. Mais s'il s'évadait ! Il n'était pas si loin, il n'était qu'à quelques jours de Paris, de Londres ou de Bruxelles.

Et Fouquet était dangereux car il *savait*.

Il savait que les pièces de son procès étaient des faux. Que les accusations avaient été fabriquées, que les témoignages avaient été subornés ! En prison à Paris, il ne pouvait se défendre facilement, il était muselé par ses geôliers. Hors de France, il pourrait être aussi dangereux qu'un sanglier blessé, d'autant qu'il avait gardé beaucoup d'amis : les gens de lettres, la haute noblesse, les hommes de vertu. Tous le soutiendraient s'il s'évadait.

Alors ce serait la fin de Colbert. Une fin souhaitée par beaucoup d'autant que le contrôleur des finances était détesté, car personne n'aime les ministres des impôts.

Aussi, depuis quatre ans, Colbert surveillait et espionnait la famille de Fouquet ainsi que ses anciens amis, car une évasion ne pourrait venir que de ces gens-là.

Le contrôleur des finances avait pour cela sa police, ses espions et ses hommes de main au cas où une vilaine besogne serait nécessaire.

Justement, dans son bureau, ce jour-là, devinez qui se trouvait devant le petit commis devenu ministre ? Pierre, le vieux et fidèle serviteur des Fouquet qui aimerait bien finir ses jours avec un petit pécule facilement gagné.

Colbert venait d'écouter attentivement l'histoire de l'évasion manquée de Pignerol que le serviteur venait de dénoncer et il était inquiet.

— Où se trouve cette Mme La Forêt, maintenant?

— J'ai reçu un billet d'elle ce matin, elle est
partie pour Marseille, avec l'aide de monseigneur le
prince de Condé. Elle était désolée de ne pouvoir
m'emmener. Je ne l'avais jamais quittée auparavant,
je la connais depuis si longtemps…

— Et vous la trahissez aussi depuis si longtemps…, ironisa le ministre après s'être s'éclairci la
gorge.

— Oui, mais j'ai honte, murmura le vieil homme.

Colbert se redressa pour s'appuyer sur le dossier
de son fauteuil. Sa perruque se répandit jusqu'à ses
épaules et il considéra avec ses yeux de serpent
l'homme debout et attentif, dans l'ombre, au fond de
la pièce.

C'était un homme qui lui ressemblait curieusement. Il se nommait Mery de Monfuron.

M. de Monfuron s'appelait en réalité Gédéon
Mery, mais ses rapines lui avaient permis de s'acheter la terre de Monfuron et il s'était attribué un titre
que personne ne lui avait finalement contesté. Enfin,
ceux qui l'avaient contesté étaient morts, car Gédéon
Mery connaissait d'excellents spadassins, capables
d'envoyer n'importe qui *ad patres* pour quelques
écus.

Gédéon pratiquait un étonnant mimétisme vis-à-
vis de son patron, Jean-Baptiste Colbert, persuadé
qu'une ressemblance physique ne pouvait qu'entraîner une similitude dans la fortune. Il avait le même
visage lisse et pensif, quoique plus gras et plus couperosé. Il portait les mêmes vêtements noirs et simples
(qu'il n'hésitait pas à abandonner hors de la présence
du ministre). Il avait les mêmes expressions sérieuses,
pondérées et compassées.

Toutefois Gédéon ne ressemblait nullement à
Colbert sur le plan moral. Colbert éliminait ceux qui le

gênaient par des méthodes légales et judiciaires, même s'il aidait, parfois, un peu la loi. Dans de telles situations, Jean-Baptiste Colbert restait persuadé de son bon droit et confondait quelquefois sa position avec celle de la France et de son souverain.

Gédéon, lui, utilisait quelque tueur à gages qui éliminerait le gêneur avec un couteau, à la rigueur un pistolet, et toujours dans le dos car, de face, ces choses-là sont trop dangereuses.

Le reste du temps, Gédéon Mery de Monfuron était l'homme des basses œuvres de Jean-Baptiste Colbert.

— Monsieur de Monfuron, vous allez vous rendre à Marseille, décida le ministre.

— Pour essayer de savoir ce que cherche Mme La Forêt, avec la complicité du prince? poursuivit Gédéon d'un ton interrogatif.

Colbert eut un geste agacé de la main.

— Non. Je m'en moque. Je vais vous donner un ordre écrit : vous ferez saisir cette femme au corps et vous la ramènerez ici. Je l'interrogerai moi-même.

— Et ceux qui l'accompagnent, monsieur?

Colbert haussa les épaules avec fatalisme.

— Faites-en ce que vous voulez.

— Vous ne ferez pas de mal à Mme La Forêt? s'inquiéta Pierre en se frottant les mains.

— Jamais! ricana Monfuron. Pas moi! Le bourreau peut-être…

Pierre ouvrit la bouche, puis hésita, et finalement haussa les épaules en empochant la bourse que lui glissait Colbert. Non, tout cela ne le regardait plus.

Déplaçons-nous maintenant dans ce grand palais, vers un autre bureau. Plus petit que le précédent. L'occupant était jeune, il n'avait que vingt-huit ans. Pourtant, son visage était déjà empâté. Des sourcils épais lui donnaient un regard brutal, violent. Cet homme se nommait Michel Le Tellier, comme son père le secrétaire d'État à la guerre. Pour le distinguer de son illustre ascendant, ami fidèle de Mazarin, le jeune homme s'était fait appeler le marquis de Louvois.

M. de Louvois n'était pas membre du *Conseil d'en Haut*, comme son père, comme Jean-Baptiste Colbert, ou même comme Hugues de Lionne. Il n'était qu'associé à son ministre de père. Lui avait en charge la police ; c'était une vieille spécialité de sa famille.

Michel Le Tellier, le père, était issu d'une famille de noblesse de robe et avait été au début de sa carrière procureur du roi sous les ordres du fameux Laffemas, celui qu'on avait surnommé le *bourreau de Richelieu*. Par la suite, Le Tellier s'était rapproché du chancelier Séguier. C'est là qu'il avait fait ses preuves : on lui avait demandé de réprimer la révolte des nu-pieds de Normandie, en 1637. Une tâche qu'il avait parfaitement réussie et quelques milliers de pendus avaient orné les arbres de la campagne normande.

Après un tel succès, Michel Le Tellier avait été nommé intendant militaire pour l'armée d'Italie. Une charge difficile, tout à la fois de police, de justice et de contrôle des approvisionnements. C'est là, au fond du Piémont, qu'un jeune diplomate italien, Giulio Mazarini, l'avait remarqué avant d'entrer lui-même au service du cardinal de Richelieu.

Quelques années plus tard, Michel Le Tellier était devenu ministre de la guerre de Mazarini, alors Premier ministre de la régente !

Mais revenons au marquis. Louvois s'occupait donc de la police. Et devant lui, justement, se tenait

Tardieu, le lieutenant criminel de Paris, son homme de confiance dans certaines tâches plus discrètes que glorieuses.

C'est que, pour la police ordinaire, il y avait Nicolas de La Reynie, le lieutenant général de police, qui donnait toute satisfaction, mais qui était, hélas, trop honnête et trop rigoureux pour les opérations obscures ou douteuses.

— Vous aurez toute autorité pour agir…

C'était le marquis qui parlait. Son ton était suffisant et son triple menton sursautait à chaque mot. Une lourde perruque encadrait sa face épaisse et le rendait encore plus bouffi, plus inquiétant aussi.

— Qui commandera les dragons, monsieur ?

— Je me suis arrangé. Un sous-lieutenant que j'ai fait nommer : Montbron, un proche de Colbert mais qui est à mes ordres. Il vous obéira en tout sans discuter. Il sait que c'est une affaire de police et surtout une entreprise discrète. Pourtant, si c'est possible, évitez le sang. Le roi n'aime pas ça.

— Il n'y en aura pas, monsieur. Je vous l'assure. Cependant…

Louvois dévisagea son commis avec autant de colère que de dédain. N'était-il donc pas clair ? Mais l'autre, après une courte hésitation poursuivit :

— Cependant, j'ai envoyé quelqu'un reconnaître les lieux. Il m'a dit que des gardes françaises du prince de Condé étaient là…

Ce n'était que ça !

Michel Le Tellier passa son index sur sa fine moustache en souriant.

— Ils n'y seront plus, ils recevront un ordre le soir même pour gagner leur régiment à Arras. Ils obéiront.

Il s'interrompit une seconde, comme s'il cherchait ses mots pour la suite de ses ordres.

— Vous ferez un tri. Les femmes et les jeunes

enfants : aux Filles Repenties. Les hommes : au Grand-Châtelet. Au troisième niveau. Vous les interrogerez vous-même. Ceux qui savent quelque chose seront pendus aussitôt dans la cour. Les autres partiront aux galères, vous les enverrez au quai Saint-Bernard. Ils rejoindront la première chaîne du printemps. Les femmes et les enfants seront envoyés aux Amériques. Nos colons ont besoin d'épouses et de main-d'œuvre. Vous vous occuperez de tout. Ensuite, je ne veux plus en entendre parler. Jamais.

— Bien, monsieur. Même… Mme Fronsac ?

— Comme les autres.

La réponse était sèche et sans aucune hésitation.

— Et le marquis ?

— Il serait bon qu'il disparaisse dans l'attaque. Discrètement et sans laisser de trace.

— J'exécuterai vos ordres, monsieur.

— Un dernier point. Il ne doit rien rester du château et de ce qu'il contient. Rien !

— Il ne restera rien, monsieur.

C'était le soir, la généreuse pièce d'apparat était faiblement éclairée par un chandelier à trois bougies qui faisait ressortir le teint pâle de l'homme assis à une grande table de travail.

Quentin de la Tour aurait pu peindre une telle scène.

On ne pouvait distinguer le visage de celui qui parlait mais ses vêtements étaient bien visibles. Il portait un extraordinaire justaucorps à brevet orné de brocard. Un des soixante justaucorps autorisés par le roi.

En face de lui, debout mais appuyé contre un fauteuil tapissé de soie, se tenait un reître vêtu intégralement de cuir couleur feuille morte. Une épaisse barbe et des cheveux longs, attachés par un ruban sale, couvraient en partie son visage, mais on apercevait parfaitement sa bouche aux lèvres fines ainsi que quelques cicatrices qui lui creusaient la face. Le spadassin était plutôt petit, mais vigoureux, robuste et nerveux. Ses yeux vert foncé se portaient continuellement dans toutes les directions et ne se posaient jamais. Sa rapière, dont il se séparait rarement, était posée sur une chaise, à portée de main.

Il était connu sous le sobriquet de Jacques de l'Épée.

— Combien d'hommes avez-vous ?

— Trente, monseigneur. Tous des vétérans très efficaces.

— Ce sera suffisant ? Je sais qu'ils ont repéré plusieurs de vos drilles. Ils se méfient maintenant.

— Nous attaquerons de nuit, pourtant ce qui me gêne, ce sont les gardes françaises autour du château. Ceux-là peuvent être redoutables…

— Ils ne seront plus là. Je peux vous l'assurer. J'ai signalé à monsieur le marquis de Louvois que ces hommes n'avaient rien à faire à Mercy. Il a préparé un ordre pour les envoyer à Arras. Le gros imbécile ne s'est douté de rien et mon nom n'apparaîtra nulle part. Je reste blanc comme neige dans cette affaire.

— Alors, nous n'aurons aucune difficulté.

— Je vous le rappelle, je ne veux pas de témoin !

— Je n'en laisse jamais, monseigneur. Cependant mes hommes veulent les femmes. Depuis qu'ils les observent…

— Je les leur laisse ! Cela les calmera, mais qu'ils les tuent après.

— Ils sont sérieux, s'offusqua de l'Épée, choqué. Ils le font toujours !

Il avait pris un air profondément outragé.

— Demain soir, donc ? Je vous recevrai le lendemain, vous me raconterez ! Avec des détails… croustillants !

Il eut un petit ricanement de satisfaction et d'en-

vie. Puis, il fit signe à de l'Épée qu'il en avait terminé
et qu'il pouvait se retirer, mais le reître tournait son
chapeau entre ses mains, marquant une hésitation.

— Que voulez-vous d'autre ?

— Rien, monseigneur, rien… Seulement… Je
me suis toujours demandé… Quand nous avons tué
l'intendant de madame la princesse… Nous battions
l'estrade, déjà, autour du château, depuis quelque
temps. Comment aviez-vous su que nous devions surveiller Fronsac ?

— Ruvigny, mon ami ! Cet imbécile de Ruvigny
voulait parler au roi d'une visite que le marquis de
Vivonne lui avait faite il y a plusieurs semaines.
Comme il n'osait demander audience, ne sachant pas si
c'était important, il en a parlé autour de lui et le propos
m'est parvenu là où j'étais. Bien loin de la Cour, vous
le savez ! Alors je vous ai fait prévenir, de ma tanière,
vous voyez, c'est tout simple !

7

Du samedi 29 mars
au dimanche 13 avril 1670

Quinze à vingt jours de voyage pourraient être nécessaires pour traverser la France ! Le voyage serait immanquablement fatigant et périlleux.

Pourtant depuis une dizaine d'années, Colbert avait développé un réseau routier autrement plus efficace et rapide que celui du règne précédent ; les relais étaient désormais nombreux et commodes, les chemins avaient été empierrés et des ponts construits partout là où l'on traversait auparavant à gué. Évidemment, ces travaux n'avaient été réalisés que sur les grands chemins, comme justement celui de Paris à Marseille. Seulement, un simple mauvais temps transformait toujours certaines portions de la route en bourbier et surtout le brigandage n'avait jamais réellement cessé.

Ils ne seraient que trois dans la grosse voiture à six chevaux. Le rythme des étapes imposées aux bêtes pourrait donc être élevé en cas de beau temps. Nicolas reprendrait, à près de cinquante ans, son ancien métier de cocher, tout en restant secrétaire si Louis avait besoin de lui pour écrire. Bauer et Verrazzano galoperaient en avant-garde ou en arrière-garde selon les circonstances.

Le départ se fit comme convenu bien avant le lever du soleil. Mercy était à huit lieux de Paris et Gaston voulait prévenir son épouse de son absence ; même en menant la voiture à grand rêne, ils ne pourraient être dans la capitale avant neuf heures du matin. Ensuite, ils avaient prévu de passer la nuit à Fontainebleau.

Beaucoup de monde s'était rassemblé dans la cour du château : Julie et Pierre, ce dernier tenait sa mère par le bras, Margot et Michel Hardouin, plusieurs domestiques de Mercy, l'épouse et le fils de Nicolas, quelques gardes françaises aussi. Tout ce petit monde était inquiet autant du déroulement du voyage de la petite troupe que des événements qui pouvaient survenir à Mercy même.

Si Julie savait qu'elle pouvait compter sur son puissant voisin, le prince de Condé, elle ressentait pourtant une sourde angoisse en pensant à l'avenir. Pierre songeait surtout à Aurore La Forêt qui partait, dans le midi, rechercher M. La Forêt. Aurore, qu'il ne reverrait sans doute plus car, connaissant son père, il ne doutait pas de sa réussite quant à l'évasion du prisonnier. Et alors, les La Forêt, enfin réunis, quitteraient certainement la France.

Il faisait encore un peu nuit ce matin-là, mais une demi-lune bien visible éclairait un ciel déjà dégagé. Malgré tout, Nicolas avait allumé deux lampes à l'avant du véhicule et il menait lentement ses bêtes.

Dans la grosse voiture, faiblement chauffée par un petit poêle à charbon de bois fixé près d'une portière, Gaston et Louis étaient assis dans le sens de la marche, Aurore était placée en face d'eux. Deux gros sacs de cuir étaient posés à côté d'elle. L'un d'entre eux – Louis et Gaston l'avaient préparé ensemble –, contenait quelques armes. L'autre simplement des vêtements. Un plus petit sac qu'Aurore avait transporté elle-même – celui qu'elle avait déjà la veille – était soigneusement rangé aux pieds de la jeune femme. Sans doute quelques objets intimes auxquels elle tenait. À l'arrière de la voiture, Nicolas avait attaché un coffre juste au-dessus des grandes roues. On y avait rassemblé d'autres bagages de moindre importance.

Louis avait réparti entre eux les deux mille cinq cents louis d'or. Chacun portait une ceinture de cuir avec une large poche dans le dos qui contenait une partie de la somme. Le poids et le volume de cette fortune étaient fort gênants, mais cette méthode limitait les risques de vol tant qu'ils restaient ensemble. Il avait aussi emporté des lettres de change permettant d'utiliser au moins cent mille livres de plus dans une banque ou dans une grande étude notariale.

Ils ne parlaient pas. Les roues cerclées de métal émettaient un crissement régulier et plaintif. Les sabots des chevaux rythmaient ce grincement.

Aurore s'était enveloppée d'un épais manteau de laine vert foncé et sa tête était couverte d'un grand capuchon. Le froid était vif aussi Louis et Gaston s'étaient également chaudement vêtus.

Derrière la voiture, et attachées au véhicule par une longe, deux juments pie galopaient joyeusement. En cas de fatigue ou de blessure d'un des animaux de trait, ils ne seraient donc pas retardés.

Au-devant, Verrazzano et Bauer ouvraient la route. Bauer montait un alezan monstrueux assorti à sa taille. Le poids du géant nécessitait des animaux peu communs, sur l'origine desquels Louis s'était toujours interrogé. De temps en temps, Bauer s'absentait de Mercy et revenait avec une bête de la taille d'un éléphant.

Sur la selle du cheval du Bavarois était fixé son espadon de lansquenet, qui ne le quittait jamais en

voyage. Accrochée dans son dos, on pouvait reconnaître la vague forme de son arquebuse à quadruple
rouet.

Bauer s'était enveloppé dans un gros manteau de
laine sombre qui le recouvrait entièrement, ne laissant
apparaître que les bottes et le chapeau. Comme ceux-
ci étaient de la même couleur foncée que le vêtement
et le cheval, l'ensemble donnait l'impression d'un
unique et monstrueux animal.

Verrazzano, son large chapeau noir enfoncé jusqu'au dos, galopait parfois à côté du Bavarois avec qui
il échangeait alors quelques mots. Un sabre de marine
était fixé à son cheval et de l'autre côté, son fusil napo-
litain. Deux gros pistolets d'arçon dépassaient à l'arrière de la selle. Ces deux cavaliers avaient ensemble
un aspect effrayant, fantastique, presque infernal.

Dans la voiture, par contre, le calme et la sérénité
régnaient.

— Comment vois-tu les choses à Marseille?
demanda Gaston après une première heure de route où
tous étaient restés silencieux et un peu endormis.

— J'ai bavardé avec Verrazzano, il connaît tout
le monde, là-bas. Il va essayer de retrouver quelques
comparses qui pourraient nous introduire auprès de
comites : ce sont ceux qui dirigent les galériens sur
une galère. Il connaît aussi de nombreux officiers. Il
nous faut en premier lieu savoir dans quel bâtiment se
trouve La Forêt : il y en a plus de quarante, m'a-t-il
dit ! Ensuite, on tentera de le faire transférer, peut-être
dans un hôpital en faisant croire qu'il est malade. Pour
cela, il faudra communiquer avec lui. Une fois à terre,
avec l'argent dont nous disposons, c'est bien le diable
si on n'arrive pas à le faire sortir. Nous devrons évidemment tenir une voiture prête et quitter la ville aussitôt
après.

— Ça me paraît un bon plan, avec pourtant
beaucoup d'aléas : il sera difficile de l'identifier, et si

sa galère est en mer, nous pouvons avoir à l'attendre plusieurs jours ou même plusieurs semaines !

— En cette saison, les galères ne sortent pas, m'a assuré Verrazzano. En vérité, elles restent au port huit mois par an, d'octobre à avril, car la moindre tempête les jette à la terre.

— Et s'il ne peut quitter le bord ? demanda brusquement Aurore.

Louis croyait qu'elle dormait. Il se tourna vers elle alors qu'elle poursuivait d'une voix douce :

— Certains galériens vivent et meurent sur leur banc, c'est bien ce qu'il nous a dit, n'est-ce pas ?

— C'est vrai, confirma Gaston. Il peut y avoir des ordres en ce sens.

— Alors ce sera plus épineux, fit Louis en soupirant avec fatalité. Peut-être pourra-t-on lui faire passer une mixture, un filtre, qui le rendra demi-mort ou qui simulera une contagion. Ce genre de potion doit bien se trouver là-bas.

— Ton idée n'est pas bête, concéda Gaston après avoir réfléchi un instant. Quelque maladie qui ressemblerait à la peste me paraît bien. Ils doivent en avoir une peur bleue. Et ils l'évacueront aussitôt vers un lieu d'isolement.

— Vous oubliez que vous serez dans un bagne. Les gardiens de la chiourme connaissent certainement tous ces trucs : les fausses maladies, les filtres, les potions. Ils peuvent parfaitement se rendre compte qu'il s'agit d'une imposture, objecta Aurore.

Louis la dévisagea un moment. C'était étonnant comme elle était capable de repérer le point faible de son plan. Malgré son jeune âge, elle aurait fait un bon stratège.

— Je sais, reconnut-il. Je sais. Et c'est là que j'ai une autre carte. Je ne désire pas que ses gardiens croient que M. La Forêt soit malade. Je désire seulement *qu'ils le fassent croire*.

— Une fois de plus, tu n'es pas clair, grommela Gaston.

— Je m'explique : nous transportons les cinquante mille livres de Condé, nous pouvons les compléter avec les cent mille livres de Mme du Canet. Nous donnerons cent, mille, dix mille louis d'or, s'il le faut, mais nous devons convaincre ceux qui sont chargés de veiller sur M. La Forêt d'agir *comme s'il était vraiment malade* !

— Il existe des hommes incorruptibles, lui opposa Aurore.

— Je ne suis pas certain qu'il y en ait beaucoup dans ce milieu, répliqua cyniquement Louis. On n'envoie pas là-bas des hommes d'honneur, mais au contraire la lie de l'humanité. Cependant vous avez raison, et c'est là que les amis de Verrazzano interviendront : si des gardiens sont incorruptibles, nous les ferons disparaître. Il est peu probable qu'ils soient remplacés par des hommes encore plus incorruptibles !

Ce plan tenait debout, songeait Gaston. Et il avait même de bonnes chances de réussir. Et puis, la glace était rompue avec Aurore ; maintenant elle leur parlait librement. Ils continuèrent à discuter de détails minimes, polissant l'exécution du projet de Louis. Finalement, ils arrivèrent à définir une opération parfaite jusque dans ses moindres détails. Ensuite, l'esprit moins inquiet sur l'avenir, Gaston et Louis racontèrent à Aurore quelques-unes de leurs aventures et de leurs enquêtes. Elle ne fut pas en reste et conta, elle aussi, quelques anecdotes. Louis songea qu'à la fin de la journée, ils seraient presque de vieux amis.

Nicolas n'avait pas ménagé son attelage car il savait qu'il pourrait se reposer dans les encombrements de Paris. Ils arrivèrent rue du Roi-de-Sicile, non loin de la place Royale, un peu avant neuf heures.

Gaston, qui vivait dans une certaine aisance, y possédait un grand appartement avec une cour et une écurie depuis qu'il avait quitté son appartement, trop petit, de la rue de la Verrerie.

Nicolas, avec l'aide de Bauer et de Verrazzano, parvint à faire entrer la voiture dans la cour. Là, ils dételèrent les chevaux, leur distribuèrent eau et avoine, puis tournèrent le véhicule pour pouvoir sortir. Pendant ce temps, Gaston, Louis et Aurore allèrent saluer Armande.

Moins d'une heure plus tard, ils étaient repartis.

Le temps restait beau et le chemin sec. Malgré de nombreuses haltes et parfois quelques encombrements dans les villages lorsqu'ils traversaient un marché, ils arrivèrent en soirée à Fontainebleau comme prévu. Nicolas se dirigea vers le *Courrier du Roi*, à la sortie de la ville. Louis connaissait l'auberge depuis longtemps et Maître Lavandier, l'hôtelier, un ancien soldat, était devenu un compagnon pour Bauer.

L'hôtellerie était un beau bâtiment à trois étages en retrait du chemin, avec, accolée sur sa gauche, une grande cour et de vastes dépendances. Certaines étaient occupées en permanence par des chevaux car l'hôtellerie servait aussi de relais aux voyageurs pressés.

Ils arrêtèrent le véhicule dans la cour. Louis et Gaston descendirent pendant que Bauer et Verrazzano sautaient de cheval. Gaston aida galamment Aurore à sortir de la voiture. Elle conserva son précieux sac en main.

Le Bavarois amena son cheval et celui du Génois vers les écuries pendant que Verrazzano et Gaston détachaient les bêtes de bât. Deux jeunes garçons de ferme accouraient déjà, pour les aider à rassembler leurs bagages. Voyant qu'on n'avait pas besoin de lui,

Louis partit à la recherche de Maître Lavandier. Il le trouva comme d'habitude aux cuisines.

L'hôtelier était un homme grand, solide et massif, de plus de soixante et dix ans, avec des cheveux et des sourcils très blancs et épais. Son visage plein de cicatrices mettait en valeur un nez veiné de rouge, joliment cassé et élégamment aplati. Jeune, Lavandier avait guerroyé dans une troupe de mercenaires en Croatie et en avait conservé des traces. Le sourire édenté qui éclaira son visage montra à Louis à quel point il était heureux – mais aussi surpris – de le revoir.

— Monsieur Fronsac ! Vous ici ? Allez-vous rester cette nuit ?

— Oui, et nous espérons même bien manger, répondit Louis en riant.

Gaston arrivait à son tour dans les cuisines, reluquant discrètement les marmites et les servantes.

— Vous connaissez Gaston, nous sommes avec Bauer. Et si vous vous souvenez de lui, vous savez sûrement qu'il mange beaucoup.

— Bauer ! s'exclama-t-il autant avec joie qu'inquiétude en songeant à ses réserves de nourriture.

Peut-être devrait-il envoyer rapidement quelques garçons à la ferme la plus proche se saisir de plusieurs poulets supplémentaires, et pourquoi pas d'un mouton…

Justement Bauer entra dans la cuisine et l'air s'y fit soudainement rare. Les deux marmitons et les trois servantes s'arrêtèrent dans leurs tâches, frappés de stupéfaction et d'émerveillement. Bauer haut de plus de sept pieds et large d'au moins trois, transportait sur lui toute son armurerie : son canon à feu, son espadon et sa lourde rapière, quelques couteaux et deux pistolets espagnols. Sa barbe grise tressée en deux parties descendait jusqu'à sa poitrine et ses longs cheveux étaient attachés par un ruban de la même couleur rouge que ses bottes. Bauer était suivi du Génois aussi noir de peau que le Bavarois était rose. Ses cheveux noirs, nattés, contrastaient avec la crinière blanche et ébouriffée du colosse.

— Nous avons une dame avec nous, expliqua Louis. Donnez-lui votre meilleure chambre et, pour nous, ce qu'il vous reste.

Une heure plus tard, ils étaient installés dans la seconde salle de l'hôtellerie, plus petite mais plus propre que celle réservée aux habitués du village. Une servante leur apportait du vin et des bols de soupe à la fève accompagnée d'un énorme pain de seigle.

Louis venait de décrire son dernier plan d'évasion à Verrazzano. Le Génois se curait les dents avec sa dague en balançant curieusement les épaules. Finalement, il leva la tête et fit un signe approbateur.

— Ça peut marcher, monsieur le marquis. Votre plan n'est pas mauvais. Mais il pèche par la méfiance des capitaines de galères envers les malades. Souvent, ils n'acceptent leur transfert à l'hôpital qu'en dernière extrémité et après avoir tenté sur lui toutes sortes de purges, de lavements et de saignées. Ils n'ignorent rien des simulateurs. Pour éviter qu'ils ne tuent notre homme en tentant de le guérir, il faudra soudoyer beaucoup de gens. En arrivant, je devrai trouver quelques compagnons de confiance. J'en ai deux en vue, mais seront-ils à Marseille ?

— Je connais Gênes et Toulon, mais pas Marseille, quel genre de ville est-ce ? demanda Aurore.

— Êtes-vous déjà allée en Orient ? Ou en Barbarie ? lui demanda Verrazzano.

— Non, jamais, évidemment, répondit-elle dans un petit rire. Pourquoi ?

— Parce que Marseille est une ville de Barbarie, une ville d'Afrique, expliqua gravement le Génois. Vous y trouverez toutes les races, tous les peuples et toutes les langues. Et tous ces gens, des Turcs aux Algérois, des Siciliens aux Corses, des Provençaux aux Catalans, tous ces gens s'entendent, commercent, échangent, vivent ensemble alors qu'ils ne partagent ni langue ni coutume ! Ils n'ont en commun qu'un seul adversaire, qu'un unique ennemi…

— Lequel ? interrogea Gaston amusé.

— Le Parisien ! Le représentant du roi ! L'autorité du roi !

— Expliquez-nous tout ça, lui demanda Louis.

— Marseille est une vieille ville qui aurait été fondée par des Grecs, et non par des Romains comme c'est le cas souvent en Provence. C'est une ville de commerçants, de négociants, mais surtout, c'est une ville libre qui a toujours refusé l'autorité royale.

— Pourtant le roi y est venu, il y a quelques années. Nous étions alors en Provence et il a rétabli son autorité sur Marseille, fit Gaston[1].

— En effet. Il est venu.

Son ton était brusquement sec.

— Savez-vous qu'il n'est pas entré par une porte de la ville ? Il a, au contraire, fait détruire un rempart pour passer. Et il a décidé, ensuite, la destruction de toutes les murailles.

Il les dévisagea avec un air hostile.

— Les Marseillais n'oublieront jamais. Mais ils sont en lutte contre lui depuis si longtemps !

— Il y a eu des troubles en Provence, un peu avant la Fronde, puis durant la Fronde, concéda Gaston ; mais il s'agissait de troubles parlementaires, autour d'Aix[2], je ne me suis pas vraiment intéressé à cette révolte marseillaise. Il s'agissait d'un conflit avec le consul Valbelle, non ? Celui qui avait refusé d'ôter son chapeau devant le roi.

— C'est cela. Aix a son Parlement, ses privi-

1. *L'Enlèvement de Louis XIV*, à paraître dans la collection Laby-rinthes.
2. *Deux récits mystérieux*, à paraître dans la collection Laby-rinthes.

lèges et ses petits messieurs, alors que Marseille n'a
que ses marchands, ses négociants et ses armateurs.
Mais ils sont plus utiles que tous ces magistrats et ces
avocats. Je crois me souvenir que les premiers conflits
avaient débuté en 1647, durant la petite guerre entre le
parlement de Provence et le comte d'Alais. Marseille
était alors gouvernée par un consul appartenant à la
plus puissante famille de négociants du port : Antoine
de Valbelle.

» Les Valbelle dirigeaient la ville depuis fort
longtemps et ne reconnaissaient guère l'autorité
royale. Alais s'en était ému, d'autant que les galères
des Valbelle faisaient la loi en Méditerranée. Méprisant les vieilles franchises des comtes de Provence, le
gouverneur de Provence avait donc décidé de nommer
lui-même le prochain consul de la ville.

Verrazzano se servit un verre de vin et poursuivit
sombrement :

— Évidemment, Valbelle s'y était opposé et,
malgré son mépris envers les magistrats, il s'était allié
aux parlementaires aixois en révolte. Avec leur soutien, il était parvenu à faire chasser le nouveau consul
nommé par Alais, lequel avait décidé de se venger.

» Heureusement, Mazarin ne désirait pas une
autre guerre civile en Provence. Le ministre avait donc
remplacé ce gouverneur boutefeu par le duc de Mercœur, dont j'ai servi le frère, Beaufort.

— Et Valbelle était donc resté le maître de la
ville ? demanda Aurore.

— Exactement ! Cependant, à sa mort, en 1655,
Henry de Forbin-Maynier…

— Que j'ai bien connu, coupa Louis en se souvenant de l'énigme du clos Mazarin.

— Ah bon ! Donc Forbin, pourtant ennemi
acharné de Mazarin avant la Fronde, était devenu son
plus fidèle allié en Provence à la suite d'un renverse-
ment d'alliance… On m'a parlé d'un Parisien venu à

Aix à la demande du ministre et qui avait plus ou moins servi d'intermédiaire pour réconcilier les deux hommes[1].

— On a dit ça ? ironisa Gaston.

Verrazzano ne releva pas la remarque.

— En tout cas, à la mort de Valbelle, et sous la pression de Forbin-Maynier et du gouverneur de Provence, le nouveau consul fut choisi en dehors de sa famille. Louis de Vendôme faisait alors construire une galère de prestige dans le port. Les nouveaux consuls, pour lui plaire, décidèrent que ce seraient les négociants marseillais qui régleraient la facture du navire.

» Ce fut aussitôt l'insurrection !

» Gaspard de Glandevès-Niozelles était un cousin de Valbelle. Aidé de patriotes, il s'empara de l'hôtel de ville et des portes de la ville. Face à cette rébellion, Vendôme fit bombarder Marseille à partir de ses galères et ses troupes reprirent la cité. Alors, toute la population se souleva et la ville se couvrit de barricades. Finalement, devant une telle sédition, Vendôme recula et accepta une trêve en proposant une nouvelle élection des consuls.

» Or Niozelles était riche et puissant, les élections furent un triomphe pour lui, et son clan revint au pouvoir.

— Ces événements se sont passés quand exactement ? demanda Louis.

— On était en 58, il y a 12 ans. Mais laissez-moi poursuivre. Le roi cassa ces élections et convoqua Gaspard à la Cour. Celui-ci s'y rendit mais refusa de s'agenouiller devant le roi, arguant de ses privilèges. Quelques mois plus tard, une insurrection éclata à Aix contre Forbin, qui faillit être écharpé. Pour son malheur, Gaspard protégea les chefs de

---

1. Cette histoire est contée dans *L'Énigme du clos Mazarin* à paraître dans la collection Labyrinthes.

l'émeute[1], qui étaient ses amis. Ce fut sa ruine. Un ordre royal mit Niozelles en état d'arrestation. Heureusement, personne ne voulut l'exécuter. La ville fut alors bloquée par les troupes royales mais, grâce à Dieu, *per sangu lu Cristu*[2], Niozelles put s'enfuir sur une de ses galères.

— Les troubles étaient donc terminés, décida Gaston, satisfait.

— Non! Le roi est vindicatif, vous devez le savoir. Ne pouvant punir Niozelles, il décida de châtier la ville. Il vint en Provence en 1660 et fit entrer ses troupes dans Marseille, en faisant abattre les murailles et détruire plusieurs quartiers. Les Marseillais furent désarmés et on construisit un fort à la sortie du port pour les surveiller.

Il cracha au sol.

— Les Marseillais ont alors perdu tous leurs privilèges. Ensuite, ce fut la construction de l'Arsenal. Maintenant, la ville est totalement sous contrôle de l'autorité royale avec un régiment de Suisses et deux régiments de gardes installés à demeure dans la ville.

— Et Niozelles, qu'est-il devenu? demanda Aurore.

— Il a été condamné par contumace, puis pendu en effigie. Ses biens ont été saisis et ses amis ont été condamnés aux galères, murmura Verrazzano[3]. Il vit désormais en exil à Barcelone.

Le Génois redressa alors la tête et eut un rictus empli de détresse.

— Voilà pourquoi je pense que nous pouvons réussir : les Marseillais nous aideront s'ils apprennent qu'on désire faire évader un homme emprisonné par le

---

1. *Deux récits mystérieux*, à paraître dans la collection Labyrinthes.
2. Par le sang du Christ !
3. Niozelles fut gracié sous la Régence et rentra à Marseille. Il y mourut à 94 ans.

roi. Nous utiliserons cette fronde latente contre l'autorité. Ils n'attendent que ça !

Avant de s'endormir, Louis médita longuement
sur le récit de Verrazzano. L'homme semblait en savoir
beaucoup sur la révolte de Niozelles, comme s'il avait
été l'un des protagonistes de l'histoire. Dans quel
camp était-il à cette époque ? Il se souvint de ce que
lui avait raconté Colbert de Maulévrier. Verrazzano
n'était pas le personnage qu'il jouait.

Qui était-il vraiment ?

Le lendemain, dès quatre heures, ils quittèrent le
Courrier du Roi.

Les cinq jours suivants, le voyage se fit sans difficulté. Le temps était clair et sec. Le premier avril, ils
étaient environ à quatre-vingts milles de Lyon quand
Bauer fit signe à Nicolas de s'arrêter, puis il toqua à la
vitre de la voiture. Le temps changeait et il pleuvait
faiblement. Louis ouvrit la porte pour l'écouter.

— Devant nous, avertit le Bavarois, il y a là,
dans le vallon par où passe la route, une petite bande
que je n'aime guère.

Verrazzano s'était à son tour rapproché.

— Des soldats qui bivouaquent apparemment.
Une bonne vingtaine, sans officiers. Des mercenaires
peut-être, ou des drilles[1] ; ils n'ont pas l'uniforme
d'un régiment de chez nous.

La différence entre une vingtaine de soldats régu-
liers et une vingtaine de brigands pouvait être infime.
Louis hésitait, mais avaient-ils le choix ? Il fallait bien

---

1. Des déserteurs.

passer et, derrière eux, la route était vide ; ils ne pouvaient donc compter sur aucune aide.

— Attendons un instant, proposa Louis. Restez
près de la voiture et préparez-vous.

Bauer décrocha l'arquebuse à quadruple rouet et
la plaça en travers de la selle, puis il saisit son espadon
de lansquenet dans la main droite. Verrazzano tenait
un pistolet à chaque main.

À l'intérieur, Gaston avait sorti de son sac plusieurs pistolets, il en fit passer un à Nicolas par la
petite fenêtre de séparation, en donna un autre à Louis,
puis fit de même avec des épées qu'il tira de dessous
les sièges. Ensuite, il vérifia cette arme vénitienne à
quadruple canon que Louis lui avait offerte pour un de
ses anniversaires. Il hésita alors un instant, son regard
allant d'Aurore à Louis, qui était resté impassible.
Posée à côté de lui, l'arme de Marin Le Bourgeois
était prête à être utilisée.

Devant cette interrogation muette, Aurore eut un
sourire froid. Elle se pencha vers lui et lui souffla en
secouant la tête :

— Je n'ai pas besoin de vos armes, monsieur.

Elle saisit alors son sac de cuir, l'ouvrit et en sortit deux pistolets à silex à double canon. Puis elle tira
une dague et étala toutes les armes à côté d'elle.

— Vous savez réellement vous servir de ça ?
interrogea Louis d'un ton autant sévère que surpris en
détaillant les pistolets ; c'étaient deux très belles armes
mais sans aucune décoration ou ciselure. Des armes de
combat. Un peu troublé, il avait aussi remarqué qu'elles
étaient usagées, qu'elles avaient même visiblement
beaucoup servi.

— Oui, répliqua-t-elle en le regardant avec défi.

— Sur… des gens ? demanda Gaston avec un
gloussement retenu, ou seulement dans une salle
d'armes ?

À son tour, elle le dévisagea étrangement.

— Ils ne sont plus sur cette terre pour en parler, monsieur de Tilly.

Tous deux la regardaient maintenant sans comprendre. Gaston fronça les sourcils. Elle lut aussi le doute dans leurs yeux, puis l'incrédulité, voire l'ironie. Alors, elle poursuivit d'une voix qui les fit tressaillir :

— Que croyez-vous, messieurs ? Que tenter de délivrer M. Fouquet était une simple promenade ? Que j'avais confié ma vie à M. Fouquet fils ? C'est certainement un gentil garçon, mais il a quinze ans et n'a jamais appris à se battre. C'est moi, et moi seule, qui dirigeais l'expédition !

Ils furent choqués par la violence de sa réplique. Mais pour qui se prenait cette fille ? songeait Gaston, savait-elle à qui elle s'adressait ? La guerre était une affaire d'hommes tout de même ! Il haussa les épaules.

Louis, lui, ressentit une vague alarme, il avait connu certaines femmes redoutables, capables de tuer sans scrupule telles la Chevreuse, Anne Daquin ou la *Belle Gueuze*. Cette jolie La Forêt était-elle du même moule ? Finalement, il se pencha en avant pour lancer à Nicolas :

— Avançons, maintenant.

Mais déjà les soldats – ou les brigands – les avaient aperçus. Ils étaient visiblement ivres, et ils n'étaient pas vingt mais plutôt trente ; plusieurs étaient couchés dans l'herbe et cuvaient leur alcool. Cependant, Gaston nota qu'ils n'avaient que de vieux mousquets militaires, des armes lentes et peu précises. Aucun ne semblait avoir de pistolets. Avec un peu de chance, leurs armes n'étaient même pas chargées.

Deux francs-mitoux se portèrent en avant en titubant, se plaçant en travers du chemin et barrant la route.

— Holà, messeigneurs ! cria un des sabouleux avec une grimace. Il faut payer le passage !

Louis sortit la tête et cria :

— Combien ?

— Une pistole par personne.

— Bauer, paye-les, ordonna Louis, et passons sans histoire.

Ils étaient maintenant entourés par la petite troupe qui les examinait avec curiosité. Bauer n'avait pas bougé. Il n'avait aucune envie de payer et tenait son canon en travers de la taille, l'espadon accroché simplement à la selle. Gaston comprit qu'il n'obéirait pas. Il haussa les épaules en grognant, sortit cinq pistoles et les jeta aux pieds de celui qui avait quémandé.

L'homme leva son chapeau, faisant une ignoble révérence. Il ramassa les pièces et ironisa :

— Merci, messeigneurs, et bonne route.

Pendant ce temps, un des drilles s'était approché en titubant de la portière. Il aperçut Aurore. Bien qu'enroulée dans son manteau, ses boucles de cheveux ne prêtaient guère à confusion.

— Hé, compains, il y a une dame ! grinça-t-il.

Plusieurs se rapprochèrent, mi-menaçants, mi-goguenards.

Le chef fronça les sourcils et siffla :

— Passez, mais laissez-nous la dame.

Déjà, le plus entreprenant avait ouvert la porte de la voiture. Il grimaça horriblement avec sa bouche édentée et tendit une main déformée par une cicatrice pour saisir Aurore.

Pâle mais sans trembler, elle lui enfonça froidement la dague dans la bouche. L'arme ressortit par la nuque avec un flot de sang.

Aurore, avec un sang-froid terrible, donna un coup sec, faisant pivoter la lame pour la dégager pendant que l'homme s'écroulait en se vidant.

Seul Bauer avait compris ce qui s'était passé. Il tira du canon, fauchant cinq ou six hommes. Simultanément, son espadon fit un moulinet, coupant une main qui s'avançait alors même que Nicolas faisait claquer son fouet. Verrazzano tira à son tour faisant deux autres victimes. Puis il rejeta les pistolets dans ses fontes et, saisissant son sabre, il tailla dans le groupe. Les bêtes bondirent en avant laissant une dizaine de blessés et de morts.

L'affaire avait duré quelques secondes.

Louis, livide et hébété, regarda la dague ensan-glantée que tenait la jeune fille, puis se ressaisit, prit son pistolet et se pencha à la fenêtre de la portière. Déjà les survivants étaient à cheval à quelques toises derrière eux. Il tira sur le plus proche qui tomba. Il entendit aussi les quatre coups de l'arme de Gaston ainsi que le fusil de Verrazzano.

— Seulement un ! s'exclama Gaston avec dépit. La voiture bouge trop !

Louis s'était saisi de la blague à poudre et tentait de recharger l'arme malgré les cahots. Il avait compté plus d'une quinzaine d'hommes à cheval derrière eux. Ils ne pourraient tous les abattre. Que faire ? Deux coups claquèrent. Il leva les yeux. Aurore était à la fenêtre et venait de tirer avec les deux pistolets.

— Deux de plus, lui annonça-t-elle avec bravade.

Mais la voiture ralentissait. Un homme avait réussi à grimper sur le siège avant et d'un coup de poignée d'épée avait assommé Nicolas. La portière s'ouvrit violemment. Un routier se précipita dans l'ou-verture, le visage rouge, les cheveux gris et gras collés par la sueur. Une vision d'épouvante. Aurore avait pris une des épées posées par terre au moment où la voiture avait ralenti. Tenant la poignée à deux mains, elle lui enfonça la lame dans la poitrine. Pendant ce temps, Louis avait fini de recharger son pistolet, mais pas Gas-ton qui avait renversé sa poudre. Il n'eut que le temps de se saisir de la seconde épée au moment même où Bauer ouvrait violemment l'autre porte.

— Sautez! Nous ne pouvons nous défendre qu'en groupe.

Ils obéirent, poussant Aurore à l'extérieur et l'appuyant contre la voiture pour la protéger. Bauer et Verrazzano étaient restés à cheval. Gaston avait une épée mais pas Louis. La situation était intenable. Déjà une dizaine d'hommes à cheval déboulaient et les entouraient. Ils allaient être écrasés, massacrés, et le sort d'Aurore serait terrible.

Louis avait son pistolet en main, il cria à Bauer d'un ton désespéré :

— Une épée…

Le reître détacha une longue rapière espagnole qu'il gardait toujours en réserve à l'arrière de sa selle et la lui jeta.

En quelques secondes, Verrazzano avait lancé les trois couteaux qu'il portait accrochés à son baudrier, non sur les hommes mais sur les bêtes. Celles-ci s'effondrèrent, entraînant leurs cavaliers et brisant la charge. Bauer, d'un vaste mouvement circulaire de son espadon, estropia deux autres cavaliers. La panique fut indescriptible chez les animaux ; ruant, hennissant, jetant leurs cavaliers à terre. Les agressés eurent ainsi un instant de répit pour se regrouper, se resserrer. En face, les trois soldats encore à cheval constatant que leurs montures terrorisées par le bruit n'obéissaient plus, mirent pied à terre. Une rage, une folie bestiale se lisait sur leurs faces hagardes.

Gaston compta huit, non neuf, adversaires valides ! La partie était encore jouable. C'est alors qu'un des soudards tira avec son mousquet, visant le plus dangereux de ses adversaires : Bauer. Le géant, touché, lâcha son arme, l'épaule brisée.

Tous les brigands engagèrent alors l'attaque en rugissant.

Ils furent vite séparés. Verrazzano faisait des prodiges avec son sabre contre trois adversaires, mais il ne pouvait que se défendre. Et pour combien de temps ? Il ponctuait ses bottes de bruyantes interjections de rage :

— *Piddalu in domu, O Piduchjo* [1] !

Gaston et Louis, dos à dos, ferraillaient contre deux hommes chacun. Gaston pouvait tenir, mais pas Louis, trop médiocre escrimeur. Encore quelques secondes et tout serait terminé pour lui.

Bauer essayait de protéger Aurore de son corps immense, ayant repris son espadon de la main gauche, mais, avec sa blessure, il était incapable de manier correctement la lame gigantesque. C'est alors qu'Aurore le repoussa avec colère. Elle avait gardé l'épée en main et la dague dans l'autre.

Quarte ! Contre-quarte ! En un mouvement impeccable, comme dans une salle d'arme, elle toucha l'adversaire le plus proche de Louis qui, la voyant approcher, s'était retourné contre elle. La poitrine transpercée, le truand s'écroula sans un mot. De la main gauche, elle maniait sa dague comme au temps de Louis XIII. Elle para ainsi une lame destinée à Gaston et, pivotant sur elle-même dans un incroyable mouvement, elle enfonça son épée dans les reins d'un de ses adversaires, libérant ainsi l'ancien commissaire. Celui-ci toucha finalement son ennemi à la face.

Aurore avait maintenant engagé le combat avec l'un des attaquants de Verrazzano pendant que Bauer assommait le second avec sa lame qu'il tenait alors comme une massue. Le Génois, d'un puissant revers, arracha finalement la face de son ennemi.

Pendant ce temps, au moment où Louis, acculé contre la voiture, allait succomber, Aurore envoya sa dague dans la nuque de celui qui s'apprêtait à percer le marquis de Vivonne, et, simultanément, elle troua son dernier adversaire.

---

1. Prends-le dans le dôme, crasseux !

Leurs ennemis étaient tous morts. Eux étaient tous couverts de sang mais saufs, grâce à la jeune fille.

Subitement, ce fut le silence. Une dizaine de corps affreusement défigurés ou démembrés gisaient à terre. Tous les visages se tournèrent vers Aurore. Le regard fermé et concentré, elle les ignora, figée dans une prière immobile et silencieuse, puis, levant les yeux, elle tendit son épée à Gaston, avec ces mots ironiques :

— Comme vous le voyez, j'ai appris à me défendre. À l'épée comme au pistolet.

Gaston n'avait jamais connu une telle dextérité. Le regard de Louis était autant interrogatif qu'admiratif. Le croisant, Aurore ajouta, les yeux pétillants :

— Je vous l'avais assuré, j'ai eu les meilleurs maîtres d'arme de M. Fouquet.

— Pardieu ! s'extasia Bauer, avec vous la guerre de Trente Ans n'aurait pas duré si longtemps !

À compter de ce moment, secrètement, il devait considérer Aurore comme l'une des Érinyes revenue sur terre.

Verrazzano, lui aussi un peu hébété, opina au discours de son ami. Même en Italie, il n'avait jamais connu une telle agilité !

— *U maceddu*[1] ! murmura-t-il.

Mais il était temps de donner des soins à Bauer qui perdait son sang. Déjà, Gaston le faisait entrer dans la voiture où le géant occupait toute la place, pendant que Louis s'était dirigé vers Nicolas, à terre, un peu plus loin, et qui reprenait peu à peu conscience.

— Es-tu blessé ?

— Non, ça ira, monsieur. Je pense que je vais même pouvoir conduire.

— Je vais monter avec toi pour t'aider. Il nous faut rapidement trouver un chirurgien pour Bauer.

----

1. Une boucherie !

Verrazzano avait rassemblé les chevaux et vérifié sur les cadavres s'il n'y avait rien à prendre, mais les soldats en rupture de ban n'avaient aucun objet de valeur. Il acheva cependant les blessés comme il en avait l'habitude.

Aurore et Gaston avaient pansé Bauer. La jeune femme resta avec lui alors que de Tilly prenait le cheval du Bavarois. Une heure plus tard, ils étaient dans une médiocre auberge non loin d'Auxerre.

Gaston, accompagné d'un palefrenier qui connaissait la ville, partit chercher un chirurgien. Les dix livres en écus d'or décidèrent l'homme de l'art à se rendre au chevet du blessé.

— La blessure ne sera pas grave, fit le chirurgien en extrayant la balle. La clavicule n'est pas cassée, il a eu de la chance. Dans quinze jours, il n'y paraîtra plus. Changez-lui son pansement régulièrement et gardez son bras attaché ainsi.

Il montra le bandage savant qu'il avait fait et les quitta précipitamment, ne désirant pas en savoir trop sur cette troupe armée jusqu'aux dents.

Ils décidèrent de repartir.

Il restait plusieurs heures avant la nuit et lorsque le prévôt d'Auxerre serait avisé du massacre sur le Grand Chemin, mieux vaudrait pour eux être le plus loin possible.

Avant la nuit, ils s'arrêtèrent dans un bouge peu engageant, très à l'écart de la route principale mais où l'autorité risquait peu de les retrouver.

— C'est vrai que nous sommes les agressés, avait expliqué Gaston à Aurore, qui désapprouvait ce détour et ce retard, mais si les prévôts et les lieutenants de police s'en mêlent, nous pouvons être gardés un mois ou plus à Auxerre pour l'enquête. Et encore heureux si on ne nous jette pas en prison.

Ils firent donc contre mauvaise fortune bon cœur et s'installèrent dans la salle unique de cette sinistre auberge qui n'avait pas de chambre. Les voyageurs y dormaient tous ensemble et sans débotter, dans la seule pièce du bâtiment dont les tables n'étaient que des planches sur des tréteaux grossiers.

Un vin chargé de lie était servi du tonneau dans des brocs de terre par un aubergiste bourru et inquiétant. Il leur porta un pain et une grosse omelette comme seule nourriture.

Le cabaret était couplé à la remise d'un maréchal-ferrant, une sombre brute débile. Nicolas en profita cependant pour faire vérifier les chevaux. Ils s'installèrent comme ils purent dans un coin de la salle. Gaston ayant porté plusieurs brassées de paille du fenil, il en recouvrit le dallage pour faire des lits sommaires. À même le sol, ils installèrent Bauer qui tremblait de fièvre et édifièrent un rempart bien médiocre avec quelques bancs sur lesquels ils déposèrent leurs armes.

Par sécurité, Verrazzano alla dormir avec Nicolas dans la voiture et Louis resta avec Gaston, Aurore – qui n'était nullement inquiète –, et le Bavarois qui gémissait doucement.

Un autre groupe de voyageurs arriva un peu plus tard dans la soirée. C'étaient deux femmes, deux sœurs, l'une rondelette et jeunette, l'autre plus âgée. Elles étaient accompagnées d'un homme. Tous étaient *de la Religion* comme ils l'expliquèrent à Louis en s'installant, ils se rendaient en Hollande où ils avaient des parents.

— Je suis bien rassurée de trouver d'autres voyageurs, expliqua la plus âgée. Cette auberge a mauvaise réputation et l'aubergiste est soupçonné d'avoir fait disparaître quelques-uns de ses clients, mais rien n'a jamais pu être prouvé. Quant aux pauvres femmes comme nous qui perdent leur honneur dans de telles circonstances, elles préfèrent se taire.

Les yeux mi-clos, le tenancier les observait ; il se

tenait près du feu avec deux de ses aides, des garçons
édentés dont l'un était borgne et l'autre difforme.

Gaston montra ostensiblement leurs pistolets
qu'ils chargèrent avec soin. Les deux femmes s'installèrent près d'eux. L'homme, âgé, était pasteur et ne
leur serait pas d'une grande utilité.

Ils veillèrent à tour de rôle. Aurore prenant le
premier quart. Mais, soit crainte de l'aubergiste, soit
que sa mauvaise réputation fut usurpée, il ne se passa
rien durant la nuit.

Avant le lever du soleil et au premier champ du
coq, ils se préparèrent. Les trois voyageurs avaient
décidé de partir avec eux. Portant leurs bagages, nos
amis se dirigèrent, accompagnés de Bauer, qui allait
mieux, vers l'écurie du maréchal-ferrant pour charger
la voiture. Aurore était la dernière lorsqu'elle entendit
un faible gémissement dans son dos. Gaston, devant lui,
était le seul à disposer d'une bougie. Il faisait sombre,
elle n'hésita cependant pas. Elle ouvrit son sac, saisit sa
dague et un pistolet, puis revint sur ses pas.

La pièce n'était éclairée que par le feu mourant.
L'aubergiste avait maîtrisé le pasteur. Le garçon
borgne, qui avait déjà baissé ses chausses, avait
déchiré la robe de la plus jeune des femmes, dévoilant
ses seins. Il brandissait un couteau. La pauvre fille
sanglotait et suppliait, alors que la plus âgée, à genoux,
priait pour un miracle. Quant au deuxième garçon de
salle, il fouillait avidement dans les bagages des voyageurs. Aurore comprit aussitôt quel serait le sort de
ces pauvres gens. Elle était dans le dos du tenancier et
lui plaça la pointe de la longue dague dans la nuque,
l'enfonçant suffisamment pour que la douleur l'empêche d'avoir quelque réaction. L'aubergiste hurla et
le borgne, surpris, lâcha la fille. Ce dernier poussa
alors un horrible gémissement : un couteau venait de
lui arracher sa lame en lui transperçant la main, la
clouant contre une table.

— Je ne crois pas que vous ayez besoin d'aide, reconnut Verrazzano qui venait de lancer le poignard, mais comme je passais par-là…

Elle lui sourit avec dureté. Verrazzano se rapprocha, sortit son sabre et en cingla la face de l'aubergiste qui s'écroula.

Le troisième homme s'enfuit. Le blessé gargouillait, suppliant qu'on lui sauve sa main. Aurore l'ignora, puis assista la femme dépoitraillée à se rajuster pendant que le Génois aidait les deux autres à rassembler leurs affaires. Ils repartirent ensemble vers les voitures. Verrazzano fermait la marche, malgré tout un peu contrarié d'avoir perdu un couteau. Il se disait qu'il aurait dû le reprendre ; de toute façon, la main du drôle était perdue.

— Un ennui ? demanda Louis en les voyant arriver ensemble.

— Non, lui répondit Aurore avec douceur.

Quelques jours plus tard, on était le dimanche 6 avril, ils étaient installés dans une immense hôtellerie bien après Valence.

Leur table était couverte de diverses viandes rôties et bouillies, de chapons, de tourtes et de pigeons à la broche.

Bauer était entièrement remis de sa blessure et ils devisaient joyeusement en se moquant discrètement de leurs voisins de voyage.

Autour des tables, ils avaient remarqué un marchand ambulant, un médecin qui se rendait à Lyon, un notaire qui recevait sa clientèle de métayers et de fermiers, de nombreux petits colporteurs, un meunier dont ils avaient remarqué la voiture dehors, pleine de sacs pour un moulin, et enfin un charbonnier dont la charrette était remplie de bois, elle aussi dans la cour.

À l'écart se tenait un receveur des tailles accompagné de deux exempts. L'homme, habillé de toile noire, était chargé par un fermier d'exécuter les recouvrements et quelques redevables attendaient leur tour en maugréant.

De temps en temps, de nouveaux venus entraient en criant : « Salut la compagnie ! » comme l'exigeait la tradition.

— Quel genre de gens sont les galériens ? demanda Aurore qui venait de terminer son repas.

— Il y a plusieurs sortes de galères, expliqua Verrazzano. Dans les galères de commerce qu'utilisent les négociants, la plupart des rameurs sont des volontaires. Il y en a aussi dans les galères de guerre : ce sont souvent des Italiens et on les appelle les *bonnevoglies*. Ensuite, il y a les esclaves, principalement des Turcs et des Barbaresques.

— Ce sont des prisonniers faits lors de nos victoires navales, je suppose, l'interrompit Gaston.

— Pas du tout ! Nous les achetons plus simplement sur les marchés d'esclaves de Gênes, de Candie ou de Livourne. Un bon Turc solide coûte de trois cents à cinq cents livres.

Gaston prit un air déçu et vexé.

— Et puis, il y a aussi les razzias…

— Les razzias ?

— Oui, nos bateaux attaquent une côte algéroise et saisissent tous les hommes qu'ils peuvent trouver, ils tuent aussi quelques habitants et forcent les femmes avant de repartir. Remarquez que les Barbaresques en font autant quand ils le peuvent chez nous.

Il se versa un verre de vin en observant les deux exempts du contrôleur qui s'amusaient maintenant à mettre le feu à la barbe d'un vieux colporteur endormi en utilisant un tison pris dans la cheminée.

— Ensuite, il y a les déserteurs, ceux-là on leur coupe le nez dès l'arrivée, mais les commandants de galères désapprouvent cette punition car les pauvres gens ont ensuite du mal à respirer et ne peuvent plus ramer très longtemps.

Le colporteur se réveilla, la barbe en feu, et poussa un long glapissement sous les hurlements de rire de l'assistance. L'aubergiste se précipita sur lui avec un seau d'eau sale et le lui jeta à la face. Une horrible odeur de brûlé envahit la pièce et l'homme se mit à sangloter.

— Enfin, il y a les criminels et les voleurs. Les plus nombreux sont les faux sauniers qui fraudent à la gabelle et que les fermiers généraux envoient directement à Marseille dans une chaîne spéciale.

Gaston compléta :

— Compte tenu du manque de galériens, une ordonnance criminelle demande la conversion systématique des condamnations à mort en galère à perpétuité. Sauf évidemment pour les crimes horribles.

Une femme, pauvrement vêtue, entra dans le cabaret pour chercher son mari, à la grande joie des clients. Elle se mit à passer entre les tables, dévisageant les présents et suscitant des quolibets ironiques et graveleux.

— Tallemant nous disait qu'il commence aussi à y avoir des huguenots ? demanda Louis.

— C'est certain ! répliqua Gaston. Ceux considérés comme insolents envers le roi sont envoyés là-bas. Ils y rejoignent les sodomites, les contrebandiers, les libraires et les auteurs de libelles qui ne plaisent pas à Sa Majesté, ou tout simplement au marquis de Louvois.

— Mais ces gens-là ne vivent pas vieux au bagne, conclut Verrazzano, la vie y est trop dure pour eux.

Les deux exempts avaient maintenant acculé la pauvre femme à la porte du cellier et la poussaient à l'intérieur avec hilarité en tentant de lui arracher son corsage alors que le contrôleur des gabelles leur criait d'arrêter. Tout le monde riait à gorge déployée dans l'auberge tandis que la malheureuse se débattait en griffant, sans succès, ses adversaires.

Alors Bauer se leva et le silence se fit. Il s'avança vers le premier exempt, qui lui sourit bêtement. Levant un poing gros comme une citrouille, le Bavarois l'abattit sur le crâne de l'homme, qui s'effondra le visage en sang. D'un geste, il poussa ensuite le second exempt dans l'escalier du cellier, d'où l'on entendit monter un sourd craquement d'os brisés.

Puis, Bauer retourna s'asseoir en murmurant :

— Je vais mieux, j'ai retrouvé un peu de force.

Pendant que quelques hommes remontaient le corps brisé et gémissant de l'exempt et que la femme se réajustait, Louis demanda à Verrazzano :

— Que font les galères lorsqu'elles sont en mer ?

— Pas grand-chose. La galère ne peut que faire du cabotage. À la première tempête, elle coule ou est jetée à la côte. Les marins à bord sont souvent des incapables et elle n'est vraiment utile que pour le commerce. Mais votre M. Colbert veut en faire un instrument de guerre, alors on en construit plus qu'il n'en faut. On les décore même avec un luxe prodigieux et inutile. Et tout cela pour rien.

— N'êtes-vous pas trop sévère ? demanda Gaston qui n'aimait pas que l'on critique l'autorité.

— Non ! répliqua sèchement le marin. Une galère coûte quinze mille livres, mais on en dépense cent mille, et souvent plus, en bois précieux, en chérubins dorés, en marqueterie et en tendelets de damas brodés de fleurs de lys d'or. Ensuite, on expose ces luxueux jouets inaptes au combat huit mois par an dans le port. Pendant ce temps, les Anglais construisent des trois mâts puissamment armés de dizaines de canons, là où il n'y en a qu'un sur les galères dont la principale arme reste l'éperon à l'avant comme à l'époque romaine.

Il haussa les épaules avec mépris.

— Ainsi tous ces galériens ne serviraient à rien ! murmura Aurore.

— À rien ! répliqua froidement le Génois.

Il y eut un long silence après l'affirmation catégorique du marin. Celui-ci fut finalement rompu par Gaston qui s'adressa à Louis.

— J'ai pensé à une autre solution pour trouver notre homme, expliqua-t-il. M. de Grignan vient d'être nommé gouverneur de Provence. Tu connais bien la mère de son épouse, Marie de Rabutin-Chantal[1]. Peut-être pourrais-tu lui demander de nous faire visiter quelques galères ? Cela se fait et nous pourrions repérer ainsi très vite La Forêt.

Il était en effet courant pour les visiteurs parisiens d'aller s'encanailler ainsi sur les galères.

— Je crains que ce ne soit pas aussi facile, objecta Verrazzano, il y a environ quarante galères. On ne pourra pas les visiter toutes. En général, on fait visiter une galère de parade, on ne peut envoyer des gens comme il faut sur un bateau puant empli de merde et de vermine.

— Et puis la visite terminée, comment justifier de rester à Marseille et de continuer à rôder ? fit Louis, après un temps de réflexion. Il sera plus sage d'éviter de nous faire remarquer. Cependant, en dernier recours, nous pourrions agir comme tu le proposes. Si nous ne trouvons pas La Forêt.

La petite troupe qui quittait Paris pour Mercy comptait une trentaine de déserteurs, d'assassins, d'officiers félons et de mercenaires allemands ou italiens en rupture de contrat. Tous étaient vêtus en guerre, certains avaient même d'anciens bassinets ou d'antiques gorgerins, voire des corselets, ces protections métal-

---

1. Voir, *La Conjuration des Importants*, dans la même collection.

liques lourdes mais efficaces. L'armement des hommes était disparate mais prodigieux : épées à la Papenheim datant de la guerre de Trente Ans, rustiques arquebuses turques à mèche, mousquets à silex, arquebuses à serpentin, pistolets à platine romaine rafistolés. Les visages étaient vides d'expression mais marqués physiquement par la guerre, les pillages et les meurtres.

À la tête du groupe se trouvait Jacques de l'Épée.

La nuit tombait lorsqu'ils arrivèrent en vue de l'abbaye de Royaumont. Ils se dirigèrent vers un petit bois. De l'Épée ne voulait pas qu'on les repère. Il répartit ses hommes en six groupes. Chacun était dirigé par un mercenaire qui savait où il devait prendre position.

Les groupes se séparèrent.

La nuit était maintenant tombée sur Mercy et Pierre Fronsac faisait une dernière visite aux nouvelles écuries situées à un quart de lieu du château. Il était seul, à pied, quand il entendit un hennissement de cheval, puis un autre. Les bruits ne venaient ni de l'écurie ni du château. Il y avait là-bas une troupe. Et elle était à l'arrêt. Cachée ?

Il se glissa dans l'ombre et attendit.

L'attaque fut brève, brusque et effroyable.

La troupe de dragons du roi commandée par M. de Montbron arrivait en vue du château lorsqu'elle perçut les premières lueurs de l'incendie.

On était dimanche en soirée quand Marseille leur apparut avec ses moulins qui la surplombaient et ses tours carrées au toit plat – comme en Toscane –, leur expliqua Verrazzano.

À mesure qu'ils se rapprochaient, ils constatèrent que les murailles étaient en partie détruites mais que la route aboutissait à une ancienne porte dont il restait encore quelques contreforts.

— Cette porte, expliqua Verrazzano, est la nouvelle porte Réale, mais les Marseillais refusent de la nommer ainsi par esprit de rébellion. Pour eux, c'est toujours la porte d'Aix.

Une fois dans la ville, ils passèrent devant plusieurs auberges que Verrazzano ignora superbement.

Ils prirent ensuite une rue étroite.

— La rue des Pucelles, indiqua le marin. À cause de cette auberge…

Il désigna l'enseigne qui représentait deux jeunes femmes se livrant un combat à l'épée, ce qui suscita un échange de regards ironiques entre Gaston et Aurore.

Ils descendirent encore un peu la rue et, sur ordre de Verrazzano, la voiture passa le portail d'une autre hôtellerie *La Croix de Malte*[1].

En descendant de voiture, Louis et Gaston se crurent un instant dans quelque palais d'Orient. Quatre grands escaliers de pierre desservaient les chambres qui étaient – ils s'en aperçurent plus tard – de véritables appartements. Le portail par lequel ils étaient passés était surmonté d'un balcon à colonnades torsadées et les piliers étaient en marbre, comme toutes les décorations et le pavement de la cour.

Partout jaillissaient des sculptures, des frises, des feuilles d'acanthe, des astragales et des volutes. On apercevait par des porches des courettes où chantaient des fontaines.

— C'est la meilleure hôtellerie de la ville, s'excusa Verrazzano.

---

1. Cette auberge se situait dans une rue détruite en face de l'ancien Alcazar.

8

Le 14 avril 1670

Le lundi devait être une de ces magnifiques journées comme il n'y en a qu'en Provence. Ce fut le soleil envahissant leur chambre qui les réveilla. Alors qu'ils se rasaient, Louis et Gaston furent interrompus par un grattement à leur porte. Fronsac s'essuya, puis ouvrit l'huis pour découvrir un jeune marin en chemise – grise et sale – et en pantalon de toile rayée et rapiécé. Le garçon, qui avait tressé, en une longue natte, sa chevelure graisseuse, lui souriait. Le marquis de Vivonne considéra l'inconnu un instant, un peu interdit devant cette expression ironique. Et soudainement, il reconnut Aurore La Forêt.

— Qu'est-ce qui vous arrive, madame ? demanda-t-il, tout à fait interloqué.

Elle entra dans la pièce, suivie par Bauer et Verrazzano qui étaient restés invisibles dans le couloir et qui ne cachaient pas leur hilarité.

— Je n'ai fait qu'obéir à ses conseils, expliqua Aurore en pouffant, visiblement réjouie par son déguisement.

Elle montrait le Corse qui tirait sur sa moustache pour tenter de conserver un semblant de sérieux. Il dut même s'éclaircir la gorge pour retenir son fou rire, puis se justifia :

— Là où nous allons nous rendre, il ne faut pas emmener de dames, ce ne sont pas des quartiers pour elles. J'ai cependant pressenti que Mme La Forêt refuserait de rester seule ici, alors je suis allé chercher ces vêtements chez un fripier, ce matin, et je les lui ai apportés. C'est elle qui a insisté pour être coiffée comme moi…

Gaston intervint vigoureusement en levant une main.

— Nous ne pouvons l'emmener si c'est dangereux…

Louis l'arrêta à son tour, d'un geste fataliste.

— Laisse, Gaston ! Verrazzano a raison. Aurore ne voudra pas nous quitter, n'est-ce pas ? (Il s'adressait à elle et elle approuva d'un hochement de tête.) C'est peut-être mieux ainsi. Verrazzano connaît cette ville, nous devons nous reposer sur lui.

Gaston leva cette fois les deux mains en signe d'impuissance et de désapprobation, puis reprit la taille de sa moustache.

— Nous sommes prêts car je n'ai pas à me raser, ajouta Aurore malicieusement. Nous vous attendrons dans la salle.

Ils se retrouvèrent un moment plus tard devant un copieux déjeuner constitué d'une soupe de poissons, de pain et d'oignons. Il fut convenu que Nicolas resterait à l'hôtellerie, la voiture parée à tout moment pour un départ dans l'urgence. Durant l'attente, il ferait vérifier les fers des chevaux et toujours tenir prêt leurs bagages.

— J'ai deux bons compagnons dans cette ville, expliqua ensuite Verrazzano. S'ils ne sont pas en mer, nous pourrons compter sur eux comme vous pouvez compter sur moi… seulement…

— Seulement ? s'enquit Louis.

— Ils habitent dans des quartiers… particuliers…

enfin, vous verrez. Prenez votre épée et gardez un pistolet dissimulé dans votre manteau.

Ainsi armés, Verrazzano portant son sabre et Bauer ayant abandonné son espadon, trop voyant, pour sa gigantesque épée espagnole qu'il serrait à sa taille, ils prirent le chemin du port.

Ils quittèrent très vite la rue des Pucelles pour une rue parallèle : la rue du Grand-Puits. Ils passèrent ainsi devant une fontaine – le fameux Grand-Puits – dont Verrazzano expliqua qu'elle était réservée aux Juifs car la source possédait, pour les Marseillais, des pouvoirs maléfiques.

— En réalité, son seul pouvoir est d'avoir un débit tellement fort qu'à la moindre pluie elle déborde, inonde les maisons et provoque d'innombrables destructions.

Un peu plus bas, un vaste espace, empli de gravats, coupait la rue. Une grande maison semblait avoir été détruite ici et, au milieu de ce terrain vague, on avait édifié une sorte de pyramide.

Verrazzano s'arrêta et resta planté devant le monument, Gaston et Louis l'imitèrent.

— Curieux mémorial, remarqua Gaston, en s'approchant.

Il examina la plaque gravée, mais en partie effacée, à la base. Elle était illisible.

— Je pense qu'il s'agit d'une pyramide infamante. Ceux qui habitaient ici ont dû commettre quelque atroce crime et leur maison a été détruite, fit-il.

Bauer, que le sujet n'intéressait pas, avait poursuivi son chemin et ils le rattrapèrent à grandes enjambées. Cependant, au bout d'un instant, Louis s'aperçut que Verrazzano ne les avait pas rejoints. Il se retourna et le vit, toujours figé devant la pyramide. Fronsac saisit alors le bras de Gaston pour le lui signaler.

— Attendons-le, proposa-t-il.

— Mais que fait-il ? grommela Gaston excédé, cette pyramide est sans intérêt !

Ils restèrent cependant à attendre le Corse. Au bout d'un moment d'observation, Aurore dit à voix basse :

— Je crois qu'il prie…

Ils attendirent encore quelques longues minutes. Enfin, Verrazzano les rejoignit et, lorsqu'il se rapprocha d'eux, Louis eut l'impression qu'il avait pleuré.

Le marin resta taciturne jusqu'au bout de la rue. Là, soudainement, ils débouchèrent sur un large chemin tout en travaux.

Plusieurs tombereaux, menés par des bœufs, transportaient des masses de gravats et quelques forçats pelletaient le sol sans conviction. Une dizaine d'argousins, ainsi que des soldats d'infanterie des galères armés de mousquets, les surveillaient placidement. Personne ne semblait s'activer. Verrazzano leur expliqua dans un mélange d'indifférence et de mépris :

— C'est une nouvelle rue que votre roi a fait tracer lors de sa venue. On l'a édifiée sur le quartier des Cordiers ; c'est pourquoi on l'appelle la *Canebe*, qui est le mot d'ici pour le chanvre[1].

Un petit ruisseau coulait le long de la Canebe[2] et traversait de nombreux jardins fleuris. Ils le suivirent car le bas du chemin était entièrement barré par un haut mur d'enceinte.

— L'Arsenal commence à cette muraille, poursuivit Verrazzano, qui ajouta en montrant le ruisseau du doigt :

— Nous arrivons dans la rue du Temple[3], que l'on appelle encore le *Vallat deis Cougourdos* parce que ce ruisseau qui y coule gonfle diaboliquement en

---

1. C'est devenu, on l'aura deviné, la Canebière.
2. Un bras du Jarret.
3. Derrière l'église des Augustins près de la Bourse.

cas de pluie et emporte toutes les citrouilles des jardins avoisinants.

La ruelle qu'ils venaient de prendre était agréablement fraîche mais atrocement sale et puante. Le Corse s'approcha d'une maison basse et vétuste, construite en petites pierres plates. Une vigne grimpait sur la façade et un vieil homme était assis devant, sur un minuscule banc de pierre. Verrazzano se mit à converser rapidement avec lui, dans une langue qu'ils ignoraient mais qu'Aurore identifia comme un mélange de piémontais et de frioulan.

À la fin du dialogue, le Génois se recula et se mit à crier plusieurs fois :

— Cougourde !

Au troisième hurlement, une femme apparut à la fenêtre du deuxième étage, ses cheveux noirs, gras et emmêlés, faisaient ressortir un visage lourd et fatigué avec des lèvres lippues qui dissimulaient mal une mâchoire partiellement édentée.

— Qu'est-ce que tu lui veux à Cougourde ? Estrasse ! glapit la mégère.

— Estrasse, toi-même ! hurla le Génois. Dis-lui plutôt de descendre, Pasquale l'attend !

La matrone cracha sur le groupe et disparut. Le crachat n'avait atteint personne, Verrazzano gronda pourtant : *Chi gurgonia !*

Après quelques instants d'attente, un petit bonhomme nu-pieds, rond et grassouillet, dégringola de l'escalier. Tout en lui faisait penser à une poire ou, plus exactement, à un gros cornichon. Un cornichon qui aurait été à la fois chevelu et rubicond.

L'homme-cornichon, malgré son visage jovial, ses cheveux attachés en catogan et ses défroques de marin, n'était sans doute pas un paisible pêcheur, car un pistolet à rouet était glissé dans sa ceinture de toile rouge et il traînait à la main un baudrier de cuir noir fatigué et couvert de suif auquel était fixée une courte épée mauresque recourbée.

— *Sangu lu Cristu*[1] ! Pasquale ? fit-il, incrédule, avec un sourire plein de dents et de gros yeux ronds. Tu es donc enfin de retour chez toi ?

En reconnaissant Verrazzano, il le saisit dans ses petits bras et l'embrassa plusieurs fois avec une effusion non feinte.

Le maigre Génois se détacha difficilement de lui et le présenta :

— Voici Honora Fossati, vous pouvez l'appeler Cougourde comme tout le monde ici. Nous avons été élevés ensemble en Corse. C'est un autre moi-même.

» Honora, tu as devant toi monsieur le marquis de Vivonne, M. de Tilly et M. Bauer. Tous des gens de Paris. Et ce jeune homme est le cousin du marquis, ajouta-t-il en montrant rapidement Aurore. Maintenant, réponds-moi, sais-tu où je peux trouver Aragna ? Nous allons avoir besoin de lui et de toi.

En l'écoutant, Cougourde affichait un air hilare, à la fois ravi et stupide, ce qui déplaisait visiblement à Gaston et qui surprenait assez Aurore. Quelle aide Verrazzano espérait-il d'un homme apparemment si niais ?

— Il a toujours cet air de jobastre, intervint Verrazzano qui avait remarqué leur étonnement. Mais, un conseil : ne vous y fiez jamais ! Cougourde a tué plus d'hommes que vous tous réunis, et en général plus atrocement que vous n'y avez jamais songé.

Cougourde approuva du chef en souriant avec un air encore plus benêt, puis il déclara d'une voix chantante :

— Aragna est sûrement chez lui, sinon on le trouvera à la bouterie.

---

1. Sang du Christ !

— Je m'en doutais, allons-y en passant par le
Cul-de-Bœuf.

» La place du Cul-de-Bœuf[1], expliqua en chemin
Verrazzano, est le lieu où l'on égorge les bestiaux dont
les abats bouillis (culs de bœufs) serviront ensuite à
nourrir les galériens.

» Faites attention au sang, ajouta-t-il, ça glisse !

Ils traversèrent rapidement l'esplanade puante
dont le sol était un mélange de fluide animal, de boue
et d'immondices diverses. Quelques rats couraient
gaiement au milieu des abats.

Brusquement, de façon totalement inattendue, au
bout de la répugnante placette, ce fut l'émerveillement, le sublime et la splendeur : le port de Marseille
s'étalait devant eux.

Louis connaissait bien l'activité fiévreuse des
quais de la Seine, mais il n'avait jamais vu tant d'animation, tant de couleurs, tant de beauté et de vigueur
dans un lieu si restreint.

Le port, dont l'eau avait une extraordinaire couleur turquoise, était empli de navires de toutes sortes :
des felouques, des tartanes, des polacres, de simples
barques à voile latine, mais aussi de gros navires marchands à trois mats, aux vergues brassées ainsi que
quelques navires de guerre. Certains se touchaient
même, tant ils étaient nombreux, et des gens sautaient
d'un pont à un autre.

À la droite de nos amis, se serraient, face à un
bâtiment de guerre à deux rangs de canons, une trentaine de fières galères peintes de couleurs brillantes,
couvertes de dorures et de sculptures, et dont les guidons et les drapeaux multicolores claquaient au vent.

Et partout sur cette eau bleu-vert, un grouillement de petites pinasses, de chaloupes, de cotres, de
yoles, de canots ou de simples barques de pêcheurs

---

1. Rue Gabriel Péri.

louvoyaient pour se frayer un passage. Toutes ces embarcations se croisaient, s'évitaient, s'abordaient en faisant la navette d'une rive à l'autre ou entre les plus gros bâtiments.

Et si la mer pullulait ainsi de bateaux de toutes sortes, l'animation n'était rien en comparaison de celle du quai qu'ils s'apprêtaient à longer. Il semblait que toutes les races et toutes les contrées du monde s'étaient donné rendez-vous dans une confusion et un mélange à la fois merveilleux et incompréhensible. On apercevait des officiers et des marins, des pêcheurs et des marchands à la sauvette, des commis et de riches bourgeois, des Turcs, des Grecs, des Italiens, des Espagnols, des forçats, des gentilshommes et des garces.

Toute cette foule se bousculait, s'agitait, s'activait, au milieu d'un étalement et d'un empilement d'objets hétéroclites et invraisemblables : il y avait sur le quai des caisses de toutes tailles et de toutes sortes, des ballots plus ou moins bien ficelés, des cages emplies de poules, de pigeons, parfois de porcs ou de brebis, des rouleaux de cordages, des poulies de toutes formes, des coffres, des boulets, des tonneaux – et même des canons. Gaston, ahuri, montra à Louis une forge complète.

Une myriade de charrettes et de chariots d'approvisionnement tentaient de se frayer un passage au milieu des troupeaux de bœufs, de moutons et de chèvres bêlantes. Les conducteurs vociféraient et faisaient claquer leur fouet, les piétons les insultaient de la plus ignoble façon et les animaux beuglaient et mugissaient placidement.

Ce vacarme, mélange de vociférations, de cris, de hurlements, de grincements et de martèlement, était assourdissant.

Les *Tenez bon ! Allez ! Amarrez ! Place !* de ceux qui s'activaient étaient hachés et entrecoupés par les injures, les interjections, les glapissements et les coups

de gueule braillés dans des langues et des jargons barbaresques ou orientaux.

Ils s'arrêtèrent un instant, soûlés, essoufflés,
étourdis par ce spectacle prodigieux et bouleversant.

— Ce port est le cœur de la ville, leur expliqua
Verrazzano avec fierté. Vous voyez, au bout du quai,
ces navires marchands ? Ils débarquent ou embarquent
leurs marchandises qu'ils apportent ou ramènent du
bout du monde, mais ils ont besoin, pour leur équi-
page, parfois de deux cents ou trois cents hommes, de
nourriture, de vêtements, et même, s'ils vont jusqu'aux Indes, d'un second bateau de rechange en
pièces détachées dans leur cale ! Il leur faut des voiles,
des cordages – des forges aussi, comme celle-là – des
canons, de la poudre, et surtout de l'eau. Comme un
navire doit rester le moins longtemps à quai, car cela
coûte cher, tout le monde est pressé ; voilà pourquoi il
y a une telle agitation.

Ils se frayaient maintenant un difficile chemin au
milieu de ballots d'épices odorantes qui formaient un
véritable labyrinthe.

Verrazzano poursuivait en désignant les sacs
ventrus entassés sur le quai :

— Ces épices, ce commerce avec le Levant, la
Barbarie et l'Orient : c'est toute la richesse de notre ville.

Brusquement les agréables fragrances de safran,
de muscade, de cannelle ou de clous de girofle disparurent, remplacées par une puanteur pestilentielle. Un
remugle d'excréments, de crasse et de sueur.

— Ces effluves viennent de là, indiqua Verrazzano.

Ils approchaient tout simplement des galères !
Déjà, on voyait monter et descendre des soldats et des
officiers par les passerelles de planches qui reliaient
les navires au quai.

Il s'arrêta alors et déclama en désignant les nefs :

— Je vous présente *l'Invincible*, *la Forte*, *la
Valeur*, *la Superbe*, *la Conquérante*, *la Guerrière*,

l'Illustre… (Il soupira.) Je crois que j'ai oublié le nom des autres. Il y en a bien quarante ! Ces magnifiques navires couverts de flammes, de bannières, de banderoles, de guidons tissés d'or, ces vaisseaux dont les moindres draperies et tentes sont en damas de Gênes, vous pouvez facilement aller y vivre si l'envie vous en prend : vous n'avez qu'à voler une botte de poireaux ! La peine est, pour ce crime, de dix ans de galères !

Louis, qui avait cru au début du discours de Verrazzano que le Génois parlait avec emphase et fierté, comprit alors à quel point il méprisait et haïssait les abominables bâtiments-prisons.

— Les hommes, enchaînés à leur bord, ne quittent jamais leur place sur leur banc, même pour uriner ou déféquer ! Deux fois par semaine, ils pratiquent la *bourrasque* et lavent ainsi leur emplacement à l'eau salée ; c'est leur seule propreté ! En mer, vent de face, les marins repèrent toujours une galère à l'odeur, bien avant de la voir !

Ils s'étaient arrêtés devant *l'Invincible* et le Corse poursuivait en montrant le bateau du doigt :

— En navigation, ils seront quatre cents sur cette surface exiguë. À la poupe, les officiers s'installent dans ce qu'on nomme le *carrosse* : c'est ce petit espace sculpté et doré comme un boudoir, avec ces chérubins et ces sirènes nues sur les côtés. Devant eux, dans ce minuscule carré, on entassera le corps de garde. Ensuite, il n'y a plus que des bancs de nage de chaque côté du couloir central : c'est le *talmar*. On y serrera cent quatre-vingts galériens qui nageront à tour de rôle. Au bout de quelques minutes de rame, ils seront fourbus, épuisés. Et enfin à la proue, voici la *cornille*, une plate-forme réservée à l'artillerie et aux troupes d'abordage : l'infanterie des galères. Environ cent cinquante soldats, en comptant ceux qu'on entasse dans le corps de garde !

— Mais si la nage est si dure, ces vaisseaux ne peuvent avancer vite bien longtemps ? demanda Louis.

— Ils sont même totalement inutiles par gros temps. Heureusement, il y a deux mâts, et on peut y larguer jusqu'à huit voiles latines. Hélas, il n'y a souvent pas assez de marins et de gabiers pour la manœuvre. Voilà pourquoi ces fiers vaisseaux, couverts d'Apollons et de Vénus, marquetés dans tous les coins et abrités par des tonnelles brodées, restent à quai huit mois sur douze !

— Et ces boutiques ? s'enquit Aurore en désignant des échoppes de planches. Ceux qui y travaillent sont enchaînés et ont tous le même bonnet rouge…

— Ce sont des galériens, mon garçon, expliqua Cougourde en riant de bon cœur. Ceux-là ont le droit de descendre à terre, ils semblent presque libres. Mais vous voyez ces hommes armés ? Ce sont les pertusaniers qui les surveillent ; à la première occasion, ils les tuent !

Tout contre la bordure du quai se dressaient, en effet, des baraques, la plupart ouvertes, et dans lesquelles on voyait travailler quelques artisans enchaînés : des tailleurs, des cordonniers, des cordiers, des horlogers et même quelques peintres portraitistes.

— La plupart des bagnards avaient un métier avant d'être envoyés aux galères, expliqua le Génois. Ici, ils sont autorisés à le reprendre. Il y a même des écrivains qui publient des livres, des mages et des devins qui font des horoscopes, et des chirurgiens qui soignent leurs malades.

— Vous croyez qu'il pourrait être là ? lui murmura Aurore.

Verrazzano secoua la tête.

— Certainement pas ! Peut-être est-il sur une de ces galères. Il montra les bâtiments devant eux. Mais je ne le crois pas ; il y a d'autres galères du côté de l'Arsenal, là où travaillent les prisonniers qui ne peuvent sortir. J'ai peur qu'il ne fasse partie des consignés, ceux qui sont enchaînés en permanence sur leur banc avec une double chaîne. Ceux que Louvois désire voir disparaître. J'en ai connu…

Louis nota le changement de ton de leur guide. Sa voix était rauque et émue. Assurément, Verrazzano connaissait bien la chaîne. Quelle était donc l'histoire de sa vie ?

Ils croisèrent un groupe de matelots vêtus de toile à voile, mouchoir noué autour du crâne et cheveux en nattes, anneaux aux oreilles et pieds nus. Ils avaient un air heureux, certains chantaient, insouciants à la misère et au malheur qui s'étalaient autour d'eux. Tout les distinguait des bagnards qu'ils côtoyaient : les galériens portaient une sorte de caleçon aux bas rugueux et épais. Certains étaient couverts d'une casaque rouge ou d'une capote en poil de bœuf. Et tous étaient rasés, leur tête parfois couverte d'un bonnet rouge.

Cougourde s'arrêtait fréquemment, interpellant les uns et les autres, il semblait connaître tout le monde. Mais ce qui surprit Louis, ce fut ce bourgeois élégant, un riche négociant visiblement, qui salua Verrazzano d'un : « Bonjour, Capitaine, vous êtes de retour ? » Le ton était étonnamment courtois, respectueux même.

Verrazzano était capitaine de quoi ? se demanda-t-il.

— Beaucoup de galériens sont des Turcs, fit remarquer Gaston à Verrazzano qui n'avait pas répondu au bourgeois.

— Pas seulement des Turcs, il y a aussi des Algérois et des Barbaresques. Ils ont même leur cimetière ici. À Toulon, ils ont aussi leur mosquée. Ils sont parfois échangés avec des Chrétiens, galériens pour la Sublime Porte, mais beaucoup préfèrent rester, les capitaines les apprécient car ce sont de bons rameurs. Finalement, c'est aussi leur ville. Ils s'entendent bien avec les habitants.

— Il ne semble pas qu'il y ait beaucoup de surveillance, nota Gaston. Les évasions doivent être
assez fréquentes.

— Effectivement, il y en a une quarantaine par
an. Mais s'il est facile de quitter Marseille, il est plus
difficile de traverser ensuite la France. Le galérien
peut trouver ici beaucoup de complicité, seulement,
dehors, il est seul. Et il est trop facilement identifiable.
Finalement, pour ceux qui peuvent travailler sur les
quais, la vie n'est pas si dure. Certains font même
venir leur femme et reprennent une vie de famille. Car
d'un autre côté, il y a les risques : repris, on vous
coupe le nez et les oreilles, et vos complices risquent
tout de même trois ans de galère.

Il montra un des gardiens.

— Et d'ailleurs la surveillance n'est pas si
laxiste. Vous voyez ces pertusaniers ? Si leurs prisonniers s'évadent, ils doivent les rembourser ou sinon les
remplacer aux galères. Cougourde vous l'a bien dit :
s'ils remarquent une tentative de fuite, ils tirent aussitôt.

Ils prirent alors une rue à droite, laissant derrière
eux les bureaux d'armateurs et les magasins d'approvisionnement.

Verrazzano poursuivit :

— Sous cette apparence de semi-liberté, la police
reste vigilante. Il y a un peu partout des argousins et
des sous-argousins qui gardent les yeux ouverts, il y a
les comites et les sous-comites qui connaissent leur
troupe de bagnards, et il y a l'infanterie des galères partout. Malgré les passe-volants[1], ils sont assez nombreux. La preuve en est qu'il y a peu de délits et de
toute façon les sanctions sont terribles, atroces.

— C'est-à-dire ? s'inquiéta Aurore.

— *Per Diu* ! Le dernier qui a tué un comite,

---

1. Faux soldats présents seulement aux revues.

déclama Cougourde avec un air béat, on l'a écartelé avec quatre galères dans le port.

Il mima joyeusement la scène, puis l'agonie du condamné en faisant pendre une longue langue avec une grimace cocasse.

— En fait la sanction la plus courante est l'essorillage, expliqua Verrazzano, c'est-à-dire la coupe des oreilles, mais il y a aussi la bastonnade et surtout l'estoupinade : chaque galérien donne à la victime un coup de torchon mouillé de toutes ses forces. C'est un supplice parfois mortel car, à la fin de la punition, le corps de la victime n'est qu'une plaie dégoulinante de sang.

Il s'arrêta et leur montra une nouvelle direction.

— Nous allons dans la rue Cambo d'Aragno, c'est-à-dire la rue des pattes de l'araignée[1]. Nous devons y retrouver un autre ami avec qui j'ai vécu en Corse : Palamède Pescarie ; on le surnomme d'Aragna.

La rue était étroite, sale et sombre mais très fraîche. Ils marchaient l'un derrière l'autre en tâchant d'éviter le flux de détritus et d'excréments qui coulait au milieu.

— Faites aussi attention aux pots jetés par les fenêtres, les prévint Verrazzano.

La mise en garde était cependant inutile car les risques étaient les mêmes à Paris et ils avaient l'habitude.

À un angle de rue, ils s'arrêtèrent devant une porte où se tenait une prostituée à la poitrine flasque et dénudée. Elle les examina comme des marchandises.

— Aragna est là ? lui demanda Cougourde qui semblait la connaître.

Elle cracha par terre et lui jeta avec un regard méchant :

— Il caligne les poufiasses à la bouterie !

---

1. Actuelle place Pivaux.

Pour la première fois, Cougourde eut un air embarrassé. Il murmura :

— *Sbirtacata*[1] !

Mais il hésitait visiblement à poursuivre la conversation. Verrazzano intervint et proposa à ses compagnons :

C'est une rue réservée aux bordeaux, on pourrait attendre ici qu'Aragna revienne : c'est sa maison devant nous. Il ne sera certainement pas long.

Il jeta un œil interrogatif à Aurore, mais elle répliqua, impassible :

— Allons-y, nous n'avons pas de temps à perdre.

Ils reprirent leur chemin et passèrent encore deux ruelles. La rue de la Bouterie avait autrefois abrité des boutiers, c'est-à-dire des fabricants de tonneaux. C'était maintenant une traverse où tous les ateliers avaient été transformés en chambres ouvertes dont l'entrée n'était masquée que par un rideau. Devant les passages entrebâillés s'étalaient, debout ou assises sur des tabourets, des filles à demi nues. Beaucoup étaient grosses, hideuses, certaines avaient le nez et les oreilles coupées, pourtant, quelques rares étaient encore belles.

Cougourde alla converser avec la première, à qui il manquait le nez, pendant que ses compagnons attendaient.

— Aragna est chez les trois sœurs, revint-il leur annoncer.

— Je vais le chercher, décida Verrazzano.

Il partit.

— Pourquoi ces mutilations, demanda Aurore à Cougourde, montrant discrètement une autre femme sans nez et aux seins pendant jusqu'à la taille.

— Ce sont celles qui ont commercé avec les

---

1. Sotte !

bagnards, expliqua-t-il en riant grassement. C'est leur punition.

Elle frissonna.

Verrazzano revint au bout de quelques minutes avec un petit homme étonnant. Par sa taille, il était proche de Cougourde, mais alors que celui-ci était gros, le nouveau venu était trapu, large d'épaules, avec de longs bras terriblement velus. Son visage, complètement rasé, était cependant déjà sombre de sa barbe du jour et il portait ses cheveux épars, emmêlés jusqu'aux épaules. Il était vêtu d'oripeaux délavés : une chemise déchirée avec une sorte de pantalon trop court, laissant voir des jambes tout aussi velues que ses bras. Ses pieds étaient nus. Aragna – personne ne doutait que ce fût lui – vivait non seulement dans la rue de l'Araignée, mais ressemblait curieusement à une de ces monstrueuses tarentules qui hantent le pourtour de la Méditerranée. De près, ce mimétisme était encore accentué par des dents jaunes et longues. Elles ne devaient pourtant pas lui servir à se battre car un large coutelas rouillé était passé dans sa ceinture de toile.

Gaston songeait avec philosophie qu'il était vraiment étrange que Cougourde habitât dans le quartier des courges et ressemblât à une cucurbitacée, et qu'il en soit de même pour son ami, cette fois dans le genre des arachnides. Mais depuis qu'il était à Marseille, plus rien ne semblait surprendre l'ancien commissaire tant cette ville exotique lui paraissait impénétrable à toute raison.

Louis se rapprocha de Verrazzano.

— Où pouvons-nous parler, discrètement ?

— Suivez-moi !

Ils s'enfoncèrent dans le quartier réservé.

Les rues étaient de plus en plus étroites et de plus en plus pentues. Devant la plupart des maisons construites en torchis, des échelles permettaient d'accéder à des terrasses invisibles, quelques rares escaliers disparaissaient vers des jardins suspendus, du linge déchiré pendait partout, des enfants nus couraient et jouaient dans la boue et les déjections. Un peu partout, des prostituées crasseuses et avachies jacassaient dans des langues incompréhensibles. Des Noirs, des Turcs et des Barbaresques circulaient, apparaissaient et disparaissaient aux détours de venelles apparemment sans issue.

Des relents de poisson frit, d'huile, de sueur et d'oignon emplissaient l'air.

Ils passèrent devant ce qui semblait être d'infâmes bouges. Pourquoi Verrazzano entra-t-il dans celui-ci plutôt que dans un autre ? Nul ne le sait. Ils le suivirent les uns derrière les autres tant le passage était étroit et descendirent une volée de marches moussues et glissantes. La salle était sombre, vaguement éclairée par de rares bougies de suif fumantes ou de petites lanternes. Quelques individus patibulaires jargonnaient à voix basse, assis autour d'une table soutenue par des tréteaux ; d'aucuns leur jetèrent des regards menaçants quand ils les virent entrer. Le sol était couvert d'une paille noirâtre qui n'avait pas été changée depuis des lustres. Quelques chiens galeux dormaient dans les coins. Ils ne bougeaient pas, peut-être étaient-ils morts ?

Un gros rat traversa entre leurs jambes, aussitôt un chien bondit et lui brisa la nuque, le dévorant avec gloutonnerie. L'animal était donc vivant, se rassura Gaston.

Verrazzano les dirigea vers un coin encore plus sombre où se dressaient une autre table et deux bancs vermoulus.

— *Vino* ! cria-t-il.

Ils s'assirent. Aurore se plaça entre Louis et Gaston.

— Nous ne savions pas que tu étais de retour, annonça Aragna avec un curieux accent.

— C'est pour un travail, répliqua sèchement Verrazzano. Voici M. Fronsac, et M. de Tilly. Et ce jeune garçon est une femme (Cougourde et Aragna dévisagèrent Aurore avec curiosité), et lui, c'est Bauer.

Il s'arrêta un instant pour les considérer en plissant les yeux.

— J'ai besoin de vous…

— Tu sais que tu peux compter sur nous, fit Aragna qui ajouta quelques mots dans ce qui devait être du corse.

Verrazzano sourit et désigna Aurore.

— Nous sommes venus jusqu'ici avec madame pour délivrer un galérien : M. La Forêt. Il doit être à la chaîne depuis trois mois. Il nous faut le trouver, lui faire passer un breuvage qui le rendra malade et le faire transférer à l'Hôtel-Dieu. Ensuite, le faire sortir et le ramener à Paris.

— Ouille ! Par la Madonna ! s'exclama Cougourde en secouant une main comme s'il s'était brûlé.

— Il va falloir le trouver ! Il y a quarante galères et près de six mille galériens ! Vous avez de l'argent ? demanda Aragna à Louis à voix basse.

— Suffisamment.

— Je connais les commis au bureau des matricules, rigola Cougourde. Ils notent toutes les entrées. S'ils ne veulent pas me trouver le bonhomme, zou !

Il se passa joyeusement un doigt sous la gorge.

— Il sera plus facile d'acheter le comite, ou le sous-comite, de sa galère, intervint Aragna. Ils sont tous corrompus. (Il médita un instant.) On pourrait aussi le racheter directement à l'Intendant des galères. Pour huit cents livres, l'affaire sera faite…

— On ne le laissera pas partir, affirma Gaston. C'est Louvois qui l'a envoyé ici, pour y mourir.

— Ah ! C'est un consigné alors… dans ce cas, ce sera autrement difficile…

L'aubergiste les interrompit avec un gros pichet de vin et des pots en terre cuite. Verrazzano servit chacun et attendit qu'il reparte pour répondre :

— Vous allez vous rendre à l'Arsenal, traîner partout, essayer de le trouver et voir qui peut être soudoyé. Nous logeons à la *Croix de Malte*. Vous pouvez nous y retrouver ce soir. Moi, je vais essayer de me procurer de quoi le rendre vraiment malade.

— Connaissez-vous un médecin? demanda Gaston.

— Non, ce n'est pas la peine ici. À Marseille, on peut devenir médecin si son propre père est médecin et après l'avoir accompagné pendant trois ans lors des visites de malades. Parmi ces fils de famille, beaucoup mènent grande vie et sont couverts de dettes. Je sais comment les approcher. J'en aurai trouvé un ce soir. En le payant suffisamment, il pourra remplacer le médecin de la galère où La Forêt est détenu.

» Toi Aragna, tu te feras remettre, par ton ami l'apothicaire turc, une potion qui fait sortir des bubons. Ce Maure est cher mais sa mixture est efficace.

Louis sortit un petit sac de son manteau.

— Voici mille livres en louis d'or.

Aragna prit l'argent pour le faire disparaître dans ses hardes en expliquant :

— J'en aurai besoin. Il nous faudra ensuite obtenir qu'il soit transféré à l'hôpital des galères. Cet hôpital a été construit par Vincent de Paul, mais comme il est trop petit et que les évasions y sont trop nombreuses, les capitaines préfèrent envoyer leurs malades sur les galères pontons. Il y en a deux, et là, les évasions sont impossibles. Je vais devoir payer les capitaines des pontons pour qu'on le refuse, conclut-il.

Il se leva, suivi par Cougourde qui leur fit un signe qui se voulait de courtoisie.

Ils sortirent.

— Nous allons retourner au port, décida le

Génois. Nous y mangerons et je trouverai quelqu'un qui pourra vous faire visiter l'Arsenal. C'est une pratique courante avec quelques épices. C'est là-bas que sont enfermés les bagnards qui ne peuvent sortir. Peut-être aurez-vous la chance de rencontrer votre homme.

— Êtes-vous sûr de ces deux-là ? demanda Gaston, perplexe, en montrant la porte par où étaient sortis les deux Corses.

Verrazzano répliqua d'un ton sec :

— Comme mes frères.

L'ancien commissaire haussa les épaules et but son vin qui était frais et délicieux. Il se resservit aussitôt. Il avait au moins compris pourquoi Verrazzano les avait amenés là.

Une demi-heure plus tard, ils se trouvaient attablés sur le port dans une taverne de pêcheurs.

— Il n'y a qu'un plat ici, expliqua le Génois, la *boui abaisso*, c'est un bouillon de poissons épicé avec des oignons, des tomates, du thym, du safran, et plein d'autres choses qu'il vaut mieux que vous ignoriez. Il est servi avec du pain frotté d'oignon ou d'ail, du poisson et une sauce : la *rouio*.

Il était midi. La minuscule salle était emplie de pêcheurs et de marins qui s'interpellaient bruyamment. Ils mangèrent de bon appétit, arrosant le repas de vin local servi en pichet de terre.

Verrazzano faisait visiblement traîner le repas, Louis avait l'impression qu'il attendait quelqu'un ou quelque chose ; le Génois lançait de fréquents regards à la porte d'entrée.

À un moment, un groupe d'hommes entra. Ils n'étaient ni des pêcheurs ni des marins. L'un d'entre eux arborait même un uniforme. Verrazzano se leva pour aller à leur rencontre.

Il discuta longuement avec l'officier qui, finalement, quitta son groupe pour se joindre à eux.

— Voici Paul Fourmiguier, leur dit-il. Il est officier d'écriture à l'Arsenal. Et voici mes amis dont je viens de vous parler : le marquis de Vivonne, son cousin, M. de Tilly, ancien commissaire et procureur du roi, et M. Bauer, aide de camp de monsieur le Prince.

Louis comprit que le Génois voulait impressionner son interlocuteur.

Il expliqua à Louis qui saluait le nouveau venu.

— J'ai bien connu M. Fourmiguier il y a quelques années ; c'est un officier qui s'occupe à l'Arsenal de tout ce qui touche à l'intendance. Personne ne pourrait être plus qualifié que lui pour vous le faire visiter. Comme je dois m'absenter, je sais que je vous laisse en de bonnes mains.

Fourmiguier était grassouillet et de taille moyenne. Un double menton décorait son visage rasé de près. Il portait une ridicule perruque bouclée et on apercevait ses cheveux noirs au-dessous. Son uniforme était taché de quelques marques d'encre aux revers des manches. Louis reconnut en lui un homme de plume à son air perpétuellement distrait et pétillant.

Sur un signe de Louis, le nouveau venu s'assit à leur table alors que Verrazzano s'en allait.

— Vous êtes de passage à Marseille, messieurs ? demanda l'officier.

— Nous sommes à Aix pour retrouver des amis et comme M. de Tilly s'intéresse beaucoup à la marine de guerre, nous sommes venus dans votre ville pour voir l'Arsenal.

Fourmiguier avait tiré le plat de poisson devant lui et s'en tartinait d'épaisses tranches de pain qu'il avalait avec gloutonnerie.

— Vous ne pouviez pas mieux tomber avec moi, expliqua-t-il en déglutissant. Je vais tout vous montrer, même les baraquements de la chiourme, ce qui est en principe interdit.

— M. Verrazzano nous avait bien dit que nous pouvions compter sur vous, assura Gaston avec flagornerie.

— Le *capitaine* Verrazzano, rectifia Fourmiguier avec un sourire suffisant.

— L'avez-vous connu lorsqu'il était capitaine ? demanda Louis.

— Vaguement, très vaguement, répondit l'officier en secouant son double menton. Il commandait une galère de commerce pour les Valbelle, je crois. Il était très proche de Gaspard de Glandevès… Très ami, même. (Il regarda autour de lui avec inquiétude.) Et puis il a disparu, tout comme Gaspard. On m'a dit qu'il avait eu des ennuis, c'était une époque troublée, vous le savez, peut-être ? Mais le capitaine Verrazzano a conservé ici une réputation exceptionnelle, autant de marin que d'homme d'action et d'honneur.

— Ah ! fit Louis, qui servit un verre de vin au Marseillais. Et vous pensez pouvoir nous faire visiter l'Arsenal sans difficulté ?

— Aucune, aucune ! Je termine ce pichet et nous y allons.

Le pichet vide, Gaston se leva pour porter quelques sols au tavernier. Puis ils sortirent tous. Le passage de l'intérieur de l'auberge au grand jour fut étourdissant. Ils retrouvèrent subitement ce vacarme, ce désordre, cette fourmilière extravagante et insouciante. Et tout était baigné d'une luminosité presque douloureuse. Le ciel et la mer se confondaient maintenant dans la même couleur indigo.

Ils s'arrêtèrent un instant sur le seuil de la taverne, comme pour s'imprégner de cette ambiance. À leur droite, une dizaine de gabiers étaient en train d'établir la voilure d'un petit deux-mâts qui s'enfonçait jusqu'aux plats-bords tant il était chargé. Une chanson grave et mélancolique montait du cabestan alors que la chaîne d'ancre grinçait douloureusement, comme si elle souffrait de devoir quitter cette extraordinaire ville.

Louis considéra longuement l'impassible sirène dorée de la figure de proue. Quels secrets connaissait-elle ? Avait-elle connu Verrazzano comme capitaine ? Mais dans ce cas, s'il n'était pas le chef de canot de l'amiral qu'il prétendait être, pour quelle obscure raison recherchait-il le duc de Beaufort ?

Ils prirent finalement le chemin de l'Arsenal et repassèrent devant les galères.

— Pensez-vous que nous pourrions en visiter quelques-unes ? demanda Aurore.

Fourmiguier eut un geste de dénégation.

— Pas ici. Sur ces barques, la chiourme est enchaînée jour et nuit. Les galériens meurent parfois de chaleur en été et de froid en hiver. Ils gardent le même vêtement toute leur vie, qui est bien courte. Ils sont rongés par la gale, la vermine et les maladies. Non, ceux-ci ne peuvent être approchés, mais dans l'Arsenal, vous pourrez visiter une galère sans difficulté : elles sont vides. Et il y aura beaucoup plus de gardes et de soldats pour veiller à votre sécurité.

— Croyez-vous que nous risquons quelque danger ? interrogea Gaston, faussement inquiet. Pourtant, nous voyons partout des bagnards en bonnet rouge qui circulent librement. Et ces Turcs, ce sont aussi des galériens ?

— Il y a toutes sortes de galériens, même des volontaires. Certains sont des esclaves, d'autres des voleurs et des criminels. Ceux qui ont eu des condamnations pénales lourdes restent enchaînés. Les autres sont plus libres ; à la mauvaise saison, ils peuvent travailler chez des officiers et même chez des bourgeois influents. Ils sont jardiniers, domestiques, cuisiniers. Les Turcs en particulier sont recherchés pour servir à table, et aussi par certaines Marseillaises quand leurs époux sont au loin ! Ce sont des hommes robustes !

Il eut un petit gloussement lubrique étouffé.

— Quant aux autres, au bout de quelques années, s'ils ne sont pas morts et s'ils ne peuvent plus ramer, on les fait travailler à l'Arsenal et, petit à petit, ils obtiennent le droit de circuler partout. En payant leur comite, ils peuvent aussi avoir une boutique ou travailler sur le port comme portefaix, porteur d'eau ou gagne-petit. C'est intéressant pour les négociants : un homme libre est payé vingt sols par jour et un galérien seulement cinq !

Ils avançaient en faisant de larges détours pour contourner toutes les marchandises entreposées un peu partout, principalement d'énormes barriques et de monstrueux ballots.

Louis observait les petites barques que l'on chargeait avec des palans de fortune pour transporter ensuite leur contenu vers les plus gros navires, à l'ancre au milieu du port. Soudainement, un tonneau glissa de son cordage et s'écrasa sur le quai, répandant une rivière de vin.

— Attention ! cria Fourmiguier, en évitant les flaques rouges qui coulaient vers le port.

Les bâtiments de l'Arsenal occupaient tout le quai actuellement en bas de la Canebière ainsi que tout le côté gauche du port. C'était une véritable ville fortifiée, ceinte d'un haut mur et gardée par les hommes d'un régiment d'infanterie des galères en justaucorps bleu à parements.

Fourmiguier alla se présenter à leur officier, qui dévisagea un moment les visiteurs, puis leur fit signe de passer.

L'entrée se faisait par une large porte sculptée qui donnait sur un espace intérieur entouré de pavillons. Ensuite, se succédaient de petites cours bordées de magasins.

— Ce nouvel Arsenal n'a que cinq ans, les travaux ont été lancés par monsieur l'intendant Arnoud, qui a dû batailler pour exproprier les armateurs de leurs terrains, car c'est ici qu'ils radoubaient leurs navires. M. Colbert est venu visiter les travaux, l'année dernière, et en a été très satisfait.

» Voyez-vous, avant, les galères étaient construites à Venise ou à Gênes. Maintenant, tout provient de France : les espars du Dauphiné, les avirons des Pyrénées, le chêne de Bourgogne. Et la construction est faite sur place. C'est ici que travaillent les meilleurs sculpteurs, ferronniers, doreurs de France et de Navarre. Du rivet au boulet, nous faisons tout !

Il les dévisagea avec une expression de vanité stupide.

— Vous entendez bien ? Tout ce qui est nécessaire, autant pour les galères que pour la marine de guerre est disponible ici : cordages, vergues, poulies en tout genre, tonnelets de poudre, ancres, ferrailles, outils, voiles, chaînes, boulets, canons. Tout, vous dis-je !

Ils prirent un air impressionné. Gaston hochait la tête avec conviction.

— Et les galériens ? interrogea Aurore.

— Nous allons les voir, par ici. À partir de ce point, chaque magasin est affecté à une galère ; il a d'ailleurs le nom de celle-ci. Lorsqu'une galère rentre, c'est dans son magasin que l'on entrepose tout ce qui lui est destiné : ses voiles, ses cordages, ses tentes. Tout, sauf les armes qui sont déposées dans un magasin particulier. Et là, (ils se trouvaient au niveau de la rue Sainte) ces deux grands bâtiments sont réservés, l'un est la caserne et le bagne, et le second pour la corderie[1].

Devant le bagne se trouvait un groupe de baraques.

---

1. Au niveau du boulevard de la Corderie.

— On y loge aussi les galériens lorsqu'il est impossible de les laisser sur les galères, poursuivit-il.

Ils croisaient maintenant toute une population au visage buriné et au crâne rasé, souvent couvert du bonnet rouge. Certains portaient des chaînes, la plupart semblaient vaquer à des activités confuses ou inconnues. Tous avaient cependant d'affreuses plaies purulentes qu'ils remarquèrent.

— La vermine, hélas, expliqua l'officier aux écritures. On ne peut lutter contre elle…

— Plusieurs d'entre eux n'ont plus de nez ni d'oreilles, murmura Aurore.

— On a dû vous le dire, ce sont ceux qui ont tenté une évasion, jeune homme, expliqua Fourmiguier. Il est ainsi plus facile de les retrouver s'ils recommencent.

Louis et Aurore échangèrent un regard en silence.

Ils arrivèrent enfin devant une barrière gardée par une troupe de mousquetaires aux baudriers blancs. Un sergent leur fit signe de retourner d'où ils venaient.

— À partir d'ici, il n'est pas possible d'aller plus loin, c'est trop dangereux, s'excusa-t-il.

Aurore regardait partout, scrutait les visages, marchant le plus lentement possible en espérant le miracle d'apercevoir celui qu'elle cherchait. Mais le reconnaî-trait-elle, s'il avait le nez coupé ? se demandait-elle avec angoisse.

Leur guide, indifférent, poursuivait sa visite.

— L'Arsenal est une ville complète, expliquait-il. Tenez, vous voyez ce bassin à droite, nous allons nous y rendre. On y construit une galère en ce moment. Plus de trois cents travailleurs se démènent sur ce chantier. Des menuisiers certes, mais aussi beaucoup d'artistes comme les sculpteurs qui s'occupent de toutes les parties décorées, de la figure de proue à la poupe. Il y a pareillement des doreurs, des peintres, des serruriers, des tapissiers. Rien n'est trop beau pour nos galères ! Savez-vous qu'on trouve dans l'Arsenal plus de quatre cents corps de métiers ? Les meilleurs artisans de Provence travaillent pour nous.

Ils longèrent un moment le bassin où s'affairait un confus grouillement d'artisans et d'ouvriers.

— C'est impressionnant, hein ! fit Fourmiguier dans une béate satisfaction. Et si je vous disais qu'on ignore le nombre exact de personnes travaillant dans l'Arsenal, vous ne me croiriez pas, et pourtant c'est vrai !

» Maintenant, regardez ces bâtiments : c'est l'école des officiers navigateurs, car nous avons même une école !

— Et cette musique ? demanda Louis en entendant des violons.

— C'est une sorte de conservatoire où nous formons les musiciens qui doivent jouer sur la Réale ! Tous les corps de métiers sont ici, vous dis-je !

Ils étaient maintenant retournés à l'entrée de l'Arsenal, la visite était terminée.

Louis et Gaston remercièrent vivement l'officier en lui remettant quelques épices et lui promirent même de parler de lui à Colbert et au marquis de Louvois.

Ils rentrèrent silencieux à l'hôtellerie, sachant bien que cette visite avait été inutile pour leur quête. Seul Gaston eut ces mots :

— Peut-être que Cougourde et son compagnon, comment s'appelle-t-il déjà ? Aragna, seront plus chanceux que nous.

Ils s'engagèrent dans d'étroites et sombres ruelles pour éviter la Canebe, qui leur aurait fait faire un détour. Ce fut une mauvaise idée : les rues étaient tortueuses et trop souvent sans issue. Des ponts massifs, habités, les enjambaient parfois et on n'y voyait guère car la lumière descendait chichement au fond de ces étroits couloirs. Il n'y avait évidemment aucune voiture, seulement ce même grouillement d'individus patibulaires, au dialecte étrange, qui déambulaient sans raison apparente.

Après une heure d'errance, ils reconnurent enfin la rue de la pyramide. De là, ils retrouvèrent aisément leur logis.

Aurore décida de reprendre les habits de son sexe et ils se rassemblèrent un peu plus tard dans un petit jardin attenant à la cour où ils se firent servir des rafraîchissements. Ils goûtèrent ainsi ce fameux hypocras marseillais : un mélange fort goûteux de vin et d'épices.

La journée avait été éprouvante, mais surtout décevante ; tous attendaient avec impatience le retour des Corses. Louis se posait cependant quelques questions dont les réponses devaient pouvoir être obtenues sur place. Il interpella l'aubergiste alors qu'il n'était pas loin d'eux.

— Cette pyramide, dans la rue d'à côté, demanda-t-il avec détachement, c'est un étrange monument…

L'homme le dévisagea un instant, le visage fermé. Satisfait sans doute de l'expression franche, honnête et curieuse de Louis, il répondit :

— C'était la maison de Gaspard de Glandevès-Niozelles, un grand homme.

— Celui qui a combattu notre roi et qui a refusé de se découvrir devant lui ? demanda Gaston avec un soupçon d'ironie.

— Notre roi ? cracha l'aubergiste. Gaspard défendait Marseille. (Il haussa les épaules.) Évidemment, vous, les Parisiens, vous ne pouvez pas comprendre ça. Il a été condamné à mort, à être pendu alors même qu'il était noble ; mais les magistrats d'Aix l'avaient chassé de la noblesse. *Votre roi* voulait l'atteindre au plus profond, l'humilier et le détruire. Heureusement, il a pu s'enfuir dans une de ses galères avec ses fidèles. Après son départ, ses biens ont été saisis et sa maison détruite.

Les gens de Paris ont fait construire cette pyramide infamante à la place de son hôtel, pour que les Marseillais se souviennent toujours. Mais tous ceux qui passent s'inclinent devant la maison du héros. Gaspard a toujours des amis ici et s'il revenait, la lutte reprendrait[1].

Il était tout rouge, autant de rage que de fierté.

— Je vois, fit Louis, doucement.

Après tout le vin qu'il avait absorbé, Gaston s'était assoupi et Aurore était partie chercher un livre alors que Nicolas, qui les avait rejoints, parlait avec Bauer du voyage de retour. Louis, lui, méditait. Il commençait à discerner un vague fil directeur dans les événements qui s'étaient entrelacés dans sa vie depuis quelques mois et il réfléchissait à l'étrange Verrazzano.

C'est alors que Cougourde et Aragna firent leur apparition. Aragna s'avança vers eux d'une démarche chaloupée. Son visage noir et poilu exprimait une profonde contrariété. Il s'assit sans rien demander pendant que Cougourde, hilare, partait chercher un banc pour lui.

— Mauvaise nouvelle, expliqua le Corse. On a retrouvé votre La Forêt. Mais il n'est plus ici.

— Où est-il ? cria Aurore qui arrivait à cet instant.

Aragna la dévisagea. Qui était cette femme ? Il se gratta l'oreille avec perplexité. Il avait déjà vu ce visage. Ah oui ! Le jeune marin qui était, paraît-il, une femme. Diantre ! Elle avait bien changé. Il bredouilla, se souvenant avec gêne des endroits où il l'avait amenée.

— Je...

Aurore ne l'écoutait pas, elle répéta avec violence :

---

1. Sur Gaspard de Glandevès-Niozelles et la venue de Louis XIV à Marseille, on pourra lire : *Deux récits mystérieux*, à paraître dans la collection Labyrinthes.

— Je vous ai demandé où il était ?

Aragna reprit son sang-froid.

— Du calme, madame… *Sangu la Madonna*[1] !
D'abord, il est vivant. Rassurez-vous ! Mais on dirait
que ce bonhomme vous intéresse…

— Cette dame est Mme La Forêt, expliqua placidement Gaston en vidant son verre.

— Ah ! Je comprends mieux, excusez-moi,
madame.

Il porta la main à un chapeau noir de marin à bord
relevé, similaire à celui de Verrazzano.

— Bon, nous sommes allés au bureau des matricules et on a retrouvé sa trace, il était sur *la Redoutable*. On y connaît le comite. Il nous a dit que le
bonhomme est très peu resté sur la galère, où il avait
double chaîne. Au début de l'année, un ordre de Louvois est arrivé et il a été transféré au château d'If.

— Où se situe ce château ? demanda Louis.

— À la sortie du port. En fait, c'est une île, et le
château construit dessus est une prison. Le problème
est que lorsqu'on y entre, on n'en sort que mort. L'île
est inaccessible, sinon par bateau, et la garnison de soldats empêche toute visite. Le château serait d'ailleurs
imprenable, même avec une flotte et une troupe nombreuse !

— Et avec de l'argent ?

Aragna eut une grimace dubitative.

— On peut essayer de s'y rendre. Mais ne vous
faites aucune illusion, une évasion est impossible.

Verrazzano fit alors son apparition.

— Qu'avez-vous ? Vous semblez tous avoir une
tête d'enterrement.

Aragna lui expliqua rapidement leur affaire en
corse, à toute allure. Aurore et Bauer, qui compre-
naient le piémontais, suivaient très approximative-

---

1. Par le sang de la Madone !

ment. À mesure que son compagnon parlait, Verazzano perdait sa bonne humeur. Finalement, il s'assit sur le banc à côté de Cougourde avec un air préoccupé. Quand Aragna eut fini, il sortit de la poche de son habit râpé un petit flacon qu'il déposa sur la table :

— *Per Diu !* Tous les symptômes de la peste, expliqua-t-il en désignant la fiole : bubons, fièvre. J'ai eu du mal à l'obtenir ! J'avais aussi trouvé un médecin et payé les capitaines des pontons. Tout était prêt et, dans trois jours au plus, nous pouvions être partis d'ici !

Le silence s'installa entre eux. Aurore se rongeait les doigts. Si proche du but… allaient-ils échouer ainsi ?

— Ce château d'If, demanda finalement Gaston. N'y a-t-il vraiment aucun moyen ?

Verrazzano ne répondit pas aussitôt. Il méditait la question. Finalement, il marmonna :

— Il y a peut-être une solution : je connais un officier de l'île qui joue et perd beaucoup. Lorsqu'il est à Marseille, on peut le trouver le soir dans une maison de jeu près du port. Je m'y rendrai avec Aragna, s'il a besoin d'argent, alors…

— Nous pouvons y aller avec vous, proposa Louis.

Verrazzano secoua négativement la tête.

— Non. Ici, on me connaît ; avec vous, personne ne parlera. Les Marseillais sont des gens méfiants.

Ils mangèrent plus tard un copieux repas de poissons et de coquillages et parlèrent peu, le moment était à l'abattement. Allaient-ils repartir sur un tel échec ? Louis ruminait. Si seulement il pouvait rencontrer La Forêt ; il n'envisageait plus d'évasion désormais, mais au moins pourrait-il, en lui parlant, obtenir une piste, un élément qui confirmerait ses soupçons. Quant à Aurore, elle semblait avoir perdu toute énergie et paraissait accablée de chagrin. Gaston parlait à voix basse avec Bauer, qui ne répondait guère, et les trois Corses échangeaient parfois quelques mots dans un jargon incompréhensible.

Le dîner terminé, Verrazzano et les deux autres s'en allèrent. Puis Aurore à son tour se retira. Louis échangea quelques mots avec son ami, et finalement tous allèrent se coucher.

9

Le mardi 15 avril 1670

Verrazzano gratta à leur porte au lever du soleil. Comme la veille, il était accompagné d'Aurore. Son visage rougi indiquait qu'elle avait beaucoup pleuré, cependant, tout dans son attitude montrait aussi qu'elle avait retrouvé confiance et détermination. Elle s'était vêtue d'une élégante, et pourtant très simple, robe de velours bleu et elle avait fait – Dieu sait quand ! – boucler ses cheveux.

Au moment où ils entrèrent, Louis était en train de nouer ses galans noirs à ses poignets alors que Gaston brossait avec violence ses cheveux rouge et gris, tout en grommelant sur la vermine qui s'était attaquée à lui dans la nuit.

Verrazzano affichait un petit sourire de satisfaction.

— J'ai eu de la chance, j'ai vu notre homme. Il se nomme M. de Busque. Il a tout de suite été intéressé lorsque je lui ai proposé cent livres, mais quand j'ai parlé du château d'If, il a éclaté de rire ; « C'est impossible ! » a-t-il avancé. J'ai alors proposé mille livres et, là, il s'est mis à réfléchir. « Pour cinq mille livres, m'a-t-il déclaré, je peux seulement organiser la rencontre d'un de vos amis avec un de mes prisonniers. Mais pas plus de quelques minutes et pour une seule personne.» Nous avons donc rendez-vous au cabaret des *Trois Soleils*, ce matin, car il regagne l'île à midi. Nous devrons nous rendre sur place avec des pêcheurs et une seule personne pourra débarquer.

— Avez-vous fait allusion à l'éventualité d'une évasion? interrogea Gaston.

— Non, mais il a bien compris que c'était ce que je désirais et suggérais. «Ce n'est même pas utile d'y songer, m'a-t-il affirmé, d'ailleurs, celui qui viendra pourra en juger.»

— Je veux vous accompagner, décida Aurore.

Louis soupira.

— Si une seule personne peut voir M. La Forêt, ce sera moi. De toute façon, ce serait trop dangereux de vous envoyer là-bas. Si je suis pris, je peux encore espérer obtenir de l'aide du prince de Condé, mais vous? Non, vous devez rester ici; accompagnez-nous si vous voulez pour voir cet officier, mais c'est tout. Je vous promets de tenter l'impossible. En outre, si je rencontre M. La Forêt, moi seul connais les bonnes questions qu'il faut lui poser. Toute cette affaire est beaucoup plus vaste, plus dangereuse et plus enchevêtrée que vous ne le croyez. Si je peux la dénouer, alors il y aura de l'espoir pour M. La Forêt. Faites-moi confiance.

Aurore ouvrit la bouche pour répondre, mais voyant les visages fermés de Louis et de Gaston, elle s'interrompit. Il y eut un court silence, puis elle déclara, vaincue :

— Je vous accompagne au moins au *Trois Soleils*.

Ils partirent.

Le cabaret était fréquenté par des officiers et des gentilshommes. Ici, nul pêcheur ou simple marin n'entrait. Les tables étaient couvertes de nappes de tissu et les servantes étaient propres, aimables et jolies. À cette heure, l'établissement était déjà empli de monde, principalement des gradés et des responsables de l'Arsenal. Verrazzano explora la salle sans apercevoir M. de Busque. Ils s'assirent. Aurore attirait les regards : elle était la seule femme, mis à part les filles de salle.

Ils commandèrent du vin cuit en observant les entrées. Les officiers arrivaient par petits groupes, se racontaient leur soirée et leurs bonnes fortunes avec force éclats de rire polissons. Au bout d'une demi-heure, un homme en uniforme de capitaine d'infanterie des galères entra. Il était seul. Son nez cassé, sa balafre sur la joue droite, ses yeux noirs, son teint halé lui donnaient un air agressif et désagréable. Il détailla avec morgue les gens dans la pièce. Louis remarqua que personne ne le saluait. Finalement, il aperçut Verrazzano et se dirigea vers lui à grandes enjambées.

— Ce sont vos amis, capitaine ? demanda-t-il au Génois.

Il fronça les sourcils en remarquant Aurore.

— Oui, monsieur de Busque.

— J'avais précisé une seule personne…

— Moi seul verrai le prisonnier, assura Louis.

— Très bien. Vous connaissez mes conditions : vous aurez droit à cinq minutes, vous serez fouillé avant de voir l'homme. Et vous connaissez le tarif ?

Louis fit glisser un sac de cuir qu'il avait préparé.

— Deux cent cinquante louis d'or, affirma-t-il[1].

L'autre saisit le sac mais Gaston lui bloqua la main.

— Attention ! Monsieur de Busque. S'il y a la moindre embrouille, nous vous retrouverons.

L'autre se dégagea violemment et empocha le sac.

---

1. Soit près de deux kilogrammes !

— Il n'y aura pas d'embrouille. Que buvez-vous ?
Verrazzano lui avança le cruchon.

— Du vin ?

Il eut un rire méprisant :

— Ce n'est pas ce que l'on boit ici le matin…

Il cria à une fille :

— Du *kavé* pour mes amis.

— Quelle sorte de boisson est-ce ? demanda
Aurore.

— Ne vous inquiétez pas, madame, même les
dames peuvent en prendre sans risque ! C'est une sorte
de graine qui nous vient d'Afrique. On la fait cuire et
on y mélange de l'eau. Depuis deux ans, nous ne
buvons plus que ce breuvage[1].

Louis remarqua alors qu'effectivement beaucoup, dans la salle, buvaient dans de petits bols
fumants. Il avait jusque-là pensé qu'il s'agissait de
bouillon.

La servante apporta huit bols. Le liquide était
noir, brûlant et dégageait une étrange et exotique
odeur. Verrazzano, Aragna et Cougourde connaissaient visiblement cette boisson. Ils portèrent le réci-
pient à leur bouche, imités aussitôt par Aurore.
Gaston, Louis et Bauer examinèrent plus longuement
le breuvage noir comme de l'encre avant de se décider. Finalement seul Bauer refusa de tremper ses
lèvres. Il préférait le vin.

Dès qu'il eut bu son *kavé*, l'officier se leva, tira
sur son baudrier, et rajusta sa large ceinture de toile
brodée de fils d'or.

— J'embarque pour l'île sur une galère qui m'attend. Tâchez d'arriver avant midi. J'avertirai l'officier
de garde. Il y a un ponton en bois devant l'entrée du
château. Vous pourrez vous y amarrer. Seul monsieur

---

1. Le café apparut à Marseille dès 1664 (le *kavé*) ; il fut connu à
Paris seulement en 1669.

descendra (il montra Louis). On m'aura averti et je le rejoindrai pour l'amener au prisonnier. Les autres devront rester dans le bateau. Faites attention, mes hommes ont ordre de tirer sans sommation.

Il s'interrompit une seconde, comme s'il se remémorait quelque chose.

— J'oubliais. N'emportez aucune arme…

Il les salua d'un signe de tête, leva son chapeau devant Aurore et lui lança un regard libertin effronté, puis tourna les talons et sortit.

— Comment allez-vous vous rendre là-bas ? demanda Gaston à Verrazzano.

— Je connais des pêcheurs qui nous mèneront. Nous allons aller les voir. Combien serons-nous ?

— Moi, dit Louis, vous – il vaut mieux avoir un marin avec nous ! – et Bauer, si on a des ennuis. Je pense que toi, Gaston, tu devrais rester avec Aurore, ainsi que nos deux amis.

Gaston fit la grimace.

— J'aurais préféré y aller avec toi.

— Et moi, je n'ai pas besoin de chaperon, lança la jeune femme sèchement.

Louis porta vivement les mains en avant.

— Vous ne me facilitez pas la tâche.

Il se tourna vers Aurore.

— Essayez de me comprendre, madame : je suis responsable de vous auprès du Prince. Je pense qu'avec Gaston, Cougourde et Aragna, vous serez plus en sécurité. S'il devait vous arriver quelque accident, tout serait encore plus compliqué !

Elle eut une moue boudeuse et ne répondit pas. Gaston, lui, hocha du chef.

— Je resterai, accepta-t-il.

— Puisque nous sommes d'accord, allons chercher un bateau, conclut-il.

Ils retrouvèrent l'agitation des quais. Verrazzano marchait devant avec ses deux acolytes, Gaston et

Louis encadraient Aurore, et Bauer fermait la marche. Autour d'eux, beaucoup lançaient des plaisanteries ou des grossièretés à la jeune femme (sans qu'ils puissent exactement distinguer l'une de l'autre tant la langue leur était incompréhensible), mais le regard désapprobateur de Bauer suffisait en général à les arrêter en pleine verve salace.

Un jeune marin, plus effronté que les autres, se glissa pourtant entre eux et essaya d'embrasser la jeune femme. Avant que Bauer ait pu réagir, Aurore lui attrapa sa tresse et tira la tête en arrière ; le marin reçut alors du reître un violent coup de pied dans le ventre et il s'effondra inconscient. Les rires de la populace, assemblée autour du corps, les suivirent pendant un moment.

Ils remontèrent le quai le long de l'hôtel de ville, passèrent devant les baraques des bagnards et atteignirent une portion du port en retrait. Là, les pêcheurs avaient construit de petits embarcadères. Verrazzano se dirigea vers une sorte de felouque avec quelques hommes à bord, tous occupés, qui à gratter l'intérieur de la coque, qui à faire des épissures, qui à coudre de la toile. D'un mouvement souple, le Génois sauta à bord pour se diriger vers un vieil homme qui semblait l'attendre. Les autres restèrent sur le ponton, regardant distraitement les autres navires.

La discussion paraissait plus difficile que prévue. Louis ne comprenait pas, mais des éclats de voix et des injures dans un jargon incompréhensible fusaient. Il distingua quelques mots :

— *O tigno !*

— *Vattini in Zinefria*[1] *!*

Finalement Verrazzano revint vers eux.

— Des difficultés ?

---

1. Crasseux !
Va au Diable !

— Non, juste une discussion normale. Il est d'accord pour nous emmener et nous attendre. Ça vous coûtera cinq livres. C'est beaucoup trop et j'aurais pu trouver un bateau pour moitié moins, mais eux, nous pouvons leur faire confiance. Et puis, ce sont de bons marins : ils sont corses.

— Nous partons tout de suite ?

— Oui. Le vent est contraire et nous irons lentement car la mer devient mauvaise.

Ils se séparèrent. Gaston convint de les attendre là où ils se trouvaient. D'ici un maximum de quatre heures, assura le Génois, nous serons de retour.

Louis et Bauer embarquèrent. Avant de monter, ils remirent à Gaston leurs épées. Bauer garda un pistolet dissimulé dans une profonde poche de son habit ainsi qu'un couteau dans son dos. Louis remarqua que Verrazzano avait conservé son sabre. La felouque était une barque étroite, assez vaste mais non pontée entièrement, avec une large voile latine blanche qui claquait au vent.

En mer, Verrazzano les abandonna, préférant la compagnie du capitaine. À moins que ce ne fût pour le surveiller. Un marin s'approcha de Bauer et de Louis, leur signalant avec véhémence quelque chose qu'ils ne saisirent pas. Devant leur air ahuri, l'homme haussa les épaules et s'éloigna.

Ce fut Bauer qui comprit en voyant l'espar de la vergue se précipiter vers eux alors que le navire virait. Ils n'eurent que le temps de se baisser. Après l'incident, ils se dirigèrent, pliés en deux, vers l'avant, à l'abri des dangers du gréement.

Très vite, ils voguèrent dans des éléments agités par un violent vent d'ouest. Plusieurs bateaux passèrent près du leur. Ils avançaient de travers dans la houle, vers des îles qui semblaient bien lointaines. Louis observa plusieurs petites galères à leur gauche, il distinguait parfaitement les officiers qui se trou-

vaient sur le haut pont arrière. Une autre, plus loin-
taine, se dirigeait aussi vers les îles.

Les mouettes hurlaient autour d'eux et ils furent
vite trempés par les vagues. Verrazzano revint vers eux.

— Il y a une petite cabine sous le pont, vous
pouvez aller vous y abriter, proposa-t-il.

Bauer, qui avait des nausées, refusa, ainsi que
Louis. Il n'était jamais allé en mer et ne comptait pas
rater ce voyage.

Celui-ci dura près d'une heure. Petit à petit l'île
du château d'If s'avança vers eux. Ce n'était qu'un
rocher désertique où la pierre des murailles se confondait avec la roche. Deux gros donjons se dressaient sur
la partie la plus haute de l'îlot.

Maintenant, ils apercevaient les deux pontons de
bois devant le château. Une petite galère était amarrée
à l'un d'eux et trois minuscules barques à l'autre. La
felouque se dirigea vers ce second débarcadère. Une
dizaine de gardes du roi et de soldats d'infanterie traînaient autour des pontons et ils distinguèrent les
canons de huit livres sur la plate-forme au-dessus
d'eux, ainsi que les mousquets placés en faisceaux.

Un marin lança un cordage autour d'un pieu vermoulu et tira. La coque gémit, racla le bois pour finalement s'immobiliser. Verrazzano s'approcha de Louis.

— Vous pouvez y aller maintenant. Bonne
chance !

Louis sauta sur le ponton alors qu'un officier
s'avançait.

— M. de Busque m'attend, expliqua Louis.

— Je suis informé. Suivez-moi ! ordonna hargneusement l'officier.

Le château semblait écrasé par le soleil déjà haut.
Ils gravirent un chemin raide vers un porche. De part
et d'autres, on avait dû faire porter quelques sacs de
terre car il y avait de petits jardins potagers. Un peu
partout, des soldats attendaient une hypothétique

relève, la plupart assis ou couchés dans les rochers. Un chant grave montait de la galère qui repartait. Louis transpirait.

Ils traversèrent le passage voûté et grimpèrent quelques marches pour déboucher sur la plate-forme où se situaient les canons. Il y avait une vue magnifique sur Marseille et sur une seconde île toute proche. Un groupe de soldats entourait un officier. Louis reconnut de Busque.

Celui-ci le vit et abandonna ses hommes. Il s'approcha de Louis avec morgue.

— Je ne vous attendais pas si tôt ! Mais c'est très bien. Ainsi vous serez parti plus vite encore ! Suivez-moi !

Ils traversèrent la cour et passèrent une porte, puis un pont-levis qui les amena dans un donjon. De là, ils débouchèrent dans une cour intérieure autour de laquelle courait une galerie. Ils grimpèrent un escalier le long de la paroi intérieure du donjon.

De Busque crut bon d'expliquer :

— Ces fenêtres autour de nous sont celles des cellules. Mais votre ami est moins bien loti.

En haut de l'escalier, ils débouchèrent dans une salle où se trouvaient trois hommes qui jouaient aux cartes. Ils se levèrent avec crainte en voyant l'officier.

— Antoine, voici la personne dont je vous ai parlé. Menez-le au cachot du fond. Vous le fouillerez avant de le laisser seul avec le prisonnier. Pas plus de cinq minutes !

Il tourna les talons et descendit.

Le geôlier que M. de Busque avait nommé s'avança d'une démarche fatiguée. Il était gros, petit et avait le teint blafard de ceux qui vivent loin de la lumière.

— Levez vos bras, fit-il d'un ton monocorde.

Louis s'exécuta. L'homme le fouilla rapidement

mais avec dextérité. Sa main s'attarda sur le sac de pièces que Louis serrait dans la poche de son habit.

— Suivez-moi. Et vous autres, attendez-moi et ne trichez pas, jeta-t-il à ses deux compagnons avec un regard menaçant.

Ils prirent un escalier, traversèrent une galerie voûtée, puis un autre escalier, longèrent une nouvelle salle, ce furent ensuite des couloirs sombres, étroits et humides, éclairés par de minuscules ouvertures d'où filtrait une infime et insuffisante lumière.

Louis était perdu. Ils passaient et repassaient devant des portes fermées. Par moments, il entendait des gémissements, parfois encore des cris : *À boire... Pitié... Qui est là ?* et plus rarement – mais c'était le plus effrayant –, des rires déments.

Il n'y avait pas de gardes mais de fréquentes grilles massives et rouillées que l'homme ouvrait et refermait derrière lui avec de grosses clefs. Louis eut l'impression qu'ils tournaient autour de la cour centrale.

Ils arrivèrent au fond de ce qui semblait être une fosse. Sur le côté, et au ras du sol, se dressait une minuscule porte. En traversant une salle précédemment, le geôlier avait saisi une lanterne. Il l'alluma à l'aide d'un briquet à pierre et ouvrit la serrure avec l'une de ses clefs.

— Vous avez cinq minutes, prévint le gros homme en donnant la lampe à Louis.

Louis se baissa, la porte ne faisait pas trois pieds de haut, puis il entra dans le cachot. Il tira ensuite la porte derrière lui. Il était inutile qu'on l'entende.

D'abord, ce fut la puanteur qui le frappa, ensuite le manque d'air. Le caveau n'avait aucune ouverture. Une forme sombre remua devant lui et, impressionné, il eut un geste de recul. La silhouette semblait être celle d'un homme accroupi avec la tête dans les genoux. Louis avança la lampe. Un homme ? Non, une épave humaine plutôt. L'être était presque nu, ses côtes saillaient, un haillon ceignait sa taille. Une barbe grise et emmêlée couvrait son visage. La partie de son corps visible n'était que plaies et croûtes dues sans doute aux poux, à la vermine et aux mauvais traitements. Un rat lui glissa dans les jambes et s'enfuit en couinant dans un coin du cachot.

La paille au sol était humide et souillée de déjections.

— Qui êtes-vous ? interrogea le malheureux, une main devant les yeux, ébloui par la pourtant bien faible lumière de la lanterne.

— Je suis le marquis de Vivonne, je suis envoyé par votre épouse.

— Mon épouse ?

— Oui. Nous avons cherché à vous faire évader des galères, et nous avons appris que vous étiez ici. Mais maintenant ce sera difficile ; sachez pourtant qu'on ne vous oublie pas.

— Personne ne s'est jamais évadé d'ici, répondit l'ombre d'une voix morne. On n'en sort que mort… Mais que voulez-vous ?

— Je n'ai que quelques minutes. J'irai donc droit au but. À Pignerol, avez-vous vu un nouveau prisonnier qui serait arrivé il y a quelques mois ?

L'homme eut un frisson et ne répondit pas de suite. Puis il murmura :

— Oui. En septembre. Il était fortement gardé. On l'a isolé dans la tour du bas. Mais je ne l'ai pas vu de près à ce moment-là, j'étais trop occupé à préparer l'évasion de M. Fouquet. Vous voyez où cela m'a mené !

Malgré sa misère et ce qu'il était devenu, son ton restait énergique, ironique même. Il parlait sourdement mais ne se plaignait pas.

— Donc, vous n'avez jamais eu l'occasion de vous entretenir avec cet homme ?

Louis était terriblement déçu. L'épave humaine se leva en faisant grincer ses chaînes. Il se rapprocha de lui.

— Je n'ai pas dit ça... Je l'ai vu effectivement une fois... J'avais le droit de circuler partout là-bas et je m'étais rendu dans la tour basse, pour voir si je pouvais trouver des cordes et des ferrailles dont nous avions besoin. Sa cellule était ouverte... Le gardien s'était éloigné. Je crois qu'il attendait M. de Saint-Mars. Je me suis approché, par curiosité, et...

Il était tout proche de Louis. Son regard était halluciné.

— Et ?

— Il était masqué ! Un masque de velours avec une attache de fer lui recouvrait la face ! On ne pouvait voir son visage et une sorte de muselière l'empêchait de parler. Il m'a fait signe. Il grognait comme un animal. C'était abominable !

— Et alors ? frémit Louis.

— Avec un clou, il a gravé sur le mur quelques lettres...

— Son nom ?

Le prisonnier écarta les mains en signe d'impuissance faisant cliqueter ses chaînes.

— Je ne sais pas ! J'ai lu : *Danger*. Et puis, j'ai entendu des bruits et je suis sorti. Je ne l'ai jamais revu.

— Un homme au masque de fer ? murmura Louis. Et le mot Danger !

— Oui.

Le geôlier frappa à la porte.

— Encore une minute ! cria Louis.

» Deux dernières questions, mon ami : avez-vous connu le duc de Beaufort ?

— Oui, je l'ai rencontré une fois, à Vaux.

— Pensez-vous que ce pourrait être ce prisonnier ?

La Forêt ne répondit pas immédiatement. Il semblait perplexe.

— Peut-être... Ils avaient effectivement la même taille. Mais l'homme au masque de fer aurait aussi bien pu être le roi, plaisanta-t-il. Il avait la même silhouette. Pourtant...

— Oui.

— Beaufort était blond... Cet homme, je ne me souviens pas de la couleur de ses cheveux. Mais je n'ai pas l'impression qu'ils étaient blonds... blancs peut-être... Mais Beaufort est mort... Pourquoi ces questions ?

— Je ne peux vous en dire plus. Savez-vous d'où venait le prisonnier ?

— Non, mais il avait fait un long voyage. Je suis désolé, je n'en sais pas plus.

— Vous m'avez aidé. À mon tour, je ferai tout pour vous faire sortir d'ici. Ayez confiance en moi !

La porte s'ouvrit. Avant de sortir, Louis tendit sa main au malheureux. La main de l'homme était glacée et décharnée. Il sortit en frissonnant.

Le geôlier attendait impassible.

— C'est vous qui vous occupez de lui ? demanda sèchement Louis.

— Parfois, parfois d'autres, répliqua l'homme d'un ton maussade.

— Pouvez-vous obtenir une autre cellule ? Meilleure pour lui, avec de l'air, de la lumière.

— Peut-être, grogna le geôlier.

— Voici cinq louis d'or. Tâchez de faire ce que vous pouvez. Trouvez-lui aussi des vêtements et des couvertures. Et à manger, en quantité. J'avertirai l'officier.

L'autre tendit la main.

— Attention, menaça Louis. Si j'apprends qu'il reste là... Cet homme a de puissants ennemis, mais il a aussi des amis habiles et fidèles. S'il mourait, ce serait terrible pour ses gardiens.

— Ça va ! Je m'en occuperai…

L'homme se saisit des pièces et lui tourna le dos. Il commença la lente descente de l'escalier.

Louis suivit, il ne pensait qu'à ce qu'avait dit La Forêt : *Danger*. C'est le mot qui avait été prononcé par l'intendant de Claire-Clémence. Oui, c'était le même mot, mais ce n'était pas *danger*. Tous avaient mal compris et, si le prince de Condé avait bien discerné la vérité sur la naissance du roi, lui, Louis Fronsac, venait de découvrir l'effroyable secret. Un secret qu'avait tenté de lui communiquer Claire-Clémence de Brézé.

Il connaissait maintenant le nom de cet homme masqué ainsi que les raisons de son emprisonnement. Et surtout, il comprenait pourquoi ce prisonnier devait rester le visage couvert d'un masque de fer.

Ils parvinrent enfin sur la galerie de la cour. Puis complètement à l'extérieur.

De Busque était là. Il attendait, un sourire ironique aux lèvres, les pouces de ses mains dans sa ceinture, content de lui.

— Voilà cinq mille livres facilement gagnées, ironisa-t-il. Maintenant, allez-vous-en !

Louis, étrangement calme, s'approcha de l'officier.

— Monsieur de Busque, je vais vous répéter ce que j'ai dit au geôlier. M. La Forêt a de puissants amis, même s'ils ne peuvent le faire libérer dans l'immédiat. Gardez-vous qu'il ne lui arrive du mal. Je rentre à Paris et je vais rendre compte au prince de sang qui m'envoie, oui vous m'avez bien compris, et je serai plus précis : au cousin du roi. Je lui dirai comment vous avez traité cet homme. Si vous ne voulez pas subir sa vengeance, vous allez donner à ce prisonnier une autre cellule, le nourrir correctement et le laisser un peu se promener. Il ne peut s'évader, vous le savez. Mais si nous apprenions sa mort, je veillerais à vous faire prendre sa place.

De Busque était devenu livide devant l'assurance de Louis. Il eut envie de répondre, mais il songea aux cinq mille livres. Si cet homme avait autant d'argent, peut-être ne mentait-il pas. Et après tout, cela ne lui coûterait rien de donner un meilleur cachot à La Forêt.

— D'accord, fit-il. D'accord. Mais partez maintenant.

Quelques minutes plus tard, Louis remontait sur le bateau.

— Nous pouvons rentrer, fit-il sobrement.

Mais Verrazzano l'arrêta et l'interrogea avec brusquerie :

— A-t-il vu Beaufort ?

Louis le considéra un instant sans répondre, puis lui dit :

— Il a vu un prisonnier arriver à Pignerol. L'homme était masqué. Il aurait pu être Beaufort, mais il n'y a aucune certitude.

— Qu'allons-nous faire ?

— Je ne sais pas. Je dois encore réfléchir.

10

Le 15 avril, l'après-midi
et les jours suivants

La barque fendait la mer entourée de mouettes qui piaillaient avec acrimonie après l'esquif. Louis s'était isolé à l'arrière et fixait sans le voir le château d'If qui s'éloignait. À l'avant, Bauer écoutait paresseusement Verrazzano lui raconter d'effroyables histoires de marins. Par instants, Louis en percevait des bribes qui le faisaient frémir malgré lui, alors que le Bavarois restait totalement insensible.

Il ferma les yeux. Il commençait à distinguer les arcanes des récents événements, mais il se posait quantité de questions. Comment pourrait-il vérifier que son raisonnement était juste sur cet homme au masque de fer ? Condé, qui espérait tant devenir roi, savait-il qui il était vraiment ? Qu'allait devenir M. La Forêt au fond de son cachot ? Il n'avait aucune chance de le faire évader de cette île qui deviendrait certainement son tombeau. Que pouvait-il dire à son épouse ? Fallait-il lui retirer tout espoir ? Et que devait-il révéler à Verrazzano ? Qui était d'ailleurs ce Génois mystérieux ? Pourquoi l'appelait-on *capitaine* ?

La mer le secouait mais il n'y prenait pas garde. Finalement un choc le tira de ses réflexions et de ses questions sans réponses : le bateau venait de heurter le quai. Il n'avait pris conscience ni du temps du voyage ni de la violence du vent qui soufflait maintenant du sud.

Déjà Verrazzano avait bondi à terre et attachait le câble à un pieu d'amarrage scellé dans la pierre. Louis se dirigea en titubant vers l'avant. Avec appréhension et maladresse, il sauta à son tour sur la terre ferme.

Saisi par une sorte de vertige en retrouvant le sol, il regarda longuement autour de lui. Une foule étonnante se pressait maintenant près du ponton qu'ils avaient quitté vide le matin : pêcheurs devant leur étalage, marins réparant leurs filets, galériens en semi-liberté essayant de vendre de petits objets qu'ils avaient fabriqués – ou alors en quête de mauvais coups –, domestiques et ménagères achetant du poisson, trafiquants et badauds divers. Quelqu'un cria son nom qu'il distingua malgré le tumulte environnant ; lui et Verrazzano se retournèrent : Aurore courait vers eux, ayant distancé Gaston et ses deux gardes du corps malgré sa robe qui la serrait trop.

Elle bredouilla toute essoufflée :

— L'avez-vous vu ? Comment va-t-il ?

— Votre époux n'est pas trop mal, lui annonça Louis brusquement surpris par la curieuse expression qui transforma le visage d'Aurore La Forêt.

» Enfin, compte tenu de sa situation, précisa-t-il.

— Retournons à l'auberge, proposa sèchement Verrazzano qui jetait des regards dans toutes les directions. Il y a trop de monde ici pour parler.

Louis approuva de la tête. Cela lui donnerait un délai. Il ne savait toujours pas ce qu'il devait leur dire, ce qu'il pouvait leur dire. Ils remontèrent en silence vers *La Croix de Malte*.

Ils traversèrent la cour de l'auberge et pénétrèrent dans la grande salle vide à cette heure. Louis entra le dernier. Subitement, quelqu'un le heurta du bras. C'était l'aubergiste.

— Monsieur Fronsac, un homme est là qui vous attend depuis ce matin.

Le marquis se retourna dans la direction indiquée. Au fond de la pièce, dans la partie la plus sombre, il distingua une silhouette assise à côté de Nicolas. Il s'avança. L'inconnu se redressa au même instant et il le reconnut, stupéfait.

C'était son fils.

Pourtant, Pierre lui parut différent, il avait changé. Il portait sur son visage une expression terrorisée de bête traquée qu'il ne lui avait jamais vue.

Gaston et Verrazzano étaient aussi surpris que Louis. Ils allaient s'avancer quand curieusement Aurore fut la plus rapide. Elle courut en avant et se jeta dans les bras de Pierre.

— Qu'avez-vous, Pierre ? Que s'est-il passé ?

Elle avait compris que quelque événement inattendu et effrayant s'était produit. Louis sentit un grand froid l'envahir.

Pierre pleurait !

Cougourde et d'Aragna avaient aussi deviné qu'il se produisait quelque événement anormal. Verrazzano leur fit un signe rapide ; aussitôt, les yeux en alerte, ils se coulèrent vers la porte d'entrée pour se placer en observation, leur couteau à la main.

Les autres, maintenant, entouraient Pierre. Louis nota ses vêtements sales, son visage raviné. Le cœur terriblement serré, il répéta machinalement la question d'Aurore :

— Que s'est-il passé ? Que fais-tu là ?

Il fut surpris par sa propre voix, éraillée, méconnaissable.

Pierre eut un hoquet.

— Mercy… nous avons été attaqués…

— Attaqués ? Par qui ?

— Je ne sais pas, si… Enfin, je ne suis sûr de rien. Il y avait des dragons du roi. Ils ont massacré nos gens. Il y avait des morts partout, des hurlements, du sang. Le château a brûlé.

— Julie ? Mon épouse ?

— Je… je ne sais pas. C'est vous qu'ils cherchent, père… Il faut fuir, vite… ils me suivent…

Alors, Louis retrouva étrangement son sang-froid. Bien sûr ! Quel sot il était ! *Ils* savaient qu'il allait deviner l'effroyable secret du roi, *ils* avaient attaqué Mercy pour le prendre, le faire disparaître, le tuer. Mais l'affaire avait raté. À cause de Condé – ou grâce à lui – il n'était plus sur place. Mais alors sa femme ? Ses gens ?

— Calme-toi. Nous avons le temps. Assieds-toi et raconte-nous, depuis le début. Tout.

Déjà Gaston versait à Pierre un verre de vin.

Pierre avait toujours vécu dans un monde civilisé. Ses études au collège de Clermont avaient été ses plus dures épreuves. S'il fréquentait une salle d'armes, c'était par élégance ; il ne s'était jamais battu. Il n'avait connu aucune épreuve. Mais ce n'était pas le cas pour son père ni pour Gaston. Eux avaient été à Rocroy. Gaston avait été lieutenant d'une compagnie durant la campagne de 1642 contre le duc de Soissons. Quant à Verrazzano et Bauer, ils avaient tout connu et tout vécu. Tous étaient donc prêts à entendre l'inconcevable et les pires atrocités. Cependant, il y avait aussi Aurore ? Elle se tenait contre Pierre et lui avait pris la main. Louis remarqua alors qu'elle ne semblait pas trop émue et que son regard était étrangement glacial.

Pierre déglutit et se mit à parler de façon hachée :

— C'était il y a deux ou trois semaines, juste après votre départ. Comme tous les soirs, j'avais vérifié moi-même les fermetures et fermé la grille de la cour. J'étais justement dans la cour quand j'ai entendu les chevaux de la nouvelle écurie hennir anormalement. Plusieurs fois. J'ai donc décidé d'aller voir.

Hardouin a proposé de m'accompagner, mais il n'avait pas encore mangé, je lui ai juste demandé un fanal et j'y suis allé seul. Il faisait beau et ce n'était qu'une promenade. À l'écurie, j'ai fait le tour des stalles. Tout avait l'air normal, j'allais rentrer quand j'ai entendu un coup de mousquet, je suis ressorti en courant en laissant mon fanal à l'intérieur. Il y a eu alors une bruyante cavalcade et d'autres coups de mousquet. Une troupe entière attaquait le château ! Je n'avais pas pris d'arme, je me souviens être rentré dans l'écurie et avoir attrapé une fourche, puis j'ai filé vers le château en courant. Il faisait très sombre mais la scène était éclairée par des torches que portaient des cavaliers. Ils avaient enfoncé la grille. Plusieurs de nos gens étaient morts ou blessés dans la cour. Je suis resté un instant dans l'ombre. Toute personne qui apparaissait ou qui bougeait était abattue sans pitié, à coup de sabre. En quelques brèves minutes, tout fut terminé et les agresseurs pénétraient à l'intérieur…

— Julie ? demanda de nouveau Louis d'une voix rauque.

— Je… je croyais que tout était perdu quand une seconde troupe est apparue au galop. C'étaient des dragons qui chargeaient !

— Une seconde troupe ? fit Gaston stupéfait. Mais qui a attaqué en premier ?

— Des pillards, visiblement. Avec à leur tête un petit homme, au visage carré couturé de cicatrices : je l'ai aperçu quelques secondes à la lueur d'une flamme.

— Tu en étais aux dragons, haleta Louis, livide.

— Oui, une cinquantaine d'hommes en uniforme avec un lieutenant à leur tête. Les premiers assaillants se sont enfuis dès qu'ils les ont vus. Il n'y a eu aucun combat, aucune résistance : il faisait nuit, il était facile de disparaître. J'allais m'avancer vers leur officier pour le remercier – je le distinguais bien car la plupart des cavaliers avaient des flambeaux en main – quand je ne sais quoi dans sa physionomie m'a retenu. Il portait sur le visage une expression étrangement dure, indifférente. Il a fait placer ses hommes autour du château, puis s'est avancé dans la cour. Il… il a alors fait piétiner les blessés par son cheval ! Deux pillards sont sortis, tirant une femme – une de nos chambrières qu'ils avaient dévêtues. Il a donné un ordre et les hommes autour de lui ont tiré, sans viser. Ils les ont tués tous les trois !

Louis serrait les poings. Il devinait maintenant le nom du coupable. Celui qui avait agi ainsi le paierait !

— Petit à petit, le calme est revenu. Les dragons sont descendus de cheval et ont pénétré dans le château. Mais en bon ordre. Ils ne venaient pas pour piller. Ils ont rassemblé tout le monde, c'est-à-dire les survivants. Ma mère était là. Avec Margot soutenant Hardouin qui avait été blessé. Il y avait une douzaine de rescapés à ce massacre, peut-être plus, surtout des femmes, il y avait aussi pas mal d'enfants. Ma mère s'est adressée à l'officier qui n'a pas répondu. Et c'est alors que j'ai entendu les chariots.

— Les chariots ?

— Oui, cinq lourds chariots bâchés de toile. Chacun tiré par six chevaux. La scène était hallucinante. Ils ont fait monter les femmes et les enfants séparés des hommes. Mère a refusé et…

Il se raidit.

— Un homme l'a cinglée d'un coup de fouet, elle est montée. Ensuite, les hommes valides ont été placés dans un autre chariot. Puis, ils ont fait le tour des blessés et des morts. Ceux qui vivaient encore ont aussi été transportés sans ménagement. Ensuite l'officier a rassemblé ses hommes. Mais avant…

— Avant ?

— Ils ont brûlé Mercy ! Et je n'ai rien fait, père. Tu entends, hurla-t-il, je n'ai rien fait ! J'avais trop peur !

Ce fut Aurore qui parla la première. D'une voix métallique, douce et glaciale :

— Tu as bien agi, Pierre. C'est ce qu'il fallait faire et je sais ce que tu ressens.

Elle ajouta à voix basse :

— Je l'ai connu !

— Que voulez-vous dire, madame La Forêt ? demanda Gaston, subitement distrait du terrible récit.

— Je vous ai dit que je n'avais plus de famille. Je l'ai perdue dans des circonstances similaires.

Elle dévisagea Louis, puis son fils Pierre. Et son regard se fit plus doux.

— Nous vivions dans les Ardennes, un petit château, sur des terres occupées par les La Forêt depuis huit cents ans. Il y a dix ans, une troupe de reîtres l'attaqua. Mon père me cacha dans une partie de nos caves inaccessible. Je ne devais plus jamais revoir mes parents. Ma mère était une Castille, cousine de Marie-Madeleine de Castille, l'épouse de M. Fouquet. Mon frère aîné était à leur service depuis dix ans. J'avais douze ans, un seul homme survécut au massacre, Pierre, un vieux serviteur. Il m'emmena chez le surintendant.

Louis comprenait mieux maintenant le comportement d'Aurore.

— Pendant deux ans, M. et Mme Fouquet ont veillé sur mon éducation. Ils voulaient me mettre dans un couvent où j'apprendrais à devenir une bonne maîtresse de maison. J'ai refusé et j'ai voulu apprendre le métier des armes avec mon frère. Je n'avais pu défendre mes parents, mais j'avais juré que, plus tard, je saurais défendre ma vie et la vie de ceux qui me sont chers.

» M. Fouquet est un homme bon et juste. Il a accepté. Il a aussi remarqué bien vite à quel point j'étais douée aussi bien à l'épée qu'au tir et il m'a donné les meilleurs maîtres d'armes. Je suis gauchère, vous l'avez remarqué, mais je suis tout aussi adroite de mon autre main et cela m'a toujours donné un avantage.

Surpris par la confidence, ils avaient presque oublié Pierre qui l'interrogea avec appréhension :

— Et votre frère, madame ? Qu'est-il devenu ?

— C'est lui que vous avez vu ce matin, répondit-elle en se tournant vers Louis.

— M. La Forêt n'est donc pas votre époux ? demanda Gaston ahuri.

— Non ! Je suis confuse que vous l'ayez pensé, je voulais vous dire plus tôt la vérité, mais j'ai jugé finalement que cela simplifierait bien des choses dans nos rapports si vous persistiez dans cette erreur. Mon frère s'occupait de l'organisation secrète que le surintendant avait mise en place : les places fortes, son réseau d'information, ses obligés. Il était à la fois conseiller et premier lieutenant de sa police privée. Après son départ pour Pignerol, bien que très jeune, j'ai pris sa place.

Louis se retourna vers son fils.

— Aurore a raison. Tu as bien fait de ne pas te montrer ni intervenir. Ils t'auraient certainement tué et nous serions dans l'ignorance de ces faits abominables. Sais-tu où ils ont conduit les chariots ?

— Oui, père. La troupe s'est rassemblée et a rattrapé les voitures. Je suis retourné en courant à l'écurie. J'ai sellé le meilleur cheval et j'en ai pris un autre en traîne. Puis, je les ai suivis de loin. C'était facile, il faisait nuit et ils avaient attaché des lampes sur chaque voiture. Ils sont arrivés à Paris avant l'aube. Les portes de la ville étaient fermées mais ils les ont fait ouvrir. Je n'ai, bien sûr, pas réussi à pénétrer derrière eux. Lorsque j'ai pu entrer, il n'y avait plus de piste.

Gaston hocha la tête et grommela :

— Revenons à Paris et nous les trouverons. Faites-moi confiance.

— Une fois dans la ville, poursuivit Pierre, je me

suis rendu chez Marie. Je l'ai tirée du lit avec son époux, fit-il en souriant misérablement. J'avais réfléchi toute la nuit. Ceux qui s'étaient attaqués à nous pouvaient aussi s'en prendre à elle. Je leur ai raconté la terrible nuit et je leur ai dit de quitter la ville sur-le-champ. Moins d'une heure après, ils partaient dans une petite voiture avec leur cocher pour la maison de Normandie de M. de Sérigneau.

— Tu as agi comme il le fallait, approuva Louis.

— Je leur ai demandé un petit équipement pour vous rejoindre. Philippe m'a donné de l'argent, un cheval, trois pistolets, une épée, des provisions ainsi que quelques vêtements chauds. Je n'avais rien emporté. Ensuite, je suis allé voir Armande, dit-il en regardant Gaston.

— Tu as fait ça? s'émut l'ancien procureur. Pierre, tu es admirable. Et alors?

— Je lui ai tenu le même discours. Je lui ai conseillé de partir. Elle m'a dit qu'elle retournerait quelque temps dans la troupe de Molière; là-bas, elle serait en sûreté.

— Bien, bien, fit Louis qui avait retrouvé ses esprits. Et ensuite tu es venu ici à bride abattue?

— Oui, mais j'ai fait une troisième étape auparavant, chez Tallemant. Je lui ai raconté et je l'ai mis en garde. Il m'a promis de chercher à savoir où étaient les prisonniers.

— Savez-vous qui vous a fait ça? demanda alors Verrazzano à Louis. Et pourquoi?

Le silence se fit.

Louis hésitait. Devait-il leur faire connaître ses déductions? Finalement, il leur expliqua:

— Ils sont plusieurs. Ce qui justifie les deux troupes, celle des pillards et celle des dragons. Mais je n'aurais jamais pensé qu'ils agiraient ainsi. Quant à leurs raisons, elles sont diverses. Ceci étant, c'est moi qu'ils veulent. Les dragons sont certainement aux ordres du marquis de Louvois. Je crois que j'ai un peu trop fouillé autour d'un secret oublié que j'aurais dû ignorer. Je préfère ne rien vous en dire. Pour l'instant, au moins. Mais c'est à Paris que je pourrai me défendre. Tout n'est pas perdu, mes amis. Je suis presque certain de détenir la vérité, et cette vérité est une arme terrible qui peut les détruire.

— Beaufort ? avança Gaston avec l'air entendu de celui qui a tout deviné.

Il ne termina pas sa phrase car, soudainement, il se souvint d'un fait primordial.

— Mais les hommes de Condé ? Se sont-ils battus contre les pillards et les dragons ? Tu ne nous en as pas parlé…

Pierre cria presque :

— Il n'y avait plus personne ! Dans la matinée un ordre était arrivé pour eux. Ils avaient pour instruction de quitter le château et de gagner Arras.

Louis regarda son fils gravement, puis Gaston. Il hocha lentement la tête et il se leva en silence. Verrazzano lui jeta un regard vide et froid.

Louis fit quelques pas et affirma :

— Il nous faut partir. Ils sauront vite que nous sommes venus ici. Il faut avoir quitté Marseille dès cet après-midi.

— Si on nous recherche et qu'ils ont donné notre signalement, il leur sera facile de nous appréhender. Nous formons un groupe bien reconnaissable, ironisa Gaston.

Il montra du menton Bauer et Verrazzano avant de poursuivre :

— Un reître, un pirate et deux vieillards avec une jeune fille. Nous n'irons pas loin. Et puis, à l'entrée des principales villes, on nous demandera nos passeports, il sera aisé de nous arrêter.

Louis suivit son regard, eut une moue et secoua affirmativement la tête.

— Tu as raison. Nous ne voyagerons donc pas ensemble. Pierre, toi et Verrazzano regagnerez Paris par Lyon. Moi, Bauer et mademoiselle remonterons par l'autre rive du Rhône, vers Alais. Et pour les passeports, il nous faudra éviter les villes, ce sera difficile mais pas impossible.

— Je suis désolée, intervint Aurore en le regardant dans les yeux. Je resterai avec Pierre. Il est épuisé et je ne le quitterai pas.

— Et moi, fit Verrazzano lentement, je reste avec vous, monsieur. Si vous connaissez désormais la vérité sur Beaufort, je ne veux pas vous perdre.

Il ajouta entre ses dents et à voix basse en regardant Aurore avec un air railleur :

— *Amore non vueol maestro…*

Contrarié, Louis le dévisagea un bref instant, pourtant il choisit d'acquiescer avec un sourire :

— D'accord !

Il lui répugnait réellement d'abandonner Aurore qu'il considérait comme étant sous sa protection. Évidemment, il savait pouvoir compter sur Gaston, mais son fils n'avait jamais eu à faire face à une telle situation. Encore qu'Aurore avait montré qu'elle était capable de se défendre. Et même de les défendre tous. Quant à lui, avec Bauer et Verazzano, il ne risquait rien.

— Le problème des passeports n'est pas insoluble, expliqua Pierre. Avant que je ne quitte M. de Sérigneau, il a soulevé cette difficulté, il m'a remis un ancien passeport de son père, le sien et celui de sa cousine Angélique Lamoignon qu'elle avait oublié chez lui.

— Voilà qui arrange tout : Gaston, tu seras M. de Sérigneau père, Pierre son fils et Aurore Angélique.

— Et vous ? demanda Aurore.

— Nous nous arrêterons à Aix ce soir, chez Mme de Forbin-Soliès, peut-être pourra-t-elle m'aider.

Quant à vous, vous prendrez la voiture. Mais partez tout de suite… Attendez !

Il se dirigea vers Cougourde et Aragna qui parlaient à voix basse devant la porte de la salle.

— Nous devons quitter Marseille précipitamment. Voici… Il sortit un sac de pièces d'or attaché à sa ceinture, derrière son pourpoint. Voici six louis d'or de vingt livres. Vous m'avez bien aidé et je vous remercie… cependant… voulez-vous en gagner autant ?

— Non ! l'arrêta Aragna tout en se saisissant de l'argent. On est honnête ici, on ne va pas serrer les voiles pour six misérables pièces. Avec un tel prix, vous pouvez toujours compter sur nous. Vous êtes dans la panade, nous resterons donc avec vous.

Louis leur sourit tristement.

— Ce sera dangereux…

— Et alors ? Allez, vous nous faites languir… que doit-on faire ?

— Accompagner Gaston, mon fils et la demoiselle à Paris. Les protéger. Tuer peut-être pour les sauver. Et s'il le faut, tuer des soldats du roi.

— Ça nous va, monseigneur. Pechère ! C'est donc votre fils, ce garçon ? Il a pas l'air frais !

— Il arrive de Paris. Il vous racontera en route. Il faut partir tout de suite.

— Tout de suite ? Bon, je vois que vous êtes bien empégués. Comment on fait pour les chevaux ? Nous n'en avons pas. Si vous voulez… je peux en acheter, on en vend dans la rue, plus bas…

— Ce n'est pas la peine. Nous allons préparer la voiture. Elle a six chevaux, Gaston et Pierre savent la conduire, ils le feront à tour de rôle. L'un de vous montera avec le conducteur, l'autre pourra s'installer à l'intérieur.

— Ce n'est guère prudent, monsieur le marquis. Croyez-moi, insista Cougourde, il vaut mieux que nous prenions des chevaux. Nous pouvons marcher devant ainsi. Si vous craignez quelque chose, ce sera plus facile de surveiller la route, et puis nous irons plus vite.

Louis hésita un instant, mais le Corse avait raison. Il hocha la tête.

— Vous avez gagné. Voici deux cents livres. Cela devrait suffire. Soyez là dans moins d'une demi-heure avec vos bêtes.

Il précisa, alors qu'ils lui tournaient déjà le dos :

— Et équipez-vous, vous ne pouvez partir pieds nus.

Les deux Corses s'éloignèrent et Louis revint vers son fils qui était seul avec Nicolas.

Nicolas pleurait. Pierre n'avait pu lui dire ce qu'étaient devenus sa femme et son fils. Il s'essuya la figure avec la main et dit à Louis :

— Gaston et Aurore sont montés préparer les bagages. Verrazzano et Bauer sont allés faire préparer la voiture.

Louis hocha la tête.

— Il y a encore une autre chose que je ne vous ai pas dite, père, expliqua Pierre. Si j'ai mis si longtemps pour venir, c'est que j'ai dû éviter le Grand Chemin. J'étais suivi.

— Par qui ? Un ou plusieurs hommes ?

— Deux ou trois, parfois différents, mais j'ai repéré leur chef. Un petit bonhomme au visage lisse. Je l'ai observé une fois dans une auberge. Il me faisait penser à M. Colbert que j'ai rencontré un jour à la Cour des aides.

Déjà Bauer revenait et on entendait la voiture que l'on tirait dans la cour.

— Ils pourront se mettre en route dans quelques minutes, annonça le reître. Et nous, quand partons-nous ?

— Il nous faut trouver une autre voiture. Mais de toute façon, il vaut mieux ne pas partir ensemble. Nous quitterons la ville un peu plus tard et nous nous arrêterons à Aix. Mme du Canet nous recevra certainement. Ensuite, nous filerons vers Arles et Alais par l'autre rive du Rhône.

Verrazzano rentrait à son tour. Louis s'adressa à lui :

— Peux-tu nous trouver une voiture à deux chevaux ? Nicolas la conduira. Je suis trop vieux pour galoper jusqu'à Paris. Et vous pourrez vous reposer chacun à votre tour à l'intérieur.

Verrazzano fit la moue.

— Ce ne sera pas très facile, si rapidement. Combien voulez-vous y mettre ?

— Voici cinq cents livres, fais pour le mieux. Essaie de trouver le plus vite possible.

Verrazzano prit l'argent et s'éloigna. L'aubergiste et deux garçons de salle descendaient leurs sacs de voyage. Ils étaient suivis par Gaston et Aurore qui s'était changée pour la route. Elle tenait à la main sa sacoche d'armes dont Louis connaissait maintenant le contenu.

— Nous avons oublié de décider où nous retrouver à Paris, fit Gaston.

— Si Armande est chez Poquelin, ce serait l'endroit idéal, non ?

— D'accord. D'ici une quinzaine de jours. Passons tous les soirs chez Poquelin ou chez la cousine d'Armande. Les premiers arrivés commenceront les recherches pour retrouver Julie et tes gens.

Ils marchèrent ensemble jusqu'à la voiture pour faire placer leurs bagages. Louis lui expliqua ce que Pierre lui avait dit. Ils devaient se méfier de cet inconnu au visage lisse et redouter une agression. Pierre rejoignit Aurore et l'emmena à l'écart pour parler avec elle. Louis resta seul avec Gaston

— Je ne voulais pas te raconter ce que je vais te dire, c'est un secret trop lourd, mais je peux disparaître et ce secret peut aussi te sauver si tu devais être acculé.

Alors Louis lui raconta ce qu'avait dit La Forêt dans son cachot et ce qu'il avait déduit de ses discussions avec Baatz, Condé et Ruvigny. Et lorsqu'il lui expliqua ce que ces faits impliquaient, et qui était l'homme au masque de fer, Gaston blêmit.

Il ne lui parla cependant pas de Verrazzano.

Ce dernier secret ne concernait que le Corse et lui.

Louis venait de terminer cette confidence lorsque Cougourde et Palamède Pescarie entrèrent dans la cour de l'auberge, chevauchant deux belles juments tachetées. Ils sautèrent au sol devant eux.

— Nous avons payé ces bêtes seulement deux cents livres, monsieur, et, en prime, on a acheté un équipement de voyage ainsi que la sellerie.

Il montra les épées, les pistolets dans les fontes de la selle et les sacs de cuir accrochés sur le dos des chevaux. Cougourde était chaussé de bottes courtes qui avaient déjà bien servi et Aragna de petites chaussures à boucle dorée.

— Nous pouvons partir maintenant si les autres sont prêts.

Pierre et Aurore se rapprochèrent. Louis les embrassa tous deux.

— Dans deux semaines ! leur promit-il. Et soyez prudents.

Alors que Pierre montait dans le véhicule, Louis s'écarta avec Aurore et lui demanda d'une voix émue :

— Veillez sur lui, mademoiselle, je vous en prie.

Elle le regarda gravement, puis il l'aida à monter à son tour.

— Attendez !

Nicolas arrivait avec un gros panier.

— J'ai fait préparer des provisions, vous avez là de quoi manger pour au moins deux jours, ainsi vous perdrez moins de temps.

Il posa le panier sur la banquette intérieure vide.

Gaston était déjà sur le siège du cocher, vérifiant les brides. Dès qu'il eut terminé, il salua ceux qui restaient et fit claquer son fouet. La voiture grinça et démarra, suivie par les deux Corses. Elle franchit le porche de l'auberge et on l'entendit encore un moment, puis le vacarme de la rue reprit le dessus.

Le véhicule avec lequel Verrazzano arriva une heure plus tard était sale, vieux et en pitoyable état. Nicolas l'inspecta longtemps avec force grimaces : le carrosse avait plus de trente ans ! Finalement, il se tourna vers Louis qui attendait, pendant que Verrazzano aidait le palefrenier à vérifier les chevaux et les vieux harnais de l'attelage.

— Ça ne va pas, monsieur le marquis ! protesta Nicolas en secouant la tête avec une expression fâchée. Cette roue cassera avant d'avoir fait la moitié du chemin. Et il n'y a plus de ressorts, vous serez secoué comme dans une charrette. Enfin, le toit est percé et les portes ne ferment pas.

Verrazzano s'approcha et examina à son tour les défauts de la voiture.

— Je suis désolé mais c'est tout ce que j'ai pu obtenir en si peu de temps ; nous pourrons peut-être changer de carrosse en route…

— Nous ne trouverons certainement pas pire, répliqua Nicolas en haussant les épaules.

— Verrazzano a raison, décida Louis. Partons, et nous changerons de voiture plus tard.

Ils chargèrent leurs bagages. Louis alla ensuite payer l'aubergiste pendant que Nicolas s'installait. Bauer et Verrazzano avaient leurs montures prêtes. En revenant, le marquis vit que tous l'attendaient. Il monta seul dans la voiture qui puait et donna l'ordre du départ.

Les trois premiers jours du voyage se passèrent sans incident. Comme prévu, le soir du départ, ils s'arrêtèrent à Aix chez la *Belle du Canet*. Verrazzano s'était porté en avant pour la prévenir. La nuit était tombée lorsqu'ils pénétrèrent dans sa maison. Louis lui raconta les grandes lignes de leur expédition et ses maigres résultats apparents. Il lui avoua aussi qu'il était sans doute maintenant un proscrit, s'étant intéressé de trop près à un trop grave secret. Lucrèce de Forbin-Soliès était effondrée tant elle se sentait fautive de tous ces horribles événements.

— Je n'aurais jamais dû vous demander de vous renseigner, sanglota-t-elle.

— Non, je connaissais les risques et c'est ma faute ; ce que j'ai découvert dépasse la disparition du duc de Beaufort. Je pense qu'il s'agit d'un effroyable secret remontant à Richelieu. Personne n'aurait pu s'en douter. Mais tout n'est pas perdu, j'ai encore des cartes dans mon jeu. Quoi qu'il en soit, vous recevrez de mes nouvelles de Paris ou d'ailleurs ; pourtant si vous le désirez, vous pouvez encore m'aider…

— Je ferai tout pour vous, vous le savez bien.

Louis expliqua son problème de passeport. Le sien était au nom de Fronsac, marquis de Vivonne, et il ne pourrait pas le montrer s'il était recherché…

Lucrèce alla à un petit secrétaire et en sortit quelques feuillets.

— Il s'agit de passeports en blanc signés par le duc de Mercœur. Je les ai conservés après sa mort. Vous pouvez les remplir à votre gré.

Ainsi cette difficulté était levée ! Ils devraient pouvoir arriver jusqu'à Paris sans trop de risques. Ils dormirent chez elle et repartirent avant l'aube.

Deux jours plus tard, ils atteignaient les contreforts des Causses. La voiture avait marché à très vive allure. Ils avaient pu changer de chevaux fréquemment et les nuits étaient brèves dans les auberges où ils s'arrêtaient tard le soir et d'où ils repartaient avant le jour.

Le chemin maigrement empierré était défoncé par les dernières fortes pluies et ce fut dans une ornière trop profonde que l'essieu cassa. Louis fut brusquement projeté contre la portière lorsque la voiture bascula, se brisant presque en deux. Nicolas fut précipité au sol où il perdit connaissance.

Les chevaux s'étaient arrêtés après avoir traîné la voiture durant quelques toises. Louis réussit à ouvrir la portière qui se trouvait au-dessus de lui et vit la main de Bauer qui se tendait vers lui ; il l'attrapa et grimpa à l'extérieur, tiré surtout par la poigne du Bavarois.

— Verrazzano soigne Nicolas qui s'est assommé en tombant, expliqua-t-il. Nous étions devant quand nous avons entendu la voiture se retourner.

Ils rejoignirent Nicolas qui reprenait connaissance. Il était contusionné mais ne paraissait pas blessé.

— Il semble que nous allons devoir abandonner là notre fidèle véhicule, décida Louis. Détachons les chevaux et continuons jusqu'à Alais. Peut-être dénichera-t-on une voiture là-bas…

— Nous n'en avons pas trouvé à Arles, maugréa Verrazzano, pessimiste.

Ils chargeaient leurs maigres bagages sur les deux bêtes quand ils entendirent des hennissements tout proches.

— Il y a des hommes plus loin, murmura Bauer montrant la route devant eux.

Il indiqua un chemin, un sentier plutôt, qui courait vers la droite et grimpait dans la colline de garrigue.

— Montons par là, nous cacherons les chevaux en haut, dans ce bois et j'irai voir.

Ils exécutèrent les ordres du reître, lui obéissant

en tout pour ce qui était de leur sécurité. Une fois à l'abri, Bauer partit à pied, un large couteau de chasse à la ceinture. Malgré sa masse, le monstrueux Bavarois était parfaitement silencieux et savait se dissimuler derrière le plus petit arbre ou le moindre fossé. Il parvint à un surplomb et perçut distinctement les bêtes en contrebas. Il entendit aussi les hommes. Il se mit à ramper et reconnut les uniformes : les justaucorps écarlates à parements noirs étaient portés par des gendarmes et les habits rouge et vert étaient ceux des dragons. Une troupe d'une dizaine de ces soldats avait barré le chemin et s'installait pour quelque temps. Visiblement, ils étaient chargés de contrôler quiconque passerait. Il écouta avec attention, durant un long moment, les quelques éclats de voix qui arrivaient jusqu'à lui !

— … croyez qu'ils prendront ce chemin ?

— … voiture… jeune femme…

Et puis il y eut ce mot :

— … Fronsac…

Il ne pouvait donc y avoir aucun doute : ils étaient recherchés. Il refit avec encore plus de précautions le chemin du retour.

Les autres s'inquiétaient quand, enfin, il reparut. En quelques mots, il les informa de la présence de dragons à leur poursuite.

— Nous ne pourrons continuer par cette route, déclara Louis, ni nous arrêter dans les villes.

— Ce sera difficile, objecta Verrazzano. Après tout, que risquons-nous ? Nous avons des passeports en règle.

— Pour un contrôle sommaire à l'entrée d'une ville, ces passeports sont suffisants, mais si ces soldats ont notre signalement, c'est prendre un bien gros risque ; mieux vaut chercher à les éviter.

— Oui, assura Bauer. À tour de rôle, nous irons acheter de la nourriture ou changer de chevaux. Je connais les Causses, nous remonterons jusqu'à Clermont par des chemins peu fréquentés. Au-delà, nous verrons.

Commença alors un périple éprouvant. Ils suivirent les crêtes, surplombant les chemins sur lesquels ils apercevaient parfois quelques voyageurs. Lorsqu'une ferme ou une bergerie était en vue, deux d'entre eux partaient acheter ce qu'ils pouvaient obtenir : une fois, ce fut du jambon, une autre du pain et même de la soupe. Le premier soir, épuisés, ils s'endormirent près d'un feu, isolés de tout, au milieu d'un petit bois.

Le temps changea, l'air se refroidit et la pluie, d'abord fine, devint rapidement de la neige. La couche n'était guère épaisse mais suffisait à les ralentir. Ils avaient froid, ils s'égarèrent plusieurs fois. Ce jour-là, ils croisèrent une troupe de loups et une bande d'hommes de la même race. Ni les bêtes ni les brigands ne s'approchèrent d'eux tant leur aspect était farouche.

À la nuit, Bauer et Verrazzano construisirent un abri de feuillages et de branches qui les isola un peu du froid, mais ils étaient trempés et ne purent allumer de feu. La neige tombait maintenant abondamment.

Au matin, Louis se réveilla complètement engourdi par le gel et l'humidité. Nous ne pouvons plus continuer ainsi, songea-t-il.

— Il y a un hameau, plus bas, proposa Verrazzano également épuisé et transi. On aperçoit des fumées. Essayons de l'atteindre pour nous y sécher.

Sous les bourrasques de neige de plus en plus violentes, ils se dirigèrent vers les habitations éparses.

Le hameau comprenait une dizaine de maisons massives, couvertes de lauzes. Ils s'avancèrent vers la plus grande, à laquelle était adossée une profonde et basse bergerie d'où s'échappaient des bêlements plaintifs. Des chiens aboyèrent et un homme sortit avec une fourche, aussitôt suivi de deux autres munis de vieux mousquets à pierre. Tous trois arboraient un air méfiant et impitoyable. Ils étaient vêtus de sombre et curieusement rasés de près. Chacun arborait aussi un chapeau de feutre noir à très large bord.

Barbus, sales et fatigués, Louis savait qu'ils paraissaient inquiétants et redoutables pour ces gens.

— Nous nous sommes égarés, expliqua-t-il en arrêtant son cheval à quelques pas d'eux. Nous sommes trempés et nous n'avons rien mangé depuis hier. Pouvez-vous nous héberger quelques heures ? Nous vous payerons.

Les trois hommes ne bougèrent pas, les considérant sans aménité.

— Pouvons-nous au moins nous mettre à l'abri dans la bergerie ou dans une étable ? insista Verrazzano.

Une femme sortit à son tour. Cinquante ans passés, elle était vêtue d'une robe noire en toile. Ses cheveux gris étaient sévèrement serrés en chignon.

— Êtes-vous *de la Religion* ? demanda-t-elle.

— Non, répondit Louis, mais mon meilleur ami en est. Et son beau-frère est le député général des Églises Réformées.

— Vous connaissez M. de Ruvigny ? la voix paraissait plus aimable.

— Je le connais. Mon ami se nomme Tallemant des Réaux.

Les trois hommes regardèrent la femme. Ils hésitaient maintenant.

Louis poursuivit :

— Il y a vingt ans, j'ai aidé madame la duchesse de Rohan à retrouver son fils. Le fils du duc, Tancrède.

C'était une vieille affaire. Juste avant la Fronde, Louis avait pu établir que Tancrède de Rohan était bien l'héritier légitime du duc de Rohan. Le chef unique et incontesté des protestants de France, leur chef de guerre durant la révolte d'Alais. Cette affaire avait déchiré la Cour. Hélas, Tancrède avait été mystérieusement tué au début de la Fronde et M. de Chabot, l'ami de Condé, avait épousé la fille du duc pour obtenir finalement que lui soit attribué le titre de duc de Rohan[1].

— Pourquoi vous croirions-nous ? demanda l'homme à la fourche.

Louis le dévisagea un instant avec un regard fatigué. Puis il se tourna vers Bauer.

— Partons.

— *In chjullara* ! grommela Verrazzano.

Ils firent demi-tour.

— Attendez ! cria la femme. Moi, je vous crois ! Vous pouvez rester.

Louis se retourna alors qu'elle ajoutait :

» Vous laisserez vos armes et votre équipement là-bas, dans la grange. Ensuite vous pourrez entrer vous sécher.

Ils obéirent, soulagés.

La pièce unique de la ferme était chauffée par une grande cheminée qui fumait beaucoup. Un lit à rideau se dressait dans un coin. Une table se trouvait au milieu et deux autres femmes cardaient de la laine sur un cadre.

— Je vais vous servir de la soupe et du pain de seigle. Et j'ai aussi un peu de ragoût, annonça leur hôtesse. Enlevez vos vêtements, je vais les faire sécher.

Ils s'assirent autour de la table après avoir délacé leurs pourpoints et placé leurs justaucorps et leurs manteaux près du feu. Tous burent la soupe brûlante avec délectation après y avoir trempé leur pain.

Un des hommes s'assit avec eux.

— Nous avons rencontré M. de Ruvigny il y a quelques années à Alais, expliqua-t-il. Il nous défen-

---

1. *L'Exécuteur de la haute justice*, même collection.

dra quoi qu'il arrive. Mon père était soldat pour monsieur le duc durant la révolte[1].

Il brûlait de leur demander d'où ils venaient, mais n'osait pas.

— Des dragons sont passés hier, fit un autre. Ils cherchaient des gens en voiture, avec une femme.

Il cracha par terre et Louis haussa les épaules avec indifférence.

— Nous n'avons vu personne. Nous venons de Barcelone et nous allons à Lyon pour un chargement de soie. Monsieur est capitaine et son navire est bloqué dans le port, nous allons nous expliquer avec les armateurs.

Verrazzano hocha la tête et ajouta des explications qui paraissaient vraisemblables.

— De toute façon, vous ne craignez rien ici, reprit la femme en apportant le ragoût. Nous haïssons les dragons du roi. Ils nous pillent, nous les huguenots, et si nous résistons, ils envoient nos hommes aux galères.

Il était évident qu'elle n'avait pas cru un mot de leur histoire.

Ils restèrent un couple d'heures. Une fois séchés et réconfortés, ils décidèrent de repartir.

— Pourriez-vous nous vendre des chemises de laine et des manteaux ? demanda Louis à l'une des femmes qui cardaient.

Elle se leva et se dirigea vers un coffre, l'ouvrit et sortit plusieurs gros lainages. Ils purent ainsi s'équiper pour lutter contre un froid qu'ils n'avaient pas prévu.

Louis laissa une pièce d'or sur la table.

— C'est trop, lui reprocha-t-elle.

---

1. Henry de Rohan après avoir épousé Marguerite de Béthune, fille de Sully, devint le chef des huguenots français. Après la paix d'Alais qui avait mis fin à la révolte huguenote des Cévennes, il fut exilé et dut quitter la France.

— Non ! répliqua Louis.

Les chutes de neige s'étaient calmées. Ils prirent le chemin que leur avait indiqué l'un des hommes. Une voie peu fréquentée et facile pour les bêtes. Il leur avait aussi donné des indications pour s'arrêter dans des fermes amies, toutes de la Religion.

Une semaine plus tard, ils entraient séparément dans Clermont : le contrôle des passeports n'avait été qu'une formalité.

Pendant ce temps, le voyage avait été plus confortable pour Gaston, Pierre, Aurore et les deux Corses. Après quelques jours, ils s'étaient arrêtés assez tôt dans une auberge à la sortie de Valence. La neige couvrait la route et il n'était pas prudent de continuer.

Le corps de bâtiment de l'hôtellerie était situé à l'écart de la route de Lyon. Plusieurs salles voûtées se succédaient autour d'une cour carrée complétée par de grandes écuries. Un escalier extérieur menait à une large galerie de bois, en retrait, par où s'ouvraient les chambres. Lorsqu'ils arrivèrent, l'auberge semblait pleine et Gaston eut du mal à en obtenir deux. Une pour les hommes et une pour Aurore. Pour cela, il dut racheter une chambre à des marchands qui acceptèrent de se regrouper, dormant à plusieurs dans un lit.

Ils s'installèrent dans la plus grande des salles communes, pas très loin du feu, alors que dehors la tempête de neige faisait rage.

Le repas à dix sous était constitué d'une épaisse soupe d'oignons et d'échalotes accompagnée d'une grasse tranche de jambon chaud. Ils étaient en train de dîner quand une nombreuse troupe entra avec une bourrasque de neige.

Ils étaient une dizaine, visiblement des gens de sac et de corde, fortement armés de lourdes épées d'acier qui tintinnabulaient. Presque tous étaient couverts d'une épaisse cuirasse de buffle sous leurs manteaux. Gaston les examina avec attention, c'étaient des spadassins redoutables pour la plupart, jugea-t-il.

— Je n'aime pas ces gens, remarqua Aurore qui les observait aussi.

— Bah ! la rassura Pierre, ce ne sont pas des soldats. Il est inutile de s'inquiéter. Et puis, je ne vois pas mon mystérieux suiveur avec eux.

Aurore jeta un regard à Gaston, qui hocha la tête. Lui était plus méfiant que Pierre.

Le repas fini, ils se retirèrent dans leurs chambres.

— Nous veillerons à tour de rôle devant la chambre de Mme La Forêt, décida Gaston. Une heure chacun. Plus, ce serait difficile avec le froid et la neige. Et gardons nos armes prêtes.

— Tu crois que ces gens sont vraiment dangereux ? demanda Pierre.

— Ils le sont ! répliqua froidement Aragna.

Pierre prit la première garde, puis ce furent les deux Corses et ensuite Gaston.

De nouveau Pierre reprit la garde. Il était minuit passé et le froid était cuisant. La neige s'était arrêtée de tomber mais une épaisse couche recouvrait la galerie extérieure. Le jeune homme faisait les cent pas pour se réchauffer. La lune était à moitié pleine et, avec la neige, on y voyait très bien. Il percevait dans les brumes de la fatigue et du sommeil quelques bruits dans la grande salle où dormaient les voyageurs qui n'avaient pas obtenu de chambre. Sans doute étaient-ils couchés sur des bancs près du feu.

Un grincement suivi d'un chuchotement raviva ses sens engourdis par le froid. Il écouta sans bouger : il lui semblait qu'on marchait dans la cour. De nouveau, il y eut un frémissement. Puis un bruit métallique : une épée qui avait heurté un morceau de fer, la rampe de l'escalier peut-être. Il gratta à la porte comme le lui avait commandé Gaston. Il n'y eut aucune réponse. Un peu affolé, il gratta plus fort. Finalement, la porte s'entrebâilla : c'était Cougourde, un sabre à la main et le regard interrogateur.

— *Chì matacina*[1] !

Pierre fit un signe en montrant l'escalier. Il tenait son épée qu'il avait jusqu'à présent appuyée contre le mur. La poignée était glaciale et il tremblait un peu. Il ne s'était jamais battu ! Aragna sortit à son tour en silence, suivi de Gaston armé de son épée et d'un pistolet. Ils se placèrent en demi-cercle devant les deux portes. Des ombres furtives apparaissaient maintenant, se glissant en bas de l'escalier. Ils les virent monter, puis accéder à la galerie. Et ils les reconnurent : c'était la troupe qu'ils avaient vue la veille. Des cris déchirèrent brusquement la nuit : *Tue ! Tue* ! hurlait le chef qui menait la horde.

Ils se jetèrent sur eux dans un fracas d'acier.

Aurore fut réveillée par les cris et les tintements des lames. Elle se leva aussitôt, saisissant l'épée qu'elle avait gardée à portée ainsi qu'un pistolet. Elle n'était pas encore arrivée à la porte que la fenêtre éclata dans un fracas épouvantable. Elle se retourna et vit des ombres sauter dans sa chambre. L'une d'entre elles tenait un lourd et long bâton. Avant qu'elle n'ait pu tirer, son agresseur l'avait heurtée à la tempe. Elle perdit connaissance quelques secondes. Les inconnus se jetèrent sur elle.

— Elle est à nous, ricana Mery de Monfuron.

_____

1. Quel vacarme !

11

Du 18 au 20 avril 1670

Mery de Monfuron gifla plusieurs fois Aurore La Forêt, d'abord pour l'étourdir, ensuite parce qu'il y prit du plaisir. Après quoi, avec les deux sbires qui l'accompagnaient, il la garrotta solidement et, alors que les bruits de ferraille l'informaient que le combat faisait toujours rage dans la galerie, il fit signe aux deux hommes de la faire descendre par la fenêtre de la chambre, comme un paquet.

Dehors la tempête de pluie et de neige était d'une violence rare. Aurore fut immédiatement trempée et, curieusement, le froid la réveilla. Elle ne pouvait bouger et se rendit compte qu'elle reposait sur de la boue. Elle frissonna, puis vit descendre trois ombres le long de la façade et comprit aussitôt que c'étaient ses ravisseurs. Tout lui revint en mémoire. Elle frissonna de nouveau, mais de froid seulement. Elle n'avait pas peur : s'ils n'étaient que trois, elle pourrait en venir à bout.

Arrivés en bas, les deux nervis attrapèrent la jeune femme, l'un par les pieds, l'autre sous les bras et ils l'emportèrent rapidement. Mery fermait la marche, satisfait du travail bien fait. Il regardait fréquemment en arrière, mais sans inquiétude car rien ne laissait supposer qu'ils avaient été repérés.

Ils remontèrent difficilement le chemin transformé en bourbier durant une dizaine de minutes pour
arriver enfin à un carrosse où les attendait un cocher.
En silence, Aurore fut chargée dans le véhicule et
allongée sur la banquette arrière. Mery s'assit à l'intérieur, en face d'elle. Voyant qu'elle grelottait, il lui
jeta une couverture sur le corps et ouvrit la petite
trappe de séparation avec le cocher.

— En avant ! souffla-t-il.

La boue collait sur les quatre roues ferrées et le
véhicule ne s'y arracha qu'avec beaucoup de difficulté. Mais finalement, quelques coups de fouet aux
chevaux eurent raison de l'inertie de la voiture. Elle
s'ébranla d'abord lentement, puis prit un peu de
vitesse. Le cocher avait allumé un fanal et connaissait
la route. Les deux sbires s'étaient séparés. L'un suivait à cheval, enveloppé dans son manteau, l'autre
précédait le véhicule.

Mery de Monfuron avait recruté une dizaine de
drilles et de pendards pour occuper les hommes qui
accompagnaient Aurore. À présent, il ne s'intéressait
plus à eux. Colbert lui avait dit de ramener Aurore
quel qu'en soit le coût. Si les francs-mitoux tuaient ces
gens, tant mieux, ou tant pis. Cela importait peu. Il
avait payé et déjà oublié.

Dans la galerie de l'auberge, le combat paraissait
inégal tant les assaillants étaient nombreux. Mais en
face des escarpeurs se trouvaient trois hommes habitués à se battre ainsi qu'un honnête escrimeur de salle
d'arme : Pierre. Et en vérité, les agresseurs n'étaient
que de pauvres hères ou des déserteurs, plus habitués à
tuer un marchand au coin d'une rue, à forcer une
femme seule, ou encore à éventrer quelque enfant pour
s'amuser.

Pierre suivait des leçons d'arme depuis son plus

jeune âge. Il était d'une force correcte à l'épée ; cela suffisait pour lui éviter d'être tué. Cougourde et Aragna étaient des corsaires méditerranéens, habitués à toutes les armes et surtout à toutes les traîtrises que pratiquaient les escrimeurs italiens ou les pirates barbaresques. Avec leur sabre d'une main et leur couteau de l'autre, ils étaient plus que redoutables. Quant à Gaston, malgré son âge, il était un tireur dangereux, mais surtout, comme les deux marins, il savait se battre pour tuer. Très vite deux, puis trois malandrins tombèrent ; croyant que le travail serait facile, ils s'étaient stupidement portés en avant.

Cougourde, Aragna et Gaston s'étaient instinctivement regroupés en triangle devant la porte d'Aurore et cherchaient aussi à protéger Pierre. Relativement proches, ils assuraient une barrière d'acier infranchissable. Le chef de la bande le comprit et il brisa le combat, regroupant ses hommes à un bout de la galerie, celui qui communiquait avec l'escalier.

Pendant ce temps, Mery faisait descendre Aurore par la fenêtre, mais nos amis l'ignoraient.

L'attaque reprit, soudaine et encore plus violente. Elle fut étrangement suspendue durant quelques secondes car une porte s'était ouverte dans le dos des brigands qui croisaient déjà leurs armes avec nos amis. C'était – ils l'apprirent un peu plus tard – un sergent recruteur de passage. L'homme en justaucorps et parements noirs des chevau-légers avait un pistolet à chaque main. Il jaugea vite la scène et fit feu dans le dos des bandits. Deux tombèrent, Gaston enfonça son épée dans l'œil d'un troisième, qui avait eu un instant d'étourderie fatale, alors qu'Aragna coupait une main d'un revers de sabre.

Il y eut de nouveau un recul général des agresseurs. L'inconnu aux deux pistolets s'était rebouclé dans sa chambre, sans doute pour recharger. Le chef des agresseurs vit que la voie était libre dans la cour et hurla :

— Le coup est raté, filons !

Ce fut la débandade. Calmement, Aragna et Cougourde lancèrent leurs couteaux. Deux agresseurs tombèrent encore dans la neige.

Puis ce fut le silence.

Les quatre hommes reprirent leur souffle. Ils étaient couverts de sang, mais aucun n'était sérieusement blessé. Ils se dévisagèrent en haletant un peu et dégageant une épaisse buée. Ils arboraient tous un sourire de satisfaction. Cougourde se dirigea prudemment vers l'escalier et, regardant en bas, il cria :

— Ils sont partis !

Alors Pierre frappa à la porte d'Aurore. Pas de réponse. Il frappa encore plusieurs fois. Ce fut Gaston qui le premier comprit qu'il se passait quelque chose d'anormal. Il fit signe aux deux Corses et se jetèrent ensemble sur la porte qui craqua. Au troisième coup, le dormant s'arracha. En quelques secondes, ils s'avisèrent du désordre dans la chambre, virent la fenêtre ouverte et comprirent tout. Aragna se précipita à la croisée. Il y avait bien quatre toises pour atteindre le sol, mais la corde était toujours là, il fit signe à Cougourde, s'agrippa au câble et descendit.

Cougourde gémit :

— *O lu mischina*[1] !

Gaston et Pierre étaient déjà sortis et se précipitaient vers l'escalier. En quittant la pièce à son tour, Cougourde saisit une lampe contenant une chandelle. Quelques instants plus tard, ils étaient dehors, dans la nuit.

— Par ici ! cria Gaston.

Ils sortirent de la cour et contournèrent le bâti-

_____

1. Malheureux que je suis !

ment, aveuglés par la neige. En rejoignant le chemin, ils retrouvèrent Aragna qui les attendait :

— Ils sont passés là, déclara-t-il montrant les traces dans la boue neigeuse.

Ils suivirent celles-ci en courant. Ils grelottaient. Parfois l'un d'entre eux glissait, tombait et se relevait en jurant à voix basse. La lampe brûlait toujours mais les éclairait peu. Aragna les guidait, ne quittant pas les traces des yeux.

Soudainement, ils débouchèrent sur l'emplacement où se tenait la voiture : la neige commençait seulement à recouvrir le sol, là où elle avait attendu.

— J'ai été stupide, se morigéna Gaston, nous aurions dû prendre les chevaux. Retournons !

La neige les cinglait maintenant avec rage. Ils arrivèrent à l'auberge où plusieurs personnes étaient debout, dehors. Elles avaient été réveillées par le combat et n'étaient sorties qu'après le retour du calme. Le sergent recruteur était là, faisant le bravache, près du cadavre d'un des assaillants. Il s'avança vers eux en tirant sur sa moustache.

— Gros-Canon, c'est mon nom aux chevau-légers ! Que vous voulaient ces pendards ?

— Ils ont enlevé la jeune femme qui était avec nous. Excusez-nous, lui dit Pierre en se dégageant brusquement, mais nous devons chercher nos chevaux et les poursuivre.

Déjà les trois autres étaient à l'écurie. Gros-Canon poursuivit Pierre et lui lança :

— Je vais avec vous.

Le jeune Fronsac ne répondit pas, ne songeant qu'à cette question : Pouvaient-ils encore les rattraper ?

Aragna lui amena un cheval en longe. Ils avaient pris les quatre bêtes de la voiture mais ils n'avaient pas de sellerie. Pierre s'approcha de Gaston qui palabrait avec l'aubergiste.

— Voici vingt livres pour les selles et les harnais que nous avons trouvés.

C'était du vieux matériel, abîmé et craquelé. Mais il n'y avait rien d'autre. L'aubergiste faisait une moue de circonstance. Mais reconnaissant la bonne affaire, il ne marchanda pas.

Cougourde, lui, redescendait l'escalier avec leurs manteaux, leurs gants, leurs armes et leur argent. Ils abandonnaient le reste. Quelques secondes plus tard, ils chevauchaient sur le chemin.

Parfois les chevaux allaient au trot, parfois très lentement, rarement au galop tant la couche neigeuse était épaisse. Ils suivirent sans parler les traces de la voiture pendant trois heures. Ils étaient de plus en plus transis. L'obscurité était totale et seule la neige renvoyait un peu de luminosité. Progressivement, les traces disparurent. La couche blanche atteignait alors près d'un pied.

Arrivés à un carrefour, ne sachant quelle direction prendre, ils se séparèrent en deux groupes. Gaston resta avec Pierre, les deux Corses continuèrent ensemble. Ils convinrent de se retrouver à l'auberge le surlendemain au plus tard, ou alors à Paris comme il avait été convenu.

Pierre suivait Gaston. L'ancien commissaire luttait contre le froid en occupant son esprit. Il essayait de comprendre cet enlèvement, il élaborait des hypothèses mais n'arrivait à rien de satisfaisant. Que voulait-on à Aurore ? Quel rapport y avait-il avec les tragiques événements de Mercy ? Et puis surgissaient d'autres questions, plus lourdes de conséquences pour l'avenir. Qui était réellement cette Aurore La Forêt ? Que faisait-elle chez le prince de Condé ? Et qu'allait-il advenir d'eux ?

Pierre lui, n'avait qu'une pensée. Retrouver Aurore ! Il se jura de la sauver. Quoi qu'il lui en coûtât !

De nouveau, il y eut un carrefour. Devaient-ils encore se séparer ? Gaston proposa de rester sur le chemin principal, Pierre avancerait quelques heures sur l'autre, puis le rejoindrait s'il ne trouvait rien.

Gaston continua seul sur le grand chemin vers Lyon. L'aube apparaissait. Le chemin était vide.

Pourtant, là-bas, au loin, avec la faible luminosité du petit matin, il distingua un corps en mouvement. Il pressa son cheval. Une demi-heure plus tard, il fut assuré : c'était une voiture avec deux cavaliers. Ce pouvait bien être les ravisseurs d'Aurore. Mais que devait-il faire ? Il resta à distance, espérant ne pas avoir été vu.

Sa surveillance dura plus de deux heures. Il faisait maintenant jour bien que le ciel restât sombre. Il ne neigeait plus.

C'est alors qu'il entendit des chevaux derrière lui. Il se retourna : deux cavaliers arrivaient aussi vite que le leur permettait le chemin boueux. Il arrêta son cheval et les attendit, de toute façon, il ne pouvait perdre la trace de la voiture.

C'était Pierre accompagné d'un inconnu. Non ! Ce n'était pas un inconnu : il reconnut le sergent recruteur Gros-Canon.

Un sourire éclairait le visage de Pierre. Quant à Gros-Canon, sa face était tellement rouge que Gaston se dit que la chaleur qui s'en dégageait devait faire fondre la neige lorsqu'elle l'atteignait. Pourtant, quand il fut proche de lui, il remarqua que ce n'était pas le cas : la moustache du sergent était entièrement couverte de givre.

— Mon chemin ne donnait nulle part, expliqua Pierre en soufflant et en dégageant force vapeur. En revenant sur mes pas, j'ai rencontré monsieur qui nous suivait. Nous avons fait route ensemble.

— Je vais à Lyon, expliqua Gros-Canon, je viens de Montpellier et votre affaire est sur mon chemin. Un voyage sans grand intérêt mais, grâce à vous, j'ai enfin un peu d'action. Je suis là-bas chargé de recruter pour l'armée des Flandres. J'ai tardé à l'auberge car je devais prendre mes affaires. Je suis maintenant à vos ordres.

Gaston expliqua qu'une voiture était devant eux. Mais qu'il hésitait à se rapprocher. Il y avait deux cavaliers, peut-être d'autres hommes dedans.

— Finalement, le mieux est de les suivre, conclut-il. Si ces gens nous connaissent, nous nous ferons tuer avant de savoir si Aurore est dans la voiture.

— Ce n'est pas une bonne idée, fit Gros-Canon. Peut-être que vos ravisseurs sont plus loin devant et alors ils nous échapperont. Je vais rattraper cette voiture. Ils ne me connaissent pas, je tâcherai de lier connaissance. Ils ne s'attaqueront pas à un sergent des chevau-légers. Si une femme est dans la voiture, je les laisserai derrière moi à la première occasion, je me cacherai, et quand vous me rejoindrez, je vous le dirai. Dans le cas contraire, si ce sont d'innocents voyageurs, je vous ferai signe et vous me rattraperez.

Gaston hocha la tête pour approuver. Sans attendre, Gros-Canon mit son cheval au galop pour rattraper la voiture qu'on ne distinguait déjà plus.

En se rapprochant du véhicule, le soldat fit ralentir son cheval. Il ne voulait pas donner l'impression d'être trop pressé.

Le cavalier qui suivait la voiture s'était arrêté dès qu'il avait entendu le bruit d'un cheval dans son dos. Gros-Canon nota immédiatement que l'homme tenait sa lourde rapière à la main et un pistolet dans l'autre, avec les rênes. Il s'approcha lentement : après tout son uniforme de sergent était un sauf-conduit, non ?

L'homme le dévisagea. On lui avait dit de se méfier de plusieurs cavaliers : un jeune homme, un ou deux plutôt âgés, un géant allemand. On ne lui avait pas parlé d'un sergent en uniforme. Il ne craignait donc rien. Il replaça son pistolet dans les fontes mais garda prudemment son épée en main.

— Il fait rudement froid, hein ! fit joyeusement Gros-Canon. Vous allez aussi à Lyon ?

— Ouais !

— Je rejoins mon régiment. Je suis chargé du recrutement dans la province pour l'armée des Flandres.

Les deux chevaux s'étaient remis au pas et se rapprochaient de la voiture.

— Et vous ? continua Gros-Canon.

— J'escorte un commis de M. Colbert, expliqua le cavalier.

— Ah ! fit Gros-Canon déçu.

Un commis de M. Colbert n'enlève pas les femmes dans les auberges. Ce n'est pas la peine de continuer, songea-t-il. Il reprit néanmoins :

— Alors vous allez à Paris ? C'est ça ? Hé, bien ! je vais vous laisser…

— Non, fit l'autre, en mal de confidence. On ne va pas directement à Paris, on s'arrête à Lyon pour prendre une escorte à Pierre Enscise.

— Une escorte ?

— Oui, expliqua le cavalier en lui faisant un clin d'œil. Gardez ça pour vous, mais nous transportons une dangereuse criminelle dans la voiture.

— Non ?

— Absolument ! M. de Monfuron est avec elle. Nous devons la ramener à Paris où elle sera jugée pour crime de lèse-majesté.

— Oh ! lâcha Gros-Canon interloqué.

Dans quelle histoire était-il tombé ! Ces gens de l'auberge semblaient être des victimes… or ils complotaient contre le roi ! Pourtant la bande qui avait attaqué l'hôtellerie était bien un ramassis de truands. S'il s'agissait d'une mission de police, pourquoi ce

M. de Monfuron n'avait-il pas utilisé des soldats, des mousquetaires ou des dragons ?

— Bien, je suis pressé, je vous laisse, dit-il finalement.

Il remit son cheval au petit galop et rattrapa la voiture. Durant quelques secondes, il resta à côté du véhicule. Le rideau de cuir de la fenêtre s'écarta. Il vit un homme au visage glabre, le front dégarni, l'air soucieux. Il aperçut aussi une forme allongée sur la banquette. Une femme garrottée ? Il pressa sa monture et dépassa la voiture.

Quelques minutes plus tard, il était hors de vue. À un carrefour, il prit un sentier vers un petit bois en guidant son cheval sur des branchages pour qu'il laisse le moins de trace possible. Là, il attendit que la voiture passe, puis qu'arrivent les deux compagnons qu'il avait laissés.

Lorsqu'il les vit sur le chemin, il mit son cheval au trot pour les rejoindre.

— Alors ? cria Pierre avec impatience en se dirigeant vers lui.

Gros-Canon ne répondit pas.

Gaston nota le changement d'attitude chez leur compagnon. Il pressa aussi sa monture vers le soldat. Dès qu'ils furent réunis, le sergent leur lâcha, le visage fermé :

— Vous ne m'aviez pas tout dit…

Gaston regarda Pierre. Visiblement le sergent savait quelque chose sur eux. Qu'ils étaient des proscrits et qu'on était à leur recherche ? Sans doute…

— Que voulez-vous savoir ? demanda l'ancien commissaire. Et sans attendre, il poursuivit : Nous ne vous avons pas menti. Vous avez vu qui nous a attaqués. Vous savez qu'on a enlevé la jeune femme. Vous voulez savoir qui nous sommes ? Pourquoi ? Très bien ! Vous nous avez aidés et vous avez le droit de connaître la vérité. Je me nomme Gaston de Tilly. J'ai été durant des années commissaire de Saint-Germain-l'Auxerrois et bras droit de M. de Laffemas. Ensuite, je suis devenu procureur du roi auprès du chancelier Séguier. Ce jeune homme est le fils du marquis de Vivonne, dont la réputation de courage et de loyauté est sans doute unique à la Cour. Cette jeune femme était sa fiancée (c'est ce que Gaston avait trouvé de mieux, il était imprudent de parler de Fouquet!) Nous ignorons qui l'a enlevée (ce qui était vrai). Vous avez ma parole de gentilhomme.

Gros-Canon hésitait. Cet homme paraissait sincère. Et la tête du bonhomme dans la voiture était celle d'une crapule. Et puis enlever une femme ainsi… la nuit… dans sa chambre.

— La femme est dans la voiture, reconnut-il. Ils sont trois en tout. Le cavalier en arrière m'a dit qu'on l'emmenait à Pierre Enscise, la prison de Lyon. De là, une escorte la mènera à Paris où elle sera jugée pour crime de lèse-majesté.

— Quelle est cette infamie? cria Pierre. Ces gens sont des truands et non des policiers!

— Ils sont aux ordres de M. Colbert, m'ont-ils affirmé.

— Colbert, murmura Gaston. Tout s'explique…

— Que voulez-vous dire? demanda sèchement Gros-Canon de nouveau saisi par la méfiance.

— La jeune femme est au service de Mme Fouquet.

— La femme de l'ancien surintendant des finances? Ah! Évidemment, l'affaire est claire!

Colbert était haï par tous et plus encore par les militaires, qui préféraient Le Tellier, aussi cette animosité plaçait Gros-Canon définitivement dans leur camp.

— Allons ensemble à Lyon, proposa-t-il. Nous pouvons y être ce soir. Peut-être trouverez-vous là-bas un moyen de la délivrer?

— Vous avez raison, il n'y a que ça à faire.

Gaston avait compris qu'il serait impossible d'attaquer la voiture tant que le sergent serait avec eux. Et de toute manière, sans les deux Corses, quelles auraient été leurs chances de succès ?

Ils reprirent la route, fatigués et découragés. Gaston essayait de mettre en place un plan, mais comment faire ? Dans la forteresse, rien ne pourrait être tenté. Et ensuite, s'il y avait une escorte nombreuse ? Ils n'étaient que deux !

Ils restaient à bonne distance de la voiture. Maintenant qu'on approchait de Lyon, la circulation était plus importante. La voiture s'arrêta une heure à un relais. Ils attendirent aussi, dans la campagne, gelés et affamés. Quand le véhicule reprit la route, Pierre galopa au relais et acheta quelques flacons de vin ainsi que trois cailles dodues qu'ils mangèrent à cheval. À l'entrée de la ville, Gros-Canon les quitta. Gaston et Pierre suivirent la voiture jusqu'à la prison en longeant la rivière qui contournait Lyon. Ils la virent disparaître derrière une lourde grille.

— Que faisons-nous, maintenant ?

Tant qu'il était actif, Pierre avait l'esprit occupé, mais maintenant il était à nouveau désespéré.

— Nous avons passé une taverne pas très loin. Ils ne repartiront pas de ce soir. Il faut dormir et faire soigner nos bêtes, demain, nous verrons.

Ils obtinrent une médiocre chambre en soupente d'où ils pouvaient cependant voir la porte de Pierre Enscise. Après un repas rapide pris dans la chambre, ils dormirent de tout leur saoul. À l'aube, ils étaient debout.

— Je vais rôder près de la prison, annonça Gaston en bouclant son épée. Toi, trouve-nous d'autres chevaux. De vrais chevaux de voyage, et revends les nôtres. Il nous faut aussi quelques pistolets, un ou deux mousquets, de la poudre, des balles, des vêtements chauds. Essaye de trouver tout cela rapidement, demande à l'aubergiste où aller. Nous avons de l'argent.

Il sortit un sac de sa ceinture.

— Voici cinq cents livres. Choisis ce qu'il y a de mieux. Et rejoins-moi là-bas, je tâcherai d'être discret.

Ils descendirent dans la salle de la taverne et se firent servir un bol de soupe à l'oignon. Gaston prit ensuite une large tranche de pain de seigle avec de la cochonnaille et sortit en dévorant le tout.

— Nous avons besoin de chevaux, demanda Pierre à la maigre souillon qui les avait servis. Où peut-on en trouver ?

— À cette heure, il y a un marché à l'entrée de la ville. C'est là que vous trouverez les meilleures bêtes.

— Et des armes, des vêtements ?

— La boutique du Hollandais, plus bas dans la rue, l'armurier aura tout ce qu'il vous faut. Et vous trouverez aussi des fripiers pas loin.

Pierre lui donna un sol et s'en alla à l'écurie chercher leurs chevaux. Une demi-heure après il passait la porte de la ville, se dirigeant vers le marché qui s'étalait devant lui.

— Pardi ! C'est notre Pierre ! entendit-il dans son dos.

Il se retourna pour se trouver face-à-face avec Cougourde et Aragna. En quelques minutes, ils se racontèrent leurs aventures.

Les deux Corses ne s'étaient pas séparés, après plusieurs heures, ils étaient tombés sur une voiture embourbée. Elle était là depuis près d'un jour.

Non ! Ils n'avaient vu passer personne, avaient expliqué les trois voyageurs réfugiés à l'intérieur, qui avaient envoyé leur cocher chercher du secours. Aussitôt, Cougourde et Aragna avaient fait demi-tour. Ils avaient suivi la piste jusqu'à Lyon et avaient appris, à une auberge, qu'un jeune homme épuisé avait acheté de la nourriture pour trois personnes. Certain que c'était Pierre, ils s'étaient pressés mais étaient arrivés à Lyon alors que les portes de la ville étaient déjà closes. Ils avaient donc dormi dans le faubourg.

Pierre raconta aussi leur voyage et expliqua où était Gaston.

— Cougourde, reste avec lui, ordonna Aragna. Achetez quatre chevaux, je vais vous laisser le mien. Nous nous retrouverons à la taverne près de la prison, je la connais. J'y serai avant midi.

Et sans plus d'explication, il les abandonna.

Dix heures sonnaient quand Cougourde et Pierre pénétrèrent dans l'écurie de l'auberge sur deux robustes juments normandes, avec une sellerie complète et solide. Ils tenaient en longe deux autres magnifiques animaux de la même race. Après avoir laissé les bêtes aux soins des palefreniers pour vérifier les fers, Cougourde prit les deux gros sacs pleins de vêtements et d'armes et monta dans la soupente de Pierre pendant que celui-ci prévenait l'aubergiste de la présence de ces nouveaux clients. Ensuite, le jeune Fronsac fila vers la prison.

Il trouva Gaston sous l'étage en retrait d'une croulante masure à colombages, au pied d'un grand escalier qui grimpait vers Pierre Enscise. Il était en train de parler avec un inconnu. Aussitôt qu'il le vit, Gaston lui fit signe d'approcher.

— Ce Guillaume est geôlier là-haut, expliqua Tilly à Pierre en montrant la forteresse. Il est prêt à nous avertir du départ d'Aurore qui, d'après lui, ne saurait tarder…

Pierre regarda l'inconnu qui avait un visage jouf-flu et bonasse, couronné de cheveux jaunasses tout en épis.

— Évidemment, Guillaume ne fera pas ça pour rien.

— Dix livres, monseigneur. Vous me donnez dix livres et je vous avertirai, même en pleine nuit !

— C'est ça ! Et une fois que tu auras l'argent, tu nous trahiras, ou, au mieux, tu nous oublieras !

— Jamais, monseigneur ! L'homme prit un air faussement offusqué.

— Regarde, Jaquouille, fit Gaston en suspendant un petit sac sous son nez. Voici trente livres en or. Tu n'en verras jamais autant dans ta vie. Je te les remettrai si tu viens me trouver, à la taverne, au moins une demi-heure avant leur départ. Et rien avant.

L'homme eut un air de folie devant tant d'argent. Il bredouilla :

— Vous saurez tout, monseigneur.

Il les salua très bas et retourna vers la prison.

— Qui est-ce ? questionna Pierre.

— Il travaille aux écuries. Je l'ai vu entrer et sortir plusieurs fois avec un cheval qu'il amenait au maréchal-ferrant, là-bas (il montra l'extrémité d'une ruelle). Alors je l'ai abordé.

— J'ai aussi une bonne nouvelle, j'ai retrouvé Cougourde et Aragna. Aragna nous rejoindra tout à l'heure et Cougourde est à l'auberge.

Et il raconta les événements récents.

— Bien, approuva Gaston. À quatre, nous avons peut-être des chances de la délivrer. Il ne nous reste plus qu'à attendre.

À midi, attablés dans la salle enfumée de l'auberge, nos trois compagnons dévoraient un excellent plat de porc aux lentilles. Ils n'avaient pas de nouvelles d'Aragna, mais ils se sentaient tous de meilleure humeur. Ils avaient chaud et le ventre plein. La salle était bondée, aussi Aragna eut un peu de mal à les retrouver. Les apercevant enfin, il s'assit à leur table et saisit un flacon de vin de Beaune qu'il vida au goulot.

— Où étais-tu? demanda Cougourde en gloussant.

L'autre s'essuya avec sa manche.

— J'ai fait le tour des Corses que je connais dans cette ville. J'ai rassemblé une quinzaine d'hommes, tous de notre île. Silencieux et n'ayant peur de rien. Ils nous attendent à la taverne, en bas de la rue. Je leur ai promis vingt livres chacun pour nous suivre et délivrer un prisonnier.

Il ajouta en riant grassement:

— Et je crois qu'ils l'auraient fait pour rien tant ils haïssent la maréchaussée ici.

— Excellent! lâcha Gaston sombrement. Nous sommes en bonne position. Il ne reste plus qu'à attendre le combat.

Et durant quelques heures, ils ne discutèrent à voix basse que de la meilleure façon de s'y prendre pour délivrer Aurore.

Vers six heures, le palefrenier de la prison se présenta devant eux, tenant son chapeau à deux mains:

— Ils partiront dans la nuit, monseigneur, annonça-t-il. Vers deux heures du matin. On leur ouvrira la porte et ils auront une escorte de dix dragons.

— Fichtre! Dix? Et nous ne pourrons faire ouvrir les portes derrière eux. C'est pas idiot de leur part d'être aussi prudent… sais-tu par quelle porte ils passeront et quelle route ils prendront?

— Oui, je peux vous y mener, monseigneur. J'ai entendu qu'ils longeraient la Saône et qu'ils seront ce soir à Villefranche.

— Très bien, nous partons tout de suite. Nous nous placerons devant eux sur la route, et nous avancerons à leur allure jusqu'à trouver un moment favorable. Toi, tu nous accompagnes jusqu'à l'aube.

— Mais, monseigneur, je ne peux pas, ma femme…

— C'est ça ou pas d'argent, choisis!

Vaincu, l'homme acquiesça.

Une heure plus tard, la petite troupe constituée de nos amis et d'une quinzaine de Corses aux yeux sombres et à la longue chevelure noire attachée par un ruban se présentait à la porte de Pierre Enscise juste avant qu'elle ne ferme.

Cougourde, Gaston, et l'homme de la prison, se postèrent près des murailles pendant que le reste de la troupe se portait en avant. Ils tenteraient de trouver un abri dans une ferme ou peut-être dans une auberge.

L'attente fut longue et rude. Ils avaient froid ; une petite pluie tombait continuellement, cinglant les visages car le vent soufflait violemment. Ils attendaient, assis sur la margelle d'un puits, le long de la rivière qui charriait une eau boueuse.

Finalement, après des heures de patience, le mugissement du vent et les trépidations de la pluie furent masqués par le grondement d'une troupe à cheval. Au loin, la porte de la ville fut déverrouillée et un convoi s'engagea vers le faubourg : il était constitué d'une voiture solidement encadrée par une dizaine de dragons commandée apparemment par un officier. Plusieurs lampes attachées au véhicule éclairaient la scène.

Ce ne sera pas facile, songeait Gaston. Il paya l'homme comme promis et, suivi de Cougourde, regagna sa monture. Les chevaux les attendaient à environ deux cents toises de la porte, derrière une maison qui longeait le chemin vers Paris. Le temps que l'officier passe une dernière fois sa troupe en revue, ils auraient suffisamment d'avance pour n'être pas repérés.

Ils trottèrent une petite demi-heure, toujours sous la pluie et bien en avant de la voiture et de son escorte. Les maisons se faisaient désormais plus rares. Au détour du chemin, près d'un petit oratoire, Pierre les héla.

— Je vous attendais, les autres sont dans cette grange en ruine. Je vais les chercher.

Ainsi fut fait. Dès qu'ils furent au complet, ils convinrent d'une tactique. Les Corses voulaient monter une embuscade et tailler la troupe en pièces. Ils accompagnaient la description de leur futur massacre de *Sangu la Madonna* ! et de *Sangu lu Cristu* ! véhéments et terrifiants.

— Non ! interdit Gaston. D'abord ces hommes ne sont pas des sbires de Colbert mais des soldats. Je n'ai pas envie d'avoir leur mort sur la conscience. Nous pouvons arriver au même résultat sans effusion de sang : trouvons un endroit favorable au lever du jour, une fois encerclés et mis en joue, ils rendront les armes. S'ils refusent, dans un premier temps nous tuerons les chevaux. Dans le meilleur des cas, nous les ferons descendre de leurs montures et nous partirons avec la voiture et leurs bêtes. Ainsi, ils ne pourront pas nous poursuivre.

Aragna grommela mais parvint à convaincre et à calmer ses hommes.

Une heure plus tard, ils avaient trouvé un endroit propice pour l'embuscade : le chemin montait et était bordé de hauts sapins et de buissons touffus. Cinq hommes se placèrent en arrière avec des mousquets et cinq en avant. Gaston et Pierre resteraient sur la route. Aragna et Cougourde interviendraient si nécessaire à l'arme blanche. Si tout allait bien, ils devaient prendre en charge la voiture et les chevaux des dragons.

— Voici cinq mille livres, expliqua Gaston à Aragna. L'affaire terminée, donnes-en cent à chacun, ils l'auront bien mérité quelle que soit l'issue. Il y en a aussi cent pour vous – décidément l'argent de la *Belle du Canet* leur était utile ! – s'il y a des morts, donne cinq cents livres pour la famille. Pour les blessés, à toi de voir…

Il réfléchit un instant et poursuivit :

— … Une fois qu'on aura repris la voiture, payeles et qu'ils partent dans une autre direction que la nôtre pour brouiller les pistes. Nous pouvons continuer seuls vers Paris.

Une légère luminosité apparaissait quand ils entendirent la troupe arriver et la voiture qui peinait.

Dans le véhicule, Mery de Monfuron dévisageait Aurore. Elle avait été enfermée à Pierre Enscise et il n'avait pu la voir, occupé qu'il était à convaincre le gouverneur de la place de l'importance de sa mission. Heureusement qu'il avait cet ordre écrit de la main de Colbert ! Mais il avait dû laisser le précieux papier en échange de l'escorte qui amènerait la jeune fille directement à la prison des Filles-Repenties.

Elle avait été solidement attachée et elle le dévisageait haineusement. Finalement, songeait-il, s'il prenait quelques privautés avec elle, personne n'en saurait rien. En souriant ignoblement, il avança les mains.

Aurore lui cracha au visage. Surpris et honteux, il la gifla violemment plusieurs fois, puis se jetant sur elle, il essaya de la dévêtir.

C'est à cet instant que la voiture s'arrêta. Monfuron bascula au sol.

— Quinze mousquets vous entourent, cria une voix sèche. Si l'un de vous bouge, vous êtes tous morts au même instant.

Mery de Monfuron ouvrit la porte et regarda ce qui se passait. À travers la faible luminosité du jour, on distinguait vaguement plusieurs ombres qui tenaient toute la troupe en joue.

— Service du roi, cria-t-il avec insolence, videz les lieux, marauds !

— Si l'un de vous parle encore, nous tirons. Descendez tous de cheval, et vous, restez en voiture et fermez cette porte.

Ce dernier ordre s'adressait à l'évidence à Monfuron.

Il y eut un silence de quelques secondes. L'officier hésitait à ouvrir le feu. Il ne pleuvait presque plus et leurs armes pouvaient être mouillées. Mais d'un autre côté, il avait repéré plus de dix fusils, peut-être quinze. Si tous les coups portaient, ils seraient morts avant d'avoir réagi.

Il préféra attendre une occasion favorable.

— Pied à terre ! hurla-t-il d'une voix rauque. Obéissez !

Tous descendirent.

Deux hommes qu'il n'avait pas encore vus se saisirent des longes des chevaux et, avec une habileté diabolique, les emmenèrent bien au-delà de la voiture.

— Reculez d'au moins cent toises, hurla le chef des assaillants.

Lentement, la rage au cœur, la troupe obéit alors que la voiture s'éloignait.

Comme à l'exercice, plusieurs Corses gardaient les soldats en joue pendant que leurs compagnons montaient à cheval. Les dragons restaient à une dizaine de toises, impuissants : leurs mousquets étaient attachés à leur selle et leurs chevaux avaient maintenant disparu.

Puis, les derniers Corses ayant récupéré leur monture, la troupe des assaillants s'égailla pour rejoindre la voiture qui avait disparu au loin.

L'officier sortit alors de son pourpoint un pistolet à silex qui le quittait rarement. Il visa le dernier homme encore en vue et tira. Le cheval reçut la balle dans la cuisse et s'effondra entraînant le cavalier dans sa chute.

— Je ramènerai au moins quelqu'un à Paris, lâcha-t-il. Il paiera pour les autres.

Mery de Monfuron était affolé. Qui étaient ces gens ? Des bandits de grand chemin ? Qu'allaient-ils faire de lui ? La voiture les emportait au galop et il était secoué dans tous les sens. Aurore aussi, mais elle serrait les dents et ne laissait échapper aucun soupir. Au moins, l'attaque lui avait donné un sursis. Peut-être aurait-elle une chance.

Au bout de quelques minutes, la portière s'ouvrit et un homme passa de son cheval dans la voiture. Une opération délicate, mais qu'il réussit fort bien. Aurore reconnut Gaston.

— Êtes-vous sauve ? demanda-t-il aussitôt, le regard inquiet.

— Oui, et Pierre ?

— Il est là, ne vous inquiétez pas. Il nous suit avec Aragna que j'ai chargé de payer notre petite troupe et de prendre un autre chemin au premier carrefour pour faire perdre nos traces. Nous rentrons à Paris.

— Et lui ? elle désigna Monfuron.

Gaston ne répondit pas. Le visage fermé, il sortit un couteau de sa ceinture et entreprit de couper les liens d'Aurore. Lorsque ce fut terminé, il passa l'arme à la jeune femme pour qu'elle surveille son ex-geôlier. Il savait qu'il pouvait lui faire confiance. Il se pencha alors à la fenêtre et cria à Cougourde qui avait remplacé le cocher :

— Arrêtons-nous à la première clairière à l'écart.

Il se retourna vers Aurore.

— Qui est-il ? demanda-t-il en montrant Mery d'un signe de tête.

— Il prétend être à Colbert et agir sur ses ordres.

Gaston regarda Mery en levant un sourcil interrogateur.

— C'est exact, déclara Monfuron d'un ton suffisant. Si vous ne me libérez pas, vous le payerez très cher. Je me nomme Mery de Monfuron et je suis noble.

— Avez-vous un papier ? Un ordre de mission ? Une lettre ?

— J'ai laissé mes ordres au gouverneur de Pierre Enscise en échange d'une escorte.

— Donc, vous pouvez aussi être un vulgaire détrousseur ?

— Je ne vous permets pas !

— Vous a-t-il maltraité ? demanda-t-il à Aurore.

— Oui, fit-elle, le regard glacial. Il a même essayé pire.

Gaston sentit la voiture tourner. Il réfléchit un instant. Finalement, les choses seraient plus simples ainsi.

Il regarda gravement Monfuron et lui dit, glacial :

— J'ai été commissaire et magistrat. J'ai conduit quantité d'instructions criminelles. Vous avez enlevé une jeune femme, vous l'avez battue. Vous savez quel est le châtiment pour de tels crimes ?

Monfuron le regarda avec dédain, mais une lueur d'inquiétude brillait dans ses yeux.

La voiture s'arrêta.

— Sortez ! ordonna Gaston.

Aragna sautait de cheval à l'instant où Aurore descendait à son tour, tenant Monfuron en respect. Cougourde mit aussi pied à terre.

— Monsieur Aragna, je pense avoir encore le droit de juger un crime dans des circonstances exceptionnelles, poursuivit Gaston. Il se tourna vers les Corses : cet homme est coupable du crime d'enlèvement. Je le condamne à mort. La sentence sera exécutée aussitôt.

Cougourde hocha la tête en riant et saisit une corde fixée sur le siège du conducteur ; elle devait servir à tirer le véhicule lorsqu'il s'embourbait. Comprenant enfin qu'il était au bout du voyage, Mery se mit à hurler et poussa un long et sauvage glapissement. Mais déjà Aragna l'avait saisi et l'entraînait sans ménagement. L'homme de Colbert se débattait effroyablement et, malgré sa force, Aragna avait du mal à le maîtriser. Finalement, fatigué de sa résistance, il lui donna un

violent coup derrière la nuque. Mery s'effondra. Entre-
temps, Cougourde avait lancé, en sifflotant, une corde
sur une branche basse. En quelques secondes, Mery de
Monfuron, inconscient, y fut pendu. Suspendu, il reprit
conscience et gargouilla affreusement. Puis, il s'agita
nerveusement un long moment, ses entrailles se vidèrent. Et enfin, la corde ne bougea plus.

Aurore le considéra, frotta son pouce droit contre
ses incisives et murmura la malédiction que lui avait
apprise Cougourde :

— *Ch'è tu brusgi à legne verde*[1] !

Puis elle se retourna vers ses compagnons et,
brusquement, interrogea d'une voix blanche :

— Où est Pierre ?

Ils se regardèrent interloqués pour découvrir que
Pierre ne les avait pas rejoints ! Alors que Monfuron
se balançait doucement dans la brise matinale, Aragna
courut jusqu'à l'entrée de la clairière. Rien. Personne.

Il interrogea Cougourde.

— Depuis quand ne l'as-tu plus vu ?

Le Corse écarta les mains avec un sourire niais, il
ne se souvenait pas.

Il fallait revenir en arrière. La décision fut vite
prise.

— Abandonnons la voiture et retournons. Rien
ne dit que les dragons nous reconnaîtront. Peut-être
Pierre est-il blessé, il me semble avoir entendu un coup
de feu quand nous nous sommes enfuis.

— Moi, ils me reconnaîtront, objecta Aurore.
Donnez-moi des habits. Vite !

Gaston comprit aussitôt. Un maigre sac de voyage
contenait quelques vêtements que Pierre lui avait ache-
tés à Lyon. Son cheval et celui de Cougourde étaient à
la remorque de celui d'Aragna. Il s'y précipita et sortit
du sac une chemise, un haut de chausse pas très propre

---

1. Brûle au bois vert (en enfer) !

et un pourpoint de velours taché. Aurore les attrapa et, se plaçant derrière la voiture, se déshabilla rapidement.

— Il nous faut un cheval de plus, objecta Cougourde. Je laisserai le mien à la dame et je vais en détacher un de la voiture.

Mais Aurore montait-elle à cheval ? La question traversa un instant l'esprit de Gaston, il la chassa aussitôt. Après ce qu'il avait vu des talents de la jeune femme, il eût été invraisemblable qu'elle ne montât point.

Aurore réapparut, vêtue comme un batteur d'estrade, les cheveux noués par un catogan. Elle grimpa dans la voiture et en ressortit avec le baudrier, l'épée et le manteau de Mery de Monfuron. Il lui fallut quelques secondes pour serrer le baudrier en travers de sa poitrine, écrasant ses seins. Elle en sortit ensuite l'épée, une épée de parade dorée et eut une grimace de dégoût qui n'échappa pas à Gaston.

— Prenez celle-ci, lui proposa-t-il, décrochant une lourde rapière espagnole qu'il gardait en réserve attachée à sa selle.

Il la lui lança par la lame, dans l'étui.

Aurore saisit la poignée au vol avec un sourire, elle glissa le fourreau dans le baudrier et sauta sur le cheval qu'avait avancé Cougourde.

Ils partirent. Aragna se plaça à côté de Gaston et l'interrogea :

— Pourquoi lui avez-vous donné votre arme ? Sait-elle se battre ?

— Vous le verrez assez tôt, mais surtout, mon ami, écoutez mon conseil : ne vous battez jamais avec elle, jamais !

Aragna resta silencieux, songeur. Il observa qu'Aurore s'était portée en tête de leur troupe.

Il leur fallut une dizaine de minutes pour faire le chemin inverse en forçant leurs bêtes. Arrivé au lieu de l'attaque, ils virent deux voitures arrêtées et une

dizaine de voyageurs curieux qui s'étaient rassemblés.
Le soleil se levait.

— Que s'est-il passé ? demanda Gaston hypocrite-
tement.

— Des malandrins ont attaqué une troupe, expliqua un gros homme ; sans doute un marchand de vin
tant son visage était rouge et couperosé.

— Et pas n'importe qui, renchérit une femme au
torse puissant et à la poitrine plantureuse. (Elle avait
placé ses mains sur ses hanches pour mieux faire état
de son indignation :) des dragons ! Vous vous rendez
compte !

— Heureusement, ils en ont capturé un, fit un
troisième assis sur le siège avant d'une voiture. Regardez, on vient de pousser son cheval mort !

Gaston tourna la tête et ressentit un frisson :
c'était le cheval de Pierre.

— *O la me niguia*[1] ! murmura Cougourde

— Mais où sont-ils, ces fameux dragons ? demanda
Gaston innocemment.

— Ils étaient encore là il y a un moment, répliqua le négociant. Ah, ils n'étaient pas fiers ! On leur
avait volé un prisonnier et leur voiture avec ! Et dans
la voiture se trouvait un personnage important ! Ils ont
pris ce chemin – il désigna un sentier –, qui redescend
vers la Saône car il y a une grosse ferme fortifiée au
bout. Là-bas, ils trouveront des chevaux et de l'aide.

— Sûr ! renchérit la matrone. Ils doivent déjà y
être avec leur prisonnier.

— *Sangu lu Cristu* ! Et ce prisonnier ? questionna
Cougourde qui avait repris son air habituel bonasse et
jovial, quel genre d'homme c'était ?

Le cocher haussa les épaules.

— Ils nous ont dit qu'ils l'emmenaient à Paris.
Ils avaient un autre prisonnier qu'ils ont perdu, celui-

---

1. Malheur sur moi !

là le remplacera. Certain qu'il sera roué vif ! Pensez, attaquer des dragons du roi !

— Pauvre jeune homme, il avait l'air bien brave, fit une autre femme apitoyée, sortant sa tête d'une fenêtre. Enfin, il n'avait pas l'air blessé !

Gaston approuva du chef et salua le petit groupe de compères, faisant comprendre qu'ils étaient pressés, puis il fit signe à ses compagnons de se remettre en route. Ils repartirent vers Lyon et s'arrêtèrent au bout de quelques minutes aussitôt que l'attroupement fut hors de vue.

— Prenons un autre chemin, et essayons de retrouver les dragons. Il nous faut en savoir plus.

Durant toute la matinée, ils traversèrent le mont d'Or, passant et repassant de sentier en sentier et essayant de retrouver la Saône. Finalement, en début d'après-midi, ils aperçurent la route qui serpentait le long de la rivière. Un trafic important y circulait à cette heure : des voitures de vin, de fourrage, de bois, mais aussi des cavaliers ainsi que quelques troupeaux d'animaux. Ils descendirent vers le large chemin et tentèrent de remonter lentement le flux qui se dirigeait vers le nord ; ils en profitaient pour questionner ici et là.

— On ne voit pas beaucoup de soldats, lançait Cougourde à la volée. Heureusement qu'on est nombreux sur cette route ! On ne risque rien…

Un paysan qui menait une dizaine de bœufs lui répliqua, tout en faisant écarter son troupeau :

— Ne croyez pas ça ! Je viens de croiser une dizaine de dragons avec justement un brigand qu'ils venaient de capturer !

Ils pressèrent l'allure.

Une heure plus tard, ils apercevaient devant eux la troupe de dragons qui chevauchait au trot. Les soldats avaient donc bien obtenu des chevaux. Ils les suivirent jusqu'au soir, distinguant parfois Pierre attaché sur un cheval en longe. Quant à eux, ils enrageaient d'être si près de lui et de ne pouvoir intervenir, mais d'un autre côté, ils savaient qu'avec le trafic sur ce chemin, personne ne pouvait les remarquer.

À l'entrée de Villefranche, Gaston expliqua à Cougourde :

— Tu es le seul qui ne s'est pas montré à eux lors de l'attaque puisque tu as pris la place du cocher. Ils vont s'arrêter à une auberge. Nous descendrons à *l'Écu d'Or* que nous voyons d'ici. Tâche de savoir où ils vont et rejoins-nous avant demain.

Cougourde les retrouva le soir même, alors qu'ils étaient encore attablés dans la salle basse de l'auberge.

— Alors, qu'avez-vous appris ? demanda Aurore fiévreusement.

— Pas grand-chose, mais suffisamment. Ils se sont enfermés dans une salle à l'arrière de leur hôtellerie, défendue comme pour un siège. Il sera impossible de reprendre monsieur Pierre. Sinon dans un bain de sang et ils ne le rendront pas vivant, mais...

— Mais ?

— Ils l'emmènent à Paris. C'est l'aubergiste qui me l'a dit. Ils le laisseront au Grand-Châtelet a dit leur officier, le temps qu'ils obtiennent des instructions.

Aurore, accablée, baissa les yeux. Elle se sentit soudain épuisée. Le Grand-Châtelet ! Une fois rentré là-bas, c'était la question et l'exécution dans la cour ou sur la Place de Grève toute proche.

Après son frère, elle perdait maintenant Pierre.

Gaston, lui, hocha la tête avec un air plutôt satisfait. Brusquement, il vit qu'Aurore pleurait. Il lui prit la main.

— Il est perdu, sanglotait-elle.

— Non, la rassura Gaston avec un air rusé. Il est sauvé !

Gaston était-il devenu fou ? Elle le regarda attentivement en essuyant ses larmes.

— J'ai été quinze ans durant officier de police,

puis procureur du roi, au Grand-Châtelet. Je connais cette prison comme ma poche. Croyez-moi, nous allons le faire sortir de là. Il nous faut maintenant être à Paris le plus vite possible. Vous allez vous reposer. Nous repartirons très tôt demain et nous irons à Paris à marche forcée. Ce sera dur. Il vous faut prendre des forces. Pour le délivrer, nous devons arriver deux ou trois jours avant eux.

Aurore se leva, elle ne ressemblait plus au fier cavalier qui avait chevauché avec eux toute la journée. Elle semblait vieillie et usée. Tous les trois la regardèrent s'éloigner vers la galerie qui permettait d'accéder aux chambres.

— Pauvre femme ! Croyez-vous qu'elle tiendra le coup ? s'enquit Aragna. Peut-être devrions nous la laisser se reposer en chemin ?

Alors Gaston leur raconta qui était Aurore et comment s'était déroulé le combat d'Auxerre.

12

Du samedi 26 avril
au dimanche 27 avril 1670

Six jours plus tard, Gaston, Aurore La Forêt et les deux Corses arrivaient enfin à Paris. Ils avaient galopé sans interruption. Tannée par le soleil, le vent, la pluie et parfois la neige, Aurore avait fait preuve d'une endurance peu commune, ne se plaignant jamais alors qu'ils avaient tous souffert des éléments et du manque de sommeil. Au contraire, elle conservait en permanence un tempérament enjoué, qui grandissait en s'approchant de Paris.

L'entrée dans la ville les avait un peu retardés : si les fortifications avaient presque toutes été détruites sous le nouveau règne, un contrôle des voyageurs se faisait toujours au passage des portes par les commis de l'octroi et les gardes de la milice. Toute personne qui entrait dans Paris devait exhiber des papiers – en fait un passeport –, et payer des droits sur les marchandises qu'elle apportait. Mais Gaston savait aussi qu'il était possible d'éviter trop de désagréments en glissant quelques épices aux commis, ce qu'il fit. Après tout, ils étaient quasiment en règle, seuls Cougourde et Aragna n'avaient pas de papiers, mais ils passèrent pour leurs domestiques.

Durant le voyage, Gaston leur avait continuellement rappelé :

— Plus tôt nous serons à Paris, plus nous aurons
de temps pour préparer une évasion. Lorsque les dragons seront arrivés avec Pierre, il suffira d'une journée, de quelques heures même, pour que Le Tellier
comprenne les événements qui se sont produits. Alors
Pierre sera transféré et deviendra inaccessible.

— Mais si c'est seulement à moi que Colbert en
veut, peut-être libérera-t-il Pierre. Il est sans intérêt
pour eux, avait objecté Aurore.

— L'ennui, c'est que nous ne savons pas grand-
chose sur ce qui s'est passé. Louis m'a expliqué sommairement pourquoi Louvois avait fait saisir Mercy.
J'ai bien réfléchi, je pense que Colbert ne s'en prend à
vous que pour votre rôle dans la tentative d'évasion de
M. Fouquet, mais il est bien trop prudent pour s'alié-
ner Louvois et son père Le Tellier. Il déguisera peut-
être la vérité mais abandonnera Pierre sans hésitation
à la police. De toute façon, Pierre est complice d'une
bande qui a attaqué des dragons. Et ceci est passible
de la mort.

— Mais comment le marquis de Louvois pren-
dra-t-il connaissance de toute cette histoire ? avait
objecté Aragna. Toutes les arrestations ne remontent
tout de même pas au ministre !

Gaston expliqua les démarches de police qui
allaient suivre.

— Les dragons vont certainement le faire enfermer au Grand-Châtelet, comme ils l'ont annoncé.
Aussitôt après leur officier préviendra le commissaire
de Saint-Germain-l'Auxerrois, dont dépend la prison.
Celui-ci avertira, le jour même, le lieutenant criminel
et lui transmettra un rapport écrit sur notre agression.
Mery de Monfuron étant à Colbert, l'agression peut
être considérée comme relevant du lieutenant criminel
puisque Colbert vit et travaille à Paris. Mais comme le

Contrôleur général des finances est un ministre, le lieutenant criminel informera aussitôt le lieutenant général de police, M. de La Reynie, qui sans perdre un instant saisira son supérieur, le marquis de Louvois.

» Tout cela se fera en quelques heures. Je vous l'assure, une fois Pierre au Grand-Châtelet, nous devons le faire sortir dans les vingt-quatre premières heures ; après il sera trop tard. Aussitôt que Louvois aura été informé, il fera interroger Pierre pour essayer de comprendre en quoi son rival Colbert est mêlé à cette sombre affaire. Et probablement, ils lui appliqueront aussitôt la question préliminaire.

Maintenant, après avoir traversé le Petit-Châtelet, ils avançaient difficilement dans l'étroite rue de la Juiverie, qui était pourtant une des plus larges de l'île. Gaston se tenait de front avec Aurore et les deux Corses suivaient ; mais malgré le vacarme de la rue, ils ne perdaient pas une miette des paroles de l'ancien commissaire.

— Que ferons-nous si Pierre n'est pas au Grand-Châtelet ? venait de demander Cougourde.

Gaston eut une grimace : était-ce la question ou seulement sa vaine tentative pour éviter les éclaboussures d'un char à bœufs empli de plusieurs tonneaux d'excréments qui clapotaient joyeusement ?

— J'y ai pensé, les dragons peuvent aussi l'amener au Fort-l'Évêque, rue Saint-Germain-l'Auxerrois, mais cela m'étonnerait. Cette prison est perpétuellement surchargée et ses quatre étages comptent plus de quatre cents pensionnaires. On y place surtout les comédiens, les cochers insolents et les condamnés pour dette. Un homme comme Pierre pourrait trop facilement s'en évader. Et puis, c'est au Grand-Châtelet que l'écrou est le plus facile et le plus rapide or nos dragons auront hâte de se débarrasser de leur homme pour se rendre au cabaret ou au bordeau !

Du doigt, il montrait la sinistre silhouette de la prison qu'ils distinguaient devant eux car ils remontaient justement le pont Notre-Dame, se frayant difficilement un chemin dans la cohue de voitures, de chcvaux et de badauds.

— Notre problème principal, reprit-il, c'est maintenant de retrouver Louis, en espérant qu'il arrivera avant les dragons. Sinon, nous agirons seuls. Ce soir, nous irons au Palais Royal. Après la représentation, je verrai Poquelin et je lui demanderai de nous prévenir dès que Louis se sera présenté chez lui.

— Vous le connaissez donc si bien ? demanda Aurore. Êtes-vous sûr qu'il nous aidera ?

Gaston eut un sourire un peu songeur.

— Voyez-vous, Poquelin, Louis et moi sommes de vieilles connaissances. Louis m'a traîné à une de ses premières représentations, il y a plus de vingt-cinq ans. Je m'en souviens encore ! C'était le *Médecin cocu* et la pièce était jouée dans le jeu de paume abandonné des Métayers, qui se trouvait sur un chemin boueux en longeant les vieux remparts : le chemin des fossés Saint-Germain[1].

» C'était Julie d'Angennes, l'abominable fille de la marquise de Rambouillet, qui avait découvert cette nouvelle troupe pompeusement baptisée *l'Illustre Théâtre*.

» Poquelin est votre condisciple, me répétait-elle hargneusement sans arrêt car, à l'époque, il venait de terminer ses études au collège de Clermont, dont j'étais sorti dix ans plus tôt.

» Plus tard, on l'a mis en prison pour dette et j'ai dû intervenir auprès du lieutenant civil Laffemas pour le faire libérer. L'année suivante, je l'ai encore rencontré

_____

1. La future rue Mazarine.

pour une enquête : il s'était installé près du couvent de
l'Ave-Maria, vers le port Saint-Paul, dans le jeu de
paume de la *Croix-Noire*. C'est là que j'ai connu tous les
membres de la troupe. Il se tut un instant en pensant à
Geneviève Béjart. Plus tard, poursuivi et harcelé par ses
créanciers, il a finalement quitté Paris avec sa troupe.

Ils s'écartèrent pour laisser passer un carrosse.

— Nos routes se sont de nouveau croisées lorsqu'il y a vingt ans, toujours avec Louis, nous avons
secouru Angélique de l'Étoile et sa cousine Armande
de Brie alors qu'elles étaient agressées par une troupe
de bandouillers. Elles rejoignaient toutes deux
l'Illustre Théâtre à Montpellier et nous, nous nous ren-
dions à Aix sur ordre de Mazarin[1]. Plus tard, j'ai
retrouvé Armande et je l'ai épousée. Elle a quitté la
troupe mais non sa cousine Angélique. C'est chez cette
dernière que nous nous rendons. D'après Pierre, c'est
là qu'Armande a dû se réfugier.

Son cœur se serra en disant cela. En vérité, il
n'était sûr de rien ; et si son épouse chérie était en prison ? Ou morte ?

Ils ne parlèrent plus durant un temps, chacun était
absorbé par son propre cheminement dans le dédale
des étals de commerçants qui avançaient toujours trop
sur la chaussée. On ne craignait plus beaucoup désormais les pots d'eau gâtée, comme c'était encore le cas
sous le règne de Louis le Juste, car les sanctions étaient
maintenant très sévères ; néanmoins, il restait banal de
jeter le contenu d'un vase de nuit après avoir sommairement vérifié qu'aucun passant ne pouvait le recevoir.
Et recevoir le seau d'excréments d'une famille complète était toujours une déplaisante expérience.

À cheval, il fallait aussi se prémunir contre les
innombrables enseignes et auvents – presque chaque

---

1. Voir *L'Énigme du Clos Mazarin*, à paraître dans la collection
Labyrinthes.

commerce en avait un –, en général trop bas et qui ouvraient aisément le crâne du cavalier distrait.

Malgré tous ces pièges, ils arrivèrent finalement sans dégâts rue de la Verrerie, où habitait Angélique.

— Il y a une écurie, plus bas, indiqua Gaston. Juste à côté de l'auberge de la *Croix Blanche*, en face du cimetière Saint-Jean. Nous allons y laisser les chevaux et marcher un peu. Nous pourrons ainsi vérifier que M. de La Reynie n'a pas placé quelques mouches pour nous attendre.

Les chevaux à l'écurie, ils portèrent leurs maigres bagages à l'auberge, conservant à la main leurs épées emmaillotées dans un linge ; sauf pour Gaston car il était noble. Une ordonnance de La Reynie interdisait en effet aux particuliers, à l'exception de la noblesse, de porter une arme visible dans Paris.

Quelques minutes plus tard, ils arrivaient devant la porte de l'immeuble gardée par un solide concierge qui les considéra avec méfiance. Diable ! Quatre hommes couverts de crasse et marqués par la fatigue, apparemment armés jusqu'aux dents – les épées enveloppées étaient parfaitement reconnaissables –, tous avec un air farouche sur le visage, cela n'était pas courant dans cet immeuble plutôt bourgeois. Il appela ses deux fils à la rescousse.

— Que voulez-vous ? leur demanda-t-il ensuite avec insolence, ses mains, larges comme des battoirs, posées sur les hanches.

— Vous ne me reconnaissez donc pas ? l'interrogea Gaston doucement.

Il ne tenait pas à se faire remarquer.

L'autre l'étudia plus longuement ; ce visage lui disait quelque chose, mais cette barbe ? Ces cheveux emmêlés ? Soudain, il sursauta :

— Mordieu ! Monsieur de Tilly ! Ah, ça non ! Je ne vous aurais jamais reconnu, habillé ainsi ! Et surtout en telle compagnie, ajouta-t-il sévèrement, en fixant la petite troupe de *grisous* comme on nommait les gens louches qui couraient les routes.

Il faut dire qu'Aurore et les deux Corses semblaient avoir été fabriqués dans le même moule : hauts de chausse sales et déchirés, bottes de voyage qui montaient aux genoux et couvertes de boue, chemises épaisses qui auraient pu avoir été blanches dans une autre vie, pourpoints de buffle lacés par de grossières lanières et croisés par de larges baudriers actuellement en partie vides. D'Aragna y portait seulement un grand coutelas de marine, Cougourde quelques côtels à lancer et Aurore un petit pistolet d'arçon.

Malgré ces précautions, on distinguait pourtant, roulé dans leurs manteaux, pour d'Aragna un sabre d'abordage, pour Cougourde une courte épée bolognaise et pour Aurore la lourde épée à l'espagnole que lui avait confiée Gaston.

Tous trois avaient les cheveux nattés et graissés comme les marins et leurs tresses dépassaient bizarrement de leur feutre informe.

— Pouvez-vous nous annoncer à Mme de Brie ? demanda Gaston qui ne désirait pas s'expliquer plus avant.

— Pierrot ! cria le concierge à son fils, un grand dadais boutonneux d'une quinzaine d'années qui venait d'apparaître, conduis-les !

Angélique habitait le deuxième étage. Ils montèrent le grand escalier dans un fracassant éclat de ferraille : mélange de cliquetis d'éperons, de boucles et de pièces métalliques suspendues à leur baudrier.

Pas très discret, notre arrivée, songeait Gaston vaguement soucieux.

La domestique d'Angélique leur ouvrit et elle le reconnut. Son visage s'illumina, elle appela aussitôt :

— Madame ! Madame de Tilly ! C'est monsieur de Tilly !

Grands bruissements de tissus et claquements de

portes. Les deux femmes apparurent et Armande se jeta dans les bras de son époux.

Pendant ce temps, Aragna donnait un sol à Pierrot et fermait soigneusement la porte, faisant signe à Cougourde de rester devant et de surveiller.

Dans le salon d'Angélique, ils étaient maintenant réunis devant une desserte de viande, de pain et de vin que la maîtresse de maison était en train de faire disposer par sa servante.

— Ma cousine, expliqua Gaston, et avant toute chose, voici Aurore La Forêt ; il montra le reître farouche, basané et armé jusqu'aux dents à côté de lui. Je pense qu'elle aimerait faire un peu de toilette et retrouver la vêture de son sexe.

Angélique ouvrit des yeux de poisson rouge. Ce soudard, ce sabouleux, ce mercandier, pouvait-il être une femme ? Bien qu'habituée au théâtre et à ses grimages, elle resta un instant paralysée de stupéfaction. Par contre Armande, qui avait rencontré Aurore *avant*, lors de la brève visite qu'elle lui avait rendue le jour de leur départ, l'avait reconnue et déjà prise par la main.

— Aurore ? Je crois que vous êtes bien mal coiffée, madame ! Venez donc avec moi, lui fit-elle en riant.

Aurore déposa sa lourde épée espagnole et son pistolet sur un fauteuil sous le regard ahuri de la servante, fit une élégante révérence de cour apprise chez Mme Fouquet, un dernier sourire, et elle suivit son hôtesse.

Angélique les accompagna, mais Armande revint très vite seule. Elle avait tant à apprendre de son époux !

Entre deux bouchées et trois verres de vin, Gaston raconta leur périple, présenta le Corse, demanda à Ara-

gna de porter à manger et à boire à Cougourde dans
l'entrée et expliqua – de façon cependant un peu allu-
sive – le genre de femme qu'était Aurore en voyage.
Mais il en parla avec tant de respect, approuvé de la
tête par Aragna, qu'Armande fut presque saisie d'un
doute : son époux se serait-il entiché de cette fille ?
Pourtant, elle comprit vite son erreur lorsqu'il lui parla
de la relation entre Pierre et Aurore et qu'il termina par
ces mots :

— Nous avons trois jours, au plus, pour faire
sortir le fils de Louis du Grand-Châtelet.

Angélique revint à cet instant, mais sans Aurore
qu'elle avait laissée au soin de sa chambrière. Les deux
femmes racontèrent à leur tour les événements dont
elles avaient été témoins. Oui, des dragons s'étaient
présentés chez Angélique le jour même où Armande
s'y était installée. Ils cherchaient Gaston ainsi que
Louis, mais ils ne s'étaient pas intéressés à elle. Ils
étaient revenus quelques jours plus tard et avaient tout
fouillé. Depuis, plus rien. Par les comédiens qui
savaient beaucoup de choses, elles avaient appris que
l'appartement de Pierre, rue des Blancs-Manteaux,
avait aussi été fouillé – mis à sac serait plus juste –
ainsi que l'étude rue des Quatre-Fils, mais là, avec plus
de doigté, car ceux qui étaient derrière cette opération
ne voulaient pas se mettre les notaires et les échevins
de la ville à dos. Non, elles ne savaient rien d'autre sur
Mercy ; par contre, elles n'ignoraient pas ce qu'étaient
devenus les prisonniers de la terrible nuit.

— Mais, comment avez-vous fait ?

— Les comédiens savent tout, Gaston, répliqua
Armande avec coquetterie. Les hommes de Mercy,
une dizaine de survivants, sont enfermés à la Tour-
Saint-Bernard…

— La chaîne…, murmura Gaston.

— Oui.

— C'est l'ancien château de la Tournelle, expli-

qua l'ancien commissaire à Aragna. On y met les déte-
nus en instance de départ pour les galères. C'est un
dépôt, en quelque sorte.

— Nous avons obtenu la permission d'une visite
une fois par semaine, expliqua Angélique. C'est courant pour ces prisonniers. Ils sont enfermés dans trois
cachots, dorment sur de la paille pourrie pleine de
vermine et sont attachés par des chaînes à de grosses
poutres du plafond. Par contre, ils ne sont pas en
contact avec les autres bagnards.

» Contre quelques pistoles, nous avons obtenu
des deux sergents qui les gardent et du concierge – une
abominable brute avinée – de pouvoir leur faire passer
un peu de nourriture. Des Jésuites ont aussi le droit de
les voir et nous leur avons demandé de les soigner : les
pauvres gens sont couverts de pustules, de gale et d'ab-
cès suppurants dus aux chaînes.

— Et Julie ?

— Les femmes sont aux Filles-Repenties avec
les ribaudes. Celles qui avaient de jeunes enfants sont
aux Madelonettes. Nous n'avons pu les voir mais on
sait qu'elles doivent partir aux Amériques pour y être
vendues. Cependant, nous n'avons rien de sûr pour
Julie. Est-elle aussi là-bas ? Nous l'ignorons, elle peut
aussi être à Sainte Pélagie.

Armande soupira.

— La seule bonne nouvelle est une lettre de
Marie, qui est en sécurité en Normandie.

— Il ne faut plus songer aux prisonniers dans
l'immédiat, décida Gaston. Nous allons nous installer
à l'auberge de la *Croix Blanche*, en face du cimetière
Saint-Jean. Mais, j'ai besoin de ton aide, et plus
encore de celle d'Angélique.

— Elle vous est acquise…

À cet instant Aurore revint. Vêtue d'une robe de
velours bleu foncé, ses cheveux coiffés en anglaises
avec une garcette sur le front, une chemise de soie

rose baillant des fendus des manches, le visage lavé et plus encore maquillé. Elle était resplendissante.

— Continuez, fit-elle, doucement.

Elle s'assit à côté d'un Aragna confus. Durant tous ces jours, il l'avait progressivement considérée comme un frère d'armes, et peut-être comme un véritable frère après avoir vu de quoi elle était capable et avoir entendu de Gaston l'épique récit du combat d'Auxerre. Mais maintenant, tout était différent et il se sentait coupable et honteux d'avoir traité cette demoiselle comme un camarade de route.

Ayant deviné sa gêne, elle lui fit un petit sourire de complicité que Gaston releva. Ceci le soulagea un peu. Il allait tant avoir à faire ! Au moins, il savait qu'il pouvait compter sur eux.

Mais déjà Angélique poursuivait :

— Tout ici est à votre disposition.

— Merci, fit Gaston plus ému qu'il ne paraissait. Voilà mon idée : pouvez-vous obtenir l'aide des costumières de la troupe de Molière durant deux jours ? Il faudrait nous coudre deux uniformes d'archers et deux de sergents du Châtelet, à la taille de nos deux amis – il fit un signe de tête vers Aragna – et à celles de Bauer et de Verrazzano – qu'Armande connaît – il a de toute façon à peu près ma taille, précisa-t-il.

— Pour les costumières, il n'y a aucune difficulté, mais comment être sûre de l'exactitude du costume, des détails, des passements et des galons ?

— Vous allez partir avec Cougourde. Il louera une voiture à l'écurie de la *Croix Blanche* où nous avons laissé nos chevaux. Vous irez chercher les costumières et vous vous placerez devant le Grand-Châtelet. Restez-y un moment à surveiller. Les archers entrent et sortent à tout moment, examinez bien les tissus et les galons. Leurs uniformes bleu fleurdelisé sont assez simples à reproduire mais pour les sergents, il faut des chausses rouges et un pourpoint bleu semé de

fleurs de lys avec un baudrier étoilé. Mais on trouve
tout ça dans la galerie mercière du Palais. Achetez tout
ce qui est nécessaire et mettez-vous au travail. Il faudrait avoir ces vêtements demain, Cougourde s'occupera des armes et des bottes correspondantes. Ah oui !
Passez aussi voir Poquelin, il annoncera à Louis où
nous sommes dès qu'il le verra.

— Et moi ? interrogea Aragna.

— Tu vas te vêtir de loques et t'installer devant le
porche de la prison. Il y a toujours des vagabonds, des
gueux et des infirmes, tu devras peut-être faire le coup de
poing pour avoir une place mais tu y arriveras ! Tu y res-
teras jour et nuit et dès que tu verras arriver Pierre et les
dragons, tu te précipiteras à la *Croix Blanche* nous avertir.

Gaston était un organisateur né. Lieutenant durant
la campagne militaire contre monsieur le Comte en
1642[1], il avait montré un talent certain pour dresser des
plans.

Ils discutèrent encore un instant des détails de
l'organisation de ces quelques jours, mais Gaston avait
réponse à tout.

— Et toi, lui demanda finalement Armande, que
vas-tu faire ?

— Retrouver Julie. Je dois savoir exactement où
elle est pour l'annoncer à Louis. Et je dois aussi trouver un moyen de la libérer si cela s'avère possible.

Ils se turent un moment. Chacun songeait à Julie
de Vivonne, enfermée sans doute dans l'infâme prison
pour femmes de Sainte-Pélagie, ou pire aux Filles-
Repenties. Malade peut-être.

— Avant de partir, reprit Armande, change-toi et
lave-toi. Tu as une barbe de dix jours ! Tu ferais peur à
n'importe qui ! On dirait que tu sors de la cour des
Miracles !

---

1. Voir : *Le Mystère de la Chambre Bleue*, à paraître dans la collection *Labyrinthes*.

Gaston secoua négativement la tête :

— N'oublie pas qu'on me recherche. Et que je suis connu à Paris, ayant été trop longtemps officier de police. Que quelqu'un me voie, et je serai aussitôt dénoncé et arrêté. Mieux vaut que je reste ainsi. Il y a tant et tant de barbets et de francs-mitoux que je passerai plus facilement inaperçu !

Deux heures plus tard, Gaston se trouvait rue des Fossés-Montmartre devant la maison de Tallemant des Réaux.

Il s'y était rendu en utilisant une vinaigrette, c'est-à-dire une de ces voitures à deux roues, close – donc on ne pouvait le voir –, tirée par un homme devant et poussée par un autre derrière.

Maintenant, il hésitait. La maison de Tallemant n'était guère sûre pour lui. Son épouse Élisabeth n'aimait pas les amis de l'écrivain et elle avait déjà trahi son mari. Elle pouvait parfaitement le dénoncer à la police. Après avoir longuement observé les environs et n'avoir rien repéré d'anormal, il attrapa un jeune garçon qui errait dans la rue à la recherche d'une bonne fortune ou d'un mauvais coup.

— Voici deux sols, lui proposa-t-il. Tu vas aller dans cette maison et transmettre le message suivant à M. Tallemant des Réaux : Qu'il descende dans la rue, un ami de Vincent Voiture désire lui parler. Tu as retenu ?

— Vincent Voiture ? Oui, fit le gamin insolent qui partit aussitôt en courant.

Tallemant travaillait à la rédaction de ses *historiettes* lorsque sa servante Henriette pénétra dans son cabinet de travail.

— Un jeune pendard veut vous parler, monsieur. J'ai essayé de le chasser…

— Je ne veux voir personne…, maugréa l'écrivain.

— Je le lui ai dit, mais il insiste, monsieur. Il vient de la part de Vincent Voiture…

— Voiture ?

Tallemant se leva d'un bond. Vincent était mort en 1648 ! Qui savait qu'il travaillait à la mise en forme de l'œuvre complète du poète ?

Il n'y en avait qu'un, songea-t-il, le meilleur ami qu'avait eu Voiture : Louis Fronsac.

— J'y vais, lâcha-t-il à Henriette.

Le gamin attendait dans l'office, rongeant un bout de pain qu'il avait volé dans un placard.

— C'est un monsieur en bas, il veut vous voir, annonça-t-il un peu inquiet.

— Amène-moi vers lui.

Dix minutes plus tard, Tallemant et Gaston étaient attablés dans un *bouchon*, à proximité du domicile de l'écrivain.

Ces bouchons étaient des sortes de modestes cabarets que l'on trouvait un peu partout ; ils tiraient leur nom du rameau de verdure, appelé bouchon, fixé au-dessus de leur porte et constitué de lierre, de houx et de cyprès. Le bouchon avisait les contrôleurs des vins qu'une barrique avait été mise en perce et qu'ils pouvaient passer collecter l'impôt.

— …Voilà tout ce que je sais, concluait tristement Tallemant en vidant son verre de muscadet blanc.

Et le fait est qu'il ne savait rien ! Lui aussi avait été interpellé, sa maison fouillée, et puis, plus rien. Il connaissait la ruine de Mercy. Il avait essayé d'en parler à son beau-frère Ruvigny, mais il s'était heurté à un mur. Il avait même tenté de voir le prince de Condé, qui avait refusé de le rencontrer.

— Partout, expliquait-il, les visages se fermaient lorsqu'on parlait du marquis de Vivonne. Tout comme s'il n'avait jamais existé.

— Je ne m'attendais pas à plus, lui dit Gaston en savourant son vin de Rosette. Il venait de narrer leur expédition, ce qui lui avait donné soif. Mais tu peux faire quelque chose pour Louis. J'ai besoin de voir Ruvigny. Lui seul peut approcher quelqu'un de trop haut placé pour moi. Acceptes-tu de lui demander de me rencontrer ici même, disons demain matin ?

Tallemant secoua la tête en grimaçant.

— Il refusera. Je ne sais pas si c'est à cause du duc de Beaufort, mais il me semble terrorisé. Lui qui jusqu'à présent n'avait peur de rien ! Je ne le reconnais plus… Il ne voudra pas s'en mêler et, comment le contraindre ?

Gaston hocha du chef.

— Je comprends, alors voici autre chose : demande-lui d'aller voir Colbert et de lui dire que je sais où se trouve Mery de Monfuron. Retiens bien ce nom. Mais en échange de cette information, Colbert devra lui faire savoir si Julie de Vivonne est vivante. Et où elle est enfermée.

— J'essaierai, répondit tristement Tallemant. Mais je ne peux rien te promettre…

— Il viendra, je te l'assure. Mery de Monfuron est une pièce trop importante pour Colbert. S'il m'arrive quelque chose, tu trouveras Louis à l'auberge de la *Croix Blanche*, en face du cimetière Saint-Jean, aussitôt qu'il sera à Paris.

Lorsqu'ils se quittèrent, Tallemant avait retrouvé un peu d'espoir, et Gaston songeait que tous les éléments de la pièce se mettaient maintenant en place. Décidément, il avait beaucoup appris sur le théâtre avec Armande !

Quand Gaston rentra à la *Croix-Blanche*, il y trouva le jovial Cougourde attablé devant un chapon et ayant déjà vidé deux flacons.

— Votre dame est en plein travail, fit le Corse. Nous avons acheté les tissus et, avec deux autres dames, elles cousent les vêtements demandés. Je me suis aussi procuré des épées et des chapeaux d'exempt. Tout sera prêt demain.

Il finit son verre et poursuivit, hilare :

— J'ai pris deux chambres ici, la vôtre a même une cheminée et j'ai veillé à ce qu'on allume un feu. Il fait pas bien chaud dans votre Paris !

Il montra ensuite la fille de salle en ricanant.

— Elle m'a demandé votre nom. Je lui ai répondu : *mi rumpi i santissimi*[1] *!,* mais elle a insisté, le patron doit, paraît-il, transmettre votre identité au lieutenant général de police pour vérifier que nous sommes bien de passage. Je lui ai donc dit que vous vous appeliez M. de Gênes.

— En effet, tu as bien agi, approuva Gaston en se jetant sur le chapon. (Il n'avait rien mangé depuis qu'il avait quitté Armande.) Demain, tu devras trouver une voiture à quatre chevaux. Voici de l'argent. Une voiture toute simple à quatre places. Si possible noire. Tu la mettras à l'écurie. As-tu des nouvelles de notre ami Aragna ?

— Je l'ai vu, il s'est bandé une jambe avec un tissu sale et sanguinolent pour faire croire qu'il était estropié et il attend devant le porche du Grand-Châtelet. Il s'est fait un ami, là-bas, un aveugle qui a perdu un bras à la guerre et qui mendie pour boire.

Il éclata de rire.

— Ils sont tous les deux couchés dans le porche du Grand-Châtelet. J'ai eu pitié, je lui ai laissé quelques sols, compléta-t-il avec une fausse grimace de tristesse.

----

1. Tu me casses les Saints Sacrements !

— Et Aurore ?

— Elle est restée avec votre dame.

— Bien ! Très bien ! Nous ne pouvons en faire plus ce soir, demain sera une autre dure journée. Je vais me coucher.

Oui, la journée avait été longue et pénible, et Gaston ressentait les atteintes de l'âge.

Cinquante-six ans ! songeait-il, tout cela n'est plus pour moi. Pour la première fois depuis six jours, il pourrait dormir une nuit complète. Il vida son verre, se leva avec un soupir en ressentant des douleurs dans toutes ses articulations et se dirigea vers la servante qui balayait la paille jetée sur le sol de la salle. Accablée de fatigue, elle aussi, elle posa son balai et le conduisit vers la chambre que Cougourde lui avait réservée.

La pièce était généreuse, avec un joli feu qui chauffait agréablement. Gaston ôta ses bottes et son pourpoint, s'allongea sur la paillasse et s'endormit d'un coup.

Sa nuit devait pourtant être courte.

Il ne sommeillait pas depuis plus d'une heure quand il fut réveillé : quelqu'un le secouait doucement. Ouvrant difficilement les yeux, il distingua le regard inquiet, mais souriant, de Louis Fronsac.

D'abord, Gaston songea qu'il rêvait. Seulement les rêves ne secouent pas les épaules des pauvres gens fatigués !

— Allons, réveille-toi !

Le ton était amical bien qu'impatient.

Finalement, il émergea.

— Quelle heure est-il donc ?

— Je ne sais pas, dix heures peut-être. Nous sommes arrivés juste avant la fermeture des portes. Le temps de trouver Poquelin, et me voilà. J'ai vu Cougourde en bas. Il m'a raconté pour Pierre.

Le ton était grave. Mais pas aussi inquiet qu'il aurait dû.

— Verrazzano, Bauer, Nicolas ?

— Ils sont avec Cougourde. Le voyage a été difficile mais nous sommes tous là, et pas meurtris.

Maintenant Gaston était réveillé.

Louis alluma une autre bougie. Gaston examina un instant son ami. Ses cheveux gris se mêlaient à une épaisse barbe de même couleur. Comme lui, il avait plus l'air d'un routier que d'un marquis ! Sa chemise était déchirée, mais il nota un galan gris sale encore attaché au poignet. Louis gardait ses habitudes même dans l'adversité !

— Tu sais donc que Pierre sera certainement enfermé au Grand-Châtelet. Nous avons commencé à préparer son évasion.

— Crois-tu que ce soit possible ?

— Oui, vraiment. Mais nous n'aurons que peu de temps. Nous agirons aussitôt qu'il sera incarcéré. Aragna est là-bas et surveille la prison.

Louis hocha la tête.

— Tu sais, j'ai eu tout le temps nécessaire pour réfléchir. Je crois savoir réellement ce qui se passe et qui nous en veut. Mais je sais aussi que je ne suis pas sans arme. Et s'il le faut, je verrai le roi et il cédera… Cette tentative d'évasion est bien dangereuse pour vous tous… Nous pourrions tenter autre chose.

— Tu divagues… Faisons d'abord sortir Pierre, retrouvons Julie, et après… Nous verrons…

Pour Gaston, l'avenir était simple : sauver ceux qui pouvaient l'être et quitter la France pour la Hollande ou l'Angleterre. Définitivement. Cet homme au masque de fer existait-il vraiment ? Était-il celui que Louis devinait ? En vérité, quelle importance cela avait-il ? Il était inutile et stupide de lutter contre ce roi. Son ami s'illusionnait. *Déplaire au roi ou avoir tort, c'est la même chose !*

— Nous en reparlerons. Et Julie, qu'as-tu appris sur elle ?

— Demain, j'espère rencontrer Ruvigny. Si Tallemant a transmis ma demande, il a dû voir Colbert.

— Colbert ? Qu'a-t-il à faire ici ?

— Ah ! C'est vrai, tu ne sais pas…

Et Gaston raconta leurs aventures. Louis écoutait, d'abord surpris, puis contrarié et finalement inquiet. La tentative d'enlèvement d'Aurore ne s'emboîtait pas avec ses hypothèses. Ou alors… se pouvait-il qu'il se fourvoie entièrement ?

Gaston, lui, ne faisait guère d'hypothèses. Il avait bien réfléchi au *secret* que Louis lui avait confié et il n'y croyait guère. C'était Colbert leur ennemi. Le Contrôleur général des finances avait peur de Fouquet, or Aurore, qui avait cherché à faire évader le surintendant, avait obtenu l'aide de Louis. Le ministre avait pris peur, dans le passé, il s'était déjà attaqué à tous ceux qui pouvaient causer sa ruine. L'histoire était donc simple, les motifs évidents et les faits indiscutables. Beaufort ou un masque de fer n'y avait aucune place et si Louvois jouait un rôle dans la pièce, c'était à la demande de Colbert.

Il expliqua tout cela à Louis qui secouait négativement la tête à chaque affirmation de son ami. Quand Gaston eut terminé, Louis lui expliqua :

— Ta proposition paraît robuste mais trop de pièces ne rentrent pas dans l'ensemble. Pourquoi Colbert se serait-il attaqué à Mercy et à mes gens ? Ce n'est pas ce qu'il a fait avec Fouquet. Il m'aurait plutôt fait arrêter et juger. Et puis, Pierre a bien parlé de deux troupes distinctes à Mercy : les pillards, puis les dragons. Cependant, j'avoue que Colbert m'apparaît comme un *deus ex machina* que je n'explique guère et il est vrai que c'est peut-être la présence d'Aurore qui a provoqué cette péripétie. Quoi qu'il en soit, tu as bien fait. Si Ruvigny vient demain, c'est que Colbert est vraiment inquiet. Et alors nous apprendrons forcément quelque chose de M. de Massuez.

Durant les deux heures qui suivirent Louis et Gaston se racontèrent mutuellement leur voyage. Louis s'était installé dans un large fauteuil face au feu et Gaston était assis sur son mauvais lit. Mais peu à peu la conversation languit et, épuisé par son voyage, Louis s'endormit dans son fauteuil, imité aussitôt par Gaston.

La nuit répare bien des fatigues. Gaston s'éveilla le premier. La pièce était froide et sombre. Il alluma une bougie après avoir entendu sonner sept heures à l'église Sainte-Croix. Louis s'éveilla peu après lui, alors qu'il essayait de rallumer le feu. Après une toilette rapide, ils renfilèrent leurs guenilles et descendirent dans la salle commune.

Déjà la pièce était pleine de cette population laborieuse qui venait avaler un verre de vin ou une soupe chaude avant de repartir au travail, dans la rue ou sur les quais. Il y avait là quelques ouvriers, mais plus encore des charretiers, des valets, des porteurs d'eau, des portefaix, des vendeurs ambulants, des colporteurs et quelques *bottés sans chevaux*, ces rodomonts habillés de friperie, porteurs de ferraille et pleins d'arrogance, toujours à la recherche d'une bonne fortune impossible et plus souvent de mauvais coups.

Ils s'assirent un peu à l'écart, ne déparant pas dans ce milieu bigarré.

Sur un signe de Gaston, l'aubergiste leur servit une soupe au pois et du jambon.

— Nous n'avons rendez-vous qu'à deux heures avec Ruvigny – s'il vient –, en attendant, je te propose d'utiliser la matinée pour préparer notre retraite : si nous arrivons à délivrer Pierre, il nous faudra un endroit où nous réfugier hors de Paris, de manière à pouvoir quitter rapidement le pays si les choses tournent mal. Rester dans cette auberge est trop dangereux.

— J'y ai pensé, répliqua Louis. Que dirais-tu de

Vincennes ? En longeant les quais depuis le Grand-Châtelet, nous serons rapidement à la porte Saint-Antoine. Nicolas pourrait dès aujourd'hui nous y trouver une auberge accueillante.

Bauer, Verrazzano, Cougourde et Nicolas descendaient à leur tour dans la salle. Bauer, ignorant superbement la cohue et le vacarme des clients matinaux, bousculait tous ceux qui restaient sur son passage, alors que Verrazzano se coulait lentement, le regard continuellement mobile, scrutant rapidement chacun et donnant toujours l'impression d'être en alerte.

Un bon compagnon, songea Louis, malgré tout embarrassé par les zones d'ombre dans le passé de cet homme qui ne voulait pas le quitter.

Ils s'installèrent à leur table. Bauer tira à lui un banc occupé par deux faméliques escogriffes, qui tentèrent de saisir leur épée posée sur la table. Le géant prit le banc à pleines mains et fit mine de s'en servir comme d'une massue. Les deux capitans eurent un regard de mépris hautain pour le Bavarois, puis, tournant le dos à l'insolent, ils poussèrent à leur tour deux valets maigrelets de leurs tabourets.

L'incident fit rire Gaston à gorge déployée.

Finalement, les quatre hommes s'assirent et on leur servit rapidement leur portion de soupe. Pendant qu'ils mangeaient, l'ancien commissaire les mit au courant, à voix basse, des détails du plan d'évasion.

— Je te propose une modification, lui suggéra Louis. Bauer est trop connu pour aller au Grand-Châtelet. N'oublie pas qu'il vit à Paris depuis trente ans. Il sera forcément reconnu, en outre il serait prudent de protéger nos arrières. Voici ce que j'envisage avec Cougourde.

Un peu avant deux heures, Gaston et Louis étaient attablés dans le bouchon où Tilly avait rencontré Tallemant. Verrazzano et Bauer occupaient les rues avoisinantes, prêts à les prévenir en cas de traîtrise de Ruvigny, ce à quoi Louis ne croyait guère contrairement à Gaston : le marquis de Massuez, protestant rigide, était selon lui un homme violent, sévère et sans pitié, mais d'une droiture à toute épreuve.

À deux heures, ils le virent entrer en compagnie de son beau-frère Tallemant.

Ruvigny était vêtu d'un costume de cavalier. Une large épée au côté rappelait à ceux qui l'ignoraient qu'il était un duelliste dangereux, ayant déjà tué plus d'une trentaine d'hommes.

Il se dirigea vers eux et s'assit à leur table, sans un mot, dévisageant sévèrement Louis. Puis, il lâcha :

— Vous avez été entêté, monsieur Fronsac. Je vous avais dit de rester hors de cette histoire. Vous en payez le prix et ce n'est hélas pas terminé…

— Avez-vous vu M. Colbert, le coupa Gaston avec insolence.

Tallemant qui s'était assis discrètement s'inquiétait de plus en plus.

Massuez tourna la tête et jeta un regard, à la fois méprisant et superbe, vers celui qui venait de l'interrompre. Visiblement, il ne reconnaissait pas ce spadassin pouilleux. Il fronça les sourcils et répliqua :

— Je l'ai vu. Il vous ordonne de vous rendre et de lui faire savoir immédiatement où se trouve M. de Monfuron.

— Nous allons vous déclarer où se trouve ce cher M. de Monfuron, fit doucement Louis. Mais avant, vous allez me dire où se trouvent mon épouse et mes gens.

— Et sinon ? lança hardiment Ruvigny.

Il y eut un long silence, Louis tripotait le poignet de sa chemise sale, renouant le maigre galan qui avait survécu à la traversée de la France. Finalement, il martela très lentement ces mots :

— Sinon, il ne me restera plus qu'à faire savoir partout *qui est l'homme au visage caché derrière un masque de fer* et emmuré à Pignerol…

Ruvigny blêmit, sa superbe disparut immédiatement et il jeta un regard traqué autour de lui, comme pour repérer quelque présence, quelque auditoire suspect. Alors, il murmura, perdant toute contenance :

— Votre épouse est enfermée aux Madelonettes, en face du Temple. Au secret. Vos gens doivent partir aux galères à la fin de cette semaine. Les femmes seront envoyées aux Amériques.

Il ajouta encore plus bas, visiblement honteux de ses paroles :

— Je suis désolé pour vous, monsieur. Ce sont les ordres du marquis de Louvois, mais sachez que je les désapprouve.

Louis et Gaston se levèrent. Le visage fermé.

— Je tiendrai parole, fit Louis d'une voix blanche. Gaston, dis-lui pour le sbire de Colbert.

— Je l'ai fait pendre, monsieur, expliqua son ami négligemment. Je l'ai fait pendre après l'avoir jugé coupable d'enlèvement et de violence. Cependant, avant de mourir, M. de Monfuron a reconnu devant témoins avoir agi pour M. Colbert. Vous direz donc à votre ministre que le même sort l'attend. J'y veillerai et, s'il le faut, j'en appellerai au lieutenant de police M. de La Reynie.

Ils sortirent laissant Ruvigny autant stupéfait que mortifié.

— Nous ne pourrons pas la sortir des Madelonettes, assura Gaston alors qu'ils remontaient tous les cinq la rue du Temple en direction du couvent transformé en prison pour femmes.

— Je m'en doute bien, soupira Louis, mais je veux voir où elle se trouve.

— Et pour les autres ?

— Je ne sais pas, Gaston, je ne sais pas ! Écoute, chaque chose en son temps, sortons d'abord Pierre des griffes de Louvois. Quant à Julie, je peux seulement essayer d'améliorer son sort.

Gaston ne répondit pas, il savait qu'il fallait laisser Louis à sa douleur.

Ils arrivèrent finalement devant le sinistre couvent et en firent lentement le tour par la rue des Fontaines. Les murs lépreux qui entouraient la cour du sombre bâtiment semblaient avoir sérieusement mis à mal Louis. Son visage sans expression, ses yeux vagues inquiétèrent subitement Gaston. Son ami ne risquait-il pas de s'effondrer, là, sous ses yeux ? Il serra sa monture contre la sienne, prêt à le saisir s'il perdait connaissance.

C'est alors que Louis le regarda bien en face.

— Ne t'inquiète pas. Je songeais seulement… Il me reste une carte, je n'aurais jamais voulu l'utiliser, mais voyant ces murailles, je dois le faire.

Gaston attendait, fronçant le front.

— Montauzier… Je vais lui écrire.

Charles de Sainte-Maure, marquis de Montauzier, depuis quelque temps duc et pair de France, avait longtemps été l'ami de Louis.

Sainte-Maure, d'origine protestante, avait pris la suite de son frère décédé dans une cour assidue auprès de Julie d'Angennes, la célèbre fille de la duchesse de Rambouillet. Il avait attendu dix ans son consentement et ne l'avait épousée qu'en 1645. Gouverneur d'Alsace, puis de Normandie, sa rigueur, sa haine de l'immoralité et du mensonge, son goût pour les sciences et la poésie faisaient de lui un personnage étonnant. Molière, son ami, devait s'inspirer de son caractère pour le personnage d'Alceste, le misanthrope.

Nous l'avons dit, Louis avait rencontré sa future épouse Julie de Vivonne à l'hôtel de Rambouillet. Julie était une cousine de Julie d'Angennes et c'est Montauzier qui avait soutenu Louis tout ce temps où il pensait qu'elle lui serait toujours inaccessible.

Durant la Fronde, Montauzier était resté un défenseur fidèle du jeune roi et de Mazarin. Il s'était battu avec loyauté et courage pour le roi et avait même été gravement blessé.

La guerre civile terminée, sa fortune à la cour royale avait donc été assurée.

À la mort du marquis de Rambouillet, M. et Mme de Montauzier s'étaient installés dans l'hôtel de la Chambre Bleue, dont la marquise, vieillie, ne conservait qu'une partie. Louis allait parfois la voir et il y rencontrait encore M. de Montauzier ainsi que son épouse ; mais ces rencontres n'étaient guère agréables.

Si Julie d'Angennes avait eu mauvais caractère durant sa jeunesse, la cinquantaine passée, elle s'était encore plus aigrie et elle avait toujours jalousé le marquis de Vivonne. Quant à Montauzier, s'il était resté obstiné et contrariant, en vieillissant, son amertume contre l'humanité s'était transformée en haine, alors que se développait simultanément chez lui un désir libidineux pour la gent féminine. Il délaissait désormais cette épouse qu'il avait eue tant de mal à obtenir pour des amours ancillaires avec sa jeune et nombreuse domesticité, ce qui accroissait encore l'alacrité de son épouse vieillie.

À la naissance du Grand Dauphin en 1661, Montauzier avait été nommé gouverneur du royal enfant et Julie d'Angennes, dame d'honneur de la reine, était devenue à son tour gouvernante des enfants de France en 1664. La même année, Montauzier, déjà chevalier du Saint-Esprit, était fait duc et pair de France.

À la mort de la marquise de Rambouillet, en 1665, Louis avait complètement rompu toute relation avec le couple, d'autant que leur amitié avec Mme de

Montespan – Françoise de Mortemart – faisait jaser :
Julie d'Angennes, disaient les mauvaises langues, servait d'entremetteuse à la nouvelle favorite qui la com-
blait d'honneurs. Les Montauzier étaient maintenant
considérés comme des créatures de celle qui dirigeait,
sinon la France, du moins la Cour et le cœur du roi.
Une femme dont on rapportait parfois les étranges relations[1].

Mais si Julie d'Angennes était réputée pour avoir
oublié tous ses amis, si le duc de Montauzier était
devenu d'une sévérité qui tournait à la folie furieuse
(il battait le Dauphin comme plâtre quand il ne savait
pas ses leçons et il devait en faire un homme fort
craintif !), Louis était certain qu'ils ne pourraient souffrir qu'une cousine Rambouillet soit ignominieuse-
ment emprisonnée avec des catins. Qui plus est, Julie,
son épouse, était une Vivonne et vaguement apparen-
tée au chevalier de Vivonne, général des galères et
frère dévoyé de la Montespan[2].

De retour à l'auberge, Louis écrivit donc une
longue lettre au duc. Ce fut Bauer qui, connaissant bien l'hôtel de Rambouillet, fut chargé de la
remettre.

La nuit était maintenant tombée et ils étaient de
nouveau tous réunis à l'auberge de la *Croix Blanche*
devant des cuissots de chevreuil quand Aragna fit son
apparition ; loqueteux, crasseux, en un mot, ignoble.
Le tenancier s'approcha armé d'un solide bâton pour
le chasser.

— Laissez ! ordonna Gaston. C'est un ami. Il
lança dix sols à l'hôtelier.

L'autre haussa l'épaule et encaissa la pièce.

---

1. Françoise de Mortemart fréquentait depuis longtemps Catherine Monvoisin, qu'on appelait aussi La Voisin. Voir : *L'Enlèvement de
Louis XIV*, même collection.

2. Louis de Mortemart, frère de Françoise.

— Ils viennent d'arriver au Grand-Châtelet, déclara le Corse. Et il se versa, avec un soupir d'aise, un grand verre de vin de Beaune.

La pièce pouvait commencer.

13

Le lundi 28 avril 1670

Sept heures carillonnaient à Saint-Germain-
l'Auxerrois lorsque jaillit devant eux, à travers un
épais brouillard, la sinistre silhouette du Grand-Châtelet, cette citadelle construite par Charles le Chauve
pour défendre l'entrée nord de l'île de la Cité. Depuis,
le Grand-Châtelet était devenu la plus grande prison
de Paris et le siège de la cour de justice criminelle.

Gaston de Tilly, d'abord comme officier de
police, ensuite comme commissaire de Saint-Germain,
y avait occupé un petit cabinet dans la grosse tour
d'angle de gauche, la plus grande, celle avec une
rambarde au sommet et un toit en pointe. Il leva les
yeux vers l'étroite et minuscule fenêtre. Qui occupait
son bureau à présent ? songeait-il avec une certaine
nostalgie.

Tout avait commencé pour eux deux heures plus
tôt. En pleine nuit, Louis et Gaston, Nicolas, Verrazzano et Aragna s'étaient préparés en silence dans les
trois chambres qu'ils occupaient dans l'hôtellerie.
Bauer et Cougourde étaient absents.

La veille, Verrazzano était allé chercher les uniformes d'archer et de sergent du Châtelet chez Angé-

lique. Tout était prêt. Il avait juste noté une curieuse expression chez Aurore, une sorte de tension mêlée à de la joie, de la satisfaction. Elle avait tenu à l'accompagner jusqu'à l'auberge, vêtue très simplement, un peu comme une bourgeoise, juste pour saluer Gaston et Louis.

Et puis, elle était repartie, non sans avoir posé bien des questions. Louis en avait été un peu troublé.

C'est alors qu'ils se préparaient, donc bien avant l'aube, que se produisit l'incident. Verrazzano et Aragna avaient choisi les uniformes de sergent et paradaient en plaisantant dans leur pourpoint bleu à fleurs de lys et leur baudrier étoilé. Nicolas, qui conduirait la voiture, les regardait dans son costume d'archer du guet.

Gaston et Louis venaient, eux, de terminer un minutieux rasage de leur barbe ; ils n'avaient gardé qu'une longue moustache, coquetterie habituelle chez les commissaires-enquêteurs et les exempts du Grand-Châtelet.

Louis boutonnait un vêtement noir sur des hauts de chausse gris clair alors que Gaston se coiffait d'une étonnante perruque de crin sur laquelle il tentait vainement de poser un tricorne, lorsqu'on frappa à la porte de la chambre dans laquelle ils s'étaient réunis.

Tous étaient déjà équipés et armés.

Gaston saisit une épée et entrebâilla l'huis. Le costume bleu fleurdelisé du visiteur lui sauta au visage comme un soufflet : c'était un archer du guet !

L'inconnu glissa un pied dans la porte et la poussa fermement. Gaston se sentit perdu. Découragé, il laissa faire. L'archer entra avec insolence, un sourire cynique aux lèvres. Déjà, Verrazzano avait un couteau à la main. Louis vit son geste et l'arrêta.

Il était le seul à avoir reconnu Aurore.

Car c'était elle ! Elle leur expliqua en riant de leur confusion qu'elle avait confectionné cet habit supplémentaire, et que, quoi qu'ils en pensent, elle irait avec eux délivrer Pierre.

Louis ne savait trop s'il était accablé ou satisfait ; il acquiesça sans discuter. Et visiblement, ses compagnons étaient heureux d'avoir retrouvé celle qu'ils considéraient comme un frère d'armes.

Maintenant, la voiture transportant Louis et Gaston, suivie de deux sergents et d'un archer à cheval, se présentait devant ce porche obscur et fétide : l'entrée de la prison-tribunal.

C'était une profonde voûte qui traversait le bâtiment de part en part et qui menait à une petite rue, aujourd'hui disparue, la rue Saint-Leufroy.

À droite, la voiture pénétra dans la cour qui conduisait par un grand escalier aux salles judiciaires. Juste en face, une grille et un guichet fermaient l'entrée principale des prisons.

La cour contenait déjà trois voitures et une vingtaine d'archers, de mousquetaires et d'exempts y traînaient. Visiblement personne n'attachait d'importance aux nouveaux venus.

Les deux faux sergents et le faux archer descendirent nonchalamment de cheval pour attacher sommairement leurs bêtes à de vieux anneaux rouillés, scellés dans la façade la plus proche de la grille d'entrée des prisons.

Nicolas resta sur son siège alors que Gaston et Louis descendirent à leur tour sans se presser. Gaston jeta un regard circulaire : tout se passait bien. Un mousquetaire le reconnut, ou crut le reconnaître, et lui fit un petit signe amical.

Louis frissonna. Dans la cour s'ouvraient quelques soupiraux d'où montaient de faibles murmures, à la fois terrifiants et lugubres. Gaston lui avait une fois décrit les principaux cachots qui possédaient un nom :

les *Chaînes*, la *Boucherie*, la *Barbarie*. L'un des plus sordides était la *Chausse d'Hypocras*, basse fosse en entonnoir et pleine de boue où les prisonniers vivaient en partie dans l'eau et ne pouvaient ni se lever ni se coucher ; ils y devenaient fous en dix jours, disait-on. Le pire étant toutefois : la *Fin d'Aise*, un trou empli d'ordures, d'immondices et d'abominables vermines grouillantes qui chassaient même les rats les plus méchants.

Ils auraient pu passer par le grand escalier qui permettait d'accéder au bureau des huissiers, puis au grand vestibule et de là accéder au bureau des écrous. Mais les risques étaient grands pour Gaston et Louis d'être reconnus. Ils avaient donc choisi de passer par la grille et le guichet d'accès à la petite cour intérieure de la prison. L'inconvénient était qu'il fallait se faire ouvrir.

Le groupe s'avança avec autorité. Gaston en tête. Il héla les deux gardes avec ces mots : Service du roi !

Les deux factionnaires ouvrirent aussitôt la grille. La venue de deux sergents, d'un archer du guet et de deux hommes – visiblement des commissaires-enquêteurs ou des exempts – ne pouvait provoquer aucune suspicion de leur part. Bien au contraire.

Avec insolence, Gaston présenta un pli scellé d'un gros cachet rouge et, sans s'arrêter, déclara :

— Nous avons affaire au bureau des écrous.

Ils traversèrent la salle occupée par quelques archers et des gardes et se dirigèrent à grandes enjambées vers la courette intérieure. Là, ils croisèrent avec inquiétude le guet dormant qui faisait la ronde habituelle autour et à l'intérieur du bâtiment. On les ignora et ils pénétrèrent dans une salle sans fenêtre plongée en partie dans les ténèbres malgré de nombreuses chandelles allumées. Il s'y trouvait quelques gardes ainsi qu'un sergent à verges.

Ceux-là surveillaient plusieurs massives portes

ferrées. Certains de ces passages conduisaient aux
prisons et aux cachots, une autre porte permettait d'accéder, par une galerie, aux cours de justice criminelle.
Une dernière, toute petite, ouvrait dans le bureau des
écrous.

Gaston, ignorant le sergent à verges, se dirigea
vers le bureau des écrous, suivi par Louis, beaucoup
moins assuré. Verrazzano, Aragna et Aurore fermaient
la marche.

Dans la pièce où seuls Gaston et Louis entrèrent,
un homme se tenait assis à une petite table. Négligé,
une perruque en crin gris fixée de travers sur sa tête,
pas rasé depuis plusieurs jours, le visage couturé de
cicatrices laissées par la petite vérole, il les dévisagea
de son visage de fouine.

Louis remarqua que les murs, ravinés par le
temps, suintaient de crasse et de salpêtre. Derrière le
commis des écrous, une dizaine de gros trousseaux de
clefs étaient accrochés. Devant lui, et sur la table, plusieurs gros livres étaient empilés. Sans doute les
registres d'écrou.

— Je viens chercher, pour monsieur le lieutenant
de police, le prisonnier amené hier soir par un officier
des dragons, déclara Gaston avec morgue en faisant
claquer ses bottes.

L'autre le dévisagea sans aménité et pas du tout
impressionné par cette autorité.

— Votre ordre, monsieur ? demanda-t-il d'une
voix grasse.

Gaston avait passé une partie de la soirée à rédi-
ger un ordre de transfert. Il en connaissait par cœur la
forme autant que le style. Mais évidemment, son ordre
ne pouvait être authentifié par les cachets et les signa-
tures indispensables. Seulement, Gaston savait que,
dans de nombreux cas, de simples copies étaient utili-
sées, l'original étant envoyé directement au lieutenant
civil ou au lieutenant criminel. C'est donc une fausse

copie qu'il avait écrite, avec une fausse signature de Nicolas de La Reynie, avec qui il avait travaillé deux ans, et un cachet rouge quelconque. La pièce pouvait faire illusion auprès d'un gardien ou d'un huissier fruste et peu lettré.

Il la tendit en déclarant :

— Je viens de remettre l'original à monsieur le lieutenant criminel.

L'autre, finalement rasséréné par tant d'assurance, jeta un œil blasé au document et, sans le lire, tira à lui le premier registre d'écrou.

— Hier soir, dites-vous, hum... il y a eu une dizaine d'entrées. Là, je vois : homme trente ans environ... Ne veut pas dire son nom...

Il marmonna :

— Il le dira bien, à la question... dépôt de M. de Fleurville, brigadier des dragons du Lyonnais. C'est celui-là ? demanda-t-il en levant les yeux.

— Certainement ! répliqua Gaston froidement, reprenant son ordre et le replaçant avec soin dans son justaucorps.

— Signez ici, fit l'huissier d'un ton accablé. Bien... J'appelle un geôlier... Suivez-moi...

Il prit un trousseau au mur. Ils sortirent et se dirigèrent vers une porte couverte de fer. Il frappa et un guichet s'ouvrit dans la porte.

— C'est moi ! Ouvrez ! Un transfert...

Il se retourna vers Gaston et ricana.

— Quels crétins... Toujours à s'enfermer... Comme si les prisonniers allaient s'évader...

La porte s'ouvrit et un geôlier crasseux au visage abruti par le vin apparut dans l'encadrement.

— Ils viennent chercher celui qu'on a mis à la *Fin d'Aise* hier, expliqua le concierge d'écrou en lui tendant le trousseau de clefs.

Les geôliers ne disposaient pas des clefs des

cachots pour éviter d'approcher les prisonniers et éventuellement de leur remettre des objets ou du courrier.

Le commis se retourna vers Gaston et expliqua :

— Votre homme faisait, paraît-il, partie d'une troupe de brigands qui a attaqué des dragons. L'officier m'a demandé le cachot le plus dur.

Puis, il haussa les épaules.

— Mais vous devez connaître tout ça.

Gaston savait qu'on ne survivait pas plus de quelques jours dans la fosse à moitié pleine d'eau glacée et puante. À ce niveau de la forteresse, les fosses d'aisances saturées se vidaient dans les cachots plus profonds. L'urine rongeait la peau en s'infiltrant partout. Il n'était pas rare de trouver des prisonniers noyés dans les excréments. Heureusement, l'hiver avait été froid et la Seine n'était pas haute.

— Allons-y, fit-il. J'emmène mes hommes (il montra Verrazzano, Aragna et Aurore), inutile de m'accompagner, je suis déjà venu. Il prit d'autorité le trousseau de clefs des mains du geôlier et se saisit d'une lanterne pour l'allumer à la mèche d'une des bougies de suif qui brûlait dans le réduit.

Le porte-clefs bafouilla quelques grognements puis hocha les épaules. Louis comprit quelque chose comme :

— … vous voulez… je préfère rester ici… sûr…

Ils longèrent un couloir en pente au fond duquel partait un escalier qui les conduisit à un premier sous-sol. L'endroit était terrifiant : humide, sale, et surtout il exhalait la peur et la souffrance.

Avec une des clefs, Gaston ouvrit une grille passablement rouillée qui grinça affreusement. Il y avait aussi un verrou rongé qu'il poussa.

Un nouvel escalier, recouvert de moisissures verdâtres, répugnantes, descendait vers les cachots. Ils avançaient lentement en se tenant aux pierres des murs pour ne pas glisser. On y voyait fort mal car la lanterne éclairait peu.

Par moments, quelques faibles gémissements lugubres se faisaient entendre. Enfin, ils arrivèrent en bas des marches, dans une large galerie voûtée et recouverte de sable qui s'étendait sans que l'on puisse distinguer l'extrémité. Quelques bougies dans des lanternes de fer éclairaient un peu mieux leur chemin. Les murs étaient ici aussi profondément rongés par le salpêtre.

— C'est ici que se trouvent les salles de question, murmura Gaston.

Plusieurs portes closes donnaient Dieu sait où. L'une d'entre elles était cependant ouverte et, à la lumière de petites torchères fumeuses, ils purent apercevoir une table avec un prisonnier, pâle et amaigri, nu jusqu'à la ceinture, qui était assis dessus et qui grelottait de froid et de peur. Deux gardes et un homme vêtu de noir occupaient les lieux. Louis savait que l'homme en noir était le questionneur-juré. Les gardes attachaient l'homme sur la table, les bras et les jambes pendantes, la tête en arrière, les mains fixées à un anneau sur le mur, situé à environ une demi-toise du sol, et les pieds à un second anneau scellé dans le sol. L'homme allait subir la question.

Ils continuèrent. Au bout du couloir se trouvait une table placée dans le passage, avec deux guichetiers vautrés sur un banc vermoulu, un air moitié abruti moitié féroce sur leur visage blanchâtre. Curieusement, ils étaient tous deux chauves.

— Nous venons chercher un homme au dernier niveau, fit Gaston négligemment, sur un ton n'admettant cependant aucune réplique.

L'un des gardiens se leva et, d'une démarche chaloupée, se dirigea vers une porte cloutée située juste devant leur banc. Il l'ouvrit à l'aide d'une des clefs de l'immense trousseau qu'il portait à la ceinture. Seuls ces deux hommes autorisaient le passage vers les plus profonds sous-sols.

La porte ouverte, une abjecte odeur de pourriture et de cadavre monta vers eux. Un escalier glissant partait de là, Gaston s'y engagea sans hésitation, suivi des autres, toujours silencieux.

Ils descendirent ainsi successivement trois paliers, chacun de plus en plus vétuste et de plus en plus humide. Les murs étaient faits de pierres massives recouvertes de mousse d'où suintait un liquide foncé qui n'était pas de l'eau.

Tout au long, ils entendaient les soupirs et les plaintes des malheureux mis à la question préalable, ou souffrant simplement du froid et des mauvais traitements.

Au dernier niveau, une sorte de couloir étroit serpentait, un filet d'eau clapotait gaiement sous leurs pas.

Ce ne fut pas long. Une porte unique et basse terminait le couloir avec un gros verrou rongé de rouille. Louis bouscula alors Gaston et l'ouvrit.

Une ombre bougea.

— Père ? Gaston ?

Il les avait reconnus.

Ils le firent sortir rapidement. Pierre tremblait, il avait été visiblement malmené mais il ne souffrait d'aucune blessure.

— Silence, lui ordonna Gaston. (Il ajouta à voix basse :) Nous t'expliquerons plus tard, pour l'instant, tu es un prisonnier que l'on transfère.

— Attendez ! supplia Pierre à mi-voix. Écoutez-moi ! J'ai vu Gaultier… ici.

— Germain Gaultier ?

— Oui. Quand je suis arrivé, je suis passé devant sa cellule qui était ouverte, on l'interrogeait.

— Sans doute au premier niveau, fit Gaston.

— *Sangu lu Cristu!* Nous ne pourrons le faire sortir lui aussi, jura Verrazzano. Il nous faut partir!

Le Génois, oppressé par l'atmosphère de ces souterrains, commençait à être pris de panique.

Louis hocha la tête négativement. Il fallait qu'ils gardent leur sang-froid. Il se mordit les lèvres pour chasser l'angoisse.

— Non! S'il y a ici des gens à moi, je dois les faire sortir.

— Remontons! décida Gaston. Nous verrons en haut si on peut le retrouver.

Ils grimpèrent aussi rapidement qu'ils le purent les trois étages. Gaston ouvrait la marche, Louis suivait, aidant son fils, puis venaient Verrazzano et Aragna. Aurore fermait la marche, indifférente aux gémissements et aux clapotis de l'eau qui suintait partout.

Ils arrivèrent à la grille qui était close, Gaston frappa dessus avec le manche de son épée qu'il tenait par le fourreau. La grille s'ouvrit et le geôlier chauve, une lanterne en main, bredouilla:

— Excusez, monseigneur, mais j'dois toujours fermer… c'est les ordres…

Gaston passa la porte le premier en ayant l'impression d'avoir quitté les enfers pour le paradis. Le couloir sablé semblait désert et n'était en rien comparable à ce qu'il venait de voir. On distinguait cependant quelques éclats de voix et des gémissements venant de la salle de la question. Lanterne en main, il s'approcha du banc sur lequel le second geôlier était encore assis. Gaston fit alors un signe de tête à Verrazzano qui passait la porte à son tour tandis que l'autre geôlier éclairait l'escalier. Le marin se plaça derrière le gardien pour laisser passer Aragna au moment où Gaston lâchait sa lanterne, qui chuta sur le sol sablé. Le porteclefs se baissa pour la ramasser. Gaston tenait encore son épée à la main, il frappa de toutes ses forces sur le crâne du geôlier, Verrazzano en faisait autant au second.

Aurore arrivait à son tour, déjà Gaston redressait sa victime, appuyant sa tête contre le mur.

— Installe l'autre à côté, fit-il au Génois. De loin, on croira qu'ils dorment ou qu'ils cuvent leur vin.

Louis demanda à son fils :

— Te souviens-tu où tu as vu Gaultier ?

Pierre indiqua sans hésitation une porte devant eux.

— Celle-là, elle était ouverte et il avait un homme devant lui.

La porte avait une serrure. Louis se saisit du trousseau que Gaston lui tendait et se dirigea vers la porte. Il appela doucement :

— Germain Gaultier ?

— Oui ? Qui parle ?

La voix était angoissée mais claire. Déjà, Louis essayait les clefs. Au bout du couloir, les gémissements se transformèrent en hurlements dans la salle de la question. Ils sursautèrent.

La porte s'ouvrit finalement dans un long grincement. Germain était debout dans une petite chambre à voûte ogivale. Il avait l'air en bon état physique.

— Monsieur le marquis ?

— Chut ! Pas un mot. Suis-nous !

— L'homme en haut va bien remarquer qu'il y a deux prisonniers avec nous, fit Verrazzano. Je vais devoir m'occuper de lui.

Gaston acquiesça en silence.

Ils passèrent à nouveau devant la salle de question. Le prisonnier, nu, attaché aux anneaux était évanoui. Le tourmenteur-juré conversait avec un autre personnage. Le greffier, un homme au teint jaune et aux yeux de crapaud, les regarda passer, indifférent.

Gaston se présenta le premier au gardien du haut.

— Alors, vous l'avez trouvé, ricana le geôlier. Il était comment ?

— Ouvrez la porte ! ordonna sèchement Gaston.

L'autre obéit, Tilly se retrouva dans la salle. Le sergent à verges et ses archers étaient toujours là. Aragna et Verrazzano arrivaient à leur tour et s'arrêtèrent un instant à côté du porte-clefs, comme pour reprendre leur souffle. Louis suivait avec Pierre. À ce moment, le geôlier remarqua que l'archer – Aurore – était en compagnie d'un autre prisonnier. Aragna bouscula alors Verrazzano en faisant semblant de glisser. Le Génois heurta le geôlier, le déséquilibra et il en profita pour faire cogner sa tête violemment contre le mur. Un peu de sang jaillit de son nez et l'homme s'écroula.

Tous sortirent, abandonnant le corps à l'intérieur. Gaston referma soigneusement la porte. Dans le grand vestibule, ils virent que le bureau des écrous était fermé. Ils se dirigèrent lentement vers la sortie.

L'arrivée dans la cour fut un soulagement. Les deux prisonniers eurent un bref étourdissement face à la lumière du jour, pourtant voilée par la brume.

Ils pénétrèrent alors dans le guichet d'entrée. Les deux *prisonniers* étaient encadrés par les deux faux sergents. L'*archer* Aurore fermait la marche.

Gaston et Louis se dirigèrent vers la grille qu'on leur ouvrit aussitôt. Ils traversèrent lentement le passage rue Saint-Leufroy. Nicolas avait tourné la voiture pour un départ rapide. Gaston et Louis firent monter leurs prisonniers dans la voiture sans ménagement, comme l'auraient fait de véritables policiers. Des archers regardaient la scène avec indifférence. Puis les autres montèrent à cheval.

Hélas, au moment où la voiture sortait de la cour pour s'engager dans le passage rue Saint-Leufroy, un homme sortit du guichet en hurlant :

— Une évasion ! C'est une évasion, rattrapez la voiture !

Les geôliers avaient sans doute été découverts !

Nicolas fouetta les chevaux. En tournant sur la place, vers la rue de la Triperie, la voiture heurta une borne d'angle et un fragment de porte fut arraché. Le véhicule prit la direction des quais, précédé par les deux faux sergents à cheval. Aurore galopait en arrière-garde.

Nicolas avait fait le trajet la veille, deux fois, et pouvait conduire les yeux fermés. Jusqu'au port aux foins, où l'on débarquait les fourrages, il put conduire très rapidement car il n'y avait pas d'embarras à cette heure. Mais alors qu'ils arrivaient en vue de l'Arsenal, siège du port militaire de Paris, il entendit la cavalcade derrière lui. Il fallait pourtant qu'il tienne jusqu'au port Saint-Paul, avant de tourner dans la rue de même nom.

La circulation devint plus difficile. Nicolas n'hésita pas à bousculer les passants et les autres véhicules pour aller au plus vite en clamant : Gare ! Gare ! plus fort que les autres.

Il assortissait ses cris de grands coups de fouet alors que Verrazzano et Aragna, en sergent, tentaient de dégager le passage.

Au Châtelet, les cris de l'homme signalant l'évasion avaient entraîné d'abord l'incrédulité des archers présents dans la cour, puis une sourde crainte de sanction, enfin un brusque désir de chasse à l'homme. Mais de précieuses secondes, des minutes même avaient été perdues. Lorsqu'une troupe disparate de mousquetaires et d'archers à cheval jaillit à son tour sur la place du Châtelet, la voiture avait déjà disparu. Il fallut des questions, des coups même, pour obtenir des réponses satisfaisantes de la part des badauds.

Un peu plus tard, les poursuivants atteignirent le port aux charbons et aux bois, entre le pont Notre-

Dame et le pont Marie. Mais ils ne virent toujours rien. Il y eut encore quelques hésitations, mais ils poursuivirent néanmoins le long des quais.

Au port aux blés et aux foins, la voiture fut finalement en vue. Les cavaliers éperonnèrent leurs montures, certains de la rattraper avant le débarcadère réservé aux barriques de vin.

À partir de là, c'était presque la campagne. Jusqu'au port Saint-Paul, la rive descendait lentement vers le fleuve et il n'y avait plus de quai en pierre. Des herbes sauvages et de rachitiques arbustes vivotaient sur la grève, noyés et détruits à chaque montée de l'eau, mais toujours prêts à repousser le beau temps revenu. Plus haut, les premières rues – des chemins en fait – conduisaient vers la rue Saint-Antoine.

Une faune de gagne-petit et de crocheteurs hantait cette portion de rive de la Seine, où de branlants quais de bois permettaient aux barques et aux chalands d'accoster et de décharger leur marchandise.

Un peu partout, de lourdes voitures et de puissants animaux de trait reliaient les appontements et les ruelles qui montaient vers l'Arsenal et le quartier Saint-Paul.

Nicolas poussa les bêtes en entendant la cavalcade des poursuivants maintenant toute proche. Alors que les premiers mousquetaires et archers n'étaient plus qu'à quelques toises, une énorme charrette conduite par deux hommes et chargée de troncs d'arbres venant, par flottaison, de la Seine se mit en mouvement et coupa la route aux soldats. En effet, à cet endroit et arrivant de l'île d'Antrague[1], accessible par un pont branlant sans rambarde, on débarquait surtout du bois ; de grosses poutres non équarries.

Heurtant la charrette avec violence, un mousque-

---

1. Devenue l'île Louviers.

taire tomba. Un autre leva son épée contre le conducteur, un gros homme à l'air bourru.

— Dégagez ! Ordre du roi !

Le voisin du conducteur, un homme arrondi comme une courge, répliqua dans une langue incompréhensible, avec un grand rire, et en montrant l'homme qui était tombé.

— *O tignò !*

C'était du corse, mais le mousquetaire l'ignorait.

Déjà la voiture des évadés s'approchait de la rue Saint-Paul pour tourner et disparaître.

L'homme à l'épée fit alors mine de frapper le Corse.

Un peu partout, des misérables et des gueux hantaient les rives de la Seine. Certains se retrouvaient dès le matin, autour d'un maigre feu alimenté par quelques bois flottants qui avaient échoué sur le rivage, d'autres vivaient sur les berges dans de sordides cabanes ou masures. Certains logeaient aussi dans des carcasses de barques abandonnées.

Parmi ces pauvres gens, certains proposaient de louer leur force en déchargeant les navires. D'autres patientaient jusqu'à ce qu'un chariot se brise pour participer éventuellement à un pillage. Enfin, il y avait ceux qui étaient trop vieux, ceux-là attendaient simplement la mort. C'était ainsi sur tous les ports du fleuve.

À la vue de la troupe d'argousins, tous ces rebuts d'humanité s'étaient approchés. Ils étaient une bonne cinquantaine qui entourèrent les soldats, protégeant ainsi les deux hommes à la charrette chargée de troncs d'arbres : le géant à l'air bourru et celui qui ressemblait à une courge.

Un mousquetaire comprit qu'ils ne passeraient pas. Il saisit son mousquet, visa, et fit feu sur la voiture au moment même où elle tournait et disparaissait à sa vue.

Les poursuivants, tous arrêtés, se regardèrent, ne sachant que faire. Finalement l'homme à l'épée haussa les épaules. Après tout, ils n'étaient pas responsables de l'évasion. Ils firent sagement demi-tour.

Dès qu'ils furent partis, Bauer et Cougourde – c'étaient eux ! – sautèrent de voiture, distribuèrent quelques pièces aux mendiants et, récupérant leurs chevaux en garde à quelques toises de là, gagnèrent le lieu du rendez-vous.

Verrazzano chevauchait alors derrière la voiture, à côté d'Aurore. Il entendit le coup de feu à l'instant où il vit la jeune femme sursauter violemment, puis s'affaisser sur son cheval. Simultanément une affreuse tache rouge se répandit sur son pourpoint bleu. Comme il galopait à côté d'elle, il serra sa monture contre la sienne et la maintint sur sa selle. Aragna, qui s'était retourné au coup de mousquet, avait aussi compris et il se plaça de l'autre côté d'Aurore pour la soutenir.

Arrivée rue Saint-Antoine, la voiture dut s'arrêter, car le trafic était intense à proximité de la porte de la ville. Verrazzano constata alors que leurs poursuivants avaient disparu. Il sauta à terre et, avec l'aide d'Aragna, fit descendre Aurore qui avait perdu conscience. Nicolas avait vu toute la scène et attendait. Déjà un attroupement de badauds – le badaud est une spécialité à Paris – s'approchait.

Ils installèrent Aurore dans la voiture. Louis prit son cheval, laissant Gaston, qui en avait l'habitude, donner les premiers soins à la jeune femme. Mais il avait vu la grande tache de sang sur le pourpoint et il savait qu'à cet endroit, la blessure était toujours mortelle.

Louis fit signe à Nicolas de repartir et lui ordonna :

— Au couvent des Minimes, vite !

Nicolas fit traverser la rue à la voiture et prit la rue Sainte-Catherine. Le couvent était tout proche, tout au début de la rue Saint-Louis.

Sous Louis XIII, les Minimes avaient acheté un terrain appartenant à l'hôtel des Tournelles. Ce terrain se situait derrière la place Royale. Ils y avaient fait construire quelques bâtiments très simples pour abriter une dizaine de moines, leurs maisons principales étant à Vincennes et à Chaillot. Comme Marie de Médicis vouait un culte à saint François de Paul, le fondateur de l'ordre des Minimes, elle avait à sa charge toutes les dépenses du nouveau couvent.

Très vite, sous l'impulsion du père Mersenne, un brillant mathématicien, le couvent s'étendit et les Minimes devinrent le centre de la vie scientifique de la capitale. Les plus grands scientifiques se donnèrent alors rendez-vous dans le couvent de la rue Sainte-Catherine. Descartes lui-même y avait passé l'hiver en 1622.

Mersenne s'était entouré d'une équipe de jeunes chercheurs, tel le père Niceron, maître des anamorphoses et des illusions d'optique, ou encore le père Diron, spécialiste incontesté des armes à vent, dont Louis possédait le plus bel exemplaire : celui commandé par Richelieu.

Cette foisonnante activité scientifique ne s'était cependant pas épanouie dans une atmosphère libérale. Au contraire ! Mersenne et ses amis étaient les plus virulents adversaires des libres penseurs, du Jansénisme et de la religion réformée. Pour eux, le catholicisme romain devait rester intransigeant et impitoyable.

Louis connaissait tout cela. Mais il savait aussi

que les Minimes n'étaient pas gens à dénoncer un fuyard s'ils pouvaient l'utiliser pour la grandeur de Rome. Et il savait aussi qu'il trouverait là-bas les meilleurs médecins de Paris, et les plus discrets.

Louis avait bien connu le père Niceron en 1643, ce dernier l'avait aidé à échapper aux séides du duc de Beaufort et de la duchesse de Chevreuse durant la Conjuration des Importants[1]. Certes, Niceron était mort depuis longtemps, mais Fronsac avait gardé des contacts épisodiques avec le couvent. Il s'en félicitait maintenant.

Devant le porche fermé d'un lourd portail de bois, la voiture s'arrêta. Louis se précipita à la porte et tambourina violemment avec son épée. Un judas s'ouvrit.

— Je dois voir le père supérieur Reynaud pour une affaire de la plus grave importance, j'ai un blessé qui ne peut attendre. Ouvrez vite !

Le portail s'entrebâilla et la voiture entra dans la cour du couvent. Un moine concierge, le regard interrogateur, s'avança vers eux alors qu'ils descendaient du véhicule.

— Je viens d'envoyer chercher le père Reynaud… Qui est blessé ? demanda-t-il calmement.

Ils sortirent délicatement Aurore à qui on avait enlevé sa veste d'exempt. Gaston avait ôté sa chemise et bandé sommairement la poitrine pour limiter le flot de sang. Il était livide et Pierre pleurait.

— Par ici, fit le moine avec un imperceptible froncement du front.

Il leur fit signe de le suivre vers une salle longue et étroite qui jouxtait la cour. La pièce était entièrement peinte de paysages campagnards semés de fleurs sur un étrange fond incarnat. Les quatre murs étaient ainsi recouverts sans aucun espace libre.

---

1. Voir l'ouvrage du même nom, même éditeur.

Il n'y avait qu'une longue banquette couverte de velours. Ils y déposèrent Aurore avec beaucoup de douceur.

Louis était déjà venu ici bien des années plus tôt, à la recherche d'une mystérieuse arme à vent qu'avait construite le père Diron.

Que pouvait-il espérer du père supérieur ici ? Et que lui dire ? Il regarda ses compagnons, leurs faux uniformes d'exempt, Pierre et Gaultier avec leurs haillons, Aurore habillée en homme et agonisante.

Un bruit de pas. Reynaud fit son apparition, suivi de deux autres moines dont l'un portait une cuvette et un grand broc d'eau et l'autre une large sacoche de cuir brun. Le prieur des Minimes était vêtu de noir, en costume de ville. Il arborait une coiffure de cheveux courts et raides, de couleur poivre et sel, ainsi qu'une barbe taillée en pointe. Il ne paraissait pas ses soixante ans.

— Louis Fronsac ? interrogea-t-il avec surprise.

Son regard passa du marquis à ses compagnons, il reconnut Gaston et le lui signala d'un hochement de tête. Puis, il vit Aurore et son front se plissa. Déjà, l'un de ses compagnons s'était agenouillé auprès d'elle, avait ouvert sa mallette emplie d'outils et sorti une paire de ciseaux. Il entreprit aussitôt de couper le vêtement.

Louis s'avança vers lui.

— Je dois vous le dire, mon père… c'est une femme…

— Sauvez-la, murmura Pierre.

Le moine chirurgien se retourna vers eux et répondit sèchement :

— Je l'avais deviné. Maintenant, sortez tous.

Le prieur prit Louis par le bras et lui dit doucement :

— Marquis, je crois que vous allez avoir beaucoup à me dire…

Ils étaient maintenant dans la cour.

— Marchons un peu, proposa Reynaud, toujours tenant Louis par le coude.

Ils s'éloignèrent des autres.

— Savez-vous que votre tête est mise à prix par monsieur le marquis de Louvois? lui demanda-t-il alors.

Puis, sans regarder Louis, il poursuivit :

— Bien sûr, vous le savez. Et vous venez encore de faire un mauvais coup. On vous poursuivait? Au fait, pourquoi ces uniformes? Attendez, laissez-moi deviner... Vous étiez au Grand-Châtelet? C'est ça? Pour libérer quelqu'un... Ces deux hommes en haillons sans doute, et on vous a poursuivi... Mais pourquoi cette femme était-elle avec vous?

Louis savait le rôle que jouait Reynaud chez les Minimes. Prieur certes, mais aussi logicien hors pair. C'était un homme qui maîtrisait et pouvait construire ou démonter n'importe quel mécanisme physique ou humain.

Comme l'avait été le père Niceron avant lui, mais il était aussi le représentant de Rome.

Louis soupira, il savait que le moine devinerait tout.

— Mon fils, c'est mon fils que j'ai délivré, monseigneur. Quant à la jeune femme...

Il se tut alors. Reynaud le dévisagea un long moment avant de reprendre la parole :

— Certains bruits sont arrivés à mon oreille sur une enquête que vous mèneriez à propos du duc de Beaufort. Est-ce donc cela qui a tant contrarié M. de Louvois?

Louis ne répondit pas, il hésitait et cherchait une ouverture. Finalement, il fit face au Minime.

— Écoutez, monseigneur. J'ai toujours été loyal et honnête avec votre ordre. Mais je ne peux rien vous dire. Ce secret n'est pas le mien. Pas encore.

Le moine ne répliqua pas, son visage restait impassible alors que Louis poursuivait :

— Acceptez-vous de me faire crédit ?

Reynaud réfléchissait. Le jansénisme vaincu, l'hérésie protestante décimée par les conversions, la Contre-réforme avait réussi et Rome triomphait. Il aurait dû être satisfait. Mais il ne l'était pas vraiment. Dans l'Église même, les querelles subsistaient, la Compagnie de Jésus avait vaincu en France, mais avec un christianisme trop indulgent aux faiblesses humaines, trop accommodant. Et les Minimes voyaient plus loin. Ce règne devait être le retour de la France dans la chrétienté et la victoire du catholicisme sur les autres religions des cours d'Europe. Ce qui était arrivé à Louis et sa famille était trop grave pour que lui, père supérieur de l'ordre, reste dans l'ignorance. Mais il ne servirait à rien de brusquer le marquis.

— Nous soignerons cette dame, monsieur Fronsac, décida-t-il. Si Dieu nous aide, peut-être la sauverons-nous. Partez maintenant, mais quand vous reviendrez la chercher, je vous entendrai en confession et vous ne pourrez rien me cacher.

Louis hocha la tête. Ils retournèrent vers la porte de la salle à l'extérieur de laquelle les autres attendaient. Reynaud entra seul.

Au bout de longues minutes, il ressortit, un air grave sur le visage.

— Le père Martinet est notre meilleur médecin et apothicaire. La balle a brisé la clavicule pour se loger contre le poumon. C'est une opération très difficile pour l'extraire. La jeune femme est très faible et a perdu trop de sang. Le père de Lattre, notre chirurgien, va tenter de l'opérer ce soir. Priez pour elle.

Louis avait annoncé à ses amis qu'ils devaient maintenant partir. Il remercia Reynaud qui ajouta :

— Attendez, cette voiture a dû être signalée, laissez-la ici. Nous la ferons disparaître. Je vais vous donner des chevaux.

Pierre s'avança alors vers le moine.

— Mon père. Autorisez-moi à rester ici avec elle.

Reynaud le considéra un instant, puis opina de la tête. Peut-être soutirerait-il quelque information de cet amoureux, avait-il calculé.

— D'accord, nous vous donnerons une cellule. Quand vous serez propre, vous pourrez la voir, ajouta-t-il avec un fin sourire.

Une heure plus tard, ils étaient réunis au cabaret de *La Pissote*, à Vincennes. C'était une maison en vogue avec seulement quelques chambres. Nicolas était venu les réserver la veille.

— La tête que faisait ce mousquetaire ! s'exclamait Cougourde hilare qui leur racontait la façon dont ils avaient coupé la route de leurs poursuivants.

— Finalement, ton idée était excellente, ajouta Gaston à Louis.

— Pas si bonne, pas si bonne. Je n'aurais jamais dû accepter Mlle La Forêt.

Ce rappel gâcha la joie qu'ils avaient à se retrouver et à avoir réussi. Personne ne parla durant un moment. Les Corses et Verrazzano reprirent ensuite une conversation en corse, à voix basse.

— Je voulais vous dire, monsieur le marquis, s'excusa Germain Gaultier qui était avec eux, l'homme qui est venu me voir dans ma prison…

— Oui, fit Louis, soudain attentif.

— Ce n'était pas un policier, ni même un procureur. J'ai été arrêté par un procureur, accompagné de dragons, et je n'avais vu aucun magistrat jusqu'à hier. D'ailleurs, je n'étais pas dans cette cellule, j'étais plus bas et on ne m'y a transféré qu'hier matin.

Ceci expliquait pourquoi Gaultier était dans une cellule si propre, songea Gaston.

— Hé bien ! Cet homme ?

— C'est vous qu'il cherchait, monsieur le marquis, il m'a interrogé sur vos habitudes, où vous alliez à Paris. Mais je n'ai rien dit. Seulement…

— Seulement ?

— Seulement, je l'avais déjà vu.

— Quand ? Comment ? s'étonna Louis.

— Je ne sais pas, monsieur le marquis, mais à Paris certainement, et dans une taverne. Je suis certain de le reconnaître.

— Comment était-il ? demanda Gaston, fébrile, décrivez-le !

— Petit… Robuste… Un visage couvert de cicatrices, une barbe assez longue et des cheveux longs, noirs, attachés par un ruban.

— Les yeux ?

— Verts, je crois, très clairs, très vifs. Il était entièrement habillé de cuir brun, couleur de feuille morte. Déjà, la première fois que je l'avais vu, il portait ces vêtements. C'est ce qui m'avait fait le remarquer. Ah oui ! Il y a autre chose… Une épée. Il porte une épée immense. Lourde.

— Voilà quelqu'un que j'aimerais bien rencontrer, lâcha Gaston avec un rictus.

Tous avaient écouté la description de l'homme.

— Nous devons le retrouver, décida Louis. Pierre aussi a parlé d'un homme avec des cicatrices parmi les attaquants de Mercy. Tu vas nous donner le nom de toutes les tavernes où tu as pu aller à Paris. Dès demain, vous le chercherez, voici de l'argent – il dégagea de sa ceinture un long sac de pièces d'or –, dépensez sans compter.

— Tu ne viens pas avec nous ? demanda Gaston, un peu surpris.

Louis secoua la tête.

— Non ! Demain, je vais retrouver mon ami Baatz. Nous tâcherons de nous revoir plus tard. J'en profiterai pour aller saluer mon fils, et Aurore – il y eut un silence – si elle est encore vivante, ajouta-t-il mentalement.

14

Le 29 avril 1670

Dans la cour de l'auberge, les coqs chantaient joyeusement et stupidement, comme le font tous les coqs au lever du soleil. Un peu assourdis par ce vacarme matinal, nos amis se retrouvèrent dans la grande chambre où avaient dormi Louis, Gaston et Bauer. Juste avant l'aube, Gaston était allé parler avec Gaultier, qui partageait la chambre de Nicolas, les trois Corses étant restés ensemble. Quand l'ancien commissaire revint, accompagné de Nicolas et de Gaultier, les autres les attendaient. Bauer était descendu aux cuisines et avait rapporté trois gros pains et un jambon qu'ils se partageaient.

Ils s'étaient disposés un peu partout dans la chambre. Les Corses, l'air farouche, étaient appuyés contre un coffre de chêne. Louis était assis dans le seul fauteuil, vêtu de noir avec une chemise blanche, impeccable, qu'il avait obtenue de l'hôtelier ; il nouait ses galans. Bauer s'était placé sur un minuscule tabouret et aurait eu l'air ridicule s'il n'avait tenu à la main sa large et lourde rapière espagnole qu'il utilisait adroitement pour couper un jambon.

Nicolas et Gaultier s'installèrent contre la fenêtre alors que Gaston s'asseyait sur le lit. Tilly les dévisagea à tour de rôle, puis prit gravement la parole :

— Nous devons à tout prix retrouver celui qui a interrogé Gaultier. Ce drôle semble être au cœur de nos affaires. Voici ce que je propose : Gaultier m'a fait une liste des tavernes où il aurait pu rencontrer notre pendard. Il y en a une douzaine – heureusement que notre ami ne fréquentait pas trop ces lieux ! Nous allons constituer trois groupes, avec, dans chacun, au moins l'un d'entre nous qui connaît bien Paris. Nicolas et Aragna feront les cabarets autour de la rue des Quatre-Fils : il y en a au moins six à contrôler ; Bauer et Verrazzano tenteront leur chance dans l'île de la Cité, où Gaultier s'est souvent rendu avec Pierre : il se souvient de quatre tavernes où il est allé plusieurs fois ; enfin, moi-même et Cougourde, écumerons le faubourg Saint-Germain, et là, il y a au moins trois enseignes à visiter.

Tous étaient tendus. Les émotions de la veille étaient toujours présentes. Ils avaient échappé de peu à leurs poursuivants, mais ils savaient maintenant que leurs têtes étaient mises à prix. Un faux pas, un peu de malchance, et c'étaient la prison, la question, et la mort. Une mort épouvantable, sans doute roués vifs, mais avec les membres déjà brisés sur ordre du questionneur-juré.

Pierre était désormais libre et ils devinaient que c'était folie de rester ici, et plus encore de retourner à Paris, d'interroger, et de se faire remarquer. Ils n'ignoraient pas qu'ils étaient insensés et ils n'acceptaient ces risques que par fidélité envers Louis.

Louis devinait les craintes qu'ils ressentaient. Il essaya de détendre un peu l'atmosphère.

— Donc, c'est toi qui boiras le moins, fit-il ironiquement à son vieil ami en renouant une nouvelle fois ses galans noirs.

Gaston secoua la tête très sérieusement. Il n'avait aucune envie de plaisanter et il s'expliqua :

— La raison en est simple : j'ai rasé ma barbe et

je serai facilement reconnu dans Paris où je connais trop de monde, alors que Nicolas, et encore plus Aragna, ne se feront pas remarquer dans le Marais. Certes, Bauer peut être identifié, mais il ne fréquentait guère l'île de la Cité puisque c'est le domaine des magistrats et des avocats.

Le raisonnement était parfaitement logique et tous l'approuvèrent.

— Et moi ? demanda Gaultier en écartant les mains, je peux vous aider... Comment puis-je retrouver ma sœur ? Ils l'ont arrêtée en même temps que moi. Où est-elle ?

Gaston eut un geste négatif.

— Désolé, tu pourrais évidemment reconnaître notre homme, mais c'est un risque réciproque. Nous, par contre, il ne nous a jamais vus, tout au moins je l'espère. Le mieux, me semble-t-il, est que tu retournes au village de Mercy, tu t'y cacheras facilement. Pour ta sœur, ne t'inquiète pas trop, elle est sûrement avec les autres, et nous les tirerons tous de leur prison.

La discussion était close.

— Vous deux, voici de l'argent, ajouta-t-il en tendant à Aragna et à Bauer un petit sac. Dépensez sans compter. N'hésitez pas à payer d'une pièce d'or une information, même incomplète. Promettez dix écus d'or pour le nom de l'homme. Cela devrait en décider plus d'un.

— Et si on le trouve ? demanda Aragna avec un air mauvais. Qu'en fait-on ?

— Rien, il faudra le suivre, discrètement. Voilà pourquoi vous devez être deux : l'un de vous le suivra, l'autre nous préviendra. Mais je ne crois guère à une rencontre, ce serait une fortune trop belle. Il est plus probable que nous obtiendrons le nom d'un quartier de Paris, peut-être d'une rue ou d'une auberge, où vit notre homme. Aujourd'hui, essayons de rencontrer des

gens qui ont croisé notre gibier, demain, nous chasse-
rons, et après-demain nous capturerons !

» Notre quartier général sera *La Maison Rouge*,
au quai de Chaillot. C'est une grande auberge où l'on
me connaît. J'y suis descendu plusieurs fois retrouver
Laffemas qui y travaillait avec Richelieu. Comme il y a
peu d'habitations aux alentours, nous pourrons facilement repérer d'éventuels espions. N'oublions pas qu'à
compter d'aujourd'hui, La Reynie mettra tous ses
moyens pour nous retrouver.

» Mais à *La Maison Rouge*, je sais que je peux
compter sur l'hôtelier, il ne nous trahira pas ; aussi
parmi ceux que vous allez interroger, si certains semblent hésitants, dites-leur qu'ils peuvent nous trouver à
Chaillot. Pour dix écus d'or, certains se déplaceront
bien ! Évidemment, le risque est aussi que notre homme
apprenne qu'on le recherche et nous prépare un coup
de Jarnac, il nous faut donc être prêts à fuir à tout
moment.

» Dans tous les cas, rendez-vous là-bas tous les
soirs, à partir de six heures. Probablement, nous y
prendrons des chambres pour pouvoir continuer nos
recherches le lendemain.

» Tout ceci te convient-il ? demanda-t-il, en se
tournant vers Louis.

— Parfaitement, répondit le marquis, je suis
impressionné, je n'aurais certainement pas fait mieux.

— Et si on ne trouve pas ce maraud ? insista
Aragna.

— Alors, il faudra continuer à chercher dans
d'autres cabarets, bouchons, auberges, un peu au
hasard. Mais n'oubliez pas : il suffirait de connaître
son nom pour que notre affaire avance !

— Et pour ceux de Mercy qui sont emprisonnés ?
demanda Nicolas sourdement. Ma femme, mon fils ?

— Je t'ai raconté ce qu'a dit Ruvigny, lui répondit Louis doucement. Nous n'en savons pas plus, mais

n'aie crainte, maintenant que mes ennemis savent que nous avons libéré Pierre et Gaultier, ils sont obligés d'attendre car ils ignorent ce que je sais. Personne ne partira aux galères ou aux Amériques. Ils prendraient trop de risques.

Louis semblait bien assuré, mais en son for intérieur, il ne l'était guère. Qu'était-ce pour Louvois que ces piqûres d'insectes qu'ils lui faisaient ?

— Tu ne veux rien leur dire de plus sur nos ennemis ? demanda Gaston en connaissant, malgré tout, la réponse que ferait Louis.

— Non, pour votre sécurité à tous. Dès que j'aurai vu Baatz, j'en saurai davantage, et alors, croyez-moi, nous frapperons fort.

Ils partirent séparément pour éviter d'attirer l'attention lors du passage de la porte Saint-Antoine. Nicolas et Aragna devaient entrer les premiers dans Paris pour qu'en en cas de danger, le Corse revienne en arrière prévenir les suivants. Mais tout se passa bien et Louis pénétra le dernier dans la capitale. Il laissait à l'extérieur de la ville Gaston et Cougourde, qui étaient restés avec lui jusqu'au dernier moment ; en effet, ceux-ci devaient suivre la rue des Fossés-Saint-Antoine, à l'extérieur de l'enceinte, et ce jusqu'au port au plâtre. Sur place, ils chercheraient une embarcation qui les amènerait au ponton des bois flottés sur l'autre rive, juste à l'embouchure de la Bièvre.

La porte Saint-Antoine passée, Louis prit la rue des Tournelles et se rendit directement au couvent des Minimes. Là, il fut conduit rapidement auprès du père Reynaud, qui l'accueillit avec un sourire grave.

— La balle a été extraite et le poumon n'a été qu'effleuré. Ce fut pourtant une opération particulièrement difficile et très douloureuse ; il a fallu réparer l'os de la clavicule, brisé en deux endroits. Elle a perdu beaucoup de sang et n'a pas repris connaissance. Néanmoins, notre frère médecin pense qu'elle peut survivre car elle a une constitution particulièrement robuste. D'ici deux jours, il pourra se prononcer définitivement, si la gangrène n'infecte pas la plaie.

— Et mon fils ?

— Il est avec elle.

— Pourrais-je les voir ?

— Je vais vous conduire.

Ils quittèrent le petit bureau empli d'automates, anciennes recherches du père Niceron [1], et traversèrent un lacis de couloirs. Puis ce fut un cloître, prolongé par un petit jardin à plantes médicinales. Finalement, ils pénétrèrent dans une vaste pièce lumineuse où Aurore reposait calmement. Pierre était près d'elle, il se leva en les voyant entrer et se précipita dans les bras paternels.

— Mon père…

Louis embrassa son fils et regarda longuement la jeune femme, très pâle. Il était troublé. Son fils lui était apparu longtemps si distant, si différent de lui. Aurore l'aurait-elle transformé ou lui-même avait-il changé ?

— Qu'allez-vous faire, père ? demanda Pierre qui semblait désemparé. Avez-vous des nouvelles de ma mère ?

— J'ai écrit hier à sa cousine et à son époux, le duc de Montauzier, pour leur demander d'intervenir auprès du roi. Je vais maintenant essayer de rencontrer Baatz. Lui seul peut me livrer les dernières informations qui me manquent.

— Qui vous manquent ? demanda Reynaud en plissant les yeux.

— Il faut que je parte, maintenant, fut la seule réponse de Louis.

---

1. *La Conjuration des Importants.*

Reynaud secoua énergiquement la tête.

— Vous n'irez pas loin ; un de nos frères nous a signalé ce matin que votre tête est mise à prix, un dessin de votre portrait circule en ville, une gravure faite à partir d'un tableau fort ressemblant qu'aurait peint Nicolas Bourdon.

Louis le dévisagea avec stupéfaction.

— Mais ce tableau était à Mercy, et Mercy a brûlé… Comment ont-ils pu ?

— Pas du tout ! lui assura Reynaud goguenard. Vous vous trompez. Votre château n'a pas brûlé !

— J'ai assisté moi-même à sa mise à feu, s'insurgea Pierre. Les flammes montaient du toit…

Sa voix était devenue rauque.

Reynaud le regarda avec un mélange de compassion et de condescendance.

— Oh ! Je ne nie pas ce que vous avez vu ; il se trouve simplement que vos paysans de Mercy, alertés par le bruit, sont arrivés au début de l'incendie. Ils ont finalement réussi à éteindre le feu et seule une aile du château a entièrement été consumée. Le reste est intact, bien qu'un peu pillé par la troupe de dragons qui l'occupe depuis, m'a-t-on rapporté.

Cette information mit un peu de baume au cœur de Louis. C'était la première bonne nouvelle depuis le début de son cauchemar, même si le pillage du bâtiment n'était guère réjouissant.

Mais Reynaud poursuivait :

— Quoi qu'il en soit, vous serez bien vite reconnu dans Paris. C'est d'ailleurs étonnant que vous ayez pu arriver jusqu'ici.

Il leva une main pour empêcher Louis de parler.

— Rassurez-vous, j'avais prévu votre visite et j'avais préparé le nécessaire pour vous éviter d'être appréhendé.

— Vous voulez encore que je me déguise ?

Déjà, une première fois, durant la Cabale des

Importants, sous le début de la régence d'Anne d'Autriche, alors que sa tête avait été mise à prix par le duc de Beaufort et la duchesse de Chevreuse, Louis avait obtenu l'aide du père Niceron. Pour fuir, le Minime lui avait fait confectionner un accoutrement de spadassin plus vrai que nature.

— Rien de bien compliqué, le rassura Reynaud, juste une robe de bure. Avec le capuchon sur la tête, vous passerez inaperçu partout. Nous garderons votre cheval et nous ferons venir une chaise ou une vinaigrette ; ainsi, personne n'apercevra votre visage lorsque vous circulerez.

Louis ne répondit pas sur-le-champ. Il médita un instant, puis interrogea le père prieur :

— Vous prenez beaucoup de risques pour m'aider, monseigneur. Déjà vous avez caché la voiture de notre évasion, c'est un crime. Vous hébergez et soignez deux fugitifs, c'est encore plus grave. Et maintenant vous m'accordez un appui bienveillant. Pourquoi tous ces risques et comment vous rembourserai-je ?

Reynaud eut un geste évasif.

— Nous verrons, marquis, nous en reparlerons. Pour l'instant, je vous rappelle que c'est aussi le rôle de l'Église de venir en aide aux persécutés. Et puis, n'oubliez pas que vous m'avez demandé de vous faire crédit.

— J'aimerais vous croire, mon père, répliqua Louis gravement. Il est vrai que, dans ma situation, je serais bien ingrat de vous faire des reproches. Sachez seulement que je ne suis pas certain de pouvoir, et de vouloir, m'acquitter de ma dette. Même si je perce l'incroyable et terrifiant secret que je soupçonne, je ne pense pas que je pourrai jamais vous le confier.

Reynaud eut un sourire, il hocha lentement la tête, puis reprit gaiement, comme s'il n'avait rien entendu :

— Pour la voiture, ne vous en inquiétez pas, elle a été repeinte hier soir et elle est partie à l'aube pour

une de nos maisons de province. Quant à Mlle La
Forêt et votre fils, ils sont ici en sécurité, aussi longtemps qu'ils désireront rester.

Louis opina.

Ils sortirent et regagnèrent le bureau du prieur.
Là, une robe de bure était posée sur un fauteuil et
attendait Louis. En la voyant, le marquis de Vivonne
eut un soupir fataliste d'accablement : il n'était plus
maître des événements. Reynaud avait su, à l'avance,
qu'il accepterait sa proposition. Il enfila le vêtement
sous le regard ironique et calculateur du religieux.

La vinaigrette le conduisit dans la rue des Francs-
Bourgeois, puis dans la rue du Temple et le laissa
devant l'immeuble d'Angélique. Les deux femmes
devaient attendre des nouvelles avec autant de crainte
que d'impatience.

Le concierge l'amena chez Angélique sans discussion ; un moine n'était-il pas toujours et partout
bien reçu ?

La servante ouvrit la porte et Louis demanda,
dans un murmure, à voir Mme de Tilly. La domestique obéit et quelques secondes après, Armande et sa
cousine le rejoignaient dans l'entrée où on l'avait
laissé. Une fois la servante sortie et la porte refermée,
Louis baissa son capuchon.

— Gaston va bien, rassurez-vous, déclara-t-il
aux deux femmes un peu interloquées par cette visite
inhabituelle, voire inquiétante.

Les comédiens et comédiennes, même après avoir
quitté la scène, n'avaient pas de rapports très chaleu-
reux avec l'Église.

— Louis !… Mais où sont les autres ? Qu'est-il
arrivé à Gaston ?… Et Aurore ?… Votre fils ?

Les questions fusaient, ne lui laissant pas le
temps de répondre. Finalement, il put s'exprimer à son
tour.

— Aurore a été blessée, annonça Louis sombrement, mais mon fils est libre ; il est avec elle. Je ne peux vous dire où. Quant à Gaston, il semble très heureux de la nouvelle vie qu'il mène !

Il leur raconta les grandes lignes de l'évasion, ainsi que la visite mystérieuse faite à Gaultier.

— Et maintenant vous recherchez cet homme aux cicatrices ? Celui qui dirigeait sans doute l'attaque à Mercy ?

— Oui. Et je vous jure que nous allons le trouver. Mais je ne peux rester plus longtemps, vous aurez de nos nouvelles dans quelques jours, peut-être par lettre.

Malgré leurs plaintes et leurs désirs : Pourquoi ne restait-il pas un peu se reposer ? Ne voulait-il pas se désaltérer, se nourrir ? Abandonner cette robe de bure ridicule ? Louis réussit à tout refuser et enfin à partir.

Cette fois, la vinaigrette, qui l'avait attendu, le conduisit en haut de la rue Saint-Honoré, au coin de la rue Saint-Roch. Elle le laissa devant l'auberge du *Lyon d'Or*.

L'hôtellerie était presque vide en cette fin de matinée. Habituellement, elle était surtout occupée par des officiers ou des magistrats de passage et tous se trouvaient déjà à leur travail. Il vit passer une fille de salle qui transportait des bûches qu'elle allait chercher dans une petite cour, laquelle donnait directement sur la rue Saint-Honoré. Il l'apostropha :

— Je viens voir M. de Baatz, fit-il sans lever la tête avec une voix d'outre-tombe.

— Le capitaine n'est pas là, répliqua la fille d'une jolie voix aiguë. Il est en service pour la semaine, à Versailles, m'a-t-il dit hier soir.

— Voilà qui est fâcheux, murmura Louis.

Il craignait beaucoup une telle absence, car comment retrouver Baatz à Versailles ?

— Vous pouvez lui laisser un pli, proposa la fille, je le lui remettrai à son retour.

— Non, répliqua Louis. Non. Tans pis ! Je reviendrai.

Il sortit, le moral au plus bas.

Que faire ? Qui, à Versailles, pourrait avertir d'Artagnan qu'il souhaitait le rencontrer ? Qui pourrait l'approcher ? Aucun de ses amis ne fréquentait la Cour. Ce combat n'était-il pas sans issue ? Brusquement, il envisagea cette simple solution : et si Julie d'Angennes demandait et obtenait du roi la libération de son épouse ? Il pourrait alors s'enfuir avec elle à l'étranger, en Hollande par exemple. Refaire sa vie. Son frère dirigeait la prospère étude de la famille et pourrait lui obtenir des clients de là-bas. Il garderait Gaston et Armande auprès de lui, ainsi que Pierre, et Bauer aussi. Pourquoi continuer à lutter ? Ce combat était perdu et qu'avait-il à faire de l'effrayant secret qu'il avait découvert ?

Mais s'enfuir ainsi, s'était abandonner ses gens, ses amis, ses fidèles, c'était vivre dans la crainte perpétuelle d'un enlèvement. Ses adversaires ne désarmeraient jamais et Louvois avait montré que personne n'était à l'abri de sa police, même hors de France. Quelle vie aurait-il ? Vivre dans la terreur de la capture, puis de finir ses jours dans le tombeau d'un cachot, comme ce pauvre La Forêt ?

Non, se dit-il, ce serait une lâcheté inutile, je dois aller jusqu'au bout.

Il descendait instinctivement la rue, évitant machinalement les passants, les charrettes et les étals qui gênaient sa marche. Nombreux étaient ceux qui s'écartaient et qui se signaient devant ce saint homme admirable apparemment plongé dans ses prières.

À ce point de sa réflexion, il leva les yeux et il regarda autour de lui. Il constata qu'il se trouvait à l'angle de la rue Saint-Thomas-du-Louvre. À quelques pas de là se dressait l'hôtel de Rambouillet.

Évidemment, songea-t-il soudainement, il y aurait

bien Montauzier... Mais n'avait-il pas déjà trop demandé au duc ?

La rue Saint-Thomas a aujourd'hui disparu. Elle partait de la façade de l'actuel Palais-Royal et descendait vers la Seine en s'enfonçant à travers un dédale de maisons construites tout contre le Louvre. En haut de la rue se trouvait l'hôpital des Quinze-Vingt, plus bas se dressaient l'hôtel de Rambouillet et l'hôtel de Chevreuse.

L'hôtel de Rambouillet avait été construit par la marquise, Catherine de Vivonne, à partir de ses propres plans. Issue des Savelli, une grande famille princière italienne, la marquise avait découvert, en arrivant au Louvre avec son époux, la Cour du Vert Galant : un monde de saleté, de grossièreté et de vulgarité.

Choquée, elle s'était juré de ne plus jamais se présenter au Louvre et d'avoir sa propre Cour. Pour cela, elle avait fait construire cet hôtel, un extraordinaire et admirable bâtiment que l'on nommait : *Le palais de la Magicienne* et qui était devenu sous le règne de Louis XIII la *Cour de la Cour*. Durant quarante ans, elle y avait reçu chaque jour tous ceux qui comptaient en France, que ce soit par la naissance, par les sciences, par les arts, par la vertu ou par le talent.

C'est ici que Louis avait rencontré pour la première fois sa future épouse Julie de Vivonne.

Trente ans plus tard, il se décida à franchir à nouveau le porche de la magnifique construction. Il pénétra dans la cour d'honneur. Il n'y avait personne, aussi avança-t-il jusqu'au jardin qui jouxtait l'hôpital des Quinze-Vingt. Il voulait apercevoir, une dernière fois peut-être, la fameuse fontaine édifiée par Mansart et sur laquelle le poète aixois Malherbe avait écrit ce court poème :

> *Voy-tu, passant, couler cette onde,*
> *Et s'escouler incontinent ?*

> *Ainsi fuit la gloire du monde*
> *Et rien que Dieu n'est permanent.*

Un domestique apparut brusquement à côté de lui, l'air sévère et contrarié à la vue de ce moine étrange.

— Monsieur le duc est-il là ? demanda Louis, je désirerais lui parler.

L'homme le considéra avec un air chagrin, comment dire à ce religieux que monseigneur le duc ne recevait pas les inconnus ?

Il ne bougea pas.

Louis attendit quelques instants en le considérant avec surprise, il avait l'habitude d'être reçu rapidement. C'est alors qu'il prit conscience de son déguisement. Il ajouta donc :

— Dites-lui seulement que le père Fronsac vient de terminer les travaux qu'il a demandés sur la Guirlande de Julie.

L'autre hocha la tête et repartit vers la maison.

La première fois que Louis avait parlé avec le duc de Montauzier, c'était lors d'une réception où il avait été invité avec son ami Vincent Voiture. Ce jour-là, c'était l'anniversaire de Julie d'Angennes et son père, associé à Montauzier, avait demandé à tous les écrivains et poètes qui comptaient dans Paris – sauf Vincent – d'écrire un poème sur sa fille. L'ensemble avait été relié dans un bel ouvrage : *La Guirlande de Julie.*

Recevant le cadeau, Julie d'Angennes avait déclaré insipidement : *Je remercie tous ceux qui ont fait des vers pour moi*[1].

Quant à Voiture, qui n'avait pas été retenu parmi les auteurs, il avait conclu la jolie cérémonie en expliquant avec dépit à Louis :

---

1. Voir : *Le Mystère de la Chambre Bleue*, à paraître dans la collection *Labyrinthes.*

— C'est un ouvrage pour se torcher le cul !

Louis souriait machinalement à ce souvenir quand Montauzier apparut au perron qui menait du premier étage au jardin. Le duc, visiblement agité, descendit précipitamment les marches.

— Louis ?

Fronsac baissa son capuchon. Le duc soupira de satisfaction et l'accola avec une émotion non feinte.

— Louis ! Je suis si content de te voir. Mais que se passe-t-il ? Tu es en ce moment considéré à la Cour comme le pire des criminels !

— Marchons un peu, mon ami… Que puis-je te dire ? Comment t'expliquer ce qui m'arrive ?

Ils avancèrent le long d'une allée isolée et Louis poursuivit, d'un ton un peu saccadé, en cherchant ses mots :

— Tout a commencé il y a deux mois environ, une amie chère m'a demandé une recherche sur un personnage… Hum… Crois-moi, je ne peux te dire son nom, disons que c'était un personnage important, de la famille royale, et qui aurait dû être mort, mais qui peut-être ne l'était pas…

Montauzier le regarda un peu hagard en secouant la tête. Les longues boucles de sa lourde perruque dansèrent autour de son visage.

— Je ne comprends rien à ton histoire, Louis.

— Ce n'est pas grave, c'était juste une introduction, disons que cette enquête m'a conduit à un autre mystère, peut-être lié au premier. Un mystère ?… Non, je m'exprime mal : un *secret*, un secret si grave que seules quelques personnes proches du roi en ont connaissance. Et croyant que j'avais percé ce secret – ce qui n'est pas entièrement le cas – ces personnes ont décidé ma perte, ma ruine, ma mort, celle des miens et celle de mes amis.

— Mais c'est invraisemblable, je parlerai au roi… il m'écoutera.

— C'est inutile, mon ami, affirma Louis d'un ton glacial.

Il y eut un silence pénible, puis Montauzier reprit d'une voix éraillée. Il ne pouvait dissimuler sa peur.

— Tu ne veux pas dire que le roi lui-même ?

Louis attendit un instant, il hésitait. Finalement, il lâcha :

— Je ne sais pas, il n'est pas impossible que le roi ait lui-même donné des ordres car c'est un si lourd secret… Mais honnêtement, je ne sais pas… As-tu reçu ma lettre ?

— Oui, j'allais t'en parler. On me l'a apportée hier soir à Versailles. Ce matin, au lever de Sa Majesté, je lui ai demandé une audience privée qu'il m'a aussitôt accordée. Je lui ai parlé de Julie, ton épouse. Il a fait appeler Louvois sur-le-champ.

— Alors ?

— D'abord, Louvois a paru embarrassé, puis il a reconnu que Julie de Vivonne était enfermée. Sa Majesté a semblé très en colère et lui a demandé :

"Je n'ai que deux questions à vous poser, monsieur le marquis : cette personne est-elle coupable d'un crime, et cette personne est-elle noble ?"

» Louvois était très mal à l'aise, il a répondu non à la première question et oui à la deuxième. J'ai renchéri en rappelant que Julie était la cousine de mon épouse et que son père avait donné sa vie en combattant pour Louis Le Juste. Que les Vivonne étaient une vieille famille, proche de la branche du duc de Vivonne, le frère de Mme de Montespan.

"Il suffit, a ordonné le roi. Monsieur Louvois, cette dame sera libérée aujourd'hui même."

» Il s'est alors passé quelque chose de très étrange : Louvois a supplié Sa Majesté de pouvoir rester seul une minute avec lui. Je suis donc sorti et, quand j'ai été rappelé, le visage de notre souverain était totalement différent. Il était, je ne dirai pas, contrarié, non ! Ce n'est pas le mot. Il était terrifié, ravagé, et il m'a déclaré d'une voix grave, presque haletante :

"Monsieur le duc, voici ce que j'ai décidé : Mme de Vivonne sera placée sous votre garde, chez vous à Paris. Elle vous est confiée, elle ne pourra sortir de la chambre que vous lui choisirez et dix mousquetaires, installés dans votre hôtel, veilleront à ce que cet ordre soit exécuté."

Le duc écarta les bras en signe d'impuissance.

— Je suis donc devenu geôlier, Louis. Julie me sera amenée ce soir, voici pourquoi je suis ici, ayant quitté Versailles dès que cette décision m'a été annoncée, et j'avoue être un peu interloqué par une aussi troublante situation.

Louis avait écouté avec une grande attention le discours de Montauzier.

— L'intervention privée de Louvois montre donc que le roi n'était pas informé sur ce qui s'était passé à Mercy ; par contre, Louvois a su convaincre Sa Majesté de ne pas libérer Julie. Ils partagent donc bien un même secret. Reste que je serai plus tranquille en sachant Julie ici plutôt qu'aux Madelonettes ou à Sainte-Pélagie.

— Moi aussi, mais tu dois me faire une promesse.

— Laquelle ?

— Julie doit rester ici, tu ne tenteras rien pour lui faire quitter cette maison. Promets-le-moi. Je risque ma tête.

Louis n'hésita qu'une seconde. Il lui répondit donc gravement :

— Je te le jure.

— Bien, je pense que tu pourras la voir, un jour prochain et discrètement. Mais toi, que vas-tu faire, que vas-tu devenir ?

— Ai-je le choix ? Je dois aller jusqu'au bout. Dévoiler le secret du roi et terrasser mes ennemis.

— Même si ton ennemi est le roi ?

Louis refusa de répondre, il expliqua :

— J'ai besoin de rencontrer M. d'Artagnan, mais il est en service à Versailles et je ne peux aller le chercher là-bas. Pourrais-tu lui demander de passer me voir ? Je serai à l'auberge du *Bacchus Couronné*, pas très loin du château.

— Je le lui dirai. Quand y seras-tu ?

— Dès demain après-midi. L'auras-tu vu d'ici là ?

— Si Julie est conduite ici ce soir, je serai à Versailles dès demain matin. Habituellement, Sa Majesté n'y réside pas car tout est en chantier mais, en ce moment, elle désire sans cesse s'y trouver pour faire activer les travaux. Avec un peu de chance, je pourrai faire la commission à Baatz à la mi-journée.

— Ce serait parfait, maintenant tu dois m'excuser, je ne peux rester plus, si Julie arrivait…

Ils se quittèrent, Louis était finalement assez satisfait. Il verrait Baatz comme il le désirait et il aurait ainsi confirmation, ou non, de ses terribles soupçons.

Selon les historiens, qui sont des gens sérieux, Paris comptait à cette époque environ mille huit cents tavernes, cabarets, gargotes, bouchons ou auberges, sans compter ces bouges infâmes où l'on vendait un vin aigre, souvent coupé d'eau, et en fraude des contrôleurs des impôts.

À l'origine, ces lieux avaient chacun une particularité : le bouchon, qui se reconnaissait par ce bouquet de verdure attaché sur la porte, était un simple débit de boisson qui ne pouvait servir que du vin en pot, sur une table sans nappe ni serviette. Aucun mets ne pouvait être proposé avec le vin. L'ouverture du tonneau étant signalée aux contrôleurs par le bouquet, seul un fût pouvait être mis en perce à la fois et tant que le vin n'était pas entièrement tiré de la futaille, il fallait le boire.

La taverne, elle, pouvait proposer plusieurs vins, et donc plusieurs tonneaux pouvaient être mis en perce simultanément. Le tavernier pouvait aussi offrir à ses clients des bouteilles et des flacons.

Enfin, au cabaret, on pouvait non seulement boire mais encore manger.

Ces particularités, avant tout fiscales, n'étaient pas toujours respectées et bien des tavernes donnaient à boire et à manger, parfois même sur des nappes !

Il existait aussi des distinctions de police : les cabaretiers ne devaient recevoir que les étrangers de passage, ce qui n'était pas le cas des simples bouchons. Tous devaient cependant fermer le dimanche ainsi que le soir après six heures, ou au couvre-feu de la cloche de Notre-Dame.

Quand on désirait loger, on devait se rendre à l'auberge. L'auberge était une taverne qui proposait des chambres, et pour les plus importantes d'entre elles, des écuries avec parfois un forgeron.

L'hôtellerie, quant à elle, était une auberge particulière dont l'activité principale était de loger les gens de passage. Elle était donc particulièrement contrôlée par la police, qui était aussi chargée de vérifier que les interdictions d'ordre public, comme de jurer, de jouer aux cartes, ou pire : de mélanger les vins, étaient respectées.

La rue Saint-Antoine est une des plus vieilles rues de Paris. C'est une ancienne voie romaine qui conduit depuis toujours au centre de la ville, vers le Louvre, ce donjon construit au tout début du Moyen

Âge. Il est clair que le long d'une telle voie, les bouchons, tavernes, cabarets, auberges et hôtelleries étaient innombrables.

Nicolas et Aragna, qui remontaient la rue, auraient dû s'arrêter toutes les dix toises s'ils avaient voulu enquêter dans chaque établissement. Heureusement pour les deux hommes, la plupart d'entre eux étaient des hôtelleries où logeaient les étrangers ou les provinciaux de passage. Seul le cabaret de *La Croix Blanche* recevait une population d'écrivains et d'artistes habitant le quartier.

Une cour boueuse et puante s'étendait à droite de la taverne, ils y laissèrent leurs chevaux à la garde d'un gamin, lui promettant un sol pour la surveillance.

L'établissement était constitué d'une enfilade de trois salles. Les deux premières étaient vides et, dans la troisième, quelques marchands de passage, réunis à une table, avalaient une soupe fumante. Nicolas était déjà venu plusieurs fois et savait où trouver l'aubergiste. Il fit un signe à la fille de salle – une souillon maigre et desséchée –, et ils se dirigèrent vers une arrière-cour donnant dans une rue parallèle. On y déchargeait des barriques et le patron de l'hôtellerie surveillait les quatre garçons qui transportaient des tonnelets vers la cave.

— J'ai sûrement vu votre bonhomme, leur affirmat-il en haussant les épaules après avoir entendu leur description et empoché un écu. Mais quand ? Et quant à savoir qui est cet homme, c'est encore plus difficile. Vous savez, le soir, les trois salles sont pleines et comme on est une hôtellerie, nous fermons seulement à la nuit. Je veux bien vous promettre de faire attention, surtout si la récompense est bonne, mais rien de plus.

Ils reprirent leurs chevaux, déçus et contrariés, mais aussi désormais conscients des difficultés de leur quête. Aragna était particulièrement maussade. Quelle chance avaient-ils de retrouver un homme dont la description était si imprécise ? Si encore il avait été borgne, ou seulement manchot ! grommelait-il.

Le vent soufflait désormais et les enseignes se balançaient, ajoutant leurs bruits de crécelle aux autres vacarmes de la rue. Nicolas précédait le Corse pour lui montrer le chemin, il savait se frayer adroitement un passage au milieu des voitures, des cavaliers, des charrettes de fourrage, de tonneaux ou de matériaux qui envahissaient la voie et s'arrêtaient à tout moment. D'humeur égale, il évitait, en souriant, les chiens errants, les enfants, les mendiants, les colporteurs et surtout les drôlesses qui tentaient de s'accrocher à leur monture, dévoilant leurs seins autant pour les attirer que pour détourner leur attention pendant qu'un complice tentait de les voler.

Aragna, lui, les repoussait avec colère en glapissant des *Sangu lu Cristu !* et des *Va hini in Zinefria*[1] ! d'abondance.

Ils passèrent devant l'hôtel de Sully et prirent à droite la rue des Égouts, tout aussi encombrée que la rue Saint-Antoine.

À la fosse aux Lyons, rue du Pas-de-la-Mule, près de la place Royale, fut leur deuxième étape. Le cabaret était fréquenté par des gens de plume et quelques grands seigneurs qui habitaient autour de la place. Margotte La Fierté, qui tenait le cabaret de son père, les reçut sans ménagement : elle n'avait pas de temps à perdre. Le drôle qu'ils recherchaient pouvait être n'importe qui et elle ne parut pas sensible à la récompense proposée. Aragna eut beau prendre son air corse le plus altier, elle ne fut ni séduite ni impressionnée. Ils repartirent donc bredouilles vers la rue des Francs-Bourgeois.

Il y avait là de nombreux bouchons et cabarets que Gaultier ne leur avait pas indiqués et qu'ils

---

1. Va au Diable !

auraient pu éviter, mais Nicolas étant particulièrement consciencieux, il s'arrêta au *Chat qui pêche* et au *Porcelet et la Marmite*, les deux plus importantes auberges de la rue. Hélas, ici encore, les réponses furent évasives sinon négatives.

Ils prirent ensuite une portion de la rue Vieille-du-Temple et tournèrent dans la rue des Blancs-Manteaux.

La Grande Nonain qui ferre l'oie devait être leur unique arrêt dans la rue. Nicolas avait vécu si long-temps dans ce quartier, avec Louis Fronsac lorsque celui-ci n'était qu'un simple notaire, qu'il y connais-sait tout le monde. Ils s'installèrent devant une fricas-sée de pigeons et quelques flacons. Une fois rassasiés et rafraîchis, Nicolas attira la fille qui les servait avec une œillade et lui expliqua qui ils cherchaient.

Angèle, c'était son nom, était fine et délurée. Elle ne reconnut personne dans la description mais promit de faire des recherches auprès des autres filles. Ils l'at-tendirent en buvant quelques bouteilles.

Une heure passa, la salle était toujours aussi pleine. Aragna avait repéré avec inquiétude un groupe de dragons qui semblaient détailler les clients avec suspicion. Le regard de leur officier s'arrêta un instant sur eux. Puis, il poursuivit ses observations.

Angèle revint s'asseoir à leur table.

— Hélas, monseigneur, fit-elle dans une moue. Je ne sais rien. Personne ne semble correspondre exac-tement à votre bonhomme. Ou alors, personne ne l'a remarqué. Ne savez-vous rien de plus sur lui?

Nicolas secoua négativement la tête.

Elle soupira en s'excusant :

— C'est que des visages couverts de cicatrices, barbus et chevelus, ça en fait du monde! Et les yeux, ici, on ne les remarque guère.

Aragna se leva. Nicolas glissa deux pistoles à la belle qui l'embrassa.

Ils sortirent, suivis du regard inquisiteur de l'officier des dragons.

— Il nous reste la rue Saint-Denis et l'Hôtel de ville, où se trouvent *La Croix de Fer* et *À la Croix de Lorraine*. Nous pourrions les faire demain. Je te propose de visiter tous les bouchons du quartier pour cet après-midi.

Aragna fit un geste fataliste.

Bauer et Verrazzano avaient pris la rue de la Pute-y-Musse[1] pour descendre vers les rives de la Seine. Ils furent plusieurs fois interpellés par les garces et les drôlesses qui vendaient leur corps dans des bordeaux aux enseignes en forme de rébus : ainsi un U peint en vert signifiait les *Vertus*. Comme Bauer ne fréquentait pas ces établissements, il ne craignait pas qu'on le reconnaisse.

Plus bas, le Bavarois savait que les berges étaient principalement fréquentées par les portefaix et les mariniers et qu'il était tout aussi peu probable qu'il y croise une connaissance.

À la place aux Veaux, ils prirent ce magnifique pont de pierre que Marie avait fait construire au début du siècle et ils pénétrèrent dans l'île Notre-Dame.

Au Signe de la Croix devait être leur première étape. L'auberge se dressait sur le quai de Bourbon avec son enseigne en fer peinte représentant un cygne blanc surmonté d'une croix. Passant devant, ils continuèrent un moment à longer le quai jusqu'à une courette qui servait d'écurie où ils abandonnèrent leurs chevaux.

Quelques minutes plus tard, ils en repartaient la mine sombre.

---

1. Rue de la Pute qui y flâne ! Cette rue, qui comme son nom l'indiquait était consacrée à la prostitution, est devenue la rue du Petit-Musc.

Ils n'eurent pas plus de succès à *La Pomme de Pin*, rue de la Juiverie, près du pont Notre-Dame, ou encore au *Petit Diable*, joli cabaret près du Palais, fréquenté surtout par les avocats et les clercs de la basoche.

Toute la journée s'écoula ainsi à repérer les enseignes, ou les bouchons de verdure, à s'arrêter et à poser éternellement les mêmes questions.

Mais personne ne semblait connaître cet homme couvert de cicatrices, à la barbe et aux cheveux noirs et longs, habillé de cuir feuille morte.

La rue des Fossés-Saint-Antoine suivait les anciens remparts de la ville qui avaient été abattus, ne laissant en haut de la courtine qu'une large promenade plantée d'arbres à environ dix toises du niveau du sol.

Cette enceinte était longée par une sorte de douve qui courait au devant, en réalité un véritable canal, fort large, qui se terminait à la porte Saint-Antoine. De nombreuses barques y naviguaient, transportant leurs lourdes marchandises jusqu'à la porte de Paris. À main gauche, en descendant vers la Seine, se succédaient des jardins clôturés ainsi que quelques maisons isolées.

Gaston et Cougourde n'étaient pas seuls sur ce chemin. D'innombrables charrettes et des convois de bois remontaient vers la porte Saint-Antoine. Un petit port à bois se situait en effet au bout du chemin : le port au plâtre, dont l'activité consistait surtout en échanges de grumes et de matériaux de constructions avec l'autre rive.

Le port au plâtre présentait un joyeux désordre pour qui n'y travaillait pas : plusieurs pontons branlants s'avançaient dans la rivière et un nombre extravagant de barques et de péniches y étaient amarrées, débarquant toutes sortes de marchandises, mais principalement des pierres, des planches ou du plâtre. Certains transbordements se faisaient à dos d'homme en passant sur plusieurs bateaux amarrés les uns contre les autres.

Sur la rive, deux ou trois carrosses attendaient et quelques bourgeois négociants, richement vêtus malgré la boue qui s'étalait partout, surveillaient l'activité des nautoniers. Gaston expliqua à Cougourde, persuadé jusqu'à présent que les ports n'existaient qu'en Méditerranée, que Paris était aussi un port et que c'étaient les marchands nautoniers qui dirigeaient la puissante prévôté de la ville.

Gaston chercha un moment une embarcation de passeur suffisante pour prendre leurs chevaux. En effet, quelques barques faisaient traverser la rivière aux piétons, et quelquefois aux cavaliers. Des pontons instables permettaient de monter à bord de ces bateaux, une opération toujours délicate, surtout ces temps-ci, alors que la Seine était haute et le courant très rapide.

Cependant, ce jour-là, aucun passeur n'avait de navire suffisamment gros pour eux et leurs montures. Finalement, ils s'embarquèrent sur une grande barque marchande qui partait pour l'autre rive chercher du bois et qui prit avec eux deux mules, un âne et quelques piétons pressés.

La barque les laissa non loin de l'embouchure de la Bièvre, qu'ils gagnèrent par un chemin pentu, boueux et bordé de saules. À partir de là, la ville n'existait plus : ce n'étaient que des jardins, des potagers, quelques hameaux de maisonnettes et, plus rarement, de grandes bâtisses, couvents ou fermes fortifiées. Au loin, on distinguait seulement les toits du bâtiment de l'école de médecine.

Gaston connaissait bien *Le Mouton Blanc*, une jolie auberge plantée au bord de la Bièvre où on dégustait, sous de fraîches tonnelles de vigne, des écrevisses pêchées dans la rivière.

Il était encore tôt et la cour de l'hostellerie était presque déserte : seul un palefrenier, aidé d'un porte-faix, déchargeait une charrette de tonneaux de vin.

Gaston s'approcha du jeune homme qui s'interrompit en les voyant. Il l'emmena à l'écart pendant que Cougourde restait à portée de voix.

— Je cherche quelqu'un, fit l'ancien commissaire avec autorité. Quelqu'un qui vient souvent ici. Tu travailles à l'hôtellerie ?

— Oui, monsieur, répondit le jeune homme en s'essuyant les mains à son tablier. Comment qui s'appelle, votre bonhomme ?

Il avait reconnu, en Gaston, l'autorité du policier.

— Hum… je ne suis pas certain de son nom. Il est petit, robuste, avec un visage couvert de cicatrices, une barbe assez longue et des cheveux longs aussi, noirs, attachés par un ruban. Il est habillé de cuir.

— Ça fait beaucoup de monde, ça…

Gaston le dévisagea sévèrement, le regard irrité.

— Pas tant que ça ! L'homme a de l'argent, et il est dangereux, très dangereux. Si la mémoire te revient, c'est une pièce d'or, la récompense. Je serai à *La Maison Rouge*, à Chaillot. Et voici dix sols pour tenir ta langue. Au fait, au cas où ce ne serait pas suffisant, mon ami ici te la couperait.

Gaston montra Cougourde qui avait relevé les lèvres dans un rictus malveillant. Le jeune homme frissonna et murmura, le visage pâle :

— Je… je vais faire attention, monsieur. Si je vois quelqu'un qui ressemble à cet homme, je vous le ferai dire… C'est sûr !

Gaston et Cougourde s'éloignèrent ensuite vers la salle qui était vide. De là, ils gagnèrent les cuisines où ils trouvèrent l'aubergiste. Gaston lui répéta son discours. Mais pour lui, la récompense grimpa à cinq pièces d'or.

— Il y a quelqu'un qui correspondrait à votre

description, répliqua pensivement l'hôtelier, un gros bonhomme joufflu. Il est venu quelquefois, souvent accompagné d'une bande de spadassins. Je m'en souviens car à sa dernière visite il n'avait pas sa bande de coupe-jarret avec lui, il était dans le carrosse d'un gentilhomme qui dépensait sans compter. Il avait même deux laquais avec lui !

» Mais ce n'est pas forcément votre bonhomme, ajouta-t-il songeur, bien que son signalement corresponde.

— Vous ne savez rien d'autre sur lui ?

— Non, s'il revient, j'enverrai un garçon vous prévenir à Chaillot, il faudra alors vous presser car il ne reste jamais longtemps.

Ainsi, cette première visite serait peut-être la bonne, se dit Gaston. Il avait maintenant bon espoir de trouver leur inconnu. Reprenant leurs chevaux, ils quittèrent le *Mouton blanc* pour le quartier Saint-Germain où ils devaient visiter le *Lyon d'Or*, puis la *Rose Rouge*.

Laissant progressivement la campagne pour la ville, ils rejoignirent la rue Saint-Victor.

Ici, les maisons commençaient à être plus nombreuses et les jardins se raréfiaient. La rue restait pourtant boueuse avec de profondes ornières emplies d'excréments.

À mesure qu'ils se rapprochaient de la rue Saint-Jacques, l'activité de la ville se faisait sentir : voitures, cavaliers, carrosses, chaises encombraient maintenant le large chemin.

— Le *Lyon d'Or* se trouve en bas de la rue Saint-Jacques, expliqua Gaston à un Cougourde émerveillé par l'immensité de cette ville, une vastitude qu'il n'avait jamais envisagée (il croyait Paris jusqu'à présent limitée à ce qu'il avait vu les jours précédents).

» À partir d'ici commence le quartier des collèges, tout autour de cette colline de Sainte-Geneviève.

Tout à l'heure, nous mangerons au *Lyon d'Or*. En attendant, nous allons passer dans quelques cabarets comme *La Corne*, sur la place Maubert. Ici, les tavernes sont surtout fréquentées par la basoche et il est peu probable que notre homme s'y rende, mais certains bouchons fournis en vin de qualité ont aussi des gentilshommes pour clientèle, en particulier ceux des hôtels du quartier Saint-Germain.

Ils s'arrêtèrent successivement dans une dizaine de bouchons, buvant parfois un verre de vin d'Anjou ou de Volay et questionnant, soit une fille de salle, soit le patron ; mais les réponses restaient imprécises et inutilisables. L'intérêt de leurs interlocuteurs ne se laissait voir que lorsqu'il promettait des pièces d'or en récompense.

Midi avait déjà sonné au couvent des Jacobins quand ils furent en vue du Petit-Châtelet, cette sinistre forteresse qui protégeait, depuis la colonisation romaine, l'entrée sud de l'île de la Cité et le passage par le petit pont, un ouvrage branlant, quasiment en ruine, qui reposait sur des piliers de bois vermoulus. Régulièrement, les piles en bois étaient heurtées par un bateau et s'effondraient. Dix ans plus tôt, il avait encore été refait mais la nouvelle construction ne donnait aucune impression de solidité.

Un singe dansait devant le sombre passage qui traversait sous le Châtelet. Cougourde le regarda avec attendrissement. L'animal lui rappelait ses expéditions en Barbarie. Le sac des villages maures, les massacres et le viol des femmes. Une heureuse époque !

— Il a l'air de bien s'amuser, remarqua-t-il en souriant car, malgré ses apparences, c'était un sentimental.

— Il ne joue pas, répliqua Gaston avec sérieux. Il paie son passage.

— Son passage ?

— Oui, il faut payer pour passer par le petit pont,

mais les singes et les jongleurs peuvent passer gratuitement s'ils dansent devant le receveur du péage. On appelle ça payer en monnaie de singe. Mais avance donc au lieu de rester béat, notre auberge est par là !

Effectivement, l'hostellerie s'étalait en face du Petit-Châtelet, avec une grande cour à voitures et une terrasse d'où l'on voyait couler la Seine. Sur la façade, un lierre courait et plusieurs rosiers grimpants étaient déjà en boutons.

Ils laissèrent leurs chevaux à un palefrenier édenté et, profitant de ce temps agréable d'avril, ils s'installèrent sur la terrasse où presque toutes les tables étaient occupées.

Le soleil était déjà chaud et Gaston songeait combien le temps pouvait être étrange : à peine quelques semaines plut tôt, ils avançaient péniblement dans une tempête de neige.

La fille de salle qui s'occupa d'eux était jolie, piquante et bien aimable. Ils se firent servir un ragoût de mouton accompagné d'un vin dont le tonneau venait d'être mis en perce comme en témoignait le bouchon encore vert suspendu au-dessus de la porte qui conduisait à la salle intérieure.

Tous deux dévisageaient avec attention la clientèle disparate qui fréquentait le lieu : marchands de passage, pressés et soucieux, clercs et officiers du palais en robes et manteaux noirs, fripons et écoliers de la basoche, le regard aux aguets, à l'affût d'un camarade ou d'un mauvais coup, et même de rares gentilshommes qui devaient habiter vers l'abbaye Saint-Germain, le nouveau quartier à la mode.

Finette, c'était le nom de la fille, semblait les connaître tous, distribuant allégrement sourires, baisers et compliments. Lorsqu'elle s'approcha de leur table en se balançant, Gaston lui fit signe et elle se précipita vers eux avec un sourire engageant et bien peu farouche.

— Monseigneur veut encore quelque chose ? demanda-t-elle en se penchant en avant, laissant profondément découvrir sa gorge rose et appétissante.

— Oui, plaisanta Gaston, mais ce n'est pas ce que tu crois. Veux-tu gagner un louis d'or, la belle ?

Elle le regarda avec plus d'attention et il lut dans ses yeux de la curiosité mais aussi de la méfiance.

— Assieds-toi là, proposa-t-il, montrant le banc devant lui, où se tenait déjà Cougourde.

Elle obéit avec un sourire effronté mais pourtant plein d'appréhension.

— Tu sembles connaître tout le monde ici ?

— Oui-da, monseigneur.

— Nous cherchons un homme. Un spadassin sans doute, petit, barbu, brun. Il aurait le visage couvert de cicatrices, les cheveux longs, noirs, attachés par un ruban. Il serait souvent habillé de buffle. Et le plus important, il est sans doute mortellement dangereux.

Finette pâlit à la description et le mouvement de répulsion qu'elle eut n'échappa pas à l'ancien commissaire.

— Tu le connais ! affirma-t-il en lui saisissant la main.

Elle blêmit.

— Je ne peux vous parler ici, monseigneur, murmura-t-elle, suivez-moi plutôt.

Elle se dégagea et se leva, alla parler un moment à une autre fille puis rentra dans l'auberge. Cougourde et Gaston étaient sur ses talons.

À l'intérieur régnait aussi une grande animation, la fille se glissa habilement entre les tables, un sourire de circonstance plaqué sur son visage. Elle prit ensuite l'escalier au bout de la salle. Il accédait à un étage où se situaient quelques cabinets particuliers et les inévitables chambres pour les voyageurs de passage.

— Entrons ici, leur proposa-t-elle, montrant une porte.

C'était une petite pièce, mal éclairée, avec des tréteaux et un plateau posés dans un coin. Trois bancs étaient empilés contre un mur. L'endroit exhalait un mélange d'humidité et de feu de bois.

Gaston s'approcha de la fenêtre, regarda en bas la foule animée, puis fixa Finette avec un regard interrogateur. Elle lui demanda alors dans une sorte de gémissement :

— Qui êtes-vous ?

Gaston soupira, autant dire la vérité. C'est souvent le plus simple, disait-il souvent.

— Je suis un ancien commissaire de Saint-Germain-l'Auxerrois. Je recherche cet homme pour des meurtres qu'il a commis.

Elle le considéra longuement sans rien dire. Cet examen dut la satisfaire car elle lâcha rapidement, les mains sur les hanches avec une attitude de défi :

— Il s'appelle de l'Épée. C'est un débauché et un ignoble assassin.

— Vous semblez bien le connaître ?

Elle exhala un soupir désabusé.

— J'avais une amie, ici, servante comme moi, pas plus farouche, mais pas plus prude non plus. Perrine était gentille et aimée par tous. Il y a un mois, cet homme, ou un homme lui ressemblant – petit, barbu, avec des cicatrices et un regard de glace – est venu pour réserver ce cabinet où nous sommes. C'est mon amie qui les servait. Il était avec un gentilhomme et quelques hommes de main. Non, son compagnon n'était pas un gentilhomme, c'était un monstre. Pour s'amuser, ils l'ont battue, ils l'ont brûlée, ils l'ont violée et torturée. Nous ne nous en sommes aperçus que quand on a noté son absence, tard le soir. Quand nous sommes montés pour nettoyer, elle était là, couchée, nue et sanglante (elle montra le sol) elle n'a jamais retrouvé la raison.

Elle vit maintenant dans une soupente, ne sort plus, ne parle plus. Nous lui apportons à manger chaque jour.

Gaston avait déjà connu tant et tant d'histoires de ce genre qu'il n'était ni ému ni indigné. Quant à Cougourde, sa morale était suffisamment élastique pour qu'il ne soit pas certain d'avoir bien compris ce qu'on reprochait à de l'Épée.

— Je me suis juré de la venger, sanglota Finette.

— Alors, vous avez trouvé ceux qui vont le faire, murmura Gaston en la prenant par l'épaule. Nous avons aussi un compte terrible à régler avec lui. Où peut-on le rencontrer ?

— Je… je ne sais pas.

Elle les regarda avec un regard halluciné.

— Je ne l'ai jamais revu ! Jamais ! Mais un homme de l'écurie m'a dit l'avoir rencontré, derrière Sainte-Geneviève. Il y a là d'infâmes bouges, c'est dans ces lieux qu'il se vautre avec sa horde de coupe-jarret. Mais attention, il est dangereux, il a des amis… puissants. S'il apprend que vous le cherchez, il vous tuera.

— Nous serons prudents, sourit Gaston. Si vous apprenez autre chose, nous sommes à Chaillot…

Il fouilla dans sa poche et sortit un petit sac.

— Nous avions décidé une récompense de cent livres pour qui nous livrerait notre homme. Elle est à vous.

Elle les regarda dans un mélange de mépris et d'orgueil en secouant la tête.

— Je ne veux rien ! Ou plutôt, si : tuez-le, c'est tout ce que je désire.

Gaston haussa les épaules et abandonna la bourse sur le banc.

— Comme vous voulez ! Alors vous utiliserez cet argent pour Perrine.

Ils sortirent.

Après avoir repris leurs chevaux, ils se dirigèrent vers la rue de la Bûcherie.

— Vous m'aviez dit que ce quartier était celui des collèges et des clercs, demanda Cougourde, mais alors, pourquoi y a-t-il autant de cabarets et de repaires de brigands ?

Gaston soupira avec bonhomie.

— Les clercs sont turbulents. Même violents, parfois. Tiens, dans cette rue, la rue Fouare, Dante est venu étudier. Mais pour un Dante, il y a des centaines de clercs dont une bonne partie sont des *vaunéanys*, c'est-à-dire des mauvais écoliers et des fripons. Ceux-là boivent et rançonnent les passants, cassent les vitres et meurtrissent les bourgeois. C'est un quartier infernal ! Dans la multitude des collèges installés ici, peu hébergent leurs élèves. Les plus riches logent dans des auberges, les autres dans des bouges. Et cette partie de Paris est si facile d'accès qu'elle attire toute une faune de coupe-jarret, qui se mêlent aux clercs et bénéficient ainsi de leurs privilèges.

» De nos jours, le quartier est pourtant plus sûr et la police y est bien faite, mais il y a vingt ans, je me souviens que les écoliers du collège du cardinal Lemoine, aidés de leurs valets, avaient envahi l'école, jeté les meubles par les fenêtres et allumé un feu, ensuite ils avaient tenté, après avoir brisé toutes les portes à coups de hache, de meurtrir le grand-maître. Dans cette sédition, ils avaient été accompagnés par toute une meute de vagabonds et de traîneurs d'épées avides de pillage et de violences !

— Drôle de ville et drôles de drôles, par la Madonna ! murmura Cougourde en songeant qu'il en faisait moins quand il pillait la Barbarie !

Ils passèrent tout l'après-midi et la soirée autour de Sainte-Geneviève mais ils ne trouvèrent pas M. de l'Épée.

15

Le 30 avril 1670

Louis mangeait sans appétit lorsqu'il distingua la silhouette de matamore de d'Artagnan qui se déplaçait de table en table, certainement à sa recherche. Le marquis de Vivonne s'était installé dans un coin sombre de la salle du *Bacchus Couronné*, à cette heure pleine de monde. Il y avait dans l'auberge autant de valets que de gardes, d'officiers et de gentilshommes, tous savourant chaque minute au chaud, et surtout sans ce protocole écrasant qui était déjà imposé dans l'immense chantier glacial, à quelques centaines de toises.

Louis était arrivé dans l'hôtellerie la veille, en soirée, toujours revêtu de sa robe de bure, et il avait passé la matinée dans un recoin, lisant un bréviaire et réfléchissant au message que Baatz avait tenté de lui faire passer la dernière fois qu'il l'avait vu. Il avait mis bien trop longtemps à comprendre ! Comment d'Artagnan connaissait-il son ennemi ? Sans doute avait-il surpris quelque conversation à la Cour.

Il observa le Gascon.

Baatz faisait claquer ses talons et crisser ses éperons, tout en tirant avec morgue sur sa moustache.

Où était donc ce maudit Fronsac ? rageait-il. Quel fou de vouloir me rencontrer ici…

D'Artagnan jeta un nouveau regard condescendant à son entourage, fit un signe de connivence hautaine à une connaissance et se rapprocha du moine en bure qui l'intriguait. Une moue dédaigneuse était collée sur son visage.

Décidément, les temps ont bien changé, regrettait-il. Dévisager ainsi ces faquins à l'époque du précédent règne m'aurait valu quelques duels bien amusants ! Mais qu'a donc ce moinillon, là-bas, à me fixer ainsi, en souriant comme un niais ? Dommage qu'il ne porte pas une épée… Mais, ma parole ! Ce frocard rit et se moque de moi !

Baatz s'approcha du religieux avec un féroce rictus et les poings serrés.

— Assoyez-vous mon fils, psalmodia Louis, et repentez-vous.

— Dites donc, le congréganiste, l'interpella le capitaine des mousquetaires en s'appuyant à deux mains sur la table et en approchant son visage, empestant le vin, de celui du moine.

Et alors, face à lui, Baatz reconnut soudainement son ami. Il s'affaissa sur le banc en murmurant :

— Fronsac ?

— Hé oui ! Tout arrive, je suis entré dans les ordres.

— Bon Dieu, chevalier ! Arrêtez de plaisanter, savez-vous que vous êtes l'homme le plus recherché de France ?

— J'ai bien de la chance. Cependant, en vérité j'ai surtout besoin de vous.

— Que voulez-vous… ?

Le capitaine était inquiet. Il jeta quelques regards autour de lui. Des regards de bête traquée. Le matamore avait disparu.

— Parler. Rassurez-vous, simplement parler, expliqua Louis avec ironie.

Baatz respira profondément et s'installa confortablement, étendant ses jambes sous la table.

— Vous vous souvenez de notre dernière entrevue ? Vous m'aviez parlé de ce monsieur... celui des chaises...

— M. de Cavoye ?

Le ton était sec. Louis sentit que d'Artagnan s'était brusquement tendu.

— Le fils de François de Cavoye, c'est ça, celui qui était le capitaine des gardes de Richelieu.

D'Artagnan lissa sa moustache en silence alors que Louis recherchait machinalement ses galans, qui n'apparaissaient pas sous les larges manches de la robe.

L'heure de vérité est donc venue, songea le mousquetaire en soupirant.

— François Dauger de Cavoye, articula-t-il lentement. Effectivement, je vous l'ai dit... celui avec qui je m'étais battu en duel lors de mon arrivée à Paris. C'était il y a bien longtemps.

— Ce François est mort en 1641, c'est ça ? Sa veuve est restée dame d'honneur durant la Régence. Comment s'appelait-elle déjà ?

— Marie de Lusignan.

— Ah oui ! Marie. Quelle sorte de femme était-ce ? Vous avez dû la rencontrer.

— Très belle. Très très belle, et supérieurement intelligente, alors que son époux n'était qu'une brute. Quoique toujours élégant. Un bellâtre, quoi.

Il eut un sourire suffisant.

— On dirait que vous l'avez connue de près ?

— Non, simplement je me souviens qu'après notre duel, avec Porthau, d'Aramitz et de Sillègue[1], Richelieu était furieux que son capitaine des gardes ait été vaincu par des mousquetaires du roi. Il avait donc décidé des sanctions terribles contre Dauger de

---

1. Armand de Sillègue d'Athos est plus connu sous le nom d'Athos et Isaac de Porthau sous celui de Porthos.

Cavoye. Son épouse en ayant eu vent, elle fit circuler la rumeur que son mari était aux portes de la mort et qu'il suppliait le pardon du Cardinal. Celui-ci accepta la rémission et l'époux guérit aussitôt, et même un peu trop rapidement. Richelieu comprit alors qu'il avait été joué par la belle. Mais il ne lui en tint pas rigueur. Au contraire ! On les vit ensuite souvent ensemble, un peu comme des comploteurs…

Il s'arrêta un instant, laissant Louis méditer son discours. Puis il reprit :

— Et de ce temps, le Grand Satrape la tint en très haute estime. Le ménage Cavoye atteignit l'apogée des faveurs à la naissance du dauphin. Les Cavoye étaient en permanence autour de la famille royale.

— François est mort un an avant Richelieu, c'est bien ça ?

— Oui. En Artois, une mauvaise blessure qui n'aurait jamais dû être mortelle.

Louis hocha la tête avec un air chagrin et déclara :

— Le pauvre homme…

Il versa un verre de vin à son compagnon.

— Vous m'avez bien dit qu'elle avait eu quatre enfants ?

— Non, onze. Trois filles et huit garçons.

— Onze ! Décidément elle devait toujours être grosse ! Heureux homme que M. de Cavoye !

D'Artagnan lui jeta un regard trouble et resta silencieux.

— Beaucoup sont morts, vous me l'avez dit, sauf l'aîné bien sûr, celui des chaises, poursuivit Fronsac d'un ton égal.

— Oui, hélas ! De bien braves hommes, sauf peut-être Eustache.

— C'était l'aîné ou le cadet ?

— L'aîné, c'était Pierre, celui-là est mort à 26 ans. Il était enseigne aux Gardes. Son cadet, Charles, qui était lieutenant, est mort à 22 ans,

Armand, lieutenant aussi, est mort à 29 ans, tous au combat. Et puis, quelques autres ont disparu, plus jeunes ou dans de troubles conditions.

Il haussa les épaules.

— Quelle hécatombe ! soupira tristement Louis qui n'en pensait pas un mot.

— Et ce n'était pas terminé ! Jacques est mort, il y a cinq ans. À cette époque, il ne restait donc plus que Louis et Eustache.

— Louis, c'est le survivant, mais vous sembliez me dire du mal d'Eustache…

— Eustache est né en 1637 et Louis en 1639…

— Tiens, c'est amusant, remarqua Louis en le coupant. Le roi est né en 1638.

Baatz lui jeta un regard appuyé avant de poursuivre :

— Les deux enfants avaient été élevés avec notre roi, dont ils étaient les meilleurs amis.

— C'est extraordinaire ! Vraiment une famille comblée !

— Je vous l'ai dit, cette famille avait des faveurs mirifiques. Savez-vous que Marie de Cavoye avait été invitée au mariage du roi avec Marie-Thérèse ? Alors que n'était invitée que la plus haute noblesse de France ?

— Invraisemblable !

— Et voici quelque chose de plus curieux : Eustache était devenu l'aîné après la disparition de tous ses frères, pourtant, à la mort de Marie de Lusignan, sa mère, il y a quatre ans, ce fut Louis qui fut choisi pour hériter du nom et des biens des Cavoye.

— Non ? Et pour quelles raisons ?

— Le testament de sa mère précisait : *pour raisons à elle seule connues*, sans aucune autre information. Eustache a dû alors s'engager formellement à perdre son nom ! Il est devenu Eustache Dauger, tout simplement !

— Dauger ? Tout simplement. Le pauvre homme…
(Fronsac secoua lentement la tête.) C'est très curieux
en effet. Mais les raisons… ?

— Il y a une cause connue et des motifs cachés,
déclara énigmatiquement Baatz. En vérité, les Cavoye
étaient tous des dépravés ; cependant, pour de
curieuses raisons, Louis est toujours passé pour un
honnête homme alors que son frère était considéré
comme un pervers et un libertin. Il faut dire qu'il
l'avait bien cherché : il y a dix ans, avec d'autres compagnons de débauche, dont M. Bussy-Rabutin, ils
avaient baptisé un porc durant une messe noire, puis
l'avaient mangé au cours d'une fameuse orgie.

» Par malheur pour eux, le roi l'avait appris. Tous
les participants avaient été exilés ou punis. Sauf Eustache qui étrangement avait échappé aux sanctions.

— J'avais entendu parler de cette histoire, murmura Louis.

— À mon avis, Eustache s'était alors cru invul-
nérable. Il s'était fait ensuite remarquer par son insolence éhontée, sa débauche inouïe et sa violence sans
frein.

» Il y a quatre ans, il s'était distingué de nouveau
en tuant d'un coup d'épée un page éméché mais inof-
fensif. Quelques jours après, sa mère mourait en le
déshéritant, comme je vous l'ai dit. Certains accusèrent
même Eustache de l'avoir tuée !

Baatz se resservit du vin et poursuivit, désormais
intarissable :

— Pourtant, son frère ne lui en tint pas rigueur et
le prit sous son toit. Les deux Cavoye vivaient donc
ensemble quand un nouvel incident survint, il y a
quelques mois.

— Décidément, votre histoire est pleine de rebon-
dissements, l'interrompit Louis avec une sombre
ironie.

Baatz posa son verre et considéra longuement

son ami avec une expression vide d'humour. Il reprit après un lourd silence :

— Louis de Cavoye fut arrêté et enfermé par ordre de Louvois.

— Il me semble que vous m'avez déjà dit ça, fit Louis.

— En effet. Louis de Cavoye fut donc enfermé à la Conciergerie. La rumeur circula qu'il s'agissait d'une affaire de fesses ; Louis et Louvois partageaient la même maîtresse : Sidonia de Lenoncourd, la marquise de Courcelles, or la marquise aimait les femmes et couchait aussi avec Hortense Mancini, la nièce de Mazarin.

— Je l'ai connue à Aix, dit Louis. Vous vous souvenez[1] ?

— Oui. Une bien belle femme, n'est-ce pas ? Bref, c'est Hortense, fort jalouse, qui aurait dénoncé son amante au ministre ! Quoi qu'il en soit, Louis de Cavoye fut enfermé avec M. de Courcelles sous le motif qu'ils auraient eu envie de se battre en duel.

— Drôle d'histoire, murmura le marquis de Vivonne.

— Surtout une histoire drôle ! Cette affaire de fesses mêlées fit rire bien du monde à la Cour, car M. de Courcelles ne se serait jamais battu pour Sidonia, qu'il partageait avec tout le monde, pas plus d'ailleurs que Cavoye. C'est pourquoi le Parlement les fit libérer.

— Ouf ! soupira ironiquement Fronsac.

— Seulement, Louvois alla voir le roi. Que lui dit-il ? On ne le sait, mais Sa Majesté signa une lettre de cachet et son favori – Cavoye était depuis son enfance un préféré du roi – retourna en prison. Dans des conditions cependant confortables.

----

1. *L'Enlèvement de Louis XIV*, à paraître dans la collection *Labyrinthes*.

» Il n'en est sorti qu'il y a un mois ou deux.

— Un mois ou deux ?

— Oui. Je vous l'avais dit la dernière fois que je vous ai vu, mais vous n'avez pas écouté.

» Durant tout ce temps, Eustache était resté seul chez son frère. Un jour, alors que Louis de Cavoye était en prison, Eustache était allé voir le roi. Que s'était-il dit à cette audience ? Mystère ! Mais Sa Majesté notifia aussitôt après à Eustache de vendre sa charge d'officier et lui fit dire qu'il venait de perdre son état de gentilhomme ! Quelques jours plus tard, le roi se décida même à le faire saisir au corps. Mais Eustache s'était enfui !

— Qu'avait donc fait, ou dit, ce pauvre Eustache ? feignit de s'étonner Louis, qui avait parfaitement deviné le secret.

Baatz haussa les épaules.

— Pourquoi me le demander ? Seul le roi le sait ! Eustache réapparut alors en Hollande, puis en Angleterre. Au début de l'année dernière, j'appris qu'il complotait avec le Comité des Dix. Depuis, sa trace est perdue. Est-il mort ? C'est possible. Je sais que Louvois a longtemps lancé ses sbires à sa recherche. Il a pu le faire assassiner discrètement.

— Et Louis de Cavoye, qu'est-il devenu ?

— Un extraordinaire retour en grâce ! Aussitôt sorti de prison, il est devenu marquis et personne n'est désormais plus proche du roi que lui. Il lui ressemble d'ailleurs de façon étonnante. Il occupe un magnifique hôtel, rue des Saints-Pères, près du carrefour de la rue de Tarrane. Avant on l'appelait le *Brave Cavoye*. Maintenant, il est devenu : le *Beau Cavoye*.

Louis avait placé ses coudes sur la table, sa tête reposait entre ses mains et il semblait plongé dans une profonde léthargie.

— Vous m'écoutez toujours, Fronsac ?

Louis sursauta.

— Excusez-moi, Charles, je vous écoute, en effet… je méditais aussi sur tout ce que vous m'avez appris. Mais je vous ai questionné tout à l'heure sur leur mère, Marie. Vous l'avez connue ?

— Oui.

— Quel genre de femme était-ce ? Sérieuse ou légère ? Avait-elle des aventures ?

— Qui n'en a pas à la Cour ! répliqua énigmatiquement d'Artagnan. Mais je ne sais rien de précis.

Il lissa sa moustache avec l'air de celui qui en sait plus qu'il ne veut le dire.

— Connaissait-elle le roi ?

— Certainement ! Sans être aussi proche que Marie Hautefort ou Mme de Lafayette, elle le voyait tous les jours, parfois seule.

Louis hocha la tête. Ce n'était pas pour rien que Baatz avait cité les noms de ces deux femmes présentées souvent comme des maîtresses de Louis XIII.

— Je commence à comprendre et je crois que je détiens maintenant tous les fils…

D'Artagnan considéra Louis un long moment, en silence, puis il lui demanda :

— Qu'allez-vous devenir, mon ami ?

Louis se leva.

— Ne craignez rien pour moi, Charles. Le prix à payer aura été rude mais le dénouement approche. Je dois rentrer à Paris d'ici ce soir.

Le capitaine des mousquetaires se leva à son tour et se rapprocha de Louis, il lui saisit les épaules et l'étreignit un bref instant. Puis, il recula en le fixant.

— Faites attention à vous, Louis. Vous avez des ennemis haut placés. Très haut ! Ils ne vous lâcheront jamais.

— Moi non plus, je ne les lâcherai pas, répliqua énigmatiquement le marquis de Vivonne.

Le découragement avait saisi Gaston. La veille il avait retrouvé ses compagnons bredouilles, la mine défaite et le moral au plus bas. Il leur avait annoncé qu'il fallait maintenant concentrer les recherches sur ce quartier de l'Université ; c'était certainement là que se terrait leur proie. Et depuis le matin, ils rôdaient par groupe de deux autour de Sainte-Geneviève.

Plusieurs fois, ils s'étaient croisés, échangeant des regards et quelques discrets signes de connivence. Mais aucun n'avait de piste sérieuse. Maintenant, il était déjà tard et Gaston marchait en silence avec Verrazzano à son côté dans un chemin fangeux et puant qui montait sur la montagne Sainte-Geneviève.

Ils étaient fatigués, déçus et inquiets. Leur manège avait été repéré, plusieurs drôles les regardaient avec suspicion. Pourraient-ils continuer le lendemain ? Rien n'était moins certain.

Avant de rentrer à Chaillot, ils avaient décidé de se rendre dans une misérable taverne qu'un écolier leur avait indiquée un peu plus tôt. Un bouge, à dire vrai, où se retrouvaient des clercs et des étudiants de la basoche décidés à s'encanailler auprès d'une faune de pendards et de paillasses[1].

Ils étaient à pied, ayant abandonné leurs chevaux dans une écurie du quartier Maubert, ainsi on les remarquait moins dans les ruelles du quartier.

La porte basse était couverte de déjections. Gaston frappa alors que Verrazzano surveillait ses arrières. Ils attendirent un long moment. Finalement, une femme ouvrit. Âgée et vêtue comme une ribaude d'une vieille robe de velours, qui avait été bleue dans une autre époque. Elle les dévisagea longuement, puis les laissa entrer.

Ils passèrent une sorte de grange abandonnée. Au

---

1. Catins de bas étages.

bout, un escalier descendait vers une sorte de cave voûtée éclairée par des bougies de suif.

Gaston remarqua les blocs massifs, la voûte ronde et lourde. Ils étaient dans les ruines d'un de ces vieux bâtiments romains qui subsistaient un peu partout autour de Sainte-Geneviève. Des thermes, ou une basilique. Le sol était couvert de marbre souillé par de la paille transformée en fumier. Un muret de brique soutenait deux tonneaux en perce et des planches étaient posées sur des fûts de colonne qui jadis avaient dû soutenir quelque temple païen.

Une vingtaine de gueux étaient là ainsi que quelques garces à la poitrine dénudée et tombante. Il y avait aussi des écoliers, des miquelets, des portefaix et des crocheteurs de la plus basse extraction. Tous les regardèrent un instant, hésitant à les provoquer, mais Verrazzano et Gaston étaient vêtus comme des soudards et peut-être cachaient-ils des armes sous leurs manteaux de buffle. Les gueusards reprirent donc leurs occupations : les cartes et les dés.

Nos amis s'assirent dans un coin sombre et la vieille ribaude de l'entrée leur apporta une cruche de vin aigre avec deux gobelets de terre.

La salle était plus vaste que Gaston ne l'avait cru. Il y avait de nombreux renfoncements, d'où parvenaient des bruits assourdis. Petit à petit, leurs yeux s'habituèrent à l'obscurité. Ils dévisagèrent discrètement les groupes. À l'autre bout de la salle, ils distinguèrent trois ou quatre hommes, dont un était barbu et vêtu de vieux cuir couleur feuille morte.

Le temps passa. Ils reprirent du vin. Finalement, le barbu se leva. Comme il passait près d'une chandelle, ils aperçurent ses cicatrices. Mais ce ne fut pas celles-ci qu'ils remarquèrent en premier, ce fut son regard : vide et absent. L'homme portait aussi une large épée espagnole, pourtant interdite en ville si l'on n'était pas noble. Ses cheveux longs étaient attachés par un ruban noir. Il les considéra un instant, jaugeant Verrazzano, puis constatant qu'ils étaient sans arme, il eut un rictus méprisant. Il prit l'escalier et sortit sans se retourner.

Dès qu'il eut disparu, Gaston et le Génois se levèrent. Ils posèrent quelques sols sur la planche et montèrent l'escalier à leur tour. La grange était vide. Ils ouvrirent la porte extérieure et sortirent. Il faisait nuit et pourtant ils aperçurent leur homme, en bas de la ruelle, éclairé par la demi-lune. Il marchait sans crainte et savait visiblement où il allait.

Le loup rentrait dans sa tanière et les chasseurs le suivaient à quelques toises en arrière

À six heures, ce même jour, Louis entrait dans l'auberge de Chaillot. Après avoir fait le tour de la salle, il constata que personne n'était là et monta dans sa chambre. Lorsqu'il y entra, Bauer, Aragna, Cougourde et Nicolas vidaient en silence quelques flacons. Ils expliquèrent à Louis qu'ils étaient bredouilles mais qu'ils attendaient Gaston et Verrazzano. Louis ne paraissait aucunement intéressé par leur quête infructueuse.

À huit heures, Gaston et le Génois n'étaient toujours pas de retour. Ils mangèrent. Bauer était maintenant inquiet.

— J'aurais dû aller avec eux, grommela-t-il.

— Allons, ils sont de taille à se défendre, le rassura Louis. Ils ne tarderont pas. À leur retour, je vous expliquerai mon plan. Demain sera un grand jour.

Tous le regardèrent, n'osant encore le questionner.

Complies sonnaient au loin, peut-être à Saint-Germain, quand Gaston entra, suivi du marin. Un fier sourire sur les lèvres.

— Louis ! Enfin ! Nous l'avons trouvé…

— Ah bon? répliqua le marquis sans plus d'enthousiasme. Très bien. Connaissez-vous son nom?

— Son nom? Oui, de l'Épée. C'est un sbire, effectivement. Mais nous savons mieux…

— Mieux?

Gaston ménageait ses effets, il s'assit sur le devant de la table improvisée qu'ils avaient fait dresser entre les deux grands lits qui occupaient la pièce. Verrazzano se plaça à côté d'Aragna, sur un tabouret inoccupé.

— Oui, nous savons où il loge, ajouta-t-il avec un sourire gourmand, et même qui est sans doute son employeur. Veux-tu que nous te disions où il s'est rendu?

— Non, c'est inutile, fit Louis en simulant un ton traînant et fatigué. Il est rentré dans un hôtel de la rue des Saints-Pères, non loin du carrefour avec la rue de Tarrane.

16

Le premier jour de mai 1670

Sept silhouettes inquiétantes remontaient la rue des Saints-Pères dans la nuit. Tout le quartier était calme et silencieux. Depuis quelques années, grâce à Nicolas de La Reynie, le lieutenant de police, Paris était devenue une ville civilisée où les malandrins ne faisaient plus la loi le soir venu. Les temps avaient bien changé depuis le règne de Louis Le Juste, une époque où chaque nuit des maisons étaient attaquées, pillées et leurs habitants meurtris et violentés.

Malgré tout, circuler en pleine obscurité restait dangereux. Des ombres furtives apparaissaient ici et là sous les porches, des lueurs de lame brillaient parfois dans un rayon de lune, des glissements, des grognements ou même des gémissements se faisaient quelquefois entendre.

La petite troupe des sept n'en avait cure, et ceux qui les observaient, dans l'ombre, n'avaient qu'une hâte : les voir disparaître. En tête de la bande venait un homme qui pouvait être un marin, avec son curieux chapeau et son épée mauresque qui dépassait de son manteau. Il était suivi de six silhouettes non identifiables et toutes revêtues d'une sombre houppelande. Le dernier du groupe était le plus remarquable : il semblait tenir à la main une sorte de petit canon !

C'était notre ami Bauer portant son arquebuse à quadruple rouet. Sur son dos, son espadon de lansquenet donnait l'impression qu'il portait une croix gigantesque.

Quand la troupe passait, les ombres qui l'observaient se signaient souvent ou psalmodiaient quelque étrange prière.

Arrivés au coin de la rue de Taranne, les sept s'arrêtèrent devant un bel hôtel dont la cour était fermée par un haut mur surmonté d'une élégante balustrade. À droite, des fenêtres s'ouvraient, à trois ou quatre toises. Inaccessibles. Personne ne parla mais l'un des hommes connaissait visiblement bien sa tâche. Il passa son manteau à son voisin, laissant apparaître une longue et maigre silhouette. Il se mit ensuite à grimper sur la façade verticale de l'hôtel.

Il avançait très vite, c'était une curieuse chose que de voir cette ombre se déplacer rapidement sur le mur, profitant des moindres saillies de la pierre et des appuis de fenêtres. On aurait juré qu'il s'agissait d'une araignée géante.

Au deuxième étage, l'arachnide s'arrêta. Un léger bruit cristallin fit comprendre à ses acolytes qu'une vitre avait été brisée. Puis il y eut le gémissement d'une croisée que l'on ouvrait. Encore quelques secondes et un fil descendit jusqu'au sol. Verrazzano, l'homme au sabre mauresque, attacha au fil une solide corde. La corde se mit à monter. Lorsqu'elle ne bougea plus, Verrazzano attendit un léger coup, puis se mit à grimper le long du câble. Très vite, il fut suivi d'un troisième larron tout aussi rapide malgré sa rondeur.

De nouveau le silence s'étendit. Les quatre ombres restantes s'approchèrent de la porte et patientèrent. L'attente dura environ cinq minutes, puis le portail en bois s'ouvrit. Ils entrèrent dans une cour. Devant eux, le grand vestibule était faiblement éclairé par un lustre à bougies dont certaines n'étaient pas encore

entièrement consumées. Sur les bancs de pierre, de part
et d'autre de la porte, deux hommes baignaient dans
leur sang. À côté d'eux, Verrazzano essuyait placidement ses couteaux sur leurs vêtements. Louis et Gaston
passèrent devant les corps sans frémir. Seul Pierre, peu
familier de tels carnages, eut un haut-le-cœur et vomit.
Bauer le remarqua et lui grogna d'une voix grave :

— C'est la guerre, petit !

Le matin, ils étaient allés le chercher chez les
Minimes. Aurore paraissait maintenant hors de danger
et Pierre avait accepté, avec joie, de participer à l'expédition nocturne. Il ne voulait pas être en reste par
rapport à la jeune femme, dont il admirait le courage
et la hardiesse.

Toute la journée avait été consacrée aux préparatifs. Maintenant, ils étaient dans les lieux.

Ils montèrent rapidement l'escalier, Verrazzano
restant en bas. Sur le palier de l'étage les attendaient
Cougourde et Aragna. Sur le sol, deux autres hommes
étaient égorgés. Louis fit signe aux Corses de rester
avec son fils – ils savaient ce qu'ils avaient à faire – et
il se dirigea, accompagné de Gaston et Bauer, vers ce
qu'il pensait être les appartements privés de Louis de
Cavoye.

Ils pénétrèrent dans une vaste antichambre éclairée seulement par la lumière blafarde de la lune. Ils
étaient au milieu de celle-ci lorsqu'une voix retentit :

— Jetez vos armes, vous êtes pris !

Au même instant, Bauer se retourna et tira à
mitraille dans la direction de celui qui avait lancé cette
injonction. Quatre coups successifs retentirent. La
partie de la pièce atteinte fut totalement déchiquetée.
Du sang, des fragments de chair giclèrent dans toutes

les directions et se collèrent aux murs. Gaston reçut au visage un morceau de cervelle qu'il essuya avec flegme.

Après quelques secondes de silence, une bruyante galopade retentit dans les étages, ponctuée de nombreux coups de feu. Bauer, lui, rechargeait lentement et calmement son arme pour rejoindre les autres, qui avaient besoin de sa présence.

Gaston s'était déplacé vers la porte devant eux. Celle-ci s'ouvrit et un homme d'une trentaine d'années, en chemise, apparut.

Louis fut frappé par sa ressemblance avec le portrait qui trônait chez le prince de Condé.

— Qui êtes-vous ? Comment osez-vous ? fit le sosie du roi.

Dans une grimace de douleur, il cessa brusquement de parler. Gaston lui avait enfoncé dans le dos la pointe de son épée.

— Je suis le marquis de Vivonne, monsieur de Cavoye, déclara Louis d'un ton égal. Nous avons beaucoup à nous dire…

Un coup de feu partit de la pièce d'où venait Cavoye – sans doute sa chambre. La balle effleura le poignet de Gaston. Louis leva son arme et répliqua sans viser.

Cavoye eut alors un rictus halluciné.

— Olympe ! hurla-t-il.

Méprisant l'épée dans son dos, il fit demi-tour et se précipita dans la chambre, suivi de Gaston et de Louis.

Ici aussi les murs étaient couverts de sang. Une jeune femme gisait sur le sol, mortellement atteinte. La balle lui avait traversé le cœur. Au pistolet, Louis Fronsac ne ratait jamais son but.

Cavoye fut pris d'un tremblement nerveux, puis s'effondra sur le corps de sa maîtresse.

Gaston le ramassa et le poussa sans ménagement

sur un fauteuil taché de sang. Puis, il le gifla avec une rare violence.

Cavoye reprit conscience, les regarda fixement et bafouilla :

— Vous l'avez tuée...

— Non ! affirma Louis. C'est vous qui l'avez tuée.

Il se tut un instant, dévisageant longuement l'homme cause de tous ses malheurs.

— Vous payez maintenant pour les morts de Mercy, pour mon épouse et pour tout le mal que vous nous avez fait. Mais ce n'est pas terminé...

Cavoye tremblait, il bredouilla :

— Vous ne savez pas, vous ne savez pas à quoi, à qui vous vous attaquez... Olympe... Mon Dieu... Je l'aimais tant...

Louis secoua la tête dans un sourire qui fit frémir son ami Gaston.

— N'en croyez rien. Je sais tout, désormais.

Il s'arrêta et martela :

— Je connais *le secret du roi* et je sais où est votre frère.

Gaston eut l'impression furtive que Cavoye allait devenir fou, devant eux. Il était secoué de spasmes nerveux et il bavait.

— C'est impossible... Vous ne sortirez pas vivants d'ici.

Louis fit un signe à Gaston, qui s'avança et saisit un bras du *Beau Cavoye*. Il le lui retourna, faisant craquer l'os.

— Venez avec moi ! ordonna-t-il.

Il sortit de la pièce, suivi de son ami qui traînait le favori du roi.

Le vestibule d'entrée était maintenant plein de monde. Tout le personnel de l'hôtel, environ une quarantaine de domestiques, de familiers, hommes et femmes, avait été rassemblé sous la menace de Verrazzano, de Pierre, des deux Corses et de Bauer qui avaient auparavant fermé toutes les issues. Il n'y avait eu aucune résistance sinon le reître barbu, attaché et blessé au bras, que surveillait Verrazzano.

Ils s'avancèrent jusqu'à la balustrade. Cavoye regarda en bas et reconnut M. de l'Épée, prisonnier.

— Nous tenons la place, cria joyeusement Aragna. Ce monsieur avait quelques compagnons qui nous ont provoqués. Ils n'auront jamais l'occasion de recommencer.

Pierre grimpa l'escalier et s'approcha de son père.

— C'est bien lui qui était à Mercy, affirma-t-il. Je l'ai reconnu. Il dirigeait les mercenaires qui nous ont attaqués.

Louis fit un signe à Cougourde qui se marrait. Le Corse tira la corde du lustre pour le faire descendre. Lorsqu'il toucha le sol, Cougourde coupa la corde au ras du luminaire et fit un nœud coulant. Verrazzano tira de l'Épée et, d'une poigne de fer, le força à passer sa tête dans la boucle mortelle.

Ensuite, sous les regards terrorisés de l'assistance, Jacques de l'Épée fut pendu.

Il gigotait encore au bout de la corde quand Louis dit à Cavoye.

— Monsieur le marquis, nous allons maintenant partir. Nous serons de retour ici dans deux jours.

Cavoye ouvrit la bouche mais ne put prononcer un mot.

Louis poursuivit glacial :

— Vous direz à votre *autre* frère d'être là, à minuit, dans deux jours. Seul. Je le verrai seul aussi. J'aurai avec moi les preuves de sa naissance.

Puis Bauer lâcha le marquis et ils descendirent l'escalier, laissant Cavoye paralysé de peur et de rage.

Ils traversèrent la foule des domestiques qui s'attendaient au pire. Plusieurs, à genoux, pleuraient ou

priaient. Au-dessus d'eux, de l'Épée ne bougeait plus.
Verrazzano regarda le pendu et lui jeta :

— *O tignò, ch'è tu brusgi à legne verde !*

Ils quittèrent l'hôtel et disparurent dans la nuit.

17

Le vendredi 2 mai 1670

La nuit tombait et l'humidité s'installait. À l'orée du petit bois, Louis et Gaston, assis sur des souches, bavardaient à voix basse. Bauer et Verrazzano sommeillaient, couchés sur la mousse. Cougourde faisait le guet. Ils avaient encore quelques heures à perdre.

Aragna avait sorti ses instruments : une corde, un grappin, et il les vérifiait pour la troisième fois.

Gaston et Louis se répétaient les différentes étapes de leur plan. Pierre était retourné vers Aurore car, pour ce qu'ils allaient faire ce soir, ils n'avaient pas besoin de lui.

Louis aurait voulu aller jusqu'à Mercy – il n'était qu'à une lieue de son château –, mais il s'était retenu. Il avait besoin, ce soir, de toute sa concentration et de tout son courage.

Durant la journée, Cougourde et Aragna avaient rôdé dans le domaine du prince de Condé, essayant de se faire employer à des travaux de jardinage. Ils avaient pu recueillir de nombreuses informations qui avaient complété celles que possédaient déjà Louis et Gaston.

Vers minuit, ils se mirent en route.

Il leur fallait éviter les nombreux cantonnements de gardes françaises qui surveillaient le domaine. Les deux Corses avaient parfaitement repéré leurs emplacements. En suivant leurs indications, ils se faufilèrent dans des haies profondes et passèrent même un mur à l'aide de la corde et des crampons.

Ensuite, l'un après l'autre ils se glissèrent dans les allées sablées. Il leur fallut près d'une heure pour atteindre la terrasse, qu'ils contournèrent. Là-haut, au premier étage, une lumière brillait dans la chambre qui était leur objectif.

Aragna s'approcha du mur qui paraissait lisse ; en réalité une foule de petites saillies jaillissaient de la pierre. La corde enroulée autour de sa poitrine, il se mit à grimper sous la lumière de la lune comme une monstrueuse araignée.

Il y eut un léger bruit de carreau brisé ; quelques secondes après, la corde se déroula devant eux. Louis s'en saisit et se mit à grimper à son tour. Il s'était exercé toute la matinée comme le lui avait appris le Corse.

En haut, Aragna l'attendait et l'aida à passer la fenêtre. Ils se trouvaient, comme Louis le pensait, au bout d'une longue galerie entièrement déserte. Quelques rares lampes l'éclairaient.

Louis fit un signe à Aragna, qui se dissimula derrière un fauteuil alors que Verazzano surgissait derrière lui. Il était convenu que seul le Génois l'accompagnerait. Les autres devaient rester en bas.

Louis n'était jamais venu dans cette partie du château, mais il savait à peu près vers où il devait se diriger.

Il compta quatre portes et s'arrêta devant la cinquième. Il l'ouvrit doucement. Devant s'étendait une antichambre. Il remarqua immédiatement la chambrière qui dormait, affalée dans un fauteuil. Il s'approcha d'elle, tenant la pièce de tissu que lui avait donnée

Verrazzano. Il l'appliqua avec violence sur la bouche de la femme, lui plaçant un couteau sous la gorge. La femme sursauta et se réveilla, les yeux emplis de terreur.

— Un mot et vous êtes morte.

Elle était paralysée de peur. Verrazzano lui fixa un bâillon et lui attacha avec dextérité les mains au fauteuil. Puis il se plaça devant elle et lui appuya un couteau sur le sein.

Louis le laissa et s'approcha de la porte du fond. Il l'ouvrit et se glissa dans la pièce.

Claire-Clémence de Brézé, nièce de Richelieu, n'était pas aussi chétive et laide que le racontaient les proches et la famille du prince. Condé n'avait jamais aimé cette femme qui lui avait été imposée par son père pour un prix d'un demi-million d'écus. Lui, le chef de la branche cadette des Bourbon, le petit-fils de Saint Louis, avait été vendu comme une vulgaire catin !

Pourtant, elle l'avait soutenu et avait rassemblé des troupes pour lui durant la Fronde. Elle avait même partagé son exil et, désormais, si le prince ne l'aimait pas plus, il l'estimait.

Seulement Claire-Clémence était peu à peu devenue folle, comme l'avait été sa mère. Elle avait des crises fréquentes et le Bourbon la cachait tant il avait honte.

Elle était dans son lit et lisait. Quand elle le vit, elle eut un regard halluciné.

— Vous ! Vous ici ! Savez-vous ce que vous risquez, monsieur ? bredouilla-t-elle dans un mélange de colère, de saisissement, mais aussi d'espoir et de satisfaction dissimulée.

— Je dois m'excuser, madame. Mais vous êtes ma dernière chance.

Elle le considéra un moment, laissant la surprise disparaître.

— J'ai appris que vous étiez recherché, dit-elle finalement. Mon époux est inquiet. Il veut vous protéger. Il a envoyé des hommes un peu partout à votre recherche…

— J'espère que vous pourrez lui dire que je le remercie.

— Lui dire? glapit-elle. Mais savez-vous que nous ne nous adressons presque jamais la parole? Savez-vous ce que je dois supporter de ces gens-là? Non, vous ne pouvez le savoir! Il a toujours aimé la belle Marthe du Vigeant et, le reste du temps, il préfère coucher avec une Ninon de Lenclos ou avec ses amants qu'avec son épouse. Pour moi, qu'il n'a plus touchée depuis des années, il réserve le mépris et les humiliations. Je suis prisonnière ici et je deviens folle!

Elle regardait Louis avec défi et tremblait. Un peu de bave lui coulait de la bouche.

Louis ne répondit pas. Il estimait beaucoup Claire-Clémence. Elle était issue, comme lui, d'un milieu d'hommes de loi; son grand-père était avocat. Il savait combien elle était intelligente, cultivée, et comme elle avait aimé son époux le prince.

— Que voulez-vous, monsieur Fronsac? demandat-elle finalement un peu calmée.

— Que vous m'appreniez pourquoi vous m'avez envoyé votre intendant, et pourquoi devait-il me parler de Dauger. De Dauger de Cavoye.

Elle le dévisagea en silence pour finalement répliquer en secouant la tête:

— Il est trop tard. Pour vous et pour moi.

— Non, madame, il n'est pas trop tard. Et j'ai besoin de preuves.

Elle se tut à nouveau, puis leva les yeux vers Fronsac.

— Soit! Vous avez peut-être raison. De toute façon, ce secret est trop lourd pour moi. C'est lui qui m'a rendue folle. Vous avez été notaire, je sais que vous êtes loyal. Je vais donc vous apprendre le *secret du roi*. À moins que vous le connaissiez déjà ?

— Je ne le connais pas, madame, mais je l'ai, hélas, deviné, fit Louis tristement. Louis le Grand est le fils de Marie de Lusignan, qui n'a pas eu onze enfants mais douze. Et si son père est bien Louis Le Juste, c'est tout de même un bâtard qui est placé sur le trône de France.

Claire-Clémence ouvrit la bouche et resta interloquée. Louis eut l'impression qu'elle allait avoir une nouvelle crise de folie.

— Vous… vous n'avez rien compris ! cria-t-elle brusquement d'une voix aiguë. Vous n'avez rien compris ! Louis n'est pas fils de roi ! C'est sa mère, Anne, qui s'est fait engrosser par François de Cavoye !

Elle se leva et, demi nue, se dirigea vers une petite bibliothèque, choisissant soigneusement un gros livre.

Elle eut un ricanement hystérique, dément et effrayant.

— Ce sont les textes de saint Augustin. Il ne viendrait à l'idée de personne de les lire dans cette maison de débauche ! Regardez plutôt…

Elle tira sur une sorte de languette glissée dans la page de garde et la couverture s'ouvrit. C'était un livre à secret. Il s'approcha : la couverture s'était maintenant totalement déplacée et un triple feuillet jauni en sortit.

— Il y a là trois confessions, expliqua-t-elle, un peu calmée. Celle d'Anne d'Autriche, celle de François Dauger de Cavoye et celle de mon oncle le cardinal. Toutes de leur main. Prenez-les donc. Elles vous seront utiles. Moi, je n'en ai plus besoin et si mon époux savait que j'ai gardé ces documents depuis si longtemps…

Elle s'arrêta un instant, puis elle murmura :

— Ces documents pouvaient faire de lui le roi de France. Vous l'avez deviné ?

Louis hocha la tête. Alors il posa la question qui lui brûlait les lèvres :

— Pourquoi Richelieu, votre oncle – car c'est lui qui vous les a donnés, je suppose – a-t-il rassemblé ces papiers qui pouvaient ruiner cette royauté qu'il aimait tant ?

Claire eut un rire qui ressemblait à un grincement. Un rire de folle. La crise revenait-elle ?

— Pour moi ! Tout simplement pour moi ! Il savait ma position difficile, peut-être intenable. C'était une arme pour ma défense.

— Mais contre qui ? Vous auriez montré ces documents à votre époux, il serait certes devenu roi, mais il vous aurait peut-être répudiée… ou pire…

Il s'arrêta brusquement de parler. Il venait enfin de comprendre !

— Non, bien sûr ! Ces papiers n'étaient pas destinés au prince ! C'était le roi votre arme, n'est-ce pas ? Vous lui auriez montré ces documents et il vous aurait protégée en cas de répudiation. Il vous aurait protégée contre votre époux… c'est cela ?

Louis se souvenait que la mère de Condé avait, dans le passé, plusieurs fois demandé à la régente – mais sans succès – l'annulation du mariage de son fils.

Claire-Clémence ne répondit pas. Toujours ce regard de folle. Elle lui tendait les trois feuillets et il les prit pour les lire.

Le premier était un long texte d'Anne d'Autriche. Elle racontait comment, après avoir perdu trois fois les fruits du roi, elle devinait qu'elle allait être répudiée. Richelieu lui avait proposé un marché : elle devenait la maîtresse de M. de Cavoye jusqu'à ce qu'elle ait de lui un ou deux enfants. Et ceci aussitôt après chaque visite intime du roi. En échange, il la défendrait.

Elle avait accepté. Louis le quatorzième et Gaston d'Orléans étaient des fils Cavoye et non des Bourbons !

Le second texte était de François de Cavoye. Il racontait comment il avait été approché par le cardinal et comment il avait accepté de devenir – sur son ordre ! – l'amant de la reine.

Ainsi tout s'expliquait ! La protection de la régente sur la famille Cavoye. Les privilèges qui lui avaient été accordés. Et aussi la mort de Cavoye père, devenu trop dangereux. Anne l'avait fait disparaître, une fois régente, pour que le secret soit perdu. Elle espérait que sa confession écrite à Richelieu avait disparu à la mort du Cardinal. Oui, Anne d'Autriche devait être certaine que le secret était bien perdu. Personne n'aurait pensé qu'il était dans les mains de Claire-Clémence, une folle.

Le troisième document était de Richelieu. Il confirmait les faits et les dates avec cynisme. Il avait toujours voulu séduire la reine et il y était finalement arrivé par personne interposée !

Seulement Cavoye avait sans doute écrit une quatrième confession et elle était tombée entre les mains d'un de ses fils. Était-ce lui qui avait tué – ou fait tuer – ses frères ?

Eustache avait dû apprendre la vérité en fouillant dans les affaires de son frère alors que ce dernier était en prison. Il avait alors menacé le roi de parler s'il n'obtenait pas certaines faveurs.

Le roi n'avait pas cédé et maintenant, Eustache était enfermé à Pignerol, un masque de fer sur le visage pour le reste de sa vie.

Louis leva les yeux vers Claire-Clémence. Celle-ci avait le visage vide, les yeux révulsés. Il s'approcha d'elle et l'aida à s'asseoir dans son fauteuil. Elle commençait une nouvelle crise, mais il fallait qu'il parte.

Louis plia les documents et les glissa dans son

pourpoint. Il reprit le livre toujours dans les mains serrées de Claire-Clémence, replaça la couverture à secret et le glissa dans la bibliothèque. Il se dirigea ensuite vers la porte et l'ouvrit. Verrazzano était là. La chambrière était toujours attachée, les yeux hagards. Louis s'approcha d'elle.

— J'ai vu votre maîtresse. Elle a en ce moment une crise. Je vais vous délier et vous allez vous occuper d'elle. Vous allez oublier que nous sommes venus. Si le prince l'apprend, il vous tuera ou vous enfermera pour toujours dans un couvent. Si vous essayez de crier, c'est moi qui vous tue. Personne ne connaîtra jamais notre visite. C'est compris ?

Épouvantée, la chambrière hocha la tête.

Louis lui ôta son bâillon, la délia et lui montra la porte de la chambre de Claire-Clémence. Puis, il recula vers la porte qui donnait dans la galerie. Verrazzano l'avait ouverte devant lui et vérifiait que tout était calme.

Ils refirent le chemin en sens inverse. Aragna les attendait. Ils redescendirent le long de la façade. En bas, Bauer leur fit signe que la voie était libre. Dix minutes plus tard, ils étaient à leurs chevaux.

Sur le chemin, pour la première fois Gaston parla :

— As-tu obtenu quelque chose ?

— Oui. Notre rendez-vous de demain est confirmé. Il reste pourtant un dernier point à régler. Arrêtons-nous dans ce bois.

Ils chevauchèrent durant quelques instants dans la direction indiquée. La lune les éclairait.

Arrivé au bois, Louis descendit de sa monture et les autres l'imitèrent, un peu intrigués. Il s'adressa alors au Génois :

— Lorsque j'ai vu Baatz au début de l'année, il

m'a renvoyé sur Colbert de Maulévrier, qui était à Candie avec toi, Verrazzano. Je sais ce qui s'est passé là-bas. Tu n'étais pas avec Beaufort et tu m'as menti.

Verrazzano se croisa fièrement les bras et le dévisagea avec défi. Louis nota que Bauer se plaçait derrière lui et que Gaston avait mis la main sur son épée. Les deux Corses s'étaient rapprochés de leur ami. La tension était extrême.

Et puis, Verrazzano leur fit un signe amical et se mit à parler sans les regarder, doucement, comme plongé dans des souvenirs.

— Ma mère était Corse et mon père Génois. Il commandait une galère. Il l'avait connue alors qu'il assurait régulièrement des transports pour l'île. Il a quitté sa vie de marin pour rester avec elle et nous avons été élevés en Corse…

— Nous ? fit Gaston.

— J'avais un frère aîné : Cosme. Il avait cinq ans de plus que moi. Tout jeunes, mon père nous emmenait en mer et lorsque mon frère eut dix-huit ans, il lui demanda de pouvoir prendre la mer. Mon père avait quitté Gênes dans des conditions difficiles, à l'époque son employeur ne voulait pas le laisser partir et mon frère aurait difficilement trouvé du travail là-bas. Il l'a donc envoyé à Marseille, car il connaissait Antoine de Valbelle. Cosme est entré au service de la famille et, quelques années plus tard, il commandait une de leurs galères marchandes. Moi, mon père m'avait envoyé en Italie, il ne voulait pas que ses deux enfants soient marins. J'ai voyagé, nous avions beaucoup de famille un peu partout. Je suis aussi allé à Gênes et là, l'appel de la mer a été le plus fort. Je me suis embarqué sur une galère de guerre, je me suis battu contre les pirates, contre les Turcs. Il y a une quinzaine d'années, après avoir retrouvé mon frère, je suis entré à mon tour au service des Valbelle.

— Je croyais que vous étiez au service de Beaufort ? demanda Gaston avec hypocrisie.

Verrazzano ne répondit pas et poursuivit :

— Mon frère était directement sous les ordres d'Antoine de Valbelle, j'avais alors vingt-six ans, dont près de six ans en mer, Antoine m'a nommé officier sur une de ses galères et, l'année suivante, j'étais capitaine. C'est la même année qu'il est mort d'une attaque cérébrale.

— On était donc en 1655 ?

— Oui. Ensuite les troubles dont je vous ai parlé ont éclaté. Mon frère et moi sommes restés avec Gaspard de Niozelles, qui avait pris la tête de la famille des Valbelle. *Par Diu* ! Les quatre années avec lui furent difficiles. Nous étions en guerre contre les Barbaresques et quasiment en conflit permanent avec le roi. Nos galères devaient se méfier de tout. En 59, j'étais avec Gaspard à Aix lorsque la populace s'attaqua à Forbin-Maynier. Nous avons dû alors protéger les frères de Gallaup, qui avaient comploté contre le premier président[1]. Finalement, le roi attaqua Marseille et ses galères bloquèrent le port. Moi et mon frère étions chargés d'évacuer la famille et les biens de la famille. En tentant de sortir du port, mon frère fut attaqué par la galère du chevalier de Vendôme.

— Le fils du gouverneur de Provence, le duc de Mercœur ?

— Oui. Philippe de Vendôme. Il était tout jeune à cette époque et n'était, bien sûr, pas à bord. Le navire de mon frère fut pris et il fut capturé. On le condamna aux galères, justement sur le bateau du chevalier de Vendôme. Moi, je réussis à rejoindre Barcelone.

— Avec l'aide de M. de Niozelles, j'ai alors négo-

---

1. Voir : *Deux récits mystérieux*, à paraître dans la collection *Labyrinthes*.

cié la libération de Cosme en m'adressant au duc de Mercœur. Le gouverneur désirait que la paix civile revienne et, il y a six ans, j'obtins finalement à la fois ma grâce et celle de mon frère. Il devait être libéré et je pouvais rentrer à Marseille. Libre et amnistié.

— Et alors ?

— Entre-temps, le duc de Beaufort, mis à l'écart par Mazarin après la Fronde, s'était rapproché du roi. En tant que Vendôme, il aspirait à retrouver le titre de Maître de Marine. Finalement, le roi lui avait accordé le commandement des galères de Méditerranée pour en chasser les pirates. Or nos grâces devaient être confirmées par lui. Il se trouve qu'il s'était pris d'affection pour Philippe de Vendôme, son neveu, et que celui-ci naviguait avec lui. Quand il apprit que mon frère, qui avait dirigé l'insurrection maritime des Valbelle et attaqué une galère des Vendôme, allait être gracié, il s'y est opposé. Mon frère est resté galérien. Pour moi, par contre, qui avait joué un plus petit rôle, je fus ignoré.

» Je décidai donc de rentrer à Marseille, d'où j'espérais faire évader Cosme. Et alors que j'étais enfin prêt, *o lu mischina* ! La galère du chevalier est rentrée et j'ai appris que mon frère était mort d'épuisement, battu continuellement par le chef de nage.

Il étouffa un gémissement et gronda :

— Les Vendôme étaient responsables. J'ai alors juré, sur la Madone, de tuer le chevalier. J'avais toujours des amis dans la marine et j'appris peu à peu que le fils de Mercœur n'était pour rien dans le refus de libérer Cosme. C'était Beaufort, seul, qui avait décidé. C'était donc lui que je devais tuer.

» J'ai coupé ma barbe et j'ai changé de nom. Je me suis engagé dans la marine de Beaufort. Au début de cette année, j'avais réussi à devenir son chef de canot. J'attendais une occasion d'être seul avec lui. Je lui aurais alors dit qui j'étais et je l'aurais égorgé comme un chien. Cosme serait vengé.

— C'est alors qu'il a été nommé amiral à Candie, n'est-ce pas ? affirma Louis.

— Oui, j'étais sur son bateau. À Candie, j'avais enfin mes chances de me retrouver seul avec lui. Quand nous sommes arrivés là-bas, c'était l'enfer. La ville était continuellement bombardée par les Turcs. Presque tous les soldats étaient blessés ou estropiés. Nous devions attendre le reste de la flotte quand, le 24 juin, le duc de Navailles décida de partir seul défier l'ennemi. Beaufort se crut obligé de le suivre. Et moi, j'étais prêt.

— Mais au dernier moment, Beaufort confia ses propres marins à Colbert de Maulévrier, qui était son maréchal de camp, n'est-ce pas ? le coupa Louis.

— Vous le saviez donc depuis le début ?

Louis sourit.

— J'aime bien savoir si ce qu'on me raconte est vrai. J'ai rencontré Colbert de Maulévrier *À la fosse aux Lyons*. Je lui ai dit que je recherchais quelqu'un présent à Candie et il est devenu intarissable sur la bataille à laquelle il n'avait pas pris part ! Il m'a précisé avoir gardé avec lui les marins de Beaufort et que ce dernier était parti seul au combat.

— C'est vrai, *Sangu lu Cristu* ! J'étais fou de rage. J'ai vu le duc partir avec quelques hommes. La situation était désespérée. Beaufort fut ensuite attaqué par le Grand Vizir Kupruli Pacha. Le reste me fut raconté : c'est-à-dire la déroute et sa disparition. Quand j'appris sa mort, ma vengeance s'était enfuie. Je n'avais plus rien à faire avec les troupes du roi. J'ai volé une barque et j'ai navigué le long des côtes. Je connais bien la Méditerranée. J'ai pu rejoindre un vaisseau marchand et regagner Gênes. C'est là que j'ai entendu la rumeur dont je vous ai parlé. Beaufort aurait échappé à la mort ! Je suis donc reparti en chasse. Pour le tuer.

— Maintenant, Verrazzano, il te faut choisir. Il

semble bien que le duc soit mort à Candie : Maulévrier était catégorique. Tu es libre. Tu m'as aidé, même si je savais depuis le début que tes raisons n'étaient pas forcement les meilleures. J'ai laissé à Armande de Tilly vingt mille livres pour toi. Tu peux aller les chercher quand tu le veux. Avec, tu pourras certainement t'acheter un bateau et t'établir à Marseille. Moi, j'ai obtenu ce que je désire. Demain, j'aurai retrouvé ma fortune ou je serai mort. Mais ce dernier combat, je dois le livrer seul.

Il regarda le Génois et les Corses.

— Que décidez-vous, mes amis ?

— On reste avec vous, monsieur, répliqua simplement Verrazzano.

18

Le samedi 3 mai 1670

De nouveau, Louis se tenait devant l'hôtel de Cavoye. Cette fois, il était seul. S'il échouait, il finirait à la Bastille, dans un cachot en tout point semblable à celui occupé par ce pauvre La Forêt. Son sort serait même probablement pire. Il était donc inutile que ses amis l'accompagnent. Et puis, Gaston devait garder, et utiliser si nécessaire, les documents de Claire-Clémence.

Ils avaient décidé qu'en cas de disparition de Louis, Gaston remettrait les documents au prince de Condé, avec une copie à tous ceux qui comptaient en France. Ce serait alors le retour de la guerre civile, mais ils n'avaient plus rien à perdre et ce n'était pas eux qui avaient créé cette épouvantable situation.

Il eut un dernier regret, celui de ne pas être allé voir Julie chez Montauzier. Il en avait été tenté, mais le risque était trop grand. Pierre ferait parvenir à sa mère une lettre qu'il avait écrite. Ensuite, il partirait pour la Hollande avec Aurore.

Le porche de la cour était ouvert. Louis entra.

Dans la petite cour se trouvait un grand carrosse noir, sans blason ni aucun signe distinctif. Il y avait aussi une dizaine de chevaux noirs. Quatre mousquetaires se tenaient auprès d'eux et ils le dévisagèrent d'un regard ombrageux.

Il les ignora et s'avança vers la porte de l'hôtel. Il se trouvait maintenant dans la grande entrée d'où partait la cage d'escalier. Il leva les yeux, machinalement. De l'Épée avait été décroché de son gibet et le lustre remis en place. Le sang avait été nettoyé et aucune trace ne subsistait de la terrible nuit.

Fronsac tremblait un peu.

Au pied de l'escalier l'attendait Charles de Baatz dans son plus bel uniforme de capitaine des mousquetaires. Son visage était totalement inexpressif. Il devait avoir le même le jour où il avait arrêté son ami Fouquet, songea le marquis de Vivonne.

— Monsieur le marquis, veuillez me suivre, ordonna sèchement le capitaine.

Louis obéit. Ils grimpèrent au premier étage et d'Artagnan l'abandonna devant une porte où se trouvaient, en faction, deux autres mousquetaires noirs. L'un d'eux frappa quelques coups à la porte. Une sorte de signal.

La porte s'ouvrit. Un autre mousquetaire tenait la poignée et fit signe à Louis d'entrer. La pièce n'était éclairée que par le feu d'une cheminée. Devant l'âtre se dressait un fauteuil à haut dossier.

Louis s'avança et, du fauteuil, une voix sourde ordonna dans un murmure :

— Laissez-nous !

Le soldat sortit et Louis resta seul avec le personnage assis dans le fauteuil.

— Avancez, monsieur Fronsac. Que je vous voie une première, et, je l'espère, une dernière fois.

Louis, la gorge serrée obéit.

Maintenant, il distinguait mieux. Ses yeux s'étaient habitués à l'obscurité. Un homme jeune, d'une trentaine d'années, la lèvre lourde surmontée d'une fine moustache et le visage portant une expression hautaine, méprisante, le considérait.

Louis ne reconnut guère le jeune homme terrorisé

qu'il avait délivré à Aix neuf ans plus tôt. Par contre, il connaissait bien ce visage qu'il avait vu dans ce même hôtel : le roi était presque le sosie de Louis de Cavoye. Et, paraît-il, son frère Eustache lui ressemblait encore plus !

— Je me suis dérangé pour vous écouter, monsieur, soyez bref. Ensuite, vous paierez cher le prix de votre audace.

La voix était haute et lourde de menace. Louis n'arrivait pas à s'exprimer. Il se ressaisit pourtant.

— J'ai déjà payé le prix, Votre Majesté. Je viens au contraire en réclamer le remboursement, déclarat-il avec insolence.

— Vous osez demander ! rugit le roi, les yeux plus brillants que le feu. Vous osez !

Il bava légèrement.

Devant ce déferlement de rage et d'orgueil, Louis sentit sa crainte disparaître. Il devina que c'était le roi qui avait peur désormais, aussi parla-t-il clairement.

— J'ose effectivement demander justice. Justice pour mon épouse, pour mes enfants, pour mes amis, pour mes gens, tous meurtris et pourtant innocents. Justice pour mes biens.

Le roi gronda :

— Ma justice sera de demander à mon capitaine de vous emmener dans un instant. C'est donc tout ce que vous aviez à me dire ?

Louis fouilla dans son pourpoint et sortit les trois feuillets. Il s'agissait d'une copie qu'il avait faite dans l'après-midi.

— Si Votre Majesté consent à lire ces documents...

Le roi le considéra un instant, hésitant visiblement à saisir les papiers comme s'ils allaient lui brûler les mains ou les yeux. Finalement, il les prit et, s'approchant de la lueur du feu, il se mit à lire. Au bout de quelques lignes, il froissa les trois documents et les jeta dans l'âtre.

Il leva la tête et regarda son interlocuteur avec fixité, comme s'il ne l'avait jamais vu, mais son regard était celui d'un dément.

— Qu'essayez-vous de faire, monsieur Fronsac, avec ces torchons ? Je n'ai que faire de tels pamphlets, croyez-vous m'impressionner ?

— Il s'agit seulement de copies, monseigneur. Je dispose des originaux, écrits de la main de votre mère, de Mgr Richelieu et… de votre père : M. François de Cavoye. Tous sont signés et sont irréfutables.

Le silence se fit. Il dura plusieurs longues minutes. Le feu crépitait, indifférent à la terrible confrontation. Ce fut le roi qui reprit la parole. Sa voix était maintenant plus douce et plus calme.

— Me croirez-vous, monsieur, si je vous dis que je n'ai appris cette vérité il y a seulement quelques mois ?

— Je vous croirais, Sire, car j'en étais déjà persuadé.

— Vous savez donc beaucoup de choses, monsieur, persifla le souverain.

— Simple déduction, Votre Majesté. Seul Louis de Cavoye connaissait la vérité et, étant votre favori, il avait tout intérêt à vous protéger et à vous laisser dans l'ignorance de votre naissance. Sa protection a dû aller jusqu'au crime. Il a tué ses frères lorsqu'il a su, ou cru, qu'ils connaissaient la vérité. Et ceci, sans doute, sur ordre de sa mère. Puis, il a été emprisonné pour cette affaire de duel et son dernier frère a dû fouiller dans ses papiers. C'est alors qu'il a découvert la vérité. Eustache a essayé de traiter avec vous et vous a révélé votre origine. Vous avez alors compris que vous étiez perdu si vous ne l'arrêtiez pas. Mais c'était trop tard. Conscient de sa folie, il s'était enfui. Il a ensuite tenté de vendre cette information aux Dix. Alors vous avez envoyé

Ruvigny, que vous avez mis dans le secret, et vous l'avez capturé. Louvois aussi connaît sans doute la vérité et voulait faire disparaître Eustache, mais c'était toujours votre frère et vous ne vouliez pas sa mort.

— Vos déductions sont exactes, reconnut tristement le roi. Et vous ne pouvez savoir combien je souffre des pires tourments. J'ai plusieurs fois songé à quitter ce trône qui n'est plus le mien, mais alors que serait devenue la France ? Mon frère est peut-être aussi un bâtard et, de toute façon, il est incapable d'être roi. Condé pourrait-il me remplacer alors que sa lignée est encore plus douteuse que la mienne ? Vous savez certainement que son père est né d'une coucherie entre un page et Mme de La Trémoille, que Louis de Condé avait épousée sur le tard[1]. Jusqu'où faudrait-il remonter pour trouver un descendant de Saint Louis à ce pays ? Quitter le trône signifiait la guerre civile. Nous avons tenu conseil avec Cavoye et M. Le Tellier. C'est alors que j'ai décidé de faire saisir Eustache. Pourtant, vous avez raison, c'était – c'est toujours – mon frère. Je me suis opposé à eux et j'ai interdit qu'il soit meurtri. Il finira ses jours en prison. Masqué, pour que chacun ignore son visage.

Louis opina lentement.

— C'est alors que vous avez appris que je m'intéressais au prisonnier de Dunkerque…

— En effet, c'est Ruvigny qui m'en a parlé. Il savait à quel point la situation était grave. J'ai demandé à Louvois de s'en occuper, je n'ai pas voulu en savoir plus.

— Et il a décidé de massacrer ma famille, mes gens, de détruire mes biens ! rugit Louis.

— Je l'ignorais, murmura le roi. Je ne l'ai su que

---

1. Louis de Condé, compagnon d'Henry IV, mourut, semble-t-il, empoisonné, et le page qui partageait le lit de sa femme s'enfuit dans des circonstances mystérieuses.

récemment. Cavoye est le premier responsable de cette horreur. Quant au marquis de Louvois, il a outrepassé mes ordres. Il sera sévèrement sanctionné.

Le silence se fit de nouveau, troublé seulement par une bûche qui s'effondra dans le foyer. À ce moment-là, le roi reprit, visiblement avec effort :

— Que désirez-vous, monsieur ? Je suis à votre merci. La France est à votre merci.

— Je veux la justice, gronda Louis.

— Il y a des choses que je ne peux faire, soupira tristement Louis. Comme vous laisser aller. Ou libérer vos gens. La raison d'État prime tout.

Louis secoua la tête avec rage et cria :

— *Dieu a établi les rois pour veiller au bien et au repos de leurs sujets*, Sire, répétait toujours Son Éminence. Je me moque de la raison d'État ! Au lever du soleil, une copie de ces documents sera transmise à tous les présidents de chambre, à tous les princes de sang, à tous les ambassadeurs. Et le prince de Condé recevra les originaux. Alors, vous ne serez plus rien ! Rien, sinon un usurpateur !

Fronsac s'arrêta un instant, puis il reprit plus calmement :

— Mais vous pouvez encore éviter cela.

Le roi le fixa un long moment, puis déglutit :

— Comment donc ?

— Mes gens seront libérés, ma famille aussi. Mes amis ne seront plus inquiétés. Mes biens me seront rendus. Mon château reconstruit à vos frais.

— Et vous me remettrez ces documents ?

— Non ! Ils disparaîtront avec moi. Ce sera ma garantie. Mais vous pouvez être assuré qu'ils ne réapparaîtront jamais. Je n'ai jamais failli à ma parole.

Louis le quatorzième le dévisagea longuement, pesant les arguments, puis grimaça :

— Je n'ai pas le choix, n'est-ce pas ?

Il joignit l'extrémité de ses doigts, comme s'il priait. Au bout d'une longue minute, il articula :

— J'accepte votre marché, monsieur.

Le soulagement envahit Louis. Il ne pensait pas réussir.

Alors le roi se leva pour se diriger vers une porte au fond de la pièce. Il l'ouvrit et appela :

— Monsieur de Louvois, rejoignez-nous, je vous prie.

Le fils de Le Tellier pénétra dans la pièce, lourd et massif, le visage bouffi et inexpressif. Le roi reprit, debout et paraissant tout petit devant son énorme ministre.

— Monsieur le marquis de Vivonne est désormais libre, monsieur. Vous veillerez à ce que toutes les poursuites contre lui, sa famille et ses amis soient levées.

— Votre Majesté, je…

— Ne me coupez pas, monsieur Le Tellier ! Ce sont mes ordres, fit sèchement le roi. Et ce n'est pas tout. Vous êtes responsable de ce qui s'est passé. Vous l'assumerez. Vous possédez un hôtel rue Saint-Roch, je crois, et vous ne l'occupez pas. Je veux qu'il soit meublé et aménagé avant demain midi pour accueillir M. Fronsac et sa famille. Vous lui ferez parvenir ensuite un titre de propriété en bonne et due forme.

Louvois était livide mais n'osait plus parler.

— Vous veillerez, bien sûr, à ce que les gens de M. Fronsac soient tous libres dès l'aube. Mme de Vivonne est chez Montauzier, n'est-ce pas ? Faites-la prévenir sur-le-champ. Vous verrez aussi M. Colbert ; il vous remettra cinq cent mille livres pour la reconstruction du château de M. de Vivonne et pour indemniser les blessés et les familles des disparus. Cet argent sera déduit des pensions futures de M. de Cavoye.

Il se retourna vers Louis.

— Je ne sanctionnerai pas Cavoye. Vous l'avez

déjà fait. Olympe de Courcelles est la jeune femme que vous avez tuée devant lui. Elle était la cousine de Mme de Courcelles. Il la connaissait depuis deux mois et en était amoureux fou. Il devait l'épouser dimanche. Je crois qu'il ne s'en remettra jamais.

Et il conclut :

— Le roi de France ne doit pas avoir de dette. Êtes-vous satisfait, monsieur ? demanda-t-il à Louis avec un regard de défi.

— Merci, fit Louis en s'inclinant. Merci, Votre Majesté, je n'ai pas demandé justice en vain.

Il hésita un instant et reprit :

— Deux personnes m'ont aidé, Sire, alors qu'elles étaient dans la détresse. Puis-je intervenir à mon tour en leur faveur ?

Louvois se redressa violemment, serrant les poings, et il allait parler quand le roi eut un surprenant sourire ironique.

— Je le veux, monsieur. J'ai payé ma dette. Maintenant, si vous me demandez davantage, c'est vous qui serez mon débiteur. Je préfère cette situation. Que désirez-vous ?

— La grâce d'un galérien trop fidèle à M. Fouquet et la clémence pour celui qui l'a défendu, M. de Raffelis.

Le roi eut un froncement de sourcils et une hésitation qui dura peu. Il ne répliqua pas cependant immédiatement. Puis il soupira en déclarant :

— Pour M. de Raffelis, j'avais déjà décidé cette grâce. Et qui est ce galérien ?

— M. La Forêt, enfermé au château d'If. Sa sœur va épouser mon fils.

Louis le Grand eut un sourire amusé. Il avait quantité de maîtresses, les emmenant toutes avec lui dans son carrosse quand il voyageait et il aimait fort les histoires d'amour. Il se tourna vers son ministre.

— Monsieur Louvois. Vous ferez parvenir un

ordre de libération pour cet homme. C'est celui qui a cherché à faire évader M. Fouquet, n'est-ce pas ? Mais vous y joindrez aussi un ordre de bannissement du royaume. Je peux gracier mais je ne dois jamais pardonner. Est-ce enfin tout, monsieur ? ajouta-t-il avec hauteur.

Louis s'inclina et comprenant que l'entretien était clos, recula jusqu'à la porte.

Alors le roi ajouta :

— Vous avez déclaré : *Dieu a établi les rois pour veiller au bien et au repos de leurs sujet*s. C'est un précepte que me répétait toujours Mgr Mazarin. Vous l'avez connu, vous aussi, n'est-ce pas ?

— En effet, Majesté.

Le regard du roi resta longuement posé sur le visage de Louis. Alors, il murmura :

— C'était vous, à Aix ?

— C'était moi, Votre Majesté[1].

Le roi opina lentement, puis reprit sa place près du feu. Il se mit à fixer les flammes. Louvois restait immobile, figé, haineux.

Louis sortit.

Il traversa la pièce vide et passa sur le palier. D'Artagnan était là. Il lui fit un petit sourire et lui murmura :

— Je suis bien content de ne pas vous mener à la Bastille, monsieur le chevalier. Ou pire.

Au coin de la rue de Taranne étaient postés Verrazzano, Bauer, Nicolas, Pierre et les Corses.

— C'est fait, leur annonça Louis en les rejoignant. Nous sommes désormais libres.

---

1. Voir : *L'Enlèvement de Louis XIV*, à paraître dans la collection *Labyrinthes*.

Et, à ce coin de rue, dans la nuit, il leur raconta ce qui s'était passé.

— *Un' ci capisci mancu un Ghjinuvesi*[1]! commenta sobrement Verrazzano.

— Que faisons-nous, maintenant? demanda Pierre qui avait hâte de retrouver Aurore.

— D'abord, je dois prévenir Gaston. Verrazzano, pars pour Vincennes comme convenu. Ensuite, avec Tilly, vous passerez à l'étude de mon frère. Et enfin, rejoignez-nous rue Saint-Roch.

Il avait en effet été convenu que Gaston, qui gardait les précieux papiers, s'installerait à Vincennes et attendrait Verrazzano. Si Louis avait été arrêté, il aurait eu à charge de faire connaître le *dernier secret de Richelieu*. Par contre, si tout s'était bien passé, ils devaient rapporter ensemble les précieux papiers à l'étude Fronsac. Le frère de Louis les attendait et rangerait les documents où on ne pourrait jamais les découvrir.

Verrazzano sauta à cheval et partit, accompagné de Cougourde.

— Nous autres, en route pour la rue Saint-Thomas.

Lorsqu'ils arrivèrent à l'hôtel de Rambouillet, la rue était déserte, calme et silencieuse dans la profonde nuit. Louis savait qu'on ne leur ouvrirait pas et ils attendirent l'aube devant le portail.

Environ une heure passa. On était encore au milieu de la nuit.

Soudain, une cavalcade se fit entendre. Une dizaine de mousquetaires s'arrêtèrent devant l'hôtel, Baatz était à leur tête.

— Je me doutais que je vous retrouverais ici, fit-il à Louis en le saluant.

---

1. Même un Génois n'y comprendrait rien!

La suite ne fut que retrouvailles. Les Montauzier et tout l'hôtel furent réveillés. Julie se jeta dans les bras d'un époux et d'un fils qu'elle ne pensait plus revoir. Même Julie d'Angennes fut attendrie et sanglota longuement. Montauzier essaya en vain de savoir ce qui s'était passé mais, devant le mutisme de Louis, il n'insista pas.

À l'aube, nos amis partirent ensemble dans deux grandes voitures que le duc avait mises à leur disposition avec leurs cochers. Nicolas et Aragna s'étaient déjà retirés.

Moins d'une heure plus tard, ils étaient aux Filles-Repenties. Bauer frappa à la lourde porte avec son épée, la démolissant à moitié. Un concierge vint finalement leur ouvrir. On les conduisit à la sœur supérieure qui dirigeait la prison. C'était une femme desséchée et acerbe. Elle leur dit avec un air mauvais, après les avoir écoutés :

— Je viens d'être avertie par un ordre de M. de Louvois. Faites donc entrer vos voitures, je vous amène mes prisonnières.

Six femmes en haillons, malades, furent amenées. La même scène se reproduisit aux Madelonettes. Mais là, les prisonnières étaient en meilleure santé. Bauer put faire un signe à Marie Gaultier, qui le lui rendit avec un baiser de la main. Julie embrassa avec effusion Margot Belleville.

Le cortège prit ensuite la direction de l'hôtel de la rue Saint-Roch : l'hôtel de Louvois. Nicolas et Aragna s'y étaient rendus pour prendre possession des lieux déserts. Seuls quelques exempts de Louvois étaient là, avec des domestiques qui installaient de médiocres meubles.

Louis laissa les femmes et les enfants à l'hôtel avec Nicolas et Aragna, qui devaient organiser une première installation. Il repartit avec les voitures et Bauer, ainsi qu'un véhicule supplémentaire que Nicolas avait acheté à une écurie dans la rue. Bauer le conduisait.

Ils furent en fin de matinée à la Tour Saint-Bernard, l'ancien château de la Tournelle, près de l'Arsenal. Là, les formalités d'écrou furent plus longues : malgré les ordres de Louvois, le concierge de la prison refusait de libérer les quinze hommes qui devaient partir dans la chaîne du surlendemain. Bauer, fou de rage, allait faire un très mauvais sort à l'officier, sans doute lui fendre le crâne, quand parut le capitaine Baatz.

— Le roi m'a chargé de veiller à ce que la libération de vos gens se passe bien, expliqua-t-il à Louis. J'arrive de la rue Saint-Roch, où j'ai pu constater qu'aucun problème n'avait surgi au dernier moment.

— M. de Lattre – c'était le nom du concierge – refuse de libérer ses prisonniers, lui expliqua Louis.

— Pas du tout, expliqua l'homme brusquement inquiet. Simplement, ils ne m'appartiennent plus, je les ai déjà transmis à l'officier de surveillance de la chaîne. Vous devrez donc les reprendre à Marseille.

D'Artagnan soupira :

— Monsieur de Lattre, mes hommes m'attendent dehors. Puisque c'est ainsi, vous allez nous accompagner à la Bastille, où je ferai en sorte que le roi vous oublie au fond d'un cul de basse fosse. Auparavant, conduisez-moi à l'officier de chaîne.

Quelques minutes plus tard, les prisonniers étaient libérés. Amaigris, sales et couverts de pustules, ils furent débarrassés de leurs entraves. Une heure sonnait quand ils entrèrent dans la cour de l'hôtel de la rue Saint-Roch. Libres. Louis avait gardé avec lui, dans sa voiture, Michel Hardouin et le fils de Nicolas.

Épilogue

En 1679, dix ans après notre histoire, Louis songea qu'il ne risquait plus rien du roi[1]. Il se rendit au couvent des Minimes et rencontra le père Martinet, le prieur qui avait succédé au père Reynaud. Il lui soumit alors la requête suivante :

— Pouvez-vous vous engager, monseigneur, à faire parvenir au Vatican un document que je vous remettrai, sans l'ouvrir, ni vous ni un autre et à le faire ensevelir dans les *archivi segreti vaticani ?*

Le père Martinet savait que Louis portait un terrible secret. Et il avait reçu des ordres à ce sujet.

— Avant de mourir, expliqua-t-il, le père Reynaud m'a parlé de votre promesse de lui révéler un jour la vérité. De notre côté, nous avons fait le nécessaire pour assurer votre sécurité. Voici une lettre de Sa Sainteté qui vous attendait ici, depuis dix ans. Prenez-en connaissance.

La lettre était sans équivoque et l'engagement qui y était pris était terrible et formel : le document que remettrait Louis Fronsac serait enseveli durant trois cents ans au Vatican. Trois siècles !

Louis remit alors au Minime la triple confession :

---

1. Il avait tort.

le dernier secret de Richelieu, scellée dans un porte-feuille de cuir rouge.

Le document est toujours enfoui dans les caves du Vatican et c'est par un extraordinaire concours de circonstances que nous en avons eu connaissance, en 1989 lors de recherches privées.

Martinet fit alors circuler le bruit que l'Église possédait les *preuves*, de manière à ce que Louis ne risque plus rien. Louvois l'apprit. La même année, il tenta de faire saisir le prieur en le compromettant dans la terrible affaire des poisons qui venait d'éclater. Mais Martinet était déjà en sécurité à Rome.

Une autre personne qui connaissait le *secret* eut moins de chance. Le 13 janvier 1671, Claire-Clémence fut blessée par son valet de pied, Duval. L'homme agis-sait sur ordre de Louvois, qui désirait depuis longtemps faire disparaître celle qui connaissait la naissance du roi. Le page de Claire-Clémence, Rabutin, empêcha le crime. Duval fut arrêté et condamné aux galères, d'où on lui promit une liberté future. Il fut mystérieusement assassiné par ses compagnons de chaîne.

Rabutin, à qui Claire-Clémence s'était confiée, disparut à son tour. Alors Claire-Clémence devint définitivement folle. Elle fut internée par lettre de cachet et dut auparavant renoncer à tous ses biens.

Condé avait continué à enrichir Chantilly de nou-veaux parterres et de nouvelles écuries. Le 23 avril 1671, Louis XIV s'y rendit. Le repas de réception fut somptueux mais, pour certains plats, insuffisant. Vatel, le cuisinier de Fouquet passé au service de Condé, se passa son épée au travers du corps, ne voulant survivre à un tel déshonneur.

En quittant Chantilly, le souverain déclara au prince : « Mon cousin, il faut que vous me cédiez Chantilly ! »

En mars de l'année suivante, la guerre reprit avec la Hollande, mais cette fois Louis XIV décida qu'il dirigerait lui-même la campagne. Condé, Turenne et Luxembourg ne seraient que les exécutants à ses ordres et à ceux de Louvois.

L'affaire tourna fort mal.

Au début des opérations, Condé fut blessé et son neveu, le fils de sa sœur Longueville, fraîchement nommé maréchal de camp, fut tué. Condé dut pourtant continuer à assumer des ordres qu'il désapprouvait.

L'année suivante, au siège de Maastricht, ce fut le nouveau maréchal de camp, Charles de Baatz, seigneur d'Artagnan, qui trouva la mort et, en 75, Turenne à son tour disparut.

Condé prétexta sa blessure pour se retirer d'une campagne qu'il condamnait. Non seulement, il s'opposait au roi sur la façon de mener la guerre, mais il réprouvait la sauvagerie sanglante de Louvois envers la population hollandaise.

Louis II de Bourbon, prince de Condé, mourut onze ans plus tard, ayant perdu tout espoir de devenir un jour roi de France.

Louvois entra au conseil d'en haut en 1672 et continua à suivre de près l'emprisonnement d'Eustache Dauger. Il mourut en 1691 d'une crise cardiaque – d'autres disent d'un empoisonnement – après avoir vaincu définitivement son vieil adversaire, Colbert, et avoir racheté ses charges.

En effet, dès 1671, la carrière de Colbert connut un coup de frein. Colbert ignorait *le secret du roi*, alors que Le Tellier le connaissait. Cela faisait une grande différence entre eux.

Le contrôleur général des finances mourut en 1683, au comble de l'impopularité.

En juillet 1670, des Réaux gagna son procès et récupéra une partie – six cent mille livres – de ses biens. Mais les épreuves n'étaient pas terminées pour lui. Il se consacra avec rage à l'édition des œuvres complètes de Voiture, son ami et celui de Louis Fronsac, mort en 1648. Hélas, après dix ans de procédure, il ne put obtenir de privilège royal et le projet fut abandonné.

Sa fille Angélique mourut et Mme des Réaux, non seulement convertie mais devenue dévote, entra dans un couvent, d'où elle harcela son époux.

Les mesures contre les réformés s'intensifièrent entre 1670 et 1680. Finalement, sa fille Élisabeth abjura sa religion, seule Charlotte resta fidèle à la *Religion Prétendue Réformée* mais, pour garder sa foi, elle dut s'enfuir en Angleterre après avoir été emprisonnée. Elle vécut là-bas dans la misère.

Un jour terrible de 1680, le marquis de Ruvigny annonça, en pleurant, à son beau-frère des Réaux la révocation prochaine de l'Édit de Nantes.

En 1681, les dragonnades commencèrent et on sait qu'elles furent abominables. Les dragons pouvaient tout faire chez l'habitant chez qui ils logeaient, à la seule contrainte de ne pas le tuer. Ils ne s'en privèrent pas. Ils torturèrent, fouettèrent et violèrent femmes et filles, volèrent des centaines de milliers de protestantes et de protestants. Les violences dépassèrent ce que l'on connut plus tard lors de la Révolution française. Les temples furent brûlés et les réfractaires envoyés aux galères. La conversion des enfants de plus de sept ans fut obligatoire et les nourrissons furent arrachés à leurs familles.

La terreur s'empara de la communauté protestante. En 1685, vaincu, Tallemant des Réaux abjura à son tour sa foi.

Un an plus tard, son beau-frère Ruvigny, après lui avoir écrit et reproché sa fatale politique, quitta définitivement ce roi qu'il avait tant servi et tant aimé. Son fils Henry, comte de Galway et de Tyconed, devint pair et lord d'Angleterre. Il combattit finalement la France comme général anglais au siècle suivant !

Des Réaux mourut en 1692. Son épouse fit saisir ses biens et spolia sa fille Élisabeth. À sa mort, elle ne lui laissa rien. Pourtant, en fouillant dans les affaires abandonnées de l'écrivain, on retrouva le manuscrit des *historiettes*. Son chef-d'œuvre.

Montauzier vit mourir son élève le Dauphin et en dressa un autre, qui mourut à son tour. Sans doute était-il trop sévère et les tuait-il au travail ! Lui-même disparut en 1690 et les petits enfants royaux purent ainsi survivre.

Pierre épousa Aurore La Forêt et devint président de la Cour des aides. Louis lui donna l'hôtel de Louvois et Aurore oublia sa vie aventureuse en élevant trois enfants nés respectivement en 1670, 1671 et 1673. Le cadet, François, mourut en 1750 après avoir été un grand ami de Voltaire.

Honora Fossati et Palamède Pescarie restèrent au service d'Aurore et de Pierre.

Marie, la fille de Louis et de Julie, n'eut pas d'enfants mais vécut très heureuse en Normandie. Son époux ne fut jamais anobli.

Gaston et Armande finirent par aller habiter à

Mercy, où Louis leur fit construire une vaste maison non loin du château. Verrazzano resta aussi à Mercy et ne reprit plus jamais la mer.

Bauer épousa finalement la sœur de Gaultier.

Quant au dernier secret de Richelieu, qu'en sait-on maintenant ?

Le 19 juillet 1669, le marquis de Louvois avait écrit à M. de Saint-Mars, gouverneur de Pignerol, une lettre – conservée aux Archives nationales –, lui signalant l'arrivée prochaine d'un prisonnier qui devait être mis au secret. Une seconde lettre, envoyée à la même époque, demandait à M. de Vauroy, capitaine à Dunkerque, de se saisir d'un homme et de l'emmener à Pignerol.

M. de Saint-Mars répondit au ministre dès qu'il eut enfermé son homme :

*M. de Vauroy a remis entre mes mains **Eustache Dauger**. Aussitôt que je l'eus mis dans un lieu fort sûr, en attendant que le cachot que je lui ai fait préparer soit parachevé, je lui dis, en présence de M. de Vauroy, que, s'il me parlait à moi ou à quelque autre, d'autre chose que pour ses nécessités, je lui mettrais mon épée dans le ventre. Je ne manquerai pas de ma vie d'observer ponctuellement vos commandements.*

C'est ce prisonnier, *Eustache Dauger*, qui suivit toute sa vie Saint-Mars. C'est ce prisonnier qui n'apparaissait aux autres que le visage couvert d'un masque de velours fermé par une serrure de fer.

Ainsi, et contrairement à ce que dit la légende, il n'y a pas de secret du Masque de Fer. L'identité du prisonnier masqué fut toujours connue : son nom était Eustache Dauger.

Le seul mystère est de savoir si Eustache Dauger était Eustache Dauger de Cavoye, le frère de l'*Ami du*

Roi, qui avait disparu justement en juillet 1669. C'est désormais évident pour la plupart des historiens. Il est, en effet, hautement invraisemblable que deux personnes aient pu porter, à cette époque, un nom si peu commun, et l'un apparaître au moment même où l'autre disparaissait.

Quant à la fabuleuse ressemblance entre Louis Dauger et Louis Le Grand, elle est attestée par tous les contemporains.

Dauger fut probablement emprisonné pour avoir essayé de menacer le roi en révélant qu'il était son frère, et non le fils de Louis XIII. Le masque de fer était alors nécessaire pour que personne ne découvre la ressemblance. Certes, Louis aurait pu faire tuer son maître-chanteur, mais il savait que c'était son frère et c'est ce qui le retint. Pour la même raison, il couvrit de faveurs Louis de Cavoye, l'*Ami du roi*. Son second frère.

En 1670, Lauzun fut arrêté et enfermé à Pignerol pour avoir séduit la Grande Mademoiselle, fille de l'oncle de Louis XIV. Il put rencontrer Fouquet en secret en passant par une cheminée et devint son ami jusqu'à la mort du surintendant en 1680. Fouquet ne devait donc jamais revoir sa famille.

À cette même époque, Eustache Dauger fut autorisé à servir de valet à Fouquet, à condition que personne d'autre ne le vît et en particulier Lauzun.

En 1679, Eustache fut transféré aux îles Sainte-Marguerite, puis finalement à la Bastille.

Toujours couvert de son masque de fer et de velours, le frère du roi, seule preuve de la bâtardise de Louis le Grand, y mourut en 1703.

Louis de Cavoye acheta l'hôtel qu'il louait[1] à Sidonia de Lenoncourt. Il devint Grand Maréchal des Logis du roi et vendit trois cent mille livres son privilège sur les chaises à porteurs. Un jour, Le Roi-Soleil lui déclara devant la cour : « Cavoye, mourons ensemble ! »

Louis XIV disparut en septembre 1715. Cavoye cinq mois plus tard.

En 1678, Henriette de Cavoye, sa dernière sœur, avait reçu une mystérieuse lettre signée de leur frère disparu, Eustache :

Ma chère sœur, si vous saviez ce que je souffre, je ne doute nullement que vous ne fissiez vos derniers efforts pour me tirer de la cruelle persécution où je suis détenu depuis plus de dix ans par la tyrannie de monsieur de Cavoye, mon frère... Je vous conjure, ma chère sœur, pour l'amour de Jésus-Christ de ne pas m'abandonner dans l'état où je suis, s'agissant du salut de mon âme... Si vous me refusez cette grâce vous aurez à rendre compte devant Dieu du salut de mon âme.

---

1. Au 52 de la rue des Saints-Pères, allez le voir !

Un seul fait réel a été modifié dans ce roman : la tentative d'évasion de Fouquet avec La Forêt a eu lieu, en réalité, en 1665. Mais cette liberté ne modifie en rien les autres événements historiques de l'histoire. S'il désire plus de détails sur ce qui s'est passé à cette époque, le lecteur curieux pourra consulter les ouvrages suivants :

Bouyala d'Arnaud A., *Évocation du vieux Marseille*, Éditions de Minuit, 1959.

De Broglie Isabelle, *Le duc de Beaufort*, Fasquelle, 1958.

Crousaz-Crétet P. (de), *Paris sous Louis XIV*, Plon, 1922.

Hoffbauer M.F., *Paris à travers les âges*, Inter Livres, 1993.

Mandrou R., *La France aux XVIIᵉ et XVIIIᵉ siècles*, PUF, Nouvelle Clio.

Mast A.A., *Le masque de Fer,* Tchou, 1994.

Mongrédien Georges, *La vie quotidienne sous Louis XIV*, Hachette, 1948.

Mongrédien Georges, *Une aventurière au Grand Siècle*, Amiot, 1952.

Petitfils Jean Christian, *Louis XIV*, Perrin, 1995.

Pujo Bernard, *Le Grand Condé*, Albin Michel, 1995.

Tallemant des Réaux, *Historiettes*, Bibliothèque de la Pléiade, édition établie et annotée par A. Adam, 1960.

Vigié Marc, *Les galériens du roi*, Fayard, 1985.

Wilhelm Jacques, *La vie quotidienne des Parisiens au temps du Roi-Soleil*, Hachette, 1977.

Et aussi :

Ettori Fernand, *Anthologie des expressions corses*, Rivages, 1984.

Petit complément sur les prix, les mesures et les salaires

Comment vivaient nos aïeux il y a trois cents ans ? Voici quelques chiffres, quelques valeurs permettant de se faire une idée des conditions de vie financière et monétaire en 1640. Ces données sont approximatives, elles varient en fonction de la spéculation liée aux récoltes et de la qualité des produits. Des variations de 1 à 5 possibles.

Les mesures

Les mesures de l'Ancien Régime variaient souvent d'une ville ou d'une province à l'autre. Voici cependant des ordres de grandeurs.

Monnaie de compte :
• livre ou franc = 20 sous ;
• sou = 4 liards = 12 deniers ;
• sol (ou 1/2 sou) s'appelle 1 blanc.
Pièces de monnaie :
• écu d'argent = 3 livres ou 3 francs, il pèse environ 27 grammes ;
  • pistole = 10 livres, c'est souvent une pièce étrangère ;
  • louis d'or = 20 livres, elle pèse environ 7 grammes.
Il existe en fait une multitude de pièces différentes en or (l'écu d'or, ...), en argent (le 1/2 écu, ...) et en cuivre.

Distances :
- pied (parisien) = 30 cm ou 12 pouces ;
- pouce = 12 lignes ;
- toise = environ 2 mètres ou 6 pieds ;
- lieue (de poste) = 4 km ou 2 000 toises.

Ces mesures sont variables : le pied d'Aix-en-Provence fait 9 pouces et 9 lignes ; existent aussi localement : le pas, la corde (de 20 pieds), la verge (de 26 pieds), la perche (de 9 pieds et demi), la bicherée, la septerée, etc.

En surface on connaît l'arpent : 1/2 hectare et l'arpent parisien : un peu plus d'1/3 d'hectare.

Poids :
- livre (de Paris) = 16 onces ou 2 marcs
  (489 grammes) ;
- once = 8 gros ;
- gros = 3 deniers ;
- denier = 24 grains.

Attention : existe aussi la livre de 12 onces !

Les revenus

Le salaire journalier d'un ouvrier était de 10 sols, soit environ 100 livres par an. Celui d'un manœuvre était de 5 sols. Celui d'un ouvrier très qualifié pouvait atteindre une livre.

Le rendement d'un hectare de blé était d'une tonne et le prix d'une tonne de blé de 200 livres.

Une famille pouvait vivre très simplement avec 300 livres par an, bourgeoisement avec 1 000 à 2 000 livres.

Les prix

Un kilo de pain valait 2 sous. Un homme mangeant un kilo de pain par jour (minimum pour survivre) dépensait donc 30 à 40 livres par an. Un kilo de viande coûtait 1/2 livre, la majorité des gens n'en mangeaient pas. Voici quelques autres prix :

1 cheval, 1 bœuf	100 livres
1 mouton	10 livres
1 poule	1 livre
1 bouteille de vin	3 sous
1 dot de mariage de petit bourgeois	5 000 livres
1 chemise	2 livres
1 chapeau	1 livre
1 vêtement complet	10 livres

La location annuelle d'une maison représentait 300 livres, d'un hôtel 1 000 à 5 000 livres. À l'achat, on peut multiplier par 100 le prix d'une location.

Les aventures de Louis Fronsac constituent une série d'épisodes où l'on retrouve les mêmes personnages. Par ordre chronologique, on peut lire :

Composition réalisée par Interligne

Achevé d'imprimer en janvier 2009, en France sur Presse Offset par
Maury-Imprimeur - 45330 Malesherbes
N° d'imprimeur : 143861
Dépôt légal : 01/09 - Édition 07